VAN DINE

드래건 살인사전

해문출판사

드래건 살인사건

2004년 6월 20일 초판 1쇄 발행

지은이　S.S. 반 다인
옮긴이　이정임
펴낸이　이경선
편　집　정희주, 김선자
펴낸곳　해문출판사

등록　1978년 1월 28일 제3-82호
주소　서울시 마포구 합정동 392-2 써니힐 101호
전화　325-4721~2, 325-2277
팩스　325-4725
전자우편　haemoon21@yahoo.co.kr
홈페이지　www.agathachristie.co.kr

값 9,000원

ISBN 89-382-0383-2

ISBN 89-382-0380-8 (세트)

※잘못 만들어진 책은 바꾸어 드립니다.

국립중앙도서관 출판시도서목록(CIP)

드래건 살인사건 / S.S. 반 다인 지음 ; 이정임 옮김.
--서울 : 해문출판사, 2004
　　p. ;　　cm. -- (파일로 반스 미스터리 ; 3)

　원저자명: Van Dine, S. S.
　ISBN　89-382-0383-2　04840
　ISBN　89-382-0380-8(세트)

　843-KDC4
　813.52-DDC21　　　　　　　　　CIP2004001060

The Dragon
Murder Case

■ 등장 인물

파일로 반스	탐정
존 F.X. 마크햄	뉴욕 주 지방검사
어니스트 히스	살인수사과 경사
루돌프 스탬	이름난 어류 사육가
마틸다 스탬	스탬의 어머니
버니스 스탬	스탬의 여동생
샌포드 몬테규	버니스 스탬의 약혼자
게일 리랜드 스탬	가족의 가까운 친구
알렉스 그리프	증권 중개인
커윈 타툼	스탬가의 손님
티니 맥아담	스탬가의 손님
루비 스틸	배우
트레이너	스탬가의 집사
슈바르츠 부인	스탬 부인의 간호사
홀리데이 선생	스탬가의 주치의
헤네시	살인수사과 형사
버크	살인수사과 형사
스니트킨	살인수사과 형사
엠마뉴엘 도레무스	검시관
커리	반스의 하인

■ 차 례

C.W.에게

우리는 가끔 드래건 모양의 구름을 볼 수 있다.

'안토니와 클레오파트라' 중에서

제 1 장 비극적 사건

　　　　　　　　8월 11일 토요일 오후 11시 45분
'드래건 살인사건'으로 알려진 그 놀랍고도 끔찍한 범죄는 뉴욕의
최고로 무더웠던 그해 여름날과 더불어 늘 내 마음속에 기억될 것이
다.

파일로 반스는 '드래건 살인사건'이 지닌 초자연적이며 종말론적인
현상에 초연했기 때문에 지극히 이성적인 관점에서 사건을 해결할 수
있었다. 그는 8월에 노르웨이로 낚시 여행을 떠날 예정이었지만 돌연
지적 흥미가 발동해 계획을 취소하고 미국에 남아 있기로 했다. 전쟁
이 끝나고 미국의 신흥 벼락부자들이 프랑스와 이탈리아의 지중해에
면해 있는 리비에라 해안 휴양지로 몰려들면서 그는 여름 휴가를 지
중해로 가던 습관을 버리고, 대신 베르겐후스 북부의 강으로 연어나
송어 낚시를 하러 떠나곤 했다. 그러나 '드래건 살인사건'이 일어났던
그해 7월 말에 반스는, 금세기 초 이집트에서 발견된 메난드로스
(Meander;BC 342~291, 고대 그리스의 희극 작가 - 역주)의 단장(斷章)에
대한 흥미가 되살아나서 번역을 완성하려고 마음먹었다. 독자 여러분
도 기억하겠지만 이 번역 작업은 웨스트 75번 가에서 벌어졌던 '마더
구스 살인사건('비숍 살인사건'이라고 알려졌으며, 마더 구스 자장가의 노랫
말에 맞춰 일어난 연쇄 살인사건이다. - 역주)'이라는 놀라운 범죄 때문에
중단된 적이 있었다.

그러나 반스가 그토록 진행하고 싶어하던 이 연구 작업은 그가 복잡한 수수께끼 살인사건에 예기치 않게 참여하게 됨으로써 또다시 미루어지게 되었다. 이렇게 해서 메난드로스의 희극을 번역하는 일은 복잡하게 뒤얽힌 범죄 사건을 수사하는 일로 인해 다시 한번 밀려나게 된 것이다. 내 개인적인 생각으로 반스가 끊임없이 범죄 수사에 매진하는 이유는, 학문을 탐구하는 것보다 살인사건이 더 흥미롭기 때문인 것 같다. 비록 그는 교양적 지식이라는 범위 안에서 난해한 진리를 추구하기를 즐겼지만, 순수 학문과는 전혀 다른 복잡한 문제를 해결하는 일에서 더 큰 지적 즐거움을 맛보았던 것이다. 범죄학은 반스의 분석적인 성향을 자극할 뿐만 아니라, 잘 알려지지 않은 사실에 대한 그의 해박한 지식과 인간 본성의 미묘함을 꿰뚫는 직관력을 발휘하게 함으로써 반스의 내재된 욕구를 충족시켜 주었다.

반스는 하버드 대학을 졸업하고 얼마 지나지 않아 내게, 자신의 법률 고문이자 재산관리인이 되어 달라고 부탁했다. 반스를 좋아하고 인간적으로 탄복해 있던 터라, 내 부친의 법률사무소인 '반 다인 데이비스 앤 반 다인'을 그만두고 그 일을 맡았다. 그리고 여태껏 그 결정을 한 번도 후회해 본 적이 없다. 반스의 대리자로서 역할을 담당한 덕에, 그가 손댄 갖가지 범죄 사건에 대해서 비공식적이지만 매우 정확히 기록할 수 있었던 것이다. 반스는 절친한 친구인 존 F. X. 마크햄이 뉴욕 주 지방검사로 재직하는 4년 동안 이들 범죄 수사에 개입할 수 있었다.

내가 지금까지 기록했던 사건들 중 '드래건 살인사건'만큼 흥미롭고 기묘하며 논리적인 판단과는 아무런 관련이 없는 것처럼 보이는 사건은 없었다. '드래건 살인사건'은 인간의 과학적 지식의 한계를 초월하는 것 같았으며, 경찰과 수사관들은 모호하고 비현실적인 미신이나 민간신앙의 세계에 현혹되는 듯했다. 그것은 인간의 기억 속에서 희미해진 전설상의 공포를 내포한 세계였다.

드래건 사건을 떠올릴 때면 사람들은 원시 종교에 대한 헛된 망상에 빠졌고, 그 사건을 생각하는 것만으로도 불길하고 무시무시한 미신의 마력에 사로잡혔다. 20세기 뉴욕의 경찰들은 기억조차 가물가물한 잃어버린 시대의 미신인, 인간에게 징벌을 가하는 악령들과 이러한 악령의 존재를 믿는 아이들의 이야기를 연신 떠올리며 수사에 뛰어들어야 했다.

인류 역사상 가장 음울한 시기가 마천루가 즐비한 현대의 맨해튼에서 재연되었다. 이러한 재연의 영향은 너무나 강렬해서 과학자들조차도 그 기이한 현상에서 생물학적인 의미를 찾으려 혈안이 될 지경이었다. 샌포드 몬테규의 기괴하고 이해할 수 없는 죽음이 있은 뒤, 여러 날 동안 뉴욕 시의 시민들은 넋을 놓아 버렸다. 사람들은 이 괴상하고 무시무시한 사건에 대해 선사시대 괴물의 부활이니, 지하에 사는 척추동물의 진화니, 육지와 바다 생물의 부정한 교합이니 하는, 가능한 모든 과학적인 설명을 늘어놓았고 경찰과 지방검사국은 이러한 틈바구니에서 이 복잡한 사건을 해결해야만 했다.

살인수사과의 빈틈없고 현실적인 성격의 어니스트 히스 경사조차 사건의 불가사의하고 예측할 수 없는 요소에 혼란을 느꼈다. 초동수사 단계에서 살인사건이라고 할 만한 증거는 전혀 없었지만, 상상력이 부족한 경사마저도 신비하면서도 불길한 기운을 감지할 수 있을 정도였다. 이 사건을 둘러싼 평범한 상황에서는 해로운 기운이 쉴새 없이 풍겨져 나오는 듯했다. 사실 이 비극적인 사건을 맡아 달라는 전화를 처음 받고 경사의 마음속에 두려움이 일지 않았다면, '드래건 살인사건'이 경찰의 관심을 끄는 일은 결단코 없었을 것이다.

그때 만일 '드래건 살인사건'의 불가사의한 요소들을 무시해버렸다면 십중팔구 여러 가지 제반 상황을 이유로, 또 하나의 '실종사건'으로 뉴욕 경찰국의 공문서에 형식적으로만 기록됐을 터였다. 살인범이 이러한 예측불허의 상황을 일부러 의도했음은 의심할 바 없다. 내가 아는 한 이 사건은 범죄사에서도 그 유례를 찾아볼 수 없는 살인사건이었다. 그러나 이 괴상한 범죄 사건의 범인은 자신의 사악한 행위가 감추고 있는 불길한 기운을 감히 상상도 못한 것 같다. 그는 인간의 상상력이 만들어낸 원초적인 공포가 대부분의 사람들 마음속 깊은 곳의 어두컴컴한 수면에 가려진 신비한 상황에서 자라난다는 사실을 간과한 것이다. 경사가 의혹을 품게 된 것도, 또 외견상 평범하게만 보였던 사건이 현대에 벌어진 살인사건 가운데 가장 극적이며 사악한 사건으로 바뀌게 된 것도 모두 살인범의 이러한 실수에서 비롯된 것이다.

범죄 현장에 제일 먼저 도착한 사람은 히스 경사였다. 비록 그 당시에는 범죄가 저질러졌다는 사실조차 알아차리지 못했지만, 그는 자신의 알 수 없는 두려움을 마크햄과 반스에게 더듬거리며 전했다.

8월 11일 자정 무렵이었다. 마크햄과 나는 이스트 38번 가의 옥상 정원이 있는 반스의 아파트에서 저녁식사를 했고, 식사 후 우리 세 사람은 다양한 주제를 놓고 두서없이 토론을 벌이며 저녁 시간을 보내고 있었다. 주위에는 나른한 분위기가 감돌았다. 밤이 이슥해지면서 토론이 끊기는 시간도 늘어났다. 후텁지근한 날씨인데다 뒷마당에 심어 놓은 길게 가지를 뻗은 나무꼭대기의 나뭇잎조차도 화폭에 담긴 그림처럼 전혀 움직임이 없는 그런 무더운 날이었다. 게다가 장시간 비가 억수같이 쏟아졌고, 폭우는 10시가 되어서야 간신히 멈췄다. 그리고 숨막힐 듯한 무거운 장막이 도시에 드리워졌다.

반스가 우리에게 건넬 두 번째 샴페인 잔을 준비하고 있을 때, 집사 겸 하인인 커리가 이동이 가능한 전화기를 들고 옥상정원의 문에 나타났다.

"급히 마크햄 씨를 찾는 전화입니다. 그래서 예의에 어긋나는 줄은 알지만 전화기를 가져왔습니다⋯⋯. 검사님, 히스 경사님입니다."

마크햄은 화가 나고 약간 놀란 듯했지만 이내 고개를 끄덕이며 전화를 받았다. 통화는 간단했다. 그는 수화기를 내려놓으면서 눈살을 찌푸리며 말했다.

"이상하군. 도무지 경사답지 않아. 경사는 무언가를 걱정하고 있어. 나를 만나고 싶어하네. 그런데 무슨 일 때문인지는 아무런 언질을 주지 않는군. 나 역시 강요하지 않았네. 우리집에서 내가 여기 있다고 알려줬다하네. 무엇보다 경사가 착 가라앉은 어조로 말하는 것이 마음에 걸려. 그래서 이곳으로 오라고 했네. 괜찮겠지, 반스?"

반스는 고리버들 의자에 깊숙이 앉으면서 느릿느릿 대답했다.

"물론 괜찮네. 용맹한 경사를 몇 달 동안이나 만나지 못했으니⋯⋯. 커리, 스카치위스키와 소다수를 가져오게. 곧 히스 경사가 올 걸세."

그리고 나서 마크햄을 돌아보았다.

"나쁜 일이 아니었으면 좋겠군⋯⋯. 어쩌면 경사가 더위를 먹어서 착각을 했는지도 모르지."

마크햄은 여전히 걱정스럽다는 듯 고개를 저었다.

"히스가 마음의 평정을 잃고 당황하고 있다면 무더운 날씨보다 더 큰 이유가 있을 거야."

그리고는 어깨를 으쓱했다.

"곧 최악의 일이 뭔지 알 수 있겠지."

약 20분 후 경사가 안내되어 들어왔다. 그는 커다란 손수건으로 연신 이마를 닦으면서 옥상정원의 테라스로 올라왔다. 그는 다소 넋이 나간 듯이 우리들과 인사를 나눈 뒤에 유리탁자 옆에 있는 의자에 털썩 주저앉았다. 그리고는 기운을 북돋우려는 듯 반스가 건네준 스카치위스키를 쭉 들이켰다.

그가 마크햄에게 설명했다.

"인우드에서 바로 오는 길입니다, 검사님. 한 남자가 사라졌습니다. 정확히 말하자면 실종사건만은 아닌 것 같습니다. 어딘가 미심쩍은 구석이 있습니다."

마크햄이 얼굴을 찌푸렸다.

"그 사건에 어떤 이상한 점이라도 있나?"

"아니오, 전혀 없습니다."

경사는 당황한 듯했다.

"그래서 더 이상합니다. 흔히 있는 일이기는 했지요. 틀에 박힌 사건말입니다. 그런데도……."

말소리가 점점 작아지더니 그는 위스키 잔을 입으로 가져갔다.

반스가 재미있다는 듯이 미소를 지으며 말했다.

"경사에게 직관력이 생겼나보군, 마크햄."

히스가 쾅 소리를 내며 잔을 탁자에 내려놓았다.

"반스 씨, 제가 이 사건에 대해 어떠한 예견을 하고 있다는 의미로 하신 말씀이라면 그 말이 맞습니다."

그리고 턱을 앞으로 쑥 내밀었다.

반스가 재미있다는 듯 눈썹을 치켜올렸다.

"무슨 사건인가, 경사?"

히스는 언짢은 표정으로 반스를 바라보다가 히죽 웃었다.

"말씀드리겠습니다. 그리고 웃고 싶으시면 웃으셔도 좋습니다, 검사님."

히스가 마크햄을 바라보며 말했다.

"오늘밤 10시 45분쯤에 살인수사과로 한 통의 전화가 걸려왔습니다. 자신의 이름을 리랜드라고 밝힌 한 남자가, 인우드에 있는 유서 깊은 스탬 저택에서 비극적인 사건이 발생했으니 서둘러 와달라고 하더군요⋯⋯."

반스가 생각에 잠긴 채 도중에 말을 가로막았다.

"범죄가 발생하기에 딱 안성맞춤인 장소군. 뉴욕 시에서도 가장 오래된 저택 중 하나지. 거의 100년 전에 지어졌으니까. 지금은 시대에 뒤떨어진 곳이라 하겠지만. 아, 범죄가 일어날 가능성이 매우 높은 곳이야. 사실 놀라운 역사를 지닌 전설적인 곳이기도 하지."

히스는 날카로운 시선으로 반스를 응시했다.

"알고 계셨습니까? 저는 그곳에 가서야 그런 생각이 들었지요⋯⋯. 음, 아무튼 저는 리랜드라는 사람에게, 무슨 일이 생겼고 왜 내가 그곳에 가야 하는지를 물었습니다. 내용을 알아보니, 몬테규라는 자가 저택의 풀에 뛰어 들었다가 물 밖으로 나오지 않았다는 것이었습니다."

반스가 몸을 일으켜 그가 애용하는 레지 담배(Régie;반스가 터키에 주문하여 만든 담배 - 역주)에 손을 뻗으며 물었다.

"혹시 오래된 드래건 풀장이었나?"

히스가 대답했다.

"예, 맞습니다. 하지만 오늘밤 그곳에 갈 때까지는 이름조차 들어보지 못했습니다⋯⋯. 저는 그에게 제 담당이 아니라고 말했습니다. 하지만 그는 한시바삐 사건을 조사해야 한다고 고집을 부리며 빨리 오라고 재촉하더군요. 그 사람의 억양은 어딘지 모르게 독특했습니다. 정확한 영어를 구사했고, 외국 말투의 영어도 아니었지만 미국인이 아니라는 생각이 들더군요. 그래서 어째서 당신이 스탬 저택에서 일어난 일에 대해 전화를 거냐고 물었습니다. 그는 자신이 스탬 가족의 오랜 친구이며, 그 비극을 목격한 사람이라고 말하더군요. 또한 그는 스탬이 전화를 걸 상황이 아니라서 자신이 잠시 상황을 책임지고 있다고 말했습니다……. 그리고 그에게서 더 이상 아무것도 알아내지 못했습니다. 하지만 그 남자가 말하는 방식에는 뭔가 의심스러운 게 있었습니다."

마크햄이 퉁명한 말투로 중얼거렸다.

"알겠네. 그래서 가봤나?"

히스가 무안한 듯 고개를 끄덕였다.

"예, 그랬지요. 저는 헤네시와 버크, 스니트킨을 데리고 경찰차를 타고 달려갔습니다."

"그래, 무엇을 찾았나?"

히스가 도전적인 어조로 답했다.

"아무것도 찾지 못했습니다, 검사님. 리랜드라는 자가 전화로 말한 것 외에는 아무것도요. 저택에서는 주말 하우스 파티가 열렸고, 손님 중에 몬테규라는 자가 모두에게 수영을 하자고 제안했답니다. 술을 꽤 많이 마셨던 모양입니다. 사람들은 모두 풀로 내려가서 수영복으로 갈아입었고……."

반스가 말을 가로막고 나섰다.

"경사, 잠깐만! 혹시 리랜드도 술에 취해 있었나?"

경사가 고개를 저었다.

"아니오, 그 사람은 취하지 않았습니다. 그는 손님들 중에서 가장 침착했습니다. 제가 도착하자 몹시 안도하더군요. 그리고는 저를 한쪽 구석으로 데리고 가서 정신을 바짝 차리고 살펴봐야 한다고 말했습니다. 당연히 저는 그게 무슨 뜻이냐고 물었죠. 그러자 그는 태연스레, 예전부터 이 근처에서 기묘한 일들이 많이 일어나서 오늘밤에도 뭔가 이상한 일이 벌어지지 않을까 염려되어 말해본 것뿐이라고 한 발짝 물러섰습니다."

반스가 가볍게 고개를 끄덕이며 말했다.

"그가 무슨 의미로 그런 말을 했는지 나는 이해할 수 있네. 뉴욕에서도 특히 그 지역은, 이상하고 기괴한 수많은 전설들의 근원지야. 예를 들면 늙은 과부들이나 인디언, 초기 이주자들 사이에서 전해 내려오는 미신 말일세."

히스는 이야기와 관계없는 반스의 논평을 가로막으며 말을 이었다.

"음, 아무튼 사람들이 풀장으로 내려간 후, 이 몬테규라는 사람은 다이빙대에 올라가 곡예 다이빙을 했다고 합니다. 그리고 나오지 않았답니다……."

마크햄이 의문을 제기했다.

"그가 물 밖으로 나오지 않았다고 어떻게 확신할 수 있나? 비가 그친 다음이라 상당히 어두웠을 텐데 말일세. 지금도 잔뜩 흐리지 않나."

히스가 설명했다.

"충분히 밝았습니다. 풀장에는 조명등이 12개나 있었으니까요."

"좋아. 계속하게."

마크햄은 샴페인 잔으로 성급하게 손을 뻗었다.

"다음에는 어떤 일이 벌어졌나?"

히스는 불안한 듯 몸을 들썩이다가 마지못해 말했다.

"대단한 일은 없었습니다. 다른 남자들이 몬테규를 따라 풀에 뛰어들었다가 10분쯤 지나서 찾는 것을 포기했다고 합니다. 리랜드가 그들에게 집으로 돌아가서 경찰에 신고하는 편이 낫겠다고 말한 모양입니다. 그리고 나서 살인수사과에 직접 전화를 걸었고요."

마크햄은 생각에 잠겼다.

"그가 왜 그렇게 행동했는지 의심스럽군. 범죄 사건 같지는 않은데 말이야."

히스가 열심히 동조했다.

"확실히 이상합니다. 그러나 제가 확인한 것들은 더 의심스러웠습니다."

반스는 담배 연기를 위로 길게 내뿜었다.

"아! 옛 뉴욕의 낭만적인 구역에 드디어 명성에 어울릴 법한 일이 생겼군. 경사, 당신이 발견한 이상한 점들이란 대체 뭔가?"

히스는 당혹스러워 하며 다시 몸을 들썩였다.

"우선 스탬은 인사불성으로 취해 있어서 이웃에서 온 의사가 그를 정신차리게 하려고 애쓰고 있었습니다. 스탬의 여동생은 대략 25살쯤 된 미인으로, 히스테리를 일으켜서 잠깐씩 깜빡깜빡 의식을 잃더군요. 그리고 나머지 네댓 명의 사람들은 자신들이 어째서 황급히 수색을 마치고 풀장에서 빠져 나왔는지를 애써 변명하며 책임을 회피했고요. 어딘지 사기꾼처럼 보이는 리랜드라는 사람은 내내 아주 침착한 태도로, 눈썹을 치켜뜬 채 거무스름한 얼굴에 만족스러운 미소를 띠며 돌아다녔습니다. 그는 우리에게 말한 것보다 더 많은 사실을 아는 듯이 보이더군요. 그리고 초라한 행색에 창백한 얼굴을 한 집사가 있었는데, 마치 유령 같아서 움직일 때면 전혀 소리가 나지 않았습니다."

반스는 덤덤한 표정으로 고개를 끄덕였다.

"알겠네, 잘 알겠어. 모두가 정말 의심스럽군……. 소나무 사이로 바람은 윙윙거리고, 멀리서 올빼미는 부엉부엉 울어 젖히고, 다락에서는 격자창이 덜커덩거렸겠지. 바람에 문이 삐걱거리니 마치 문을 두드리는 소리처럼 들렸을 거야. 안 그렇나, 경사……? 나는 스카치위스키를 한 잔 더 마셔야겠어. 자네는 확실히 신경과민이네."

그는 익살스럽게 이야기했지만 가늘게 뜬 눈에는 흥미 있는 기색이 역력했고, 목소리도 흥분으로 약간 날카로워졌다. 그의 이러한 태도로 미루어 보건대, 반스가 경사의 이야기를 진지하게 받아들이고 있다는 사실을 알 수 있었다.

반스의 경박한 태도에 경사가 화를 낼 거라고 생각했지만 오히려 그는 진지하게 고개를 끄덕였다.

"이해하셨군요, 반스 씨. 어떤 사람도 솔직히 털어놓지 않는 것 같았습니다. 말씀하신 것처럼 평범한 사건이 아니에요."

마크햄은 곤혹스러워하며 반박했다.

"경사, 나는 그 사건이 전혀 이상하지 않네. 한 남자가 풀에 뛰어들었다가 바닥에 머리를 부딪쳐 익사한 것뿐일세. 가장 평범한 이유를 그밖의 다른 일들과 관련시켜서 복잡하게 생각할 필요는 없어. 남자가 술에 취한 건 색다른 일이 아니고, 이런 유형의 비극을 보고 여인이 히스테리를 일으키는 것도 특이한 일이 아닐세. 또한 파티의 다른 손님들이 이 같은 소동을 피하고 싶어하는 것도 어찌보면 당연한 노릇이고. 리랜드에 대해 말할 것 같으면, 그는 본래부터 참견하기 좋아하는 성격일 걸세. 단순한 일도 극적으로 표현하고 싶어하는 그런 사람 말이네. 그리고 자네는 집사들에게 항상 냉담하지 않나? 그러니 사건은 일상적인 실종 사건으로 처리하면 될 걸세. 분명히 살인 수사과의 일은 아니네.

몬테규가 실종된, 바로 그 이유 때문에 살인사건이라고 생각되지 않아. 몬테규 자신이 수영을 하자고 제안하지 않았나? 이렇게 무더운 밤에 충분히 그럴 듯한 제안이었어. 그리고 나서 풀에 뛰어들었다 수면으로 나오지 않았으니 다른 사람들이 범죄를 계획했다고 짐작할 수 없지 않나?"

히스는 어깨를 으쓱하고 기다란 여송연에 불을 붙였다.

"지난 몇 시간 동안 제 자신에게 그와 똑같은 질문을 던졌습니다. 그러나 스탬 저택의 상황은 분명히 정상이 아니었습니다."

그는 단호한 어조로 대꾸했다.

마크햄은 입을 오므린 채 생각에 잠겨 경사를 바라보았다.

"경사를 불안하게 만드는 다른 요인이 있나?"

잠시 후 그가 물었다.

히스는 즉시 대답하지 않았다. 마치 마음속에 뭔가 다른 생각을 품고 있는 것 같았다. 그는 어떻게 표현해야 좋을지 가늠하듯 한참을 망설였다. 그러다가 느닷없이 의자에서 벌떡 일어나더니 입에 물고 있던 여송연을 천천히 떼어냈다.

그가 불쑥 말을 꺼냈다.

"저는 물고기들이 마음에 들지 않습니다."

"물고기?"

마크햄이 깜짝 놀라서 되풀이했다.

"무슨 물고기?"

히스는 머뭇거리며 여송연의 끄트머리를 응시했다.

반스가 거들고 나섰다.

"그 질문에 내가 답해 줄 수 있네, 마크햄. 루돌프 스탬은 미국 최고의 어류 사육가 중 한 사람이네. 그는 잘 알려지지 않은 생소한 종류의 열대어를 대단히 많이 수집해서, 번식시키는 데 성공했지. 그것은 20년 이상 된 그의 취미야. 그래서 그는 아마존이나 시암(타이왕국의 옛 이름 - 역주), 인도, 파라과이 강 유역, 브라질, 버뮤다 등지로 원정을 떠나곤 한다네. 스탬은 중국에도 다녀왔고, 오리노코 강(남아메리카 베네수엘라에서 세 번째로 긴 강 - 역주)도 샅샅이 뒤지고 다녔지. 1년 전쯤에는 그가 라이베리아(아프리카 서부의 공화국 - 역주)에서 콩고까지 여행하고 돌아왔다는 기사가 신문 지면을 가득 채웠네."

히스가 덧붙였다.

"물고기들은 괴상한 모습이었습니다. 어떤 것들은 다 자라지 않은 바다 괴물처럼 보였습니다."

반스가 희미한 미소를 띠며 말했다.

"하지만 모양이나 색깔은 매우 아름답지."

경사는 반스의 심미적 소견을 무시한 채 계속 말을 이었다.

"그러나 물고기만 있었던 게 아니었습니다. 이 스탬이라는 작자는 도마뱀과 새끼 악어도 키우고……."

반스가 끼여들었다.

"그리고 아마 거북이나 개구리, 뱀……."

경사는 생각만 해도 혐오스럽다는 듯 얼굴을 찌푸렸다.

"맞아요, 뱀도 있었습니다! 커다랗고 평평한 물탱크의 안팎에서 아주 많은 뱀들이 스멀스멀 기어다니고 있었어요."

반스가 고개를 끄덕이며 마크햄을 바라보았다.

"음, 내가 알기로 스탬은 수족관과 함께 육생동물 사육장도 가지고 있네."

마크햄은 투덜거리다가 잠자코 경사를 바라보았다. 이윽고 단조롭고 사무적인 어조로 말문을 열었다.

"어쩌면 몬테규가 짓궂은 장난으로 손님들을 놀리고 있는지도 모르지. 그가 물 속으로 깊숙이 들어가 풀장의 맞은편으로 헤엄쳐 나갔을지 누가 알겠나? 필시 맞은편으로 올라가서 사라졌을 걸세. 혹시 그쪽이 너무 어두워서 다른 사람들이 볼 수 없었던 건 아닌가?"

경사가 마크햄에게 말했다.

"확실히 어두웠습니다. 조명등이 풀장 맞은편까지는 미치지 않았으니까요. 하지만 그 설명은 맞지 않습니다. 제 자신도 일어났을 법한 모든 가능성을 떠올리며 풀장 주위를 일일이 살펴보았지요. 주위에는 술병들이 여러 개 널브러져 있었습니다. 또한 풀장의 반대편은 거의 3m 높이의 수직 바위 절벽이었고요. 강물이 유입되는 풀장의 위쪽 가장자리에는 커다란 여과판이 있었는데, 사람이 기어오르기 힘들 뿐만 아니라 조명등 불빛이 비치기 때문에, 만일 몬테규가 그곳으로 올라갔다손 치더라도 파티의 손님 중 어느 한 사람에게는 발각되었을 겁니다. 또한 풀장의 아래쪽 끄트머리에는 거대한 시멘트벽으로 물을 막아놓았는데, 둑의 높이가 6미터쯤 되는데다가, 그 아래쪽은 바위투성이였습니다. 어느 누구라도 소동을 일으키려고 위험을 무릅쓰고 둑에서 뛰어내리지는 않을 겁니다. 그리고 집에서 가장 가까운 곳에는 다이빙대가 있었고, 그곳에는 수영자가 기어오를 수 있게끔 콘크리트 옹벽이 설치되어 있었습니다. 그러나 그곳도 조명등이 비치기 때문에 모습이 완전히 드러나 있었습니다."

"몬테규가 사람들한테 들키지 않고 풀을 빠져나갈 다른 가능성은 없나?"

"음, 한 가지 방법이 있기는 합니다. 혹시 그랬다면 가능했는지도 모르죠. 하지만 그는 그렇게 하지 않았습니다. 여과판 끄트머리와 풀 반대쪽의 가파른 절벽 사이에 저택의 아래쪽으로 나갈 수 있는 대략 4.5m 길이의 나지막한 통로가 있습니다. 그리고 이 평평한 통로 쪽은 상당히 어두워서 저택 쪽의 풀에 있던 사람들은 아무것도 볼 수가 없지요."

"그건 자네의 개인 의견이겠지."

히스는 힘주어 말했다.

"그렇지 않습니다, 마크햄 씨. 저는 풀로 내려가자마자 지형을 파악하고는 헤네시를 데리고 커다란 여과판의 꼭대기를 가로질러 4.5m 길이의 나지막한 둑 위에 발자국이 있는지 찾아보았습니다. 저녁 내내 비가 내렸기 때문에 땅이 젖어 있어서 발자국이 있었다면 단번에 눈에 띄었을 겁니다. 하지만 지면은 발자국 하나 없이 평평하기만 했습니다. 게다가 헤네시와 저는, 어쩌면 몬테규가 절벽의 측면으로 기어올라가 가장자리의 진창 쪽으로 뛰어내렸을지도 모른다는 생각에 둑에서 조금 떨어진 잔디밭까지 살펴보았습니다. 하지만 그곳 역시 아무런 흔적이 없었습니다.”

“사정이 그렇다면 풀의 밑바닥을 훑으면 몬테규의 시체를 찾을 수
있을지도 모르겠군…… 그렇게 하라고 지시를 내렸나?”

마크햄이 물었다.

“오늘밤 당장 하라고는 지시하지 않았습니다. 배를 준비하고 갈고
리를 연결하는 데 두세 시간은 걸린다고 하더군요. 따라서 오늘밤 안
에는 일을 처리할 수 없지만, 내일 아침이 밝는 대로 첫 번째로 그
일을 처리할 생각입니다.”

마크햄이 성급하게 결론을 지었다.

“그럼, 오늘밤 경사가 할 일은 더 이상 없을 것 같네. 시체가 발견
되는 즉시 검시관에게 통고가 갈 것이고, 그러면 십중팔구 검시관은
몬테규의 두개골이 부서졌다고 말하고는 모든 것을 사고사로 마무리
할 걸세.”

마크햄의 어조에는 이제 그만 돌아가라는 뜻이 담겨 있었지만 히스
는 움직이려고 하지 않았다. 나는 경사가 이토록 고집을 피우는 것을
처음 보았다.

히스는 내키지 않는 듯 간신히 말했다.

“검사님의 말씀이 옳을지도 모릅니다. 하지만 제 생각은 조금 다릅
니다. 그래서 검사님이 이 사건에 대해 의문을 갖고, 상황을 대략이
나마 조사할 수 없는지 여쭤보려고 여기까지 한달음에 달려온 겁니
다.”

경사의 목소리에 담긴 무엇인가가 마크햄의 마음을 움직였음에 틀
림없었다. 그는 즉시 대답하는 대신에 당혹한 표정으로 다시 한번 히
스를 자세히 살펴보았다. 마침내 그가 질문을 던졌다.

“그럼 경사는 사건과 관련해서 지금까지 정확히 무엇을 했나?”

경사가 대답했다.

"사실 많은 일을 하지는 못했습니다. 그럴 만한 시간도 없었고요. 저택에 모인 모든 사람들의 이름과 주소를 받아놓고, 일상적인 절차대로 개별적으로 심문을 했습니다. 하지만 스탬과는 이야기하지 않았습니다. 그는 상황을 잘 몰랐고, 의사가 보살피고 있었으니까요. 저는 대부분의 시간을 드래건 풀장 주변을 둘러보면서 뭔가 알아낼 만한 게 없나 살펴보았습니다. 그러나 말씀드렸듯이 몬테규가 친구들에게 장난을 치고 있는 게 아니라는 사실 외에는 아무것도 알아내지 못했습니다. 그리고는 집 안으로 되돌아가 검사님께 전화를 걸었지요. 전화를 한 다음에는 함께 저택에 갔던 세 형사에게 뒷일을 맡겨놓고, 제가 돌아올 때까지 집으로 돌아가지 말라는 지시를 내린 뒤 서둘러 이곳으로 달려왔습니다. 이것이 제가 한 전부입니다. 저는 이 사건을 계속 조사할 생각입니다."

히스는 긴급한 상황이라 본의 아니게 경솔한 말을 마지막에 덧붙이고는 호소하는 듯한 눈빛으로 집요하게 마크햄을 쳐다보았다.

다시 한번 마크햄은 망설이다 경사의 간절한 눈빛을 보고 물었다.

"경사는 그것이 살인사건이라고 확신하나?"

히스가 대답했다.

"저는 그 무엇도 확신하지 못합니다. 단지 앞뒤가 맞지 않는 상황이 혼란스러울 뿐이죠. 더욱이 저택에 모여 있는 사람들간의 관계 역시 기묘했습니다. 모든 사람들이 다른 모든 사람들을 시기하는 것처럼 보였습니다. 두 남자가 한 여자에게 빠져 있었고, 스탬의 여동생 외에는 누구도 몬테규가 다이빙을 했다가 수면 위로 올라오지 못했다는 사실에 대해 신경쓰지 않는 눈치였습니다. 오히려 그들 모두 그 사실을 몹시 기뻐하는 듯했죠. 분명히 정상적인 상황이 아니었습니다. 스탬 양조차도 딱히 몬테규를 걱정하는 것 같지 않았습니다. 제 생각을 정확하게 설명할 수는 없지만, 그녀는 몬테규의 실종과 관계가 있는 어떤 다른 일 때문에 당황한 것 같았습니다."

마크햄이 대꾸했다.

"나는 여전히 자네가 명백한 근거를 갖고 이러한 태도를 취한다고
는 생각지 않네. 가장 좋은 방법은 내일 어떤 결과가 나올지 기다려
보는 거야."

"예, 어쩌면 그럴지도 모르지요."

그러나 히스는 마크햄의 단호한 거절을 받아들이는 대신에 위스키
를 또 한 잔 따르고 여송연에 다시 불을 붙였다.

경사와 지방검사가 대화를 주고받는 동안 반스는 의자에 편안히 기
대앉아 생각에 골몰하는 표정으로 두 사람을 응시하고 있었다. 그는
샴페인을 조금씩 들이마시더니 흥미 없다는 듯 담배를 피웠다. 그러
나 손을 입으로 가져가고 떼어내는 그 느긋한 동작에는 묘한 긴장감
이 어려 있었다. 나는 그가 두 사람이 나누는 모든 대화에 깊은 관심
을 갖고 있음을 알 수 있었다.

이윽고 반스가 담배를 비벼 끄고 위스키 잔을 내려놓으며 자리에서
일어섰다.

"이보게, 마크햄, 나는 우리가 경사와 함께 수수께끼 현장으로 출발
해야 한다고 생각하네. 해가 될 건 아무것도 없네. 어쨌거나 불쾌한
밤이 아닌가. 시시한 결말이 나더라도 약간의 자극이 무더운 날씨를
잊도록 도와줄 걸세. 그리고 경사의 호르몬을 자극한 그 불길한 기운
에, 우리도 영향을 받을지 모르지."

그는 점잖은 목소리로 말했다.

마크햄이 흠칫 놀라며 그를 쳐다보았다.

"도대체 왜 스탬 저택에 가고 싶어 하나?"

반스는 하품을 꾹 참으며 대답했다.

"우선은 내가 스탬의 작은 물고기 수집품을 훑어보는 일에 관심이

많다는 걸 자네도 알잖나. 나 역시 한때나마 취미삼아 물고기를 키웠네. 그런데 공간이 부족해서 특정색을 내도록 품종을 개량한 베타스 필렌데스와 캄보디아를 한곳에 넣어야만 했어. 자네 샴 파이팅 피쉬를 모르나?"1)

마크햄은 한동안 아무 말 없이 그를 찬찬히 바라보았다. 그는 반스가 경사의 요청에 응한 이면에는, 방금 언급한 사소한 이유보다 훨씬 더 심오한 까닭이 있음을 깨달을 만큼 반스를 잘 알았다. 또한 반스가 아무리 많은 질문을 해도 지금 이 자리에서는 참뜻을 밝히지 않으리라는 것도 알고 있었다.

잠시 후 마크햄도 자리에서 일어났다. 그는 자신의 시계를 흘긋 보고는 어깨를 으쓱했다.

"자정이 지났군."

그는 내키지 않는 듯 말했다.

"물론 물고기를 살펴보기에는 더할 나위 없는 시간이지……. 경사의 차로 가겠나 아니면 자네 차로 가겠나?"

"오, 내 차로 가세. 경사를 뒤따라가기로 하지."

이윽고 반스는 벨을 눌러 커리를 불러서 자신의 모자와 단장을 가져오라고 지시했다.

---

1) 한때 반스는 자신의 일광욕실을 수족관으로 바꾸고 몇 년간 베일 모양의 꼬리를 한 아름다운 물고기들을 키우는 데 빠져 있었다. 그는 선명한 청색과 짙은 밤색, 심지어 검은색의 품종까지 만들어내는 일에 성공했다. 그래서 자연사 박물관의 관상어 협회 전시회에서 품종 개량한 물고기들에게 주는 상을 몇 차례 받기도 했다.

제2장 놀라운 고발

8월 12일 일요일 오전 12시 30분

잠시 후 우리는 브로드웨이로 향했다. 히스 경사가 자신의 소형 경찰차를 타고 앞장서 길을 안내했다. 마크햄과 반스, 그리고 나는 반스의 이스파노 수이자 차를 타고 뒤따라갔다. 딕맨 가에 다다른 우리는 서쪽으로 방향을 돌려 페이슨 애버뉴를 지나 가파르고 꾸불꾸불한 볼튼 로(Bolton Road)[2]로 접어들었다. 이윽고 볼튼 로의 끄트머리에 도착한 자동차는 한 개인주택의 진입로로 들어섰다. 커다란 사각형의 돌 두 개가 떠받치고 있는 입구를 지나서, 상록수 여러 그루가 심어진 길을 빙 돌아 올라가니 언덕 꼭대기에 다다랐다. 이곳이 유서 깊고 유명한 스탬 저택이 100여 년 전에 세워진 바로 그 언덕 꼭대기였다.

스탬 저택은 목조건물이었는데, 주위를 빙 둘러 삼나무와 참나무, 전나무가 울창한 숲을 이루고 있었다. 군데군데 제멋대로 자란 잔디와 암석정원이 눈에 띄었다. 저택은 지대가 높아서 시야가 탁 트여 사방이 훤히 내려다보였다. 우선 북쪽으로는 구름 걷힌 하늘을 배경으로 '자비의 집'의 뾰족한 고딕양식 탑들이 시커먼 윤곽을 드러내고

---

2) 이곳을 '남볼튼 로(Lower Bolton Road)'와 혼동하면 안 된다. 강변로라고도 불리는 남볼튼 로는 뉴욕 허드슨 강 중앙철교 부근에서 딕맨 가를 빠져나와 메모리얼 병원 아래쪽을 지나가므로, 볼튼 로와는 엄연히 다른 길이다.

있었다. 그 하늘빛은 스퓨텐듀빌의 개울 건너 1마일쯤 떨어져 있는 마블힐의 빌딩들에서 내뿜는 유령 같은 빛을 빨아들인 듯 더없이 음산했다. 남쪽으로 시선을 돌리니, 나무들 사이로 희미하게 비치는 맨해튼의 깜빡이는 불빛들이 괴기한 기운을 던져주었다. 동쪽으로는 시커먼 형체의 스탬 저택 양편에 펼쳐져 있는, 시맨 애버뉴와 브로드웨이를 따라서 높다란 건물 몇 개가 마치 거인의 손가락들처럼 쭉쭉 치솟아 있었다. 우리 뒤편의 서쪽으로는 허드슨 강이 내려다보였는데, 잔잔한 물살에 맞춰 조금씩 흔들리는 배들의 불빛이 시커멓고 불투명한 수면 위에 점점이 박혀 있었다.

어느 쪽을 둘러보나 현대 뉴욕의 분주한 삶이 여실히 보였다. 그러나 웬일인지 내 마음속에는 고독과 함께 괴이한 느낌이 스멀스멀 파고들었다. 나는 그렇게 바쁘게 돌아가는 세상의 모든 일들로부터 영원히 단절된 듯한 느낌이 들었다. 그리고 불현듯 시대에 뒤떨어진 인우드가 한없이 낯설게 느껴졌다. 큰 나무들과 무너져 내리는 저택들, 거친 황무지가 곳곳에 펼쳐져 있는 인우드에는 고시대의 자취들이 짙게 배어 있었고, 시골에 온 듯한 적막감으로 가득 차 있었다. 유서 깊은 인우드는 맨해튼에 속해 있는 지역이 분명한데도 세상의 한 모퉁이에 외떨어져 꼭꼭 숨겨진 성채 같아 보였다.

자동차가 진입로 꼭대기에 있는 조그만 주차장으로 들어서니, 푸드의 구형 쿠페 한 대가 저택의 입구 앞에 있는, 난간이 달린 널찍한 돌계단에서 45m 정도 떨어진 채 주차되어 있었다.

"의사의 차입니다. 이 집 차고는 저 아래 동쪽에 있거든요."

히스가 차에서 내리면서 우리에게 설명해주었다.

그는 앞장서서 계단을 올라가 커다란 청동 현관문으로 다가갔다. 현관에는 희미한 불빛이 비추고 있었고, 우리는 장식 판자를 댄 비좁은 문에서 스니트킨 형사를 만났다.

"돌아오시기만 기다렸습니다, 경사님."

스니트킨 형사는 마크햄에게 정중하게 인사하며 말했다.

"스니트킨 형사, 자네도 지금 이 일에 흥미를 느끼고 있나?"

반스가 지나가는 투로 물었다.

"저는 아닙니다, 반스 씨. 지루하기만 한 걸요."

스니트킨이 현관문 쪽으로 돌아서며 대꾸했다.

"뭐 다른 일은 없었나?"

히스가 퉁명스레 물었다.

"스탬 씨가 일어나 정신을 차린 것 말고는 아무 일도 없었습니다."

히스가 현관문을 세 번 가볍게 노크하자 문이 곧장 열리면서 제복을 입은 집사가 나와 의심이 가득한 눈빛으로 우리를 바라보았다.

"꼭 이러실 필요가 있습니까, 경사님?"

집사는 부드러운 어조로 물으면서 내키지 않는 듯 우리가 들어갈 수 있도록 살짝 문을 열어주었다.

"아시겠지만, 스탬 씨는……."

히스가 집사의 말허리를 자르며 무뚝뚝하게 말했다.

"나는 이 사건의 책임자요. 그리고 당신이 할 일은 명령을 따르는 것이지, 질문을 하는 게 아니오."

집사는 유들유들한 미소를 지으며 아첨하듯 허리를 굽히고 있다가 우리가 모두 들어오자 재빨리 문을 닫았다.

"그럼, 제가 어떤 분부에 따르면 될까요, 나리?"

"여기 현관을 지키고 있다가 아무도 들어오지 못하게 하시오."

히스가 퉁명스레 내뱉었다. 그리고는 우리의 뒤를 이어 아래층의 널찍한 복도로 들어온 스니트킨에게 고개를 돌리며 말했다.

"사람들은 모두 어디서, 무엇을 하고 있나?"

"스탬 씨는 저쪽 서재에 있습니다. 의사와 함께요."

스니트킨은 엄지손가락을 쭉 펴서 복도 끝에 양옆으로 드리워진 커튼을 가리켰다. 태피스트리 소재의 묵직한 커튼이었다.

"나머지 사람들은 경사님 지시대로 각자 방으로 가 있으라고 했습니다. 그리고 버크는 후문 계단에 앉아있고, 헤네시는 풀 쪽에 내려가 있습니다."

히스는 나직한 목소리로 뭐라고 투덜거렸다. 그리고는 마크햄을 돌아보며 말했다.

"자, 무엇부터 하고 싶으십니까, 검사님? 우선 이곳의 지형은 어떤지, 풀은 어떤 모양인지 보여드릴까요? 아니면 먼저 여기 있는 사람들을 심문하고 싶으십니까?"

마크햄이 선뜻 대답하지 못하고 망설이자, 반스가 귀찮은 듯이 말했다.

"마크햄, 나는 그 심문이라는 것을 좀 했으면 싶네. 야외 수영 파티가 있기 전에 무슨 일이 있었는지 궁금해 죽겠거든. 또 그 파티에 참가했던 사람들도 보고 싶고 말이야. 풀이야 나중에 봐도 되잖나? 이런 불행을 낳은 어리석은 모험에 얽혀있는 사람들에 대해서 정리해놓고 나면 지금까지와는 달리 사건이 심각성을 띠게 될지 누가 알겠나, 안 그런가?"

마크햄은 성급하고 회의적인 심정을 역력히 드러내며 대꾸했다.

"난 뭐부터 하든 상관없네. 어찌되었든 여기에 왜 왔는지, 그 이유나 빨리 찾아내세."

반스는 복도 주위를 두리번거렸다. 벽은 튜더 양식(회반죽과 벽돌로 만들어진 벽에 목재가 노출된 영국의 목조건축 - 역주)으로 장식 판자가 달려 있었고, 가구들은 칙칙하고 육중했다. 벽 곳곳에는 실물 크기의 빛바랜 유화 초상화가 걸려 있었고, 방문마다 묵직한 커튼이 드리워져 있었다. 저택 안은 칙칙한데다 곰팡내까지 풍겨서 음침해 보였고,

더더욱 시대에 뒤떨어져 보였다.

반스는 사색에 잠긴 채 말했다.

"자네가 두려움을 느끼기에 딱 적당한 환경이군, 경사. 이렇게 오래된 집들은 거의 남아 있지 않은데, 덕분에 와봤으니 고마워해야 하는 건 아닌지 모르겠네."

그때 마크햄이 퉁명스레 입을 열었다.

"일단, 응접실로 가세……. 어느 쪽이오, 경사?"

히스는 오른쪽으로 손짓을 하며 커튼이 쳐진 아치 모양의 입구를 가리켰다. 우리가 그쪽으로 가려는데, 계단을 내려오는 발소리가 나직이 들려오는가 싶더니 어둠 속에서 불쑥 누군가가 말을 건넸다.

"제가 좀 도와드릴까요?"

키 큰 남자의 형상이 우리 쪽으로 다가왔다. 그가 구식 크리스털 샹들리에의 불빛이 희미하게 미치는 곳에 이르자, 왠지 모르게 음흉한 인상이 풍기는 범상치 않은 인물이 보였다.

그는 180미터 이상의 키에, 호리호리하면서도 다부진 체격이 강철같이 단단해 보였다. 얼굴빛은 가무잡잡했고, 날카롭고 차분한 검은 눈동자는 독수리의 매서운 눈빛을 연상시켰다. 코는 매부리코에다 폭이 매우 좁았다. 또 광대뼈가 툭 불거져서 그 아래쪽이 푹 꺼져 보였다. 얼굴 중에서 북유럽인종이라고 여겨지는 부분은 입과 턱뿐이었다. 입술은 얇고 일직선으로 다물어졌으며, 깊게 패인 오목한 턱은 묵직하고 강인한 인상을 풍겼다. 평평한 넓은 이마를 훤히 드러내서 뒤로 바짝 빗어 넘긴 그의 머리는 복도의 희미한 불빛 아래에서도 새까매 보였다. 그리고 고급 의상을 정중하게 갖춰 입은 차림새에서 옷에 대한 탁월한 감각을 엿볼 수 있었다. 하지만 아무렇게나 대충 입은 폼으로 봐서 그는 그런 옷들을 귀찮은 모임에 참석하기 위해 어쩔 수 없이 입어야 하는 것쯤으로 여기는 것 같았다.

그는 우리 앞에 서서 자신을 소개했다.

"저는 리랜드라고 합니다. 이 집안과는 오랫동안 친분이 있지요. 공교롭게도 가장 불행한 사건이 일어난 오늘 같은 밤에 이렇게 손님으로 와 있었습니다."

그는 정확한 발음이었지만 왠지 좀 특이한 억양으로 얘기했다. 히스가 리랜드와 처음 통화를 하고 받았다는 느낌이 무엇인지 알 것 같았다.

반스는 그 남자를 이리저리 꼼꼼히 뜯어보고 있었다.

"인우드에 사십니까, 리랜드 씨?"

반스가 불쑥 물었다.

리랜드는 간신히 알아볼 정도로 살짝 고개를 까닥였다.

"쇼라캅콕의 조그만 집에서 삽니다. 예전에는 인디언의 거주지였던 마을로, 구(舊) 스퓨텐듀빌 개울이 내려다보이는 언덕 중턱에 자리잡고 있습니다."

"인디언 동굴 근처 말입니까?"

"예, 지금은 쉘베드라고 불려지는 곳의 바로 맞은편이지요."

"스탬 씨하고는 오래 전부터 알고 지내셨나요?"

"15년간이죠."

리랜드는 잠시 망설이다가 말을 이었다.

"스탬 씨가 열대어를 찾아 원정을 나살 때도 여러 번 따라간 적이 있습니다."

반스는 계속해서 이 이상한 남자에게서 시선을 떼지 않고 있었다.

"그렇다면 혹시 스탬 씨가 카리브 해로 보물 탐사를 나갔을 때도 함께 가시지 않았나요? 그 낭만적인 모험담 중에서 당신 이름이 거론되었던 것 같아서요."

반스는 냉담한 어조로 물었는데, 그때 당시에 나는 그 이유를 알 수 없었다.

"맞습니다."

리랜드는 아무런 표정 변화 없이 대답했다.

반스는 그에게서 시선을 돌리며 말했다.

"좋습니다, 정말 잘됐군요. 지금 이 문제를 해결할 수 있도록 도움을 주기에는 당신이 적임자 같습니다. 응접실로 들어가서 잠시 얘기 좀 나누시죠."

그가 묵직한 커튼을 젖히자 집사가 얼른 앞으로 나와서 전등을 켰다.

우리는 응접실 안으로 들어갔다. 천장의 높이가 적어도 6미터 가량은 되어 보이는 넓은 방으로, 바닥에는 커다란 오뷔송 융단(Aubusson carpet;프랑스의 소도시 오뷔송이 원산지로, 미술적인 가치도 높은 화려한 수직 융단 – 역주)이 깔려 있었고, 비록 지금은 좀 낡고 빛이 바랬지만 육중하고 화려한 로코코풍 가구들이 벽을 따라 즐비하게 놓여 있었다. 그곳에서는 전반적으로 낡아서 쓸모 없어진 물건을 보는 것 같은 진부하고 퇴색한 느낌이 풍겼다.

반스는 주변을 둘러보더니 몸서리를 쳤다.

"분명 자주 모임을 갖는 곳은 아닌 것 같군."

그는 혼잣말하듯 말했다.

리랜드는 반스를 흘끗 보며 그 말에 대꾸했다.

"맞습니다. 이 방은 거의 사용하지 않습니다. 이 집안사람들은 조슈아 스탬 씨가 돌아가신 이후로는, 뒤쪽에 있는 그다지 격식을 차리지 않는 공간에서 지내고 있습니다. 주로 서재나, 10년 전 스탬이 증축한 동물 사육장 말이지요. 스탬의 경우는 대부분을 그 사육장에서 보냅니다."

반스가 말했다.

"물론 물고기와 함께이겠군요."

"정말 흥미진진한 취미죠."

리랜드가 시큰둥하게 말했다.

반스는 멍하니 고개를 끄덕이고 앉아서 담배에 불을 붙였다. 그리고 다시 말을 시작했다.

"리랜드 씨, 친절하게도 협조해주겠다고 하셨으니, 오늘밤 이 저택의 상황이 어떠했는지, 그 비극적인 사건이 일어나기 전에 있었던 여러 가지 일들에 대해서 말씀해주십시오."

반스는 리랜드가 미처 대꾸할 새도 없이 바로 덧붙여 말했다.

"제가 히스 경사한테 듣기론, 당신이 이 사건을 수사해야 한다고 경사에게 고집을 피웠다던데, 맞습니까?"

"예, 그랬습니다."

리랜드는 조금도 난처한 기색 없이 대꾸했다.

"나이도 젊은 몬테규가 다이빙 뒤에 수면 위로 다시 떠오르지 못했다는 사실이 정말 이상하게 여겨졌습니다. 그는 수영실력이 뛰어난 데다 다른 여러 가지 운동에 탁월한 사람입니다. 게다가 그는 풀장 구조를 훤히 꿰고 있으니 바닥에 머리를 찧었을 가능성은 거의 없다고 봐야 합니다. 풀의 맞은편은 다소 얕고 경사가 져 있지만, 간이 탈의실과 다이빙대가 가까운 이쪽은 수심이 최소한 7.5미터는 됩니다."

"하지만 쥐가 났거나 혹은 다이빙을 하다가 돌연 뇌진탕을 일으켰을지도 모르지요. 그런 일들은 종종 일어나지 않습니까?"

반스가 넌지시 떠보듯 말했다. 그는 무심한 눈빛으로 리랜드를 쳐다보았으나 사실은 주의 깊게 관찰하고 있었다.

"그런데도 굳이 사건을 살인수사과에 의뢰한 이유는 무엇입니까?"

"단순히 만일의 경우를 대비하기……."

리랜드가 말을 꺼냈으나 반스가 중간에 가로막았다.

"예, 예, 그러셨군요. 하지만 어째서 이와 같은 상황에서 살인의 가능성에 주의를 기울여야한다고 생각하셨습니까?"

리랜드가 입가에 냉소적인 미소를 떠올리며 대답했다.

"이 집안은 사는 방식이 좀 별납니다. 아시는지 모르지만 스탬 가(家)는, 근친혼의 전통이 뿌리 깊은 집안이죠. 조슈아 스탬 씨와 그분의 아내는 사촌간이었고, 그 두 분의 조부모들 역시 혈연지간이었습니다. 그래서 이 집안사람들은 대체로 부전마비(不全麻痹)를 앓고 있지요.

스탬 가의 이전 두 세대는 성격이 불안정하고 종잡을 수 없었기 때문에, 이 집안사람들은 늘 돌발적인 삶을 살았습니다. 그래서 정상적인 가계도가 계속 깨어졌지요. 하여튼 이 집안사람들은 늘 불안해 보입니다. 육체적인 면이나 정신적인 면, 모두 말입니다."

"설혹 그렇다 하더라도 그런 사실이나 집안내력이, 몬테규의 실종과 무슨 관련이 있단 말입니까?"

반스는 이 남자에게 깊은 호기심을 가지게 된 것 같았다.

"몬테규는 스탬의 동생, 버니스와 약혼한 사이거든요."

리랜드는 덤덤한 어조로 대답했다.

"아!"

반스는 담배를 깊게 빨았다.

"당신은 스탬 씨가 두 사람의 약혼을 반대했을 거라고 추측하는군요?"

"지금 제 추측을 말씀드리는 게 아닙니다."

리랜드는 길다란 대통의 브라이어 파이프(브라이어는 지중해 연안 지방에 분포하는 철쭉과에 속하는 낙엽관목의 뿌리로, 나뭇결이 아름다울 뿐아니라 오래 사용해도 눋지 않아서 이상적인 파이프재(材)로 쓰인다. - 역주)

와 담배쌈지를 꺼냈다.

"어쨌든 스탬이 두 사람의 약혼을 반대했을 수도 있습니다. 하지만 스탬은 제게 그런 얘기를 한번도 내비치지 않았습니다. 스탬은 자신의 생각이나 속마음을 잘 털어놓지 않는 친구입니다. 아무튼 그가, 본능적으로 반대했을 가능성이 높은 만큼 몬테규를 미워했을지도 모릅니다."

그는 능숙한 솜씨로 파이프에 담배를 채워 불을 붙였다.

"그러면 당신이 경찰에 전화한 근거가…… 그걸 뭐라고 하죠……? 아, 멘델의 유전법칙이 스탬 가에 적용된 걸로 여겨서입니까?"

리랜드는 또다시 냉소적인 미소를 지었다.

"아니오, 꼭 그렇다고 할 수 없습니다. 그것도 제 의구심을 자극한 한 요인이긴 하지만요."

"그러면 다른 요인은 무엇입니까?"

"지난 24시간 동안 이곳에 모인 사람들은 상당한 양의 술을 마셨습니다."

"아, 그렇군요. 알코올이 들어가면 억제되어 있던 마음이 쉽게 풀어지기 마련이죠……. 그러면 당분간 조금 전 학문적인 얘기들은 접어두고 그 얘기를 나누죠."

리랜드는 한가운데 놓인 탁자로 가서 기대어 섰다.

"이 특별한 집안 파티에 참석한 사람들은 목표를 달성하기 위해서라면 어떤 수단을 쓰든 조금도 수치스러워하지 않는 사람들입니다."

마침내 그가 말문을 열었다.

반스가 살며시 고개를 갸우뚱거리며 대꾸했다.

"그 말이 좀더 설득력이 있군요. 그 사람들에 대해 간략히 말씀해 주십시오."

"그들에 대한 설명이라면 단 몇 마디로도 충분합니다. 스탬과 버니스 외에, 알렉스 그리프 씨가 파티에 참석했습니다. 그 사람은 유명한 증권 중개인으로 분명 스탬 가의 재산에 야심을 품고 있는 사람입니다. 그 다음엔 커윈 타툼 씨인데, 방탕하고 평판이 나쁜 젊은이로 제가 보기에는 완전히 친구들한테 빌붙어 사는 인간입니다. 그는 한마디 덧붙이자면, 버니스 스탬을 흠모하다가 완전히 웃음거리가 되었죠······."

"그럼, 그리프 씨는 스탬 양에게 어떤 감정을 가지고 있습니까?"

"모르겠습니다. 그는 이 집안의 재정 자문가처럼 행세하고 있고, 또 그의 제안으로 스탬이 거액을 투자한 걸로 알고 있습니다. 하지만 그가 스탬 가의 재산 때문에 버니스와 결혼하고 싶어하는지 아닌지는 잘 모르겠습니다."

"말씀해주셔서 정말 감사합니다······. 그런데 파티에 참가했던 다른 사람들에 대해서도 더 듣고 싶군요."

"맥아담 부인이 계셨습니다. 다들 티니라고 부르는데, 그냥 평범한 과부입니다. 말 많고, 뻔뻔하고, 경망스럽지요. 맥아담 부인의 과거는 아무도 모릅니다. 그녀는 약삭빠르고 속물이라 계산적인 속셈으로 스탬을 주시하고 있는 것 같습니다. 늘 지나치다 싶을 정도로 스탬을 추켜세우는데 분명 무슨 저의가 있어서가 아니겠습니까? 이건 타툼이 술에 취해 정신이 혼미한 상태에서 제게 몰래 들려준 얘기인데, 몬테규와 맥아담 부인이 한때 같이 살았었다고 하더군요."

반스는 짐짓 비난하는 체하며 혀를 끌끌 찼다.

"이제야 조금씩 감이 잡힙니다. 지금까지 얘기 중 가장 흥미롭군요······. 이 흥미진진한 사교적 mélange(관계)를 더 복잡하게 만드는 또 다른 사람은 없습니까?"

"있습니다. 바로 스틸 양입니다. 이름은 루비이고 아주 열정적인 여자인데, 정확한 나이는 모르겠습니다. 옷도 멋들어지게 잘 차려입고, 항상 뭔가를 연기하는 사람 같습니다. 또 그림도 그리고 노래도 부르며 자신의 '예술'에 대해서 얘기하곤 합니다. 제 생각에 그녀는 한때 연기자였던 것 같습니다……. 이제 다 말씀드렸습니다. 몬테규와 저만 빼고요. 스탬한테 듣기로, 여자 한 명을 더 초대했다는데 파티가 시작되기 얼마 전에 못 오게 되어 유감스럽다는 전갈이 왔답니다."

"오! 그 대목이 가장 흥미롭군요. 그 여자가 누구인지 스탬 씨가 말해주었습니까?"

"아니오, 하지만 의사가 스탬을 제정신으로 회복시켜 놓으면 직접 물어보십시오."

"몬테규는 어떤 사람입니까? 그의 성격이나 전력에 대해 좀 들으면 사건의 윤곽이 한층 더 뚜렷해질 것 같군요."

리랜드는 말하기를 주저했다. 그는 파이프의 재를 털어내고 다시 채웠다. 그리고 말할 준비를 마치자 마지못해 하는 기색을 내비치며 대답했다.

"몬테규는 누가 봐도 유능하고 잘생긴 남자였습니다. 배우가 직업이었지만 그다지 큰 인기를 누려본 적은 없는 것 같았습니다. 한두 번 할리우드에서 영화에 출연하긴 했지만요. 그는 항상 일등급의 값비싼 호텔에서 지내면서 여유 있게 살았습니다. 그리고 연극의 첫날 공연에 참석하는가 하면 동부 지역의 나이트클럽에도 자주 다녔습니다. 그는 정말 부드러운 매너를 가졌고, 제가 보기에도 여성들에게 아주 호감을 주는 사람이었습니다……."

리랜드는 말을 멈추더니 파이프에 담배를 꾹꾹 눌러 넣으며 덧붙였다.

"저는 정말 그에 대해서 아는 게 별로 없습니다."

반스는 자신의 담배 끝을 주시하며 말했다.

"그런 타입의 사람은 안 들어도 잘 압니다. 하지만 저는 이곳에 모인 사람들이 전혀 이상하다고 여겨지지 않는군요. 그러니까 사람들 각자가 몬테규와 어떤 식으로든 얽혀 있다고 할지라도 그것이 반드시 비극적인 사고를 고의적으로 꾸몄음을 암시한다고 볼 수 없다는 말입니다."

리랜드는 반스의 의견에 동의했다.

"그렇지요. 하지만 오늘밤 파티에 참석한 거의 모든 사람들이 몬테규를 죽일 만한 동기가 다분하다는 생각을 떨쳐버릴 수가 없습니다."

반스는 질문하듯 눈썹을 치켜올렸다.

"왜 그렇습니까?"

반스가 대답을 재촉했다.

"그건 우선, 스탬의 경우 아까도 말씀드렸다시피 몬테규가 자신의 동생과 결혼하는 걸 몹시 반대했을지도 모릅니다. 그는 동생을 무척 아꼈고, 게다가 두 사람의 결혼이 전혀 어울리지 않는다는 것을 감지할 만한 분별력은 지녔으니까요. 타툼의 경우도 예외가 아닙니다. 스탬 양을 놓고 사랑의 경쟁 관계에 있는 상대라면 누구든지 죽이고 싶은 충동이 일었을 테니까요. 그리프는 어떤 일도 서슴지 않을 사람입니다. 그런데 몬테규가 결혼해서 스탬 가문에 들어오면 이 집안의 재산을 관리하려는 자신의 야망이 자칫하면 물거품이 될지도 모를 노릇이었습니다. 이런 상황에서 그가 가만히 있을 리 없지요. 아니면 버니스와 결혼하고 싶은 마음이 있었을 수도 있고요. 그리고 티니 맥아담과 몬테규 사이에는 분명 뭔가가 있었습니다. 저는 타툼에게 두 사람의 예전 관계를 듣고 뭔지 모를 분위기를 분명하게 감지했습니다. 맥아담 부인은 그가 다른 여자에게 마음이 가 있는 것에 분개했을지도 모릅니다. 아니면 버림받는 걸 못 견뎌했을 수도 있고요. 게다가 그녀가 스탬과 결혼할 의도가 있었다면 몬테규가 스탬에게 자신의 과거를 털어놔서 계획을 망쳐 버릴까 봐 초조했을 수도 있습니다."

"보헤미안 기질이 다분한 스틸 양의 경우는 동기가 무엇입니까?"

리랜드는 얼굴이 굳어지더니 말하기를 꺼렸다. 그러나 곧 다소 야비하면서도 단호한 표정으로 말했다.

"저는 그녀가 제일 의심스럽습니다. 그녀와 몬테규는 두드러지게 사이가 좋지 않았습니다. 그녀는 그에 대해 늘 좋지 않은 소리를 했지요. 드러내놓고 그를 조롱하는가 하면, 공손하게 말하는 법이라곤 거의 없을 정도였습니다. 몬테규가 수영을 하자고 제의했을 때도 탈의실까지 나란히 따라 걸어가면서 열을 올리며 뭔가를 얘기하더군요. 무슨 얘기를 했는지는 듣지 못했지만 분명 뭔가에 대해 그를 호되게 비난하는 듯했습니다. 그리고 다들 수영복으로 갈아입은 다음 제일 먼저 몬테규가 다이빙을 하려고 나섰을 때도, 그녀는 짓궂게 노려보면서 그에게 다가가 무슨 말인가를 건넸습니다. 그런데 그때 조금 큰 소리로 얘기해서 부득이하게 엿듣게 되었는데, 분명히 '다시 밖으로 나오지 않았으면 좋겠어'라는 말이었습니다. 그런데 몬테규가 정말 다시 물 밖으로 나오지 않자, 그녀의 그 말이 의미심장하게 보이더군요. 아마 이제는 제 말뜻을 이해하셨⋯⋯."

"예⋯⋯. 아주 확실히요."

반스가 중얼거리듯 말했다.

"당신이 제시한 모든 가능성들을 이제야 납득할 수 있겠네요. 소규모 비밀모임이었군요, 안 그렇습니까? 어, 그렇다면?"

그가 리랜드를 날카롭게 올려다보며 말을 이었다.

"그러면 당신은 어떻습니까, 리랜드 씨? 혹시 당신도 몬테규의 죽음을 바란 건 아닙니까?"

리랜드는 아주 솔직하게 대답했다.

"아마 다른 사람들보다 더하면 더했지 덜하진 않을 겁니다. 저는 몬테규를 아주 싫어했고, 그가 버니스와 결혼할 거라는 얘기를 듣고 격분했습니다. 저는 버니스에게도 그렇게 말했고, 스탬에게도 제 의견을 피력했습니다."

"그런데 왜 두 사람의 결혼에 그렇게까지 마음을 쓰셨습니까?"

반스는 듣기 거북하지 않도록 조심스러운 어조로 추궁했다.

그는 자세를 바꾸어 탁자 가장자리에 걸터앉으며 천천히 파이프를 입에서 떼어냈다.

"스탬 양은 아주 아름답고 특별한 아가씨입니다."

그는 단어 하나하나를 세심하게 고르듯 느릿느릿 신중하게 말했다.

"저는 그녀를 아주 높이 평가합니다. 어렸을 때부터 알고 지냈고 지난 몇 년간은 썩 좋은 친구로 지냈습니다. 그래서 몬테규가 그녀의 상대로 모자란다는 생각이 들었을 뿐입니다."

그는 일순간 말을 멈추었다가 다시 입을 떼려 했다. 하지만 이내 마음을 바꾸었다.

반스는 리랜드를 계속해서 유심히 지켜보고 있었다.

"당신은 아주 명석하군요, 리랜드 씨."

반스는 천장에 멍하니 시선을 둔 채 고개를 천천히 끄덕이며 나직이 말했다.

"그래요, 아주 명석해요. 저는 당신이 몬테규를 죽일 만한 동기가 다른 사람보다 더 크다고 생각하는데……."

이때 예상치 못한 일로 대화가 느닷없이 중단되었다. 젖혀져 있는 응접실의 커튼 너머로 계단을 몹시 서둘러 내려오는 발소리가 들려왔다. 우리는 문가를 쳐다보았고, 잠시 후 키가 크고 눈부시도록 아름다운 여인이 격앙된 표정으로 응접실 안으로 뛰어 들어왔다.

그녀는 35살 정도 되어 보였고 아주 창백한 얼굴에 불그스름한 입술을 하고 있었으며, 검은 머리칼을 가운데에서 가르마를 타서 귀 뒤로 곱게 빗어 넘겨 목덜미에서 하나로 묶고 있었다. 그녀는 시폰 소재의 기다란 검은색 드레스를 입고 있었는데 몸에 꼭 맞도록 만들어져서 몸매가 훤히 드러났다. 거기에다 검은 의상에 비취 보석만으로 현란한 색채를 보태어, 길게 늘어진 비취 귀걸이와 세 겹의 비취 구슬 목걸이, 비취 팔찌, 여러 개의 비취 반지, 조각이 새겨진 커다란 브로치를 차고 있었다.

응접실 안으로 들어왔을 때 그녀는 두 눈에 노여움을 가득 담은 채 리랜드를 빤히 쳐다보면서 그에게 몇 걸음 다가갔다. 그녀의 태도에는 호랑이를 연상시키는 위협이 배어 있었다. 그녀는 방 안의 다른 사람들을 휙 훑어보았지만 곧 리랜드에게 시선을 돌렸다. 리랜드는 놀리기라도 하듯 태연하게 그녀를 쳐다보며 서 있었다. 그녀는 천천히 팔을 들어 그를 가리킴과 동시에 몸을 앞으로 기울이며 눈을 가늘게 떴다.

"이 사람 짓이에요!"

그녀는 쩌렁쩌렁한 목소리로 격렬하게 소리 질렀다.

반스는 천천히 자리에서 일어나 자신의 외알 안경으로 손을 뻗었다. 그리고는 안경을 고쳐 쓴 후 여인을 부드러우면서도 비판적인 시선으로 쳐다보았다.

그리고 느릿느릿 말했다.

"지적해주셔서 정말 감사합니다. 리랜드 씨와는 자연스럽게 인사하게 되었습니다. 하지만 아직⋯⋯."

"제 이름은 스틸이에요."

그녀가 고약하다고 여겨질 만한 어조로 반스의 말을 잘랐다.

"루비 스틸이에요. 그리고 이 사람이 나에 대해 뭐라고 얘기하는지 조금 들었어요. 다 거짓말이에요. 자기 자신을 보호하고 다른 사람들에게 혐의를 씌우려 다 꾸며낸 얘기일 뿐이라고요."

그녀는 사나운 시선을 반스에게서 다시 리랜드에게로 돌리며 또 한 번 손가락으로 그를 가리켰다.

"이 사람이야말로 샌포드 몬테규의 죽음에 책임이 있어요. 계획을 세우고 실행에 옮긴 것도 다 이 사람 짓이에요. 리랜드는 몬티(몬테규의 애칭 - 역주)를 미워했어요. 자신도 버니스 스탬을 사랑했으니까요. 그리고 몬티에게 버니스에게서 떨어지지 않으면 죽이겠다고 협박한 적도 있어요. 몬티에게서 직접 들은 얘기라고요. 저는 어제 아침에 이 저택에 온 뒤부터 여기가 계속 죄여 왔어요."

그녀는 극적으로 보이려는 듯 두 손으로 자신의 가슴을 꾹 눌렀다.

"정말 무서운 일이 일어날 것만 같아서……. 이 남자가 몬티에게 했던 협박을 정말 실행에 옮기는 건 아닐까 해서요."

그녀는 한편의 비극을 연기하는 배우같이 두 손을 깍지 껴서 이마로 가져갔다.

"그런데 정말 그런 짓을 한 거예요……! 오, 정말 비열해요! 악랄한 사람……!"

반스가 침착하고 냉정한 목소리로 끼여들었다.

"저기, 리랜드 씨가 그 일을 어떻게 실행에 옮겼을까요?"

그 여인은 거만한 태도로 반스를 향해 몸을 휙 돌렸다.

그리고는 거드름을 피며 쉰 목소리로 대꾸했다.

"범죄 수법이라면 제 분야가 아니죠. 그가 어떻게 했는지는 당신들이 충분히 알아내실 수 있을 거예요. 경찰이니까요, 안 그래요? 당신들에게 전화를 건 사람도 이 남자였어요. 정말 비열하지 뭐예요! 불쌍한 몬티의 시체가 발견되어 뭔가 수상한 점이 발견되더라도 자기는 전화로 신고한 사람이니까 살인자로 지명되지 않을 거라고 계산한 거겠죠."

반스는 고개를 끄덕이면서 약간 빈정대며 말했다.

"아주 재미있군요."

"그러면 지금 당신은 리랜드 씨가 몬테규 씨의 죽음을 고의적으로 계획했다고 공식적으로 고발하시는 겁니까?"

"물론이에요!"

여인은 자신의 말을 강조하려는 듯 일부러 두 팔을 쭉 뻗으면서 짤막하고 단호하게 대답했다.

"이 사람이 어떻게 살인을 했는지는 모르지만 제 말이 맞다는 건 확신해요. 이 남자는 이상한 힘이 있어요. 이 남자는 인디언이에요. 그걸 아셨나요? 인디언이란 걸 말이에요! 이 사람은 사람들이 어떤 나무를 언제 지나쳐 갔는지도 알아내요. 나무껍질만 보고 말이죠. 부러진 가지나 짓밟힌 나뭇잎을 보고 인우드 전체 사람들의 발자국을 가려내기도 하죠. 돌멩이에 낀 이끼로 그 돌멩이가 옮겨진 지 얼마나 되었고, 누가 밟고 지나갔는지, 얼마나 지났는지도 알아낼 수 있어요. 불꽃의 재를 보고는 그 불이 언제 꺼졌는지를 맞추기도 해요. 옷이나 모자의 냄새를 맡아서 누구 것인지 가려낼 수도 있고요. 이상한 기호도 읽을 수 있고, 바람의 냄새로 언제 비가 올지 알아내기도 해요. 아무튼 백인들은 알지 못하는 온갖 것들을 다 알아요. 그리고 이곳 언덕들에 얽힌 비밀도 모르는 게 없어요. 이 남자의 조상들이 여러 세대에 걸쳐 살아왔던 곳이니까 그럴 만도 하지만요. 이 남자는 인디언이에요……. 음흉하고 교활한 인디언요!"

그녀는 이야기하면서 흥분으로 목소리가 점차 드높아졌다. 그리고 거기에 연극조의 인상적인 언변이 더해졌다.

반스는 상냥한 어조로 반박했다.

"하지만 스틸 양, 지금 리랜드 씨가 지니고 있다고 말씀하신 그런 자질들은 상대적으로 비교하지 않는 한 그리 이상한 게 아닙니다. 숲에 대한 지식과 예민한 후각만으로 범죄를 고발하기에는 납득할 만한 근거가 못 됩니다. 그런 걸로 고발을 하자면 수천 명의 보이스카우트가 끊임없이 고발 받을 위험에 처하게 될 겁니다."

그녀는 눈에 언짢은 기색을 띠더니 분노로 입술을 굳게 다물었다. 잠시 후 체념한 듯 손바닥을 위로 해서 두 손을 펴 보이고는 쓴웃음을 지었다.

"그렇게 어리석게 굴고 싶으시다면야 어쩔 수 없죠 뭐."

그녀는 억지로 경쾌한 척하면서 말했다.

"하지만 언젠가는 제게 와서 제 말이 맞았다고 말하시게 될 거예요."

"어쨌든 그거 참 재미있겠군요."

반스가 미소를 머금고 말했다.

"버질(Vergil;로마의 시인 - 역주)도 이렇게 읊었죠. Forsan et haec olim meminisse juvabit(이런 일들도 언젠가 되돌아보면서 즐거워할 날이 올 것이다)……. 그런데 제가 아주 무례한 청을 드려야겠군요. 저희가 당신에게 좀더 여쭤봐야 할 것 같으니 그때까지 계시던 방에서 기다려주셨으면 좋겠습니다. 몇 가지 더 들어볼 얘기가 있어서요."

그녀는 아무 말 없이 돌아서 당당하게 걸어 나갔다.

제3장 풀에서 들린 요란한 소리

8월 12일 일요일 오전 1시 15분

리랜드는 루비 스틸이 자신을 맹렬히 몰아세우는 동안 조용히 담배를 피면서 냉정하고 위엄 있는 태도로 그녀를 바라보았다. 그는 루비 스틸의 고발에도 불구하고 조금도 당황하는 것 같지 않았다. 그녀가 방에서 나가자 그는 어깨를 약간 으쓱하며 반스에게 쓴웃음을 지었다.

리랜드가 약간 비꼬는 투로 물었다.

"제가 왜 경찰에 전화를 해서 그들이 와야 한다고 고집을 피웠는지 알고 싶으십니까?"

반스는 개의치 않고 그를 유심히 바라보았다.

"당신은 자신이 몬테규의 실종 사건을 꾸몄다고 추궁 받을 것을 예상했지요, 안 그렇습니까?"

"그렇지도 않습니다. 그러나 저는 온갖 소문이 난무하고 수군거림이 끊이지 않을 거라는 것을 알고 있었습니다. 그래서 사건을 즉시 알려서 경찰당국이 상황을 분명하게 파악하고 책임을 명확하게 할 수 있도록, 가능한 최상의 기회를 제공하는 것이 최선의 길이라고 생각했습니다. 그렇지만 우리가 방금 겪은 것과 같은 그런 소동을 예상하지 못했습니다. 말할 것도 없이 스틸 양이 좀 전에 주장한 내용은 모두 흥분 상태에서 지어낸 이야기일 뿐입니다. 그녀가 이야기한 것 중

한 가지는 사실이지만 그것도 단지 절반의 진실일 뿐입니다. 제 어머니는 알공킨족 인디언(Algonkian Indian;알공킨어를 쓰는 북아메리카 인디언 – 역주)의 '화이트 스타 공주'로 자부심이 강하고 기품 있는 여인이었습니다. 어머니는 어린 시절에 부족과 떨어져 남부의 한 수녀원에서 자랐습니다. 건축가였던 아버지는 유서 깊은 뉴욕 명문가의 자제로, 어머니보다 연세가 훨씬 많으셨습니다. 지금은 두 분 모두 세상을 떠나셨습니다."

"당신은 이곳에서 태어났습니까?"

반스가 물었다.

"예, 인우드에서 태어났습니다. 예전에 인디언 거주지였던 쇼라캅콕에서요. 하지만 제가 태어난 집은 오래 전에 없어졌습니다. 저는 쇼라캅콕이 좋아 여전히 이곳에서 살고 있습니다. 그곳에는 교육을 받으러 유럽으로 보내지기 전까지의 행복했던 제 어린 시절을 떠올리게 하는 기억들이 많이 남아있으니까요."

"당신을 본 순간 인디언 혈통일 거라고 생각했습니다."

반스는 애매모호하고 냉담한 태도를 취하며 말했다. 그리고 나서 다리를 쭉 뻗고 담배를 한 모금 깊이 들이마셨다.

"그런데 리랜드 씨, 오늘 밤 그 비극적인 사건이 발생하기 전에 정확히 무슨 일이 있었는지 우리에게 말씀해주시면 어떨까요? 몬테규 자신이 수영을 하자고 제안했다고 당신이 말한 걸로 알고 있는데요."

리랜드는 탁자 옆의 등받이가 높은 의자 쪽으로 가서 앉았다.

"예, 맞습니다. 우리는 7시 30분쯤에 저녁을 먹었습니다. 이미 많은 양의 칵테일을 마신 상태였는데, 스탬은 저녁식사 시간에도 독한 와인 몇 병을 내놓았습니다. 커피를 마시고 나서는 브랜디와 포트와인(포르투갈 원산의 적포도주 – 역주)을 마셨습니다. 제가 생각하기에 모두들 지나치게 많은 양을 마신 것 같았습니다. 알다시피 비가 내리고 있었기 때문에 우리는 집 밖으로 나갈 수 없었지요. 그래서 서재로 옮겨서 술을 더 마셨습니다. 이번에는 스카치위스키에 소다수를 탄 하이볼이었습니다. 서재에는 다소 떠들썩한 종류의 음악이 흐르고 있었습니다. 타툼이 치는 피아노 반주에 맞춰 스틸 양이 노래를 부르기 시작했습니다. 하지만 오래 지속되지는 못했습니다. 과도하게 마신 술이 효과를 드러내면서 모두 안절부절못하는 불안한 상태로 접어들었거든요."

"그럼, 스탬 씨는?"

"스탬은 특히나 과음했습니다. 그가 그렇게 많은 술을 마시는 걸 본 적이 없을 정도였지요. 하지만 그는 지난 수년간 규칙적으로 다량의 술을 마시고 있었습니다. 그는 스카치위스키를 스트레이트로 마셔 댔습니다. 반 병쯤 술병을 비우자 저는 그에게 충고했습니다. 하지만 스탬은 뭔가를 논리적으로 생각하고 판단할 형편이 못 됐습니다. 그는 시무룩하니 말이 없어졌고, 10시까지 사람들은 신경 쓰지 않고 앉은 채로 꾸벅꾸벅 졸았습니다. 그의 여동생도 나서서 정신을 차리게 하려고 애썼지만 성공하지 못했습니다."

"그럼, 정확히 몇 시에 수영을 하러 갔습니까?"

"정확한 시간은 알 수 없지만 10시 직후였다고 생각합니다. 대략 그때쯤에 비가 그쳤으니까요. 몬테규와 버니스가 테리스로 나갔다가 서재로 되돌아오더니 비가 그쳤다고 했습니다. 몬테규는 그러면서 모두 함께 수영을 하자고 제안하더군요. 모두 그의 제안을 마다하지 않았습니다. 그러니까 스탬을 제외한 파티 참석자 모두 말입니다. 스탬은 어디를 가거나, 무엇을 할 형편이 못 됐지요. 그러나 버니스와 몬테규는 스탬에게 함께 수영을 하자고 거듭 권했습니다. 아마 물에 들어가면 술이 깰 거라 생각했던 모양입니다. 하지만 스탬은 화를 내며 트레이너에게 스카치위스키 한 병을 더 가져오라고 지시했습니다……."

"트레이너요?"

"집사 이름이 트레이너입니다. 스탬은 술에 잔뜩 취해 무기력한 상태라 저는 다른 사람들에게 그를 혼자 내버려두는 편이 좋겠다고 말했습니다. 그리고 우리 모두는 간이 탈의실로 내려갔습니다. 저는 복도 뒤쪽에 있는 스위치를 눌러, 풀로 내려가는 계단의 전등과 풀 주위의 조명등을 켰습니다. 몬테규가 제일 먼저 수영복을 갈아입고 나타났고, 나머지 사람들은 1, 2분쯤 후에 준비를 마쳤습니다……. 그리고 나서 그 비극이 벌어졌습니다……."

"잠깐만요, 리랜드 씨."

반스가 이야기를 가로막았다. 그리고는 몸을 기울여 벽난로에 담뱃재를 털면서 물었다.

"몬테규 씨가 맨 먼저 물에 들어갔나요?"

"예, 그는 다이빙대에서 기다리고 있다가 우리가 간이 탈의실에서 나오자 자세를 취했습니다. 그는 자신의 모습에 다소 우쭐해하고 있었습니다. 그는 허영심이 대단했지요. 그래서 늘 서둘러 풀로 가서 사람들의 시선이 모두 자신에게 집중될 때 제일 먼저 물에 뛰어들곤 했습니다."

"그 다음에는 무슨 일이 있었나요?"

"그는 양팔을 벌려 머리 위로 쭉 뻗었습니다. 그리고는 더할 나위 없이 멋지고 우아한 자세로 물 속으로 뛰어들었습니다. 그를 따라 물에 뛰어들기 전에 우리는 몬테규가 물 밖으로 나오기를 기다렸습니다. 지루한 시간이 흘렀지만 기껏해야 1분을 넘지 않았을 겁니다. 하지만 훨씬 더 긴 것처럼 여겨졌습니다. 그리고 나서 맥아담 부인이 비명을 질러댔고, 우리 모두는 일제히 풀 가장자리로 황급히 달려가 눈을 크게 뜨고 풀의 맞은편을 구석구석 살폈습니다. 이때 우리는 뭘

가 일이 벌어졌다는 것을 눈치챘습니다. 누구라도 자청해서 그처럼 오래 물 속에서 견딜 수는 없을 테니까요. 저는 스탬 양이 제 팔을 붙잡는 것을 뿌리치고, 다이빙대의 끄트머리로 달려가 몬테규가 사라진 지점에서 가능한 가까운 곳으로 뛰어들었습니다."

리랜드는 입을 굳게 다물고 시선을 떨구었다가 다시 말을 이었다.

"저는 풀의 바닥에 닿을 때까지 아래쪽으로 헤엄쳐 내려가서 할 수 있는 한 이곳저곳을 수색했습니다. 그리고 숨을 쉬러 수면을 올라갔다가 내려갔다 다시 올라갔다를 반복했습니다. 제 바로 옆 물 속에 한 남자가 있는 것이 보였고, 저는 한순간 그 사람이 몬테규라고 생각했습니다. 그러나 그 사람은 물 속에 함께 있던 타툼이었습니다. 그도 몬테규를 찾으려고 뛰어들었던 거지요. 그리고 다소 어설프기는 하지만 그리프 또한 우리를 도와 그 불운한 친구를 찾으러 풀에 들어왔습니다……. 그리프는 헤엄을 잘 못 치는데도 말이죠. 하지만 아무 성과도 없었습니다. 거의 20분간 그를 찾으려고 노력했지만요. 그리고는 수색을 포기했습니다."

"그 상황에 대해 당신은 정확히 어떻게 생각했습니까? 그 당시에 의혹을 품었나요?"

반스는 그를 쳐다보지도 않은 채 물었다.

리랜드는 머뭇거리며 입을 오므렸다. 당시의 정확한 심정을 기억해 내리고 하는 것 같았다. 마침내 그가 입을 열었다.

"그 사건에 대한 제 느낌이 정확히 어떠했는지 말로 표현할 수는 없습니다. 전 상당히 당황하고 있었으니까요. 그러나 여전히 마음 한 구석에 뭔가 걸리는 게 있었습니다. 정확히 그게 무엇인지는 알 수 없지만 말입니다. 그래서 전 본능에 따라 경찰에 전화를 걸어 그 사건을 신고했습니다. 일이 돌아가는 모양이 마음에 들지 않았거든요. 제게는 예삿일이 아닌 것처럼 느껴졌습니다. 아마……."

그는 멍한 눈길로 천장을 올려다보며 덧붙였다.

"무의식적으로 오래된 드래건 풀에 얽힌 이야기들이 생각났기 때문일 겁니다. 제가 아이였을 때 어머니는 기이한 이야기들을 많이 들려주셨……."

"예, 예. 아주 낭만적이고 전설적인 장소지요."

반스가 중얼거리듯 말했다. 그의 말투에는 빈정거림이 담겨 있었다.

"그 얘기보다는 여자분들이 정확히 무엇을 하고 있었는지 그리고 당신이 물에 뛰어들어 몬테규 씨를 찾고 나서 그들을 봤을 때, 어떤 반응을 보였는지 듣고 싶군요."

"여자들이요?"

리랜드는 다소 뜻밖이라는 어조로 되물었다. 그는 날카로운 시선으로 반스를 바라보았다.

"아, 알겠습니다. 비극이 벌어진 후에 여자들이 어떻게 행동했는지 알고 싶으신 거군요. 음, 스탬 양은 풀 가장자리의 둑 꼭대기에 웅크리고 앉아 양손으로 얼굴을 감싸고 흐느껴 울고 있었습니다. 그런 상황에서 그녀가 저나 혹은 다른 누구라도 주목했을 거라고는 생각되지 않는군요. 어떤 일을 당했을 때보다도 그녀는 놀라고 있는 듯이 보였으니까요. 스틸 양은 버니스 옆에 가까이 서 있었는데 고개를 뒤로 젖히고 두 팔을 벌린 폼이 영락없이 비통한 몸짓으로 자비를 간청하는 모습이었습니다……."

"그녀가 마치 '아울리스의 이피게네이아(Iphigeneia in Aulis;그리스의 극작가 에우리피데스(BC 484?~BC 406)의 비극, 아울리스 항으로부터 트로이 원정군의 무사한 출범을 기원하며 총사령관이자 미케네의 왕인 아가멤논의 딸 이피게네이아를 희생양으로 바친다는 전설을 극화한 것이다. - 역주)'에서 이피게네이아 역을 리허설하고 있던 것처럼 생각되는군요……. 그럼 맥아담 부인은 어떻게 행동했나요?"

"그녀의 행동에는 기묘한 점이 있었습니다."

리랜드는 생각에 잠긴 채 파이프를 바라보다 얼굴을 찡그렸다.

"그녀는 몬테규가 수면으로 나오지 않자 비명을 질렀던 유일한 사람이었습니다. 그런데 제가 물 밖으로 나와 보니 그녀는 둑 뒤의 조명등 중 한곳 아래에 서 있더군요. 마치 아무 일도 없었던 것처럼 냉정하고 차분해 보였고, 그곳에 아무도 없는 것처럼 초연하게 풀의 맞은편을 바라보고 있었습니다. 그리고 비정하게도 반쯤 미소를 짓고 있었습니다. '우리는 몬테규를 찾지 못했어요.' 그녀에게 다가가면서 저는 이렇게 중얼거렸습니다. 어째서 다른 사람들을 제쳐놓고, 그녀에게 말을 걸었는지 지금도 잘 모르겠습니다. 그녀는 풀의 맞은편에서 시선을 떼지 않은 채 이렇게 말했습니다. '그래, 이제 끝났어.' 그러나 딱히 누군가를 정해놓고 말한 것 같지는 않았습니다."

반스는 그 말에 관심을 갖는 것 같지 않았다.

"그래서 당신은 집 안으로 들어와서 전화를 걸었습니까?"

"곧바로 그렇게 했습니다. 다른 사람들에게 옷을 갈아입고 즉시 집 안으로 들어가야 한다고 말했지요. 저도 전화를 걸고 나서 간이 탈의실로 돌아가서 옷을 갈아입었습니다."

"누가 의사에게 스탬 씨의 상태를 알렸나요?"

리랜드가 대답했다.

"제가 했습니다. 전화를 걸기 위해 처음 집에 들어왔을 때는 서재에 들어가지 않았습니다. 그렇지만 옷을 갈아입고 나서 당장 스탬에게 갔습니다. 끔찍한 일이 발생했다는 사실을 이해할 수 있을 만큼 충분히 정신이 맑아졌기를 바라면서 말이죠. 하지만 그는 그때까지도 인사불성이었고, 긴 소파 옆 작은 탁자 위의 술병은 텅 비어 있더군요. 저는 최선을 다해 그를 깨웠지만 꿈쩍도 하지 않았습니다."

리랜드는 이야기를 잠시 멈추고 알 수 없다는 듯 얼굴을 찌푸렸다. 그리고는 계속 말을 이었다.

"스탬이 완전히 인사불성 상태가 된 것을 전에는 한 번도 본 적이 없었습니다. 비록 몇 차례 몹시 취한 모습을 보기는 했지만 말입니다. 그런 그의 모습이 제게는 너무나 충격적이었습니다. 그는 숨도 거의 쉬지 않았고 안색도 죽은 사람처럼 창백했습니다. 바로 그때 버니스가 서재로 들어왔고, 자신의 오빠가 소파에 엎드려 있는 모습을 보자마자 소리쳤습니다. '오빠도 죽었어. 오, 하느님!' 그리고는 손을 뻗어 그녀를 채 잡을 틈도 없이 정신을 잃고 쓰러졌습니다. 저는 버니스를 맥아담 부인에게 맡겼고, 그녀는 감탄스러울 정도로 능숙하게 상황을 수습했습니다. 그리고 나서 저는 홀리데이 선생을 부르기 위해 전화를 하러 갔습니다. 홀리데이 선생은 여러 해 동안 스탬 가의 주치의셨고, 여기서 가까운 207번 가에 살고 계십니다. 다행히도 선생은 집에 계셨고, 그래서 서둘러 달려올 수 있었습니다."

그때 저택의 뒤쪽 어딘가에서 요란하게 문이 닫히더니 바깥 현관을 가로질러 응접실로 다가오는 묵직한 발소리가 들렸다. 그리고는 헤네시 형사가 문가에 나타났다. 그는 뭔가 흥분되는 일이 있었는지 벌어진 입에 휘둥그레진 눈을 하고 있었다.

헤네시 형사는 마크햄에게 형식적으로 인사를 하고 재빨리 경사 쪽으로 돌아섰다.

"아래쪽 풀에서 뭔가 일이 벌어졌어요."

그는 어깨 위로 엄지손가락을 홱 젖히면서 큰 소리로 말했다.

"경사님이 말씀하신 대로 저는 다이빙대 옆에 서 있었어요. 여송연을 피고 있던 참이었는데 반대편 절벽 꼭대기에서 우르르 울리는 듯한 괴상한 소리가 나더군요. 그리고 곧바로 풀에서 첨벙하는 굉장히 큰 소리가 들렸어요. 절벽이 풀장으로 무너져 내리는 것 같은 무서운 기세였지요……. 저는 그밖에 또 다른 일이 일어나는지 보려고 잠시 기다렸죠. 그리고는 경사님께 보고해야겠다는 생각이 들었어요."

히스가 공격적인 어조로 다그쳤다.

"뭔가 보였나?"

헤네시가 힘주어 말했다.

"아무것도요, 경사님. 저쪽 절벽 옆은 어둡기도 했고, 경사님이 절벽 끄트머리에 있는 낮은 둑 가까이는 가지 말라고 하셨기 때문에 여과판 위를 돌아다니면서 세밀히 조사하지 못했어요."

경사가 마크햄에게 변명하듯 말했다.

"제가 가까이 가지 말라고 했습니다. 내일 날이 밝는 대로 그 주위의 땅에 발자국이 있는지 다시 조사해 보고 싶었거든요."

그리고는 헤네시를 향해 다시 돌아서서 화가 난 듯한 퉁명스러운 어조로 물었다.

"그렇다면 그게 무슨 소리였다고 생각하나?"

헤네시가 되받아쳤다.

"생각해보지 않았어요. 단지 제가 알고 있는 사실만 말씀드리는 거예요."

리랜드가 자리에서 일어나 경사를 향해 한 발 다가갔다.

"괜찮으시다면 제가 이 형사분이 풀에서 들었다는 소리에 대한 논리적인 설명을 해드리겠습니다. 절벽 꼭대기에 커다란 바윗돌 몇 개가 바위들이 끼어있는 퇴적층에 단단히 붙어 있지 않았습니다. 그래서 저는 항상 그것들 중 하나가 풀로 굴러 떨어지지는 않을까 걱정했지요. 오늘 아침에 스탬과 저는 절벽 꼭대기에 올라가서 바윗돌을 세심히 살펴보았습니다. 사실 우리는 그중 하나를 지렛대로 움직여 떨어뜨려 보려고까지 했지만 잘 떨어지지 않더군요. 하지만 오늘밤 내린 큰비로 그 바윗돌이 굴러 떨어졌을지 모르겠습니다."

반스가 고개를 끄덕이며 간단히 수긍했다.

"어쨌든 이치에 맞는 만족스런 설명이군요."

"그럴 수도 있겠지요, 반스 씨."

히스는 마지못해 인정했다. 헤네시가 전한 이야기 때문에 그는 불안해하고 있었다.

"하지만 제가 알고 싶은 것은 하필 그런 일이 어째서 오늘밤에 일어났는가 하는 겁니다."

"리랜드 씨가 말한 것처럼 그와 스탬 씨가 오늘, 아니 어제라고 해야하나? 아무튼 지렛대로 바윗돌을 움직이려고 했다지 않나? 어쩌면 두 사람이 바위를 흔들어 놓았고, 그래서 비가 온 직후에 흔들리다 떨어졌다고 생각할 수 있지."

히스는 잠시 동안 자신의 여송연을 거칠게 씹어댔다. 그리고는 헤네시에게 손을 흔들어 방을 나가도 좋다고 신호하며 지시했다.

"돌아가서 자네 자리를 지키게. 아래쪽 풀에서 또 다른 일이 생기면 달려와서 신속히 보고하고."

헤네시는 내키지 않는 듯 머뭇거리다 응접실을 떠났다.

마크햄은 지루한 듯 보였지만 인내심을 발휘해 전체 심문 과정을 끝까지 지켜보고 있었다. 그는 반스의 질문에만 약간의 관심을 보이더니 헤네시가 방을 나가자 자리에서 벌떡 일어서며 신경질적으로 물었다.

"대체 이 모든 토론의 목적이 정확히 뭔가, 반스? 이건 지극히 평범한 사건일세. 상황에 음울한 분위기가 풍긴다는 것은 인정하지만, 이런 불가사의한 모든 특성이 내게는 신경과민의 결과인 것처럼 보이네. 모두들 불안해하고 있지 않나. 그러니 우리가 할 일은 집으로 돌아가는 거네. 경사에게 이 사건을 절차에 따라 처리하도록 맡기고 말일세. 몬테규의 우연한 죽음을 보건대, 어떻게 미리 살인을 계획할 수 있었겠나? 그 자신이 수영을 하러 가자고 제안했고, 모두 지켜보는 동안에 다이빙대에서 물 속으로 뛰어들었다 사라지지 않았나."

반스가 반박했다.

"이 사람, 마크햄. 자네는 지나치게 논리적이야. 물론 자네가 받은 법률적 훈련 탓이겠지만. 하지만 세상이 논리적으로 움직이는 것만은 아닐세. 나는 감정적으로 생각하는 것을 대단히 좋아한다네. 서사시의 걸작들을 생각해 보게. 만일 그 창작자들이 이론적인 논리학자들이었다면 그 속에는 휴머니티가 담겨 있지 않았을 걸세. 이를테면, 「오디세이」(Odyssey;고대 그리스의 시인 호메로스의 작품으로 전해지는 대서사시. 그리스군의 트로이 공략 후 오디세우스의 10년간에 걸친 해상표류의 모험과 귀국에 관한 이야기 - 역주)나 「지난날 당신의 발라드」(Ballade de dames du temps jadis;15세기 프랑스의 시인 F. 비용의 유언 시집 『Le Testament』에 담긴 서정시 - 역주), 「신곡」(Divina Commedia;이탈리아의 시인 A. 단테가 쓴 장편 서사시. 지옥편, 연옥편, 천국편의 3부로 이루어져 있다 - 역주), 「비너스 예찬」(Laus Veneris;영국의 시인이자 평론가인 A. 스윈번의 「시와 발라드」(Poems and Ballads)에 실린 시 - 역주), 「그리스 항아리에 바치는 노래」(Ode on a Grecian Urn;영국의 서정시인 J. 키츠의 시. 1819년 작품으로 그리스제 고병(古瓶)에 그려져 있는 목가적인 그림에 부쳐 예술과 사랑의 불변을 노래하고 예술미의 영원성과 인간의 변하기 쉬운 현실을 대비하였다. - 역주)……."

마크햄이 말을 끊으며 짜증스레 물었다.

"이제 뭘 할 작정인가?"

"의사에게 이 저택 주인의 상태를 물어볼 생각이네."

반스가 약을 올리듯이 미소를 지으며 대답했다.

"스탬이 이 사건과 무슨 관계가 있겠나? 그는 이곳의 다른 어떤 사람들보다도 사건과 관계가 적은 것처럼 보이는데."

마크햄이 딱 잘라 말했다.

히스는 초조한 빛을 드러내며 자리에서 일어나 문 쪽으로 갔다.

"의사를 데려오겠습니다."

그는 낮고 굵직한 목소리로 말했다. 그리고는 어두침침한 복도로 사라졌다.

잠시 후 그는 희끗희끗한 갈색 머리카락을 짧게 깎은, 나이가 지긋한 남자를 데리고 들어왔다. 그는 유행에 뒤떨어진 높은 깃의 헐렁헐렁한 검은색 양복을 입고 있었는데, 그것은 자신의 치수보다 몇 치수는 큰 것 같았다. 그는 몸집이 다소 뚱뚱했고, 그 때문인지 움직임이 둔했다. 그러나 그의 태도에는 믿음을 주는 무언가가 있었다.

반스는 일어나서 그에게 인사를 했다. 그리고 우리가 이 댁에 온 이유를 짤막하게 설명한 뒤 본론으로 들어갔다.

"방금 전 리랜드 씨에게 오늘밤 스탬 씨의 상태가 유감스럽게도 좋지 않다는 이야기를 들었습니다. 그래서 스탬 씨의 상태가 어떤지 알고 싶어 모셨습니다."

"스탬 씨는 정상적으로 회복중입니다."

의사는 대답하고 나서 잠시 머뭇거리더니 이내 말을 이었다.

"리랜드 씨가 스탬 씨의 상태에 대해 말씀드렸다고 하니 제가 그의 증세를 가지고 당신들과 이야기를 나눈다고 해서 직업윤리를 저버리는 것은 아니겠지요. 제가 도착했을 때 스탬 씨는 의식을 잃은 상태였습니다. 맥이 느리고 불안정하게 뛰었고 호흡도 약했습니다. 그가 저녁식사 이후 줄곧 상당한 양의 위스키를 마셨다는 이야기를 전해듣고, 저는 정량보다 많은 아포모르핀(구토제) 10알을 스탬 씨에게 먹였습니다. 약을 복용한 즉시 그는 위를 말끔히 게워냈지요. 그리고 나서야 정상적으로 잠들 수 있었습니다. 스탬 씨는 엄청난 양의 술을 마셨더군요. 지금까지 제가 보았던 심각한 알코올중독 환자 중에서도 가장 심한 경우에 해당할 정도였습니다. 그는 조금 전에 깨어났습니다. 그래서 마침 간호사에게 전화를 할 참이었는데, 이 남자분이 당신들이 저를 만나고 싶어한다는 말을 전하더군요."

그는 마지막 말을 하면서 히스 경사를 가리켰다.

반스는 알았다는 듯 고개를 끄덕거렸다.

"그럼, 이제 스탬 씨와 이야기를 나누는 게 가능할까요?"

"조금만 더 기다리면 가능할 겁니다. 의식을 회복하는 중이니까요. 일단 제가 스탬 씨를 2층 침실로 모시고 나면 만나실 수 있을 겁니다."

의사가 짤막하게 덧붙였다.

"그러나 말할 것도 없이 스탬 씨는 상당히 허약하고 지쳐 있는 상태입니다."

반스는 나지막하게 감사의 뜻을 전하며 말했다.

"저희가 스탬 씨와 이야기 나누기 적당한 시간이 되면 알려주시겠습니까?"

의사는 동의한다는 뜻으로 고개를 끄덕였다.

"그러지요."

그는 대답하고는 뒤돌아섰다.

"그럼, 그 사이에 스탬 양과 간단히 이야기를 나누는 게 좋겠군."

반스가 마크햄에게 말했다.

"경사, 스탬 양을 불러 주겠소?"

"잠깐만요."

의사가 문가에서 돌아봤다.

"스탬 양을 지금 당장 깨우지 않으셨으면 하는군요. 이곳에 와보니 그녀는 사건 때문에 몹시 흥분하고 예민한 상태였습니다. 그래서 그녀에게 정량 이상의 브로마이드(신경안정제)를 주고 잠을 자라고 일러

됐습니다. 그러니 스탬 양은 그 비극적인 사건과 관련해서 심문을 받을 형편이 못 됩니다. 괜찮으시다면 내일 하시면 안 되겠습니까?"

반스가 대답했다.

"상관없습니다. 내일 이야기를 나누는 게 낫겠군요."

의사가 쿵쿵거리는 발소리를 내며 복도로 사라졌고, 잠시 후 우리는 그가 전화기의 다이얼을 돌리는 소리를 들었다.

제4장 방 해

8월 12일 일요일 오전 1시 35분

마크햄은 짜증 섞인 한숨을 푹 내쉬더니 화난 얼굴로 반스를 쳐다
보았다.

그러다 결국에는 참지 못하고 다그쳤다.

"이만큼 했으면 충분하지 않나? 이제 그만 집에 가세."

반스는 레지 담배 한 개비를 새로 꺼내어 불을 붙이며 농담조로 받
아쳤다

"오, 이 사람, 마크햄! 맥아담 부인이라도 만나지 못하고 간다면,
나는 내 자신을 절대로 용서하지 못할 걸세. 어허! 설마, 자네는 그녀
를 만나보고 싶지 않단 말인가?"

마크햄은 화가 나 씩씩거리면서도 체념한 듯 의자에 푹 파묻혔다.

반스는 히스를 쳐다보며 말했다.

"집사를 데려오게, 경사."

히스는 선뜻 밖으로 나가더니 바로 집사를 데리고 돌아왔다. 집사
는 50대 후반의 땅딸막한 사내로, 둥그스름한 얼굴에서는 점잔빼는
인상이 풍겼다. 눈은 작고 약삭빨라 보였으며 코는 콧날이 서지 않고
납작하게 퍼진 넓적코였다. 또 입술에 힘이 잔뜩 들어가 있어 입 모
양이 아래로 처진 활 모양을 이루고 있었다. 그는 금발의 가발을 쓰
고 있었는데 그 가발은 어울리지도 않았고, 그렇다고 대머리라는 사

실을 가려주지도 못하는 것이었다. 입고 있는 제복은 다림질을 해주어야 할 정도로 꼬깃꼬깃했으며 리넨 셔츠는 말할 수 없이 지저분했음에도, 그의 태도에서는 오만함이 넘쳐 흐르고 있었다.

반스가 말했다.

"이름이 트레이너라고 들었네만……."

"맞습니다, 나리."

"그런데 트레이너, 오늘밤 이곳에서 일어난 일에 대해 상당한 의혹이 있는 듯하네. 지방검사님과 내가 온 것도 그 때문일세."

반스가 집사를 뜯어보느라 그에게서 시선을 떼지 않은 채 말했다.

"나리, 이런 말씀을 드려도 될지 모르겠지만 여기에 오시길 정말 잘하신 겁니다. 이런 괴이한 에피소드 뒤엔 뭔가가 있기 마련이니까요."

트레이너는 점잔빼는 어조로 목소리를 꾸며가며 의견을 말했다.

반스가 눈썹을 치켜올리며 물었다.

"그렇다면 자네는 이 사건을 괴이하게 여긴다는 말이군……? 우리에게 뭔가 도움이 될 만한 얘기 좀 들려주겠나?"

집사는 거만하게 턱을 살짝 치켜들며 말했다.

"오, 아닙니다요, 나리. 제가 뭐 아는 게 있어야 말이죠……. 그래도 그렇게 물어봐주셔서 감사합니다, 나리."

반스는 화제를 바꿔서 말했다.

"방금 홀리데이 선생에게서 스탬 씨가 오늘밤에 죽을 뻔했다가 겨우 살아났다는 얘길 들었네. 또 리랜드 씨한테 듣기로는 스탬 씨가 다른 파티 참석자들이 풀로 내려가려 할 때 위스키 한 병을 더 가져오라고 했다던데."

"맞습니다, 나리. 제가 주인 나리가 좋아하시는 스카치위스키인 부캐넌 리큐어 한 병을 더 가져다드렸지요……. 저, 나리, 변명같이 들리시겠지만, 저는 그때 무례를 무릅쓰고 주인 나리께 하루 종일 너무 과음을 하셨으니 더는 안 된다고 분명히 말씀드렸습니다. 하지만 나리는 마구 욕설을 퍼부으시지 뭡니까. 그래서 저는 속으로 '술 먹으면 누구나 주사 한 가지씩은 있는 법이지.' 뭐, 그런 생각을 하면서 포기했지요. 아시겠지만 제 주제에 어찌 감히 주인님의 명을 어기겠습니까?"

반스는 상냥한 어조로 그를 안심시켰다.

"그야 물론 그럴 테지, 트레이너. 우리는 스탬 씨가 저렇게 된 것이 자네 책임이라고는 결코 생각지 않네."

"감사합니다, 나리. 저, 하지만 주인 나리가 요 근래 몇 주일간 무슨 일 때문인지 아주 기분이 안 좋으셨답니다. 계속 근심스러워하셨지요. 지난 목요일에는 물고기 밥 주는 것도 잊어버리셨을 정도였다니까요."

"저런! 뭔가 심란한 일로 상당히 괴로웠던 모양이군……. 그러면 트레이너, 자네가 목요일날 물고기들이 굶지 않도록 보살펴 주었나?"

"물론입니다, 나리. 저는 물고기를 아주 좋아하거든요. 그리고 제 입으로 이런 말을 하긴 뭐하지만, 저도 그 분야에서는 제법 전문가축에 낍니다. 주인님은 일부 희귀종들의 수조를 너무 자주 물갈이해주시는데 사실 저는 그게 잘못된 거라 여깁니다. 그래서 주인님 모르게 수조의 물에 화학실험을 해본 적도 있지요. 말씀드린다고 아실지 모르겠지만, 산도(酸度)와 알칼리도를 측정해보기 위해서였습니다, 나리. 그 뒤로는 제가 알아서 점나비돔 수조의 물에 알칼리도를 높여주고 있습니다. 그 이후로는요, 나리, 주인님이 그 물고기들을 키우다가 낭패 보는 일이 별로 없게 되었지요."

반스는 즐거운 듯이 미소를 띠며 말했다.

"나도 점나비돔의 수조에는 반염수(半鹽水)를 일부 넣는다네. 하지만 이런 얘기는 나중에 하기로 하고……. 맥아담 부인에게 우리가 뵈었으면 한다고 전해주게. 여기 응접실에서 말이야."

집사는 허리를 숙여 인사를 하고 응접실을 나갔다가, 잠시 후 작고 통통한 여인을 안내해 들어왔다.

티니 맥아담은 대략 40세쯤 된 듯했으나, 옷차림이나 태도에서 그녀가 젊어 보이려고 필사적인 노력을 기울이고 있다는 것을 대번에 알 수 있었다. 그러나 겉모습을 속일 수 있을지 모르나, 어딘지 냉혹해 보이는 분위기는 감출 수 없었다. 반스가 붙들어 준 의자에 앉을 때 그녀는 더할 나위 없이 침착하게 행동했다.

반스는 우리가 누구이며, 왜 왔는지에 대해 간략하게 설명해주었고, 나는 그녀가 전혀 놀라지 않는다는 사실에 흥미가 일었다.

반스는 덧붙여 계속 설명했다.

"비극적인 사건이 발생하면 그 자리에 같이 있던 누군가가 의혹을 품기 마련이지요. 그러니 이 사건도 반드시 조사를 해보는 게 좋습니다. 또한 몬테규 씨의 실종을 목격한 사람들 중 몇 명도 상당한 의혹을 품은 것 같더군요."

여인은 그 말에 냉소만 지을 뿐 아무 말도 하지 않았다.

"혹시 당신도 이 일에 의혹을 품고 있지 않나요, 맥아담 부인?"

반스가 조용히 물었다.

"의혹이요? 어떤 의혹이요? 무슨 말씀을 하시는 건지 저는 정말 모르겠네요."

그녀는 냉랭하고 딱딱한 어조로 대답했다.

"몬티는 분명히 죽었어요. 실종된 사람이 다른 사람이었다면 우리에게 못된 장난을 치고 있는 건 아닌가 하고 의심할 만도 하죠. 하지만 몬티는 그렇게 짓궂은 장난을 칠 사람이 절대 아니에요. 사실 유머감각이라고는 눈을 씻고 찾아봐도 없는 사람이죠. 하긴 잘난 척하기 바빠서 그런 데 신경 쓸 겨를이 없었겠지만요."

"몬테규 씨와는 오랫동안 알고 지내셨나 보군요."

"징그럽게도 오래 알았죠."

맥아담 부인이 대답했다. 내가 판단하기에 그녀의 말투에는 어떤 악의가 담겨 있었다.

"몬테규 씨가 수면 위로 떠오르지 않자 부인께서 소리를 지르셨다고 들었습니다."

"저도 모르게 그만……. 물론 제 나이에는 좀더 조신하게 처신했어야 옳지만요."

그녀가 대수로운 일이 아니라는 듯 대꾸했다. 반스는 잠시 자신의 담배를 빤히 들여다보았다.

"혹시라도 그때 그 젊은 친구가 죽었기를 바라진 않았나요?"

이 말에 그녀는 어깨를 움츠렸고, 눈에는 불쾌한 빛이 어렸다.

그녀는 날카로운 어조로 대꾸했다.

"아니오, 그렇진 않았어요. 하지만 늘 그렇게 되길 바라긴 했죠. 다른 여러 사람들처럼요."

반스가 중얼거렸다.

"이거 아주 흥미롭군요……. 하지만 몬테규 씨가 떠오르지 못했을 때 당신은 풀에서 뭘 그렇게 열심히 찾았던 겁니까?"

그녀는 그 말에 무심한 척했지만 눈이 가늘어지면서 떠오른 표정으로 봐서, 그것이 거짓임을 알 수 있었다.

그녀가 대답했다.

"그때 제가 뭘 하려고 했는지 잘 기억이 나질 않네요. 아마 풀의 수면을 여기저기 살펴보느라 그랬겠지요. 그거야 당연한 행동 아닌가요, 안 그래요?"

"그럼요, 그렇고말고요. 다이빙을 한 사람이 다시 위로 떠오르지 않으면 누구나 본능적으로 물 쪽을 살펴보겠죠, 그렇죠? 하지만 당신의 행동은 이러한 본능적인 충동의 발로는 아닌 것 같더군요. 사실제가 들은 바로는 당신은 물 건너편, 그러니까 맞은편에 있는 바위절벽을 살펴보고 있었다고 생각되니까요."

그녀는 리랜드에게 시선을 돌리더니 얼굴에 차츰 경멸 섞인 미소를 띠며 냉소를 머금고 말했다.

"이제야 감이 잡히네요. 저 혼혈인이 어떻게든 자신의 혐의를 다른사람에게 돌리려고 했군요."

그녀는 다시 반스에게 고개를 홱 돌리고 앙다문 잇새 사이로 말했다.

"반스 씨, 저는 다른 그 누구보다도 리랜드 씨가 여기 있는 이 비극에 대해 훨씬 더 많은 얘기를 당신에게 해줄 수 있다고 생각해요."

그는 건성으로 고개를 끄덕였다.

"리랜드 씨는 이미 제게 여러 가지 흥미로운 일들에 대해 들려주셨습니다."

그런 다음 그는 시선을 그녀에게 집중한 채 입가에 희미한 미소를 띠고 몸을 앞으로 숙이며 말했다.

"그런데 조금 전에 풀에서 요란하게 첨벙하는 소리가 났었다는 걸아시면 호기심이 일 겁니다. 바로 당신이 뭔가를 찾던 그 부근이었으니까요."

돌연 티니 맥아담에게 변화가 생겼다. 몸이 뻣뻣하게 굳어지더니두 손으로 의자의 팔걸이를 꽉 움켜쥐었고 안색도 눈에 띄게 창백해졌다. 그녀는 진정하려는 듯 천천히 깊숙이 숨을 들이쉬었다.

"정말요? 정말이에요?"

그녀는 반스에게 시선을 고정한 채 긴장된 목소리로 중얼거렸다.

"틀림없습니다……. 그런데 왜 그렇게 놀라십니까?"

"그 풀에 얽힌 이상한 소문이 있……."

그녀가 말문을 열었으나 반스가 중간에 말을 가로챘다.

"그래요, 아주 이상한 소문이 있죠. 하지만 당신은 미신을 믿지 않으실 것 같은데요?"

그녀는 입술 한쪽 끝을 치켜올린 채 웃어젖히더니 몸의 긴장이 풀렸는지 다시 조금 전의 차갑고 쌀쌀한 어조로 말했다.

"물론 안 믿어요. 그런 걸 믿을 나이는 한참 지났죠. 단지 잠시 신경이 예민해졌을 뿐이에요. 이 집이나 주변 상황이 불안한 마음을 통 가라앉혀 주질 않는군요. 풀에서 첨벙거리는 소리가 났다고요? 그게 뭐였을지 저는 전혀 짐작할 수 없어요. 어쩌면 스탬이 키우는 날치 중 하나일 수도 있겠죠."

그녀는 우스갯소리로 한 마디 덧붙였다. 하지만 다음 순간 얼굴이 굳어지더니 도전적인 눈빛으로 반스를 쳐다보았다.

"달리 또 물어보고 싶은 게 있나요?"

그녀는 사고 당시 뭔가 두려웠거나 의심스러웠던 점이 있었다 하더라도 우리에게 말해줄 마음이 전혀 없음이 분명해 보였다. 그래서 반스는 마지못해 일어나며 대답했다.

"없습니다, 부인. 심문자로서 가진 밑천이 다 바닥나버렸군요……. 하지만 당분간은 방에 그대로 계셔 달라고 부탁드리겠습니다."

티니 맥아담은 짐짓 과장된 안도의 한숨을 내쉬더니 반스를 따라 일어섰다.

"오, 그건 예상했어요. 누가 죽게 되면 상당히 복잡하고 불편해지는 게 당연하죠……. 하지만 뚱보 집사에게 술 한 잔만 갖다 달라고 부탁하면 법규에 위반되는 걸까요?"

반스가 깍듯이 예의를 갖춰 말했다.

"천만의 말씀입니다. 원하시는 건 무엇이든지 기꺼이 보내드리겠습니다……. 지하 저장실에 남아있는 게 있다면요."

"너무 친절하셔서 몸 둘 바를 모르겠군요. 트레이너가 남은 걸 그러모아서 스팅거(브랜디와 리큐어를 섞은 칵테일 - 역주) 한 잔 정도는 만들어줄 수 있겠죠."

그녀가 빈정대며 대꾸했다. 그녀는 익살맞은 태도로 반스에게 감사를 표하고는 응접실을 나갔다.

반스는 다시 집사를 불렀다. 집사가 들어오자 반스가 말했다.

"트레이너, 맥아담 부인이 스팅거를 한잔 마시고 싶어하네……. 지거(jigger;1½온스들이 칵테일용 계량컵 - 역주) 두 개에 브랜디와 크렘 드 망트(crème de menthe;박하 넣은 리큐어 술 - 역주)를 각각 따른 다음에 섞는 게 좋을 걸세."

"알겠습니다, 나리."

트레이너가 나가자 문가에 홀리데이 선생이 나타나서 반스에게 말했다.

"스탬 씨를 침대에 눕혔습니다. 그리고 간호사가 오는 중이고요. 스탬 씨와 이야기를 나누고 싶으시면 지금이 가장 적당합니다."

저택 주인의 침실은 2층에 있었는데 중앙계단을 올라가서 바로 앞이었다. 우리가 홀리데이 선생의 안내를 받으며 안으로 들어서자 스탬은 당혹스러우면서도 화난 얼굴로 우리를 뚫어지게 바라보았다.

침대에 누워있는 데도 그의 키가 유난히 크다는 것을 알 수 있었다. 그의 얼굴은 주름져 있고 창백했다. 날카로운 눈에는 그림자가 드리워져 있었고 뺨이 움푹 꺼져 있었다. 머리는 약간 벗겨졌으나 검은빛에 가까운 눈썹은 아주 짙었다. 안색이 창백하고 눈에 띄게 몸이 약해져 있는 상태였음에도 그에게서는 놀라운 인내력과 강인한 체력을 지닌 사람이라는 인상이 풍겨 나왔다. 그는 남태평양에서의 낭만적인 탐험에 딱 들어맞는 유형의 사람이었다.

"이 신사분들이 당신을 뵙고자 했던 분들입니다."

의사가 우리를 소개하며 말문을 뗐다.

스탬은 힘없이 고개를 돌리면서 우리를 한 사람씩 쳐다보았다.

"음, 이분들은 누구시고, 무엇 때문에 오신 거요?"

그의 목소리는 기운이 없고 짜증이 섞여 있었다.

반스가 우리가 누구인지 설명하고 나서 말했다.

"오늘밤 여기 선생님 댁에서 비극적인 사건이 생겼습니다, 스탬 씨. 저희는 그래서 그 사건을 조사하려고 온 것입니다."

"비극적인 사건이라니? 도대체 무슨 말이오?"

스탬이 날카로운 눈으로 반스의 얼굴을 뚫어지게 쳐다봤다.

"손님 중 한 분이 안타깝게도 익사하셨습니다."

스탬이 갑자기 흥분하기 시작했다. 실크 이불 위에 놓여있던 손을 신경질적으로 움직이는가 싶더니 두 눈에 노기를 띤 채 베개에서 머리를 들었다.

"익사했다니!"

그가 버럭 소리를 질렀다.

"어디서? 누가 말이오……? 그리프였으면 좋겠군……. 요 몇 주 동안 나를 지긋지긋하게 괴롭혀댔으니."

반스는 고개를 가로저었다.

"아니오, 그리프 씨가 아닙니다……. 익사한 사람은 몬테규 씨입니다. 풀에서 다이빙을 했는데 끝내 다시 떠오르지 않았습니다."

스탬은 베개 위로 다시 고개를 눕혔다.

"오, 몬테규. 그 잘난 척하는 멍청이……! 버니스는 어떻게 하고 있소?"

"자고 있습니다. 물론 충격으로 안정을 잃었지만 아침이면 괜찮아질 겁니다."

의사가 그를 안심시키려고 알려주었다.

그 말에 스탬은 안심하는 듯했고, 잠시 후 반스를 향해 힘없이 고개를 돌렸다.

"내게 물어보고 싶은 게 있는 것 같군요."

반스는 침대에 누워있는 남자를 주의 깊게 쳐다보았다. 내가 생각하기에 반스의 시선에는 의혹이 담겨 있었다. 솔직히 나 자신도 스탬이 시치미를 떼고 있으며, 그가 방금 했던 몇 마디도 다 꾸며서 한 말이 틀림없다고 느꼈다. 어떻게 그러한 느낌을 받았는지는 명확하게 설명할 수 없지만 말이다. 이윽고 반스가 말했다.

"당신이 주말파티에 초대한 손님 중 한 명이 참석하지 않았다고 들었습니다."

"아니, 그게 어쨌다는 거요? 그게 그렇게 이상한 일이라도 되오?"

스탬이 못마땅하다는 투로 말했다.

"아니오, 전혀 이상하지 않습니다. 다만 좀 흥미로운 점이 있어서요. 그 여자분의 성함이 어떻게 됩니까?"

스탬은 선뜻 말을 하지 못하고 시선을 피하다가 마침내 대답했다.

"엘렌 브루엣이오."

"저희에게 그녀에 대해 얘기를 좀 해주실 수 있습니까?"

스탬이 퉁명스레 대답했다.

"해줄 말이 별로 없소. 못 본 지 벌써 여러 해니까 말이오. 나는 그녀를 유럽으로 가는 배에서 처음 만났고, 우연히 파리에서 다시 만났소. 개인적으로는 그녀에 대해 아는 게 전혀 없소. 상냥한 성격에 아주 매력적인 여자라는 것밖에는 말이오. 지난주에 그녀에게서 뜻밖의 전화를 받았소. 그녀는 막 동양에서 돌아왔다면서 다시 알고 지냈으면 좋겠다는 뜻을 넌지시 비쳤소. 마침 파티에 여자 한 명이 더 필요했던 터라 와달라고 청했소. 그런데 금요일 아침에 그녀가 다시 전화를 해서는 갑자기 남미로 떠나게 되었다고 말하더군……. 이게 내가 그녀에 대해 알고 있는 전부요."

반스가 물었다.

"혹시 그녀에게 당신이 초대한 다른 손님들의 이름도 말해주셨습니까?"

"루비 스틸과 몬테규가 올 거라고 얘기해주었소. 두 사람 다 한때 배우였으니 말하면 그녀가 알 것 같아서 말이오."

반스는 담배를 천천히 입으로 가져갔다.

"내가 기억하기로 그녀가 몬테규를 베를린에서 한번 만난 적이 있다고 들었소."

반스는 창가로 걸어갔다가 다시 발걸음을 돌리며 중얼거렸다.

"희한한 우연의 일치로군요."

스탬의 눈이 그를 계속 쫓고 있었다.

"뭐가 희한하다는 거요?"

스탬이 언짢은 어조로 물었다. 반스는 어깨를 으쓱하고는 침대 발치에서 멈추어 섰다.

"제가 희한하다고 생각하는 것도 무리는 아니죠, 안 그렇습니까?"

스탬은 베개에서 고개를 들고 노려보았다.

"무슨 뜻으로 그렇게 묻는 거요?"

반스는 부드러운 목소리로 말했다.

"그건 간단히 말해서 이렇습니다, 스탬 씨. 저희가 지금까지 얘기해본 사람들 모두가 몬테규의 죽음과 관련하여 나름대로의 arriè re-pensée(저의)가 있는 것 같았고, 그래서 살인이 저질러졌을 수도 있다는 암시를……."

스탬이 반스의 말을 끊으며 물었다.

"몬테규의 시신은 어떻게 되었소? 아직 못 찾았소? 시신을 찾으면 진상이 분명히 밝혀질 게요. 그는 필시 여자들에게 잘 보이려고 곡예 다이빙을 하다가 머리를 찧었을 거요."

"예, 아직 시신을 찾지 못했습니다. 풀로 배와 갈고리를 가져오기에는 오늘밤은 너무 늦은 시각이라……."

"그렇게 할 필요 없소. 여과판 바로 위쪽에 커다란 문 두 개가 있는데 그 문을 닫으면 돼요. 그리고 댐에는 회전식 잠금장치가 있소. 그것을 풀면 풀의 물이 다 빠질 거요. 1년에 한번쯤 청소를 하려고 그렇게 물을 빼오."

스탬은 반스에게 날카로운 어조로 일러주었다.

"오! 그것 참 귀중한 정보군요……. 안 그런가, 경사?"

그리고 나서 반스는 스탬에게 물었다.

"문과 장금장치는 다루기가 어렵습니까?"

"남자들 네댓 명이 덤비면 1시간이면 열 수 있소."

반스는 생각에 잠겨 스탬을 바라보았다.

"그럼, 아침에는 우리 모두 그 일에 매달려야겠군요. 그런데 히스 경사의 부하 직원 한 사람이 조금 전 풀에서 아주 요란하게 첨벙하는 소리를 들었다고 하더군요. 맞은편 부근에서 말입니다."

"그 망할 놈의 바윗돌이 기어코 떨어져 내린 거요. 오래 전부터 흔들거려 불안했었는데."

스탬이 말했다. 그러더니 그는 거북하게 몸을 들썩이고 물었다.

"그게 뭐 그리 중요한 일이오?"

"맥아담 부인이 그 얘기를 듣고는 다소 당황하는 것 같더군요."

스탬이 경멸조로 말했다.

"괜한 흥분이지. 아마 전에 리랜드에게 그 풀에 관한 소문들을 들은 적이 있어서 그랬을 거요. 그건 그렇고, 도대체 당신이 정말 하고 싶은 말은 뭐요?"

반스가 희미하게 웃었다.

"저도 잘 모르겠습니다. 하지만 드래건 풀에서 한 남자가 실종되었다는 사실에 여러 사람들이 아주 기이한 느낌을 받은 것 같더군요. 또 그 사람들 모두가 이것이 단순한 사고사가 아닐 거라고 의심하는 것 같고요."

"허튼 소리!"

스탬은 팔꿈치로 받쳐서 겨우 몸을 일으키고는 고개를 앞으로 쑥 내밀었다. 부릅뜬 눈에는 흥분한 빛이 역력했고, 얼굴은 경련이 인 듯 씰룩거렸다.

"경찰 여럿이 지켜보지 않으면 익사도 맘대로 못하는 거요?"

그가 새된 소리로 고함을 쳤다.

"몬테규······! 흥, 그 자식이 없어졌다니 한결 살 만하겠군. 내 거피(서인도 제도산의 관상용 열대어 - 역주)들의 수조인 스위밍풀을 그 녀석에게 내주고 싶지 않거든. 거긴 엔젤피시(관상용 열대어의 일종 - 역주)에게 먹이로 주는 거피를 키우는 곳이란 말이오."

스탬은 점점 흥분하면서 더욱 새된 소리로 외쳤다.

"몬테규가 풀로 뛰어들었다고? 그리고는 떠오르지 않았고? 그게 이렇게 아픈 나를 못살게 굴 만한 일이기나 하오······?"

이때 소름끼칠 정도로 섬뜩한 소리가 대화를 중난시켰다. 복도로 나 있는 열려진 문을 통해 갑자기 한 여인의 광기 어린 끔찍한 비명소리가 위층에서 들려왔던 것이다.

제5장 수중 괴물

8월 12일 일요일 오전 2시

비명 소리에 깜짝 놀라 일순간 긴장된 침묵이 감돌았다. 곧이어 히스가 외투 주머니 안에 넣어둔 권총으로 손을 가져가면서 휙 돌아서 문 쪽으로 부리나케 달려갔다. 히스가 문간에 다다랐을 때 리랜드가 재빨리 다가서면서 손으로 어깨를 잡아 그를 제지했다.

리랜드가 침착한 말투로 말했다.

"걱정하지 마세요. 아무것도 아닙니다."

"저 소리가 아무것도 아니라고요?"

히스는 리랜드에게 시선을 던지고는 손을 뿌리치고 복도로 나갔다. 복도를 따라 문들이 열리기 시작했고 억눌린 듯한 외마디 소리가 몇 차례 터져 나왔다.

히스가 소리쳤다.

"방으로 들어가요! 방에서 나오지 말아요."

그는 공격적인 태도로 문 밖에 서서 복도를 노려보았다.

비명 소리에 놀란 손님들 몇 사람이 무슨 일인지 살펴보려고 방 밖으로 나왔던 모양이었다. 그러나 경사의 위협적인 태도에 부딪치자 성난 호령에 겁을 집어먹고 다시 자신들의 방으로 들어갔다. 우리는 문들이 다시 닫히는 소리를 들었다. 경사는 당황하여 어쩔 줄 몰라 하면서 무서운 기세로 리랜드를 향해 돌아섰다. 걱정스러운 얼굴로 조용히 문 가까이 서 있는 리랜드에게 히스가 다그쳤다.

"비명 소리가 어디서 나는 거요? 그리고 대체 저게 무슨 소리요?"

리랜드가 대답하기 전에 스탬이 비스듬히 몸을 일으킨 자세로 반스를 노려보았다.

"신사분들, 제발 여기서 나가주시겠소! 당신들은 이미 충분히 해를 끼쳤으니 그쯤 해두시오. 나가라니까! 나가!"

그가 화를 내며 불만을 터뜨렸다. 그리고는 홀리데이 선생에게로 시선을 돌렸다.

"의사 선생, 어머니한테 올라가서 치료든 뭐든 해주시오. 저택을 둘러싸고 이런 난리가 벌어지니 또다시 발작을 일으키시는 모양이오."

홀리데이 선생이 방에서 나갔고 우리는 계단을 올라가는 그의 발자국 소리를 들었다.

반스는 그 모든 소동에 관심이 없는 듯 보였다. 그는 아무렇지도 않은 듯이 담배를 피면서 침대에 누워 있는 남자를 멍하니 바라보더니 중얼거렸다.

"가족분이 정신적 쇼크 상태에 빠진 것 같아 몹시 유감입니다, 스탬 씨. 정말 모두 신경이 날카롭군요. 아침에는 기분이 나아지시기를 바랍니다……. 우리는 아래층으로 돌아가지. 어떤가, 마크햄?"

리랜드는 기꺼운 표정으로 그를 바라보고 고개를 끄덕거렸다.

"그러는 게 좋겠습니다."

그가 앞장서 가면서 말했다.

우리는 방을 나와서 계단을 내려갔다. 그러나 히스는 3층을 노려보면서 잠시 복도에서 서성거렸다.

"그만 오게나, 경사. 당신은 지나치게 신경을 쓰고 있어."

반스가 히스에게 소리쳤다. 히스는 마침내 외투 주머니에서 손을 빼내고 마지못해 우리를 따라왔다.

다시 응접실로 돌아와서 반스는 의자에 앉아 호기심에 찬 얼굴로 리랜드를 바라보며 설명을 기다렸다.

리랜드가 파이프를 다시 꺼내 천천히 담배를 채우면서 말했다.

"비명 소리의 주인공은 스탬의 어머니, 마틸다 스탬입니다. 저택의 3층에서 기거하고 있죠. 스탬 부인은 약간 정신이 불안정합니다 ……."

그는 대수롭지 않다는 듯 말하면서도 의미심장한 얼굴로 자신의 이마를 가리켰다.

"하지만 위험하지는 않습니다. 단지 불안정할 뿐이죠. 부인은 가끔 환각을 일으키곤 합니다. 그리고 이따금 발작을 일으킬 때면 앞뒤가 맞지 않는 말을 지껄이곤 하지요."

반스가 중얼거렸다.

"가벼운 망상증 같군. 아마 뭔가 남모르는 두려움이 있을 거야."

리랜드가 대꾸했다.

"아, 바로 그겁니다. 여러 해 전에 스탬 부인을 치료했던 정신과 의사 한 사람이 부인을 사설요양소로 보낼 것을 권했습니다만 스탬은 그 얘기를 귀담아듣지 않았지요. 대신에 그는 3층을 어머니에게 내주었고, 곁에서 어머니를 돌보아줄 사람을 두었습니다. 스탬 부인은 육체적으로 아주 건강하고 정신적으로도 대부분의 시간은 완전히 정상입니다. 그렇긴 해도 외출을 할 수는 없습니다.

하지만 부인은 극진한 보살핌을 받고 있답니다. 부인이 기분전환을 할 수 있도록 3층에는 널찍한 발코니와 온실이 마련되어 있지요. 스탬 부인은 대부분의 시간을 거기서 희귀식물들을 재배하면서 보냅니다."

"얼마나 자주 발작을 일으킵니까?"

"일년에 두세 번 정도요. 하지만 스탬 부인은 언제나 사람들과 사물에 대한 기묘한 생각으로 머릿속이 꽉 차 있습니다. 그렇다고 걱정할 것은 전혀 없습니다."

"그럼, 그런 발작들의 특징은?"

"다양합니다. 어떤 때는 가상의 인물과 이야기를 나누거나 논쟁을 벌이기도 하고. 또 어떤 때는 히스테리 상태에 빠져들어 자신의 어린 시절에 일어났던 사건들에 대해 실없는 말을 지껄여 대기도 합니다. 그러다가 갑자기 뚜렷한 이유 없이 사람들에게 극단적인 혐오를 나타내다가 욕을 퍼붓거나 위협하는 단계로 이어지죠."

반스가 고개를 끄덕였다.

"전형적인 증세를 나타내는군."

그는 생각에 잠겨 말했다. 그리고는 레지 담배를 몇 모금 깊이 빨고 나서 대수롭지 않다는 듯 물었다.

"스탬 부인의 발코니와 온실이 저택의 어느 쪽에 있습니까?"

리랜드는 반스 쪽으로 재빨리 시선을 옮겼다가 고개를 돌렸다.

"북쪽 코너예요."

리랜드는 마치 일부러 불충분한 답변을 하는 것처럼 말끝을 약간 치켜올리면서 대답했다. 반스가 입에서 담배를 천천히 떼어냈다.

"아! 풀이 내려다보이는 곳이군요, 그렇죠?"

리랜드는 고개를 끄덕였다. 그리고는 잠시 머뭇거리다 말했다.

"풀이 스탬 부인의 환상에 기이한 영향을 끼칩니다. 그것이 부인이 일으키는 수많은 환각의 원인이라 할 수 있지요. 부인은 몇 시간이고 풀을 멍하니 바라보며 앉아 있답니다. 스탬 부인을 돌보는 슈바르츠라는 이름의 유능한 간호사가 그러더군요. 먼저 풀 쪽으로 난 창문에 서서 몇 분 동안 넋을 잃고 바라보고 나서야 잠자리에 든다고 말입니다."

반스가 말했다.

"아주 흥미롭군요……. 그런데 리랜드 씨, 풀이 언제 만들어졌는지 알고 계십니까?"

리랜드는 생각에 잠겨 눈살을 찌푸렸다.

"정확히는 모르겠습니다. 저는 스탬의 할아버지가 만들었다고 알고 있습니다만. 그러니까 그분이 물길의 흐름을 넓히려고 둑을 막아서 풀을 만들었다고 말입니다. 하지만 풍광을 좋게 하는 것 외에 그분이 다른 생각을 갖고 있었다고는 생각되지 않는군요. 풀의 이쪽 다이빙 대 옆에 옹벽을 설치한 것은 스탬의 아버지인 조슈아 스탬입니다. 그는 물줄기가 언덕 위 집 쪽으로 너무 멀리까지 흘러가는 것을 막으려고 옹벽을 만들었지요.

여과판과 수문을 설치한 것은 스탬 자신입니다. 그때 그가 처음으로 풀을 수영장으로 사용하기 시작했거든요. 그런데 강물을 따라 쓰레기가 흘러 들어왔고 그래서 스탬은 강물에 섞인 불순물을 제거하고, 또한 쓰레기가 유입되는 것을 막을 방법이 필요했습니다. 그렇게 해서 가끔 풀을 청소할 수 있도록 여과판과 수문을 설치한 겁니다."

반스가 불쑥 물었다.

"어떻게 풀이 그 이름을 갖게 됐나요?"

"정확한 것은 아무도 모릅니다."

리랜드가 대답했다.

"아마도 오래된 인디언 전설에서 유래된 걸 겁니다. 이 부근에 인디언들은 처음에 그것을 여러 가지 이름으로 불렀습니다. 'Amangaming'이나 'Amangemokdom Wikit', 그리고 때로는 'Amangemokdomipek'으로요.

그러나 보통은 보다 짧은 이름인 'Amangaming'을 사용했고, 그것은 알공킨족 인디언인 레나페 인디언 방언으로 '수중 괴물이 사는 곳'3)을 의미합니다.

제가 어렸을 때 어머니는 풀의 이름 유래에 대해 늘 이야기하셨지요. 그 즈음에는 본래의 이름을 상당히 정확하게 옮긴 드래건 풀로 꽤 널리 알려져 있었지만 말입니다. 풀을 둘러싸고 수많은 이야기들과 미신이 생겨났습니다. 워터드래건을 의미하는 'Amangemokdom'4)이나 간혹 'Amangegach'는 고집부리는 아이들에게 겁을 주기 위한 악령으로 이용되었지요……."

마크햄은 안절부절못하고 자리에서 벌떡 일어나 자신의 시계를 바라보며 툴툴거렸다.

"지금은 신화에 대한 토론이나 벌이고 있을 시간이 아닐세."

반스는 유쾌한 어조로 마크햄을 비난했다.

"쯧쯧, 여보게, 나는 이런 민족학적 사료에 큰 흥미가 동하네. 오늘 밤 처음으로 조금 진전이 있는 것 같아. 이 저택에 있는 거의 모든

---

3) 나는 이런 희한한 낱말들을 기록해 두었다. 그리고 몇 년 후에 반스와 내가 문테 (Munthe, 1864~1935;노르웨이의 중국 예술품 수집가 - 역주)의 중국 예술품 소장품을 보러 캘리포니아에 갔을 때, 나는 M. R. 해링톤 박사에게 그 주제를 꺼냈다. 해링톤 박사는 「레나페족 인디언의 종교와 의식」의 저자이자 로스앤젤레스에 있는 사우스웨스트 박물관의 현(現) 관장이었다. 그는 'Amangemokdoming'이 '드래건이 사는 곳'을, 'Amangemokdom Wikit'가 '드래건의 집'을, 'Amangemokdomipek'이 '드래건 연못'을 의미한다고 설명했다. 그는 또한 'amangam'이라는 말이 때때로 '큰 물고기'로 해석되지만 '수중 괴물'노 의미하는 것 같다고 하면서, 여기에서 보다 짧은 합성어인 'Amangaming'이 만들어졌다고 설명했다. 인우드에 살던 레나페족 인디언이 선택한 단어가 이것이 분명했다.

4) Walum Olum(레나페족 인디언의 연대기 - 역주)에서 'amangam'이라는 말은 '괴물'로 옮겨졌다. 브링톤은 자신의 저서에서 'amangam'이 '거대한 혹은 무서운'을 의미하는 'amangi'와 '전설 속의 수중 괴물과 관련 있는 물고기'를 의미하는 'names'에서 파생되었다고 추론했다. 그러나 「브링톤 앤 앤서니 사전」에서는 복수형인 'amangamek'을 단순히 '큰 물고기들'로만 해석하고 있다. 하지만 인디언들은 그와 같은 생물을 단순한 동물로서가 아니라 manitto(친구) 혹은 물리적인 힘뿐만 아니라 신통력을 타고 난 존재로 간주했다.

사람들의 마음속에 의혹과 불안감이 가득 찬 이유를 이제서야 알 것 같군."

그는 애교 띤 미소를 보내고는 주의를 다시 리랜드에게로 돌렸다.

그리고 말을 계속 이었다.

"그런데 스탬 부인은 심기가 편치 않은 때에 그런 고통스러운 비명을 질러대는 겁니까?"

리랜드는 또다시 머뭇거리다 대답했다.

"어떤 때는 그렇습니다."

"그러면 그렇게 비명을 지르는 것이 풀에 대한 부인의 망상과 관계가 있는 건가요?"

리랜드가 고개를 끄덕였다.

"예, 늘 그렇죠."

그는 곧 덧붙여 말했다.

"하지만 부인은 자신이 불안해하는 정확한 이유에 대해서 분명하게 설명하지 못했습니다. 스탬이 어머니에게 그 까닭을 알아내려고 할 때 저도 함께 그 자리에 있어 봤지만 스탬 부인은 그 문제에 대해 한 번도 명쾌하게 설명한 적이 없었지요. 순간적인 흥분 상태의 원인을 생생하게 마음속에 그려낼 수 없었던 모양입니다. 부인은 미래의 어떤 일에 대해 두려워하는 듯했습니다. 혼란스럽고 감정을 자극하는 영상이 의식 속에 떠오르지만 그것을 명확하게 구체화할 수는 없는 것 같더군요⋯⋯."

이때 커튼이 열리더니 홀리데이 선생이 걱정스런 얼굴로 응접실 안을 들여다보며 말했다.

"아직 가지 않고 계셔서 다행입니다. 지금 스탬 부인은 정상적인 감정 상태가 아닙니다. 그런데 당신들을 만나겠다고 고집을 부리고 있습니다. 부인은 주기적인 발작 상태에 있지만 위험하지는 않습니다. 그건 제가 장담합니다. 하지만 몹시 흥분한 것처럼 보이는데다 부인을 진정시키려고 제가 뭔가를 하는 것을 거부했습니다…… 이런 사실들까지 여러분께 말해야한다고는 생각지 않지만 상황이…….”

리랜드가 조용히 거들었다.

“제가 이 신사분들께 스탬 부인의 상태를 설명했습니다.”

의사는 안도하는 것 같아 보였다. 의사가 이어 말했다.

“털어놓고 말씀드리자면 저는 스탬 부인의 그런 상태가 조금 걱정 스럽습니다. 부인은 경찰을 꼭 만나겠다고 합니다. 그것도 당신들을 찾는, 지금 즉시 말입니다.”

그는 자신이 없는 표정으로 잠시 말을 멈췄다.

“웬만하면 그렇게 하시는 게 좋을 것 같습니다. 스탬 부인이 이런 생각을 가지고 있으니 당신들과 함께 이야기하는 것이 바람직한 변화 를 일으킬지도 모르니까요…… 하지만 부인은 환각을 일으킨 상태입 니다. 그러니 그 점을 염두에 두고 적절히 대해주셨으면 합니다.”

반스는 이미 일어서고 있었다.

“잘 알겠습니다, 선생님.”

그는 확신을 주는 말투로 답하고는 의미심장하게 덧붙였다.

“부인과 이야기를 나누는 편이 우리 모두를 위해 더 좋을지도 모르 겠습니다.”

우리는 어두침침한 계단을 다시 올라가 2층 복도에서 스탬 부인의 거처를 향해 위쪽으로 올라갔다.

3층에서 의사는 널따란 복도를 따라 저택의 뒤편으로 길을 안내했 다. 열려진 문을 통해 한 줄기 노란색 빛이 어둑한 복도에 네모난 빛 을 던지고 있었다. 우리는 널찍한데다 초기 빅토리아 양식의 가구가 꽉 들어찬 방으로 안내되어 들어갔다. 바닥에는 암녹색의 낡은 카펫 이 깔려 있고, 벽에는 빛바랜 초록빛 벽지가 붙어 있었다. 두툼하게 속을 채운 새틴 커버를 등받이에 씌운 의자들은 한때 흰빛이 도는 연한 황록색이었지만 이제는 거무죽죽한 잿빛을 띠고 있었다. 닫집이 있는 커다란 침대는 문의 오른쪽에 놓여 있고, 그곳에는 핑크색 다마스크 천으로 커튼이 드리워져 있었다. 그리고 같은 종류의 다마스크 천이 창문에도 길게 드리워져 있었는데 원래의 색깔을 알 수 없을 만큼 빛이 바래 있었다. 커튼 아래쪽에는 때가 타고 구겨진 노팅햄산 레이스 장식이 달려 있었다. 침대 맞은편에는 벽난로가 있고, 그 바닥에는 광택이 나는 조가비 수집품이 놓여 있었다. 벽난로 옆의 선반에는 온갖 종류의 하찮은 물건들이 지나치게 장식되어 불안정하게 높이 매달려 있었다. 커다란 크기의 빛바랜 유화 몇 점이 벽 여기저기에 걸려 있고, 그림틀에는 폭이 넓은 공단 리본이 묶여 있었다.

우리가 들어서자 에이프런을 두른 큰 키에 유능해 보이는 잿빛 머리의 여인이 옆으로 비켜서며 길을 내주었다.

"슈바르츠 부인, 당신도 같이 있는 것이 좋겠소."

우리가 그녀 옆을 지나갈 때 의사가 제안했다.

스탬 부인은 방 저편 창가에 서 있었는데 그녀의 시선에서 이상하게도 한기가 느껴졌다. 그녀는 두 손을 의자의 등받이 부분에 대고 기대서서 두려움과 기대가 섞인 태도로 고개를 앞으로 숙이고 있었다. 방 안이 밝았음에도 불구하고 그녀의 눈빛에서 불꽃이 일렁이는 것 같았다. 자그마하고 호리호리한 체구의 여인이었지만 저항할 수 없는 강인한 힘과 생명력이 느껴졌다. 몸의 힘줄 하나하나가 마치 채찍끈처럼 억세 보였고, 의자 등받이를 꽉 움켜쥐고 있는 뼈대 굵은 손은 여자 손이라기보다는 남자 손 같았다. 문득 그녀가 의자를 집어 들어 휘두를 수도 있을 거라는 생각이 들었다. 그녀는 콧대가 높았고, 코끝이 뾰족했다. 그리고 얇은 입술에 냉소로 일그러진 큰 입을 가지고 있었다. 군데군데 검은색 머리가 섞인 잿빛 머리카락은 돌출한 귀

뒤로 넘기고 있었다. 입고 있는 빛바랜 붉은색 실크 기모노는 길이가 바닥에 질질 끌릴 정도여서 실로 짠 슬리퍼의 발끝만이 살짝 엿보였다.

홀리데이 선생이 긴장된 표정으로 간단히 우리를 소개했지만 스탬 부인은 아는 체도 하지 않았다. 그녀는 비틀린 미소를 띤 채 우리를 뚫어지게 바라보며 서 있었다. 마치 그녀 자신만이 뭔가를 알고 있다는 것처럼 만족스러운 표정이었다. 그녀는 잠시 동안 우리를 찬찬히 살펴본 후에 입가에 미소가 사라지더니 얼굴에 몹시 두려워하는 표정이 떠올랐다. 입술이 조금 벌어지고, 눈에서는 이글이글 타는 듯한 빛이 점점 더 강해졌다.

"드래건이 한 짓이야!"

그녀가 우리에게 던진 첫마디였다.

"정말 드래건이 그랬어! 당신들이 할 수 있는 일은 더 이상 아무것도 없어!"

반스가 조용히 물었다.

"무슨 드래건 말씀입니까, 스탬 부인?"

"무슨 드래건!"

그녀의 얼굴에 경멸 섞인 공허한 웃음이 번졌다.

"내 창문 아래쪽 풀 밑에 살고 있는 드래건 말이야."

그녀가 손을 들어 막연히 가리키며 말했다.

"그것을 왜 드래건 풀이라고 부른다고 생각해? 내가 그 이유를 알려주지. 그곳이 드래건의 집이기 때문이야. 오래 전부터 스탬가의 사람들과 재물을 지켜주던 워터드래건 말이야. 우리 가족에게 위험이 가까이 닥쳐오면 드래건은 몹시 분노하게 되지."

반스는 동정심이 담긴 부드러운 목소리로 물었다.

"그럼 부인은 드래건이 무슨 이유로 오늘밤 수호자로서 위력을 발휘했다고 생각하시나요?"

그녀의 눈에 날카로우면서도 광적인 빛이 떠오르더니 입가에 다시 기분 나쁜 미소가 되살아났다.

"오, 알지, 그 이유를 알아! 나는 언제나 이 방에서 혼자 앉아 있어. 그래도 무슨 일이 일어나고 있는지 모두 알고 있지. 집안 사람들은 내게 그 사건을 감추려고 하지만 그렇게 할 수는 없어. 나는 지난 이틀 동안 일어났던 일들을 모두 알고 있어. 내 집 주변에 집중되고 있는 음모들을 모두 꿰뚫고 있다구. 그래서 잠시 전에 낯선 목소리를 들었을 때 나는 계단 꼭대기에 서서 엿들었던 거야. 가엾은 내 아들이 말하는 소리를 들었어. 샌포드 몬테규가 풀에 다이빙을 했다가 나오지 않았다는 얘기를 말이야! 그는 나올 수가 없었어. 절대 나오지 못할 거야! 드래건이 그를 죽였으니까. 물 밑으로 끌고 가서 그곳에 붙잡아 놓고 죽였어."

반스가 상냥한 어조로 말을 꺼냈다.

"하지만 몬테규 씨는 적이 아니지요. 그런데 어째서 부인 집안의 수호신이 그를 죽여야 했을까요?"

"몬테규는 적이었어."

여인은 의자를 옆으로 밀고 앞으로 한 걸음 내디디면서 딱 잘라 말했다.

"그는 내 막내딸한테 빠져있었고 그 아이와 결혼할 예정이었지. 하지만 그는 딸애와는 어울리지 않아. 그는 그 애한테 항상 거짓말을 했고, 그 애 뒤에서는 다른 여자들과 바람을 피웠어. 오, 지난 이틀 동안 나는 그런 행동을 자주 목격했어!"

반스가 고개를 끄덕였다.

"무슨 말씀인지 알겠습니다. 그렇지만 어쨌든 드래건은 단지 전설상의 존재일 뿐이니 그것은 실현 가능한 일이 아니지 않습니까?"

"전설?"

여인은 확신에 찬 어조로 침착하게 이야기했다.

"아니야, 드래건은 전설상의 존재가 아니야. 나는 드래건을 자주 보는데, 아이 때부터 봐왔지. 처녀 적에는 드래건을 봤다는 수많은 사람들과 이야기를 나누기도 했었어. 이 마을에 오랫동안 살고 있는 인디언들도 드래건을 보았지. 그들은 내가 오두막에 찾아갈 때면 드래건에 대해 이야기해 주곤 했어. 그래서 나는 긴 여름날 땅거미가 질 무렵에 바위 절벽 꼭대기에 앉아 풀에서 드래건이 나오기를 기다렸지. 워터드래건은 언제나 해질녘에 나타나거든. 그리고 이따금 언덕에 짙은 어둠이 내려앉거나 강가에 안개가 떠다닐 때면 드래건이 수면으로 떠올라 저기 북쪽으로 날아가곤 했어. 그러면 나는 밤새도록 내 방 창가에서 드래건이 돌아오기를 기다렸지. 가정교사는 내가 자고 있다고 생각했겠지만……. 내게는 드래건이 친구였어. 그래서 나를 보호해준다는 사실을 알고 있었지. 드래건이 풀로 돌아오기 전까지는 잠이 드는 게 두려웠어. 하지만 때로는 절벽에서 드래건이 나오기를 아무리 기다려도 그는 풀 밖으로 전혀 모습을 드러내지 않았어. 단지 잔물결만을 일으키면서 그곳에 있다는 것만 알려줬지. 그리고 그런 날들 밤에서야 난 잠들 수 있었어. 왜냐하면 밤새도록 드래건이 돌아오기를 기다리지 않아도 됐으니까."

스탬 부인이 이런 기묘한 상상속의 이야기를 말하는 동안 그녀의 목소리에는 마치 시를 읊는 것 같은 격정이 담겨 있었다. 그녀는 두 팔을 허리께로 차분히 늘어뜨린 채 우리 앞에 서 있었다. 그녀의 눈동자는 안개가 낀 것처럼 흐릿했고, 우리 머리 위쪽을 응시하고 있었다.

"아주 흥미로운 이야기입니다."

반스가 낮은 목소리로 공손히 말했다. 그러나 나는 그가 평가하는 듯한 시선으로 차분하게 여인의 눈꺼풀 바로 밑을 응시하고 있다는 것을 눈치 챘다.

"그렇지만 부인이 우리에게 말씀하신 것들은, 어린아이의 공상적인 상상에서 나온 것으로 설명되지 않을까요? 여하튼 드래건의 존재는 분명히 현대 과학의 개념과는 일치하지 않으니까요."

"현대 과학, 흥!"

그녀는 반스에게 경멸 어린 시선을 보내고 신랄한 어조로 빈정대며 말했다.

"과학, 과학이라! 인간의 무지를 가려주는 재미있는 단어지. 탄생과 성장, 생명, 죽음의 법칙을 누가 얼마나 알고 있지? 물 밑에서 무슨 일이 벌어지는지 누가 얼마나 알고 있어? 세상의 대부분이 물로 이루어져 있어. 깊이를 알 수 없을 정도의 깊은 물로 말이야. 내 아들은 강의 어귀나 얕은 내에서 물고기 표본을 약간 채집하지. 그 애가 광대한 대양의 깊이를 측정해 본 적이 있을까? 깊은 물에 아주 큰 생물이 전혀 살고 있지 않다고 그 아이가 자신 있게 말할 수 있을까? 아들애가 잡았던 얼마 안 되는 물고기조차도 그 애에게는 신비스러운 것이야. 그 애나 다른 물고기 수집가들 누구도 그것에 대해서 아무것도 알지 못하지……. 내게 과학에 대해 말하지 말게, 젊은이. 나는 이 늙은 눈으로 보았던 것을 기억한다네!"

반스가 낮은 목소리로 동의했다.

"부인이 말씀하신 것이 모두 옳습니다. 그러나 상당히 거대한 날치가 때때로 이 풀에서 서식한다는 점을 인정한다고 해도 그것에 아주 뛰어난 지능이 있다거나 혹은 부인의 집안일에 대해 아주 비범한 통찰력을 갖고 있다고 생각지는 않으시겠죠?"

그녀가 거만한 어조로 반박했다.

"누구든 전혀 알지 못하는 생물의 지능을 어떻게 판단할 수 있지?

인간은 생물이 자신보다 절대 더 높은 지능을 지닐 수 없다고 편리하게 생각하고는 혼자서 우쭐해하지."

반스가 어렴풋이 미소를 지었다.

"부인은 인간애가 전혀 없으시군요."

여인은 매몰차게 자신의 의견을 말했다.

"나는 인간을 증오해. 만물의 창조를 계획할 때 인간이 빠졌더라면 더 깨끗하고 보다 나은 세상이 되었겠지."

"예, 예, 물론 그랬겠죠."

반스의 말투가 갑자기 바뀌더니 그는 결정적이면서도 실제적인 이야기를 꺼냈다.

"시간이 점점 늦어지고 있군요. 그래서 말인데 부인은 저희들을 왜 꼭 만나야 한다고 우기셨습니까?"

여인은 부자연스럽게 경직된 몸을 앞으로 굽혔다. 그녀의 눈에는 히스테리 상태의 강렬한 눈빛이 되돌아왔고, 두 손은 허리춤에 올려놓은 상태였다.

"당신들은 경찰이지, 안 그런가? 그리고 그 사건을 조사하려고 여기 있는 거고……. 나는 몬테규가 어떻게 목숨을 잃었는지 당신들에게 알려주고 싶었어. 내 말을 잘 들어! 그는 드래건에게 살해됐어. 알겠어? 그는 드래건에게 살해됐다고! 이 집안에 누구도 그의 죽음과 관계가 없어. 누구노……! 이게 내가 당신들에게 이야기하고 싶은 거야."

이야기를 하는 동안 그녀의 목소리가 드높아졌고, 말투에는 엄청난 분노가 담겨 있었다.

반스는 상대방에게서 눈길을 떼지 않은 채 뚫어지게 바라보며 물었다.

"스탬 부인, 그런데 어째서 저희가 이 집안의 누군가가 몬테규 씨의 죽음과 관계가 있다고 생각한다고 추측하시는 건가요?"

그녀의 눈에 교활한 빛이 비치며 성난 어조로 받아쳤다.

"그렇게 생각하지 않았다면 당신들이 이곳에 오지 않았을 테니까."

반스가 질문을 던졌다.

"부인은 비명을 지르기 바로 전에 아드님이 이야기하는 것을 들으셨던 겁니까? 부인은 비극이 벌어질 거라는 사실을 처음부터 눈치 채고 계셨던 건가요?"

"그렇지!"

그녀의 대답은 외침에 가까웠다. 그러나 이윽고 그녀는 좀더 조용한 목소리로 덧붙였다.

"나는 이 집에 비극이 다가오고 있다는 것을 며칠 전부터 알고 있었어."

"그런데 왜 비명을 지르셨습니까, 스탬 부인?"

"드래건이 무슨 일을 했는지 깨달았을 때 나는 깜짝 놀라기도 했지만 아마 무서웠던 것 같아."

반스가 이의를 제기했다.

"하지만 몬테규 씨를 물 속에서 사라지게 만든 것이 드래건이라는 사실을 부인은 어떻게 알 수 있었습니까?"

여인의 입가가 뒤틀리면서 또다시 냉소가 떠올랐다.

"오늘밤 일찍 내가 듣고 본 것 때문이지."

"아!"

"정말 그랬어! 한 시간쯤 전에 나는 여기 창문 옆에 서서 풀을 내려다보고 있었어. 무슨 까닭인지 나는 잠을 잘 수가 없었고 그래서 자리에서 일어나 있었지. 갑자기 하늘에 커다란 형체가 보였고 귀에 익은 날갯짓 소리가 가까이⋯⋯점점 더 가까이 들려왔어⋯⋯. 그리고 나서 나는 드래건이 나무 꼭대기 위로 휙 날아서 맞은편 바위 절벽에 내려앉는 것을 보았어. 그리고 드래건이 첨벙하고 큰 소리를 내며 풀에 뛰어드는 것을 보았지. 드래건이 사라졌던 수면에서는 하얀 물줄기가 솟아올랐어⋯⋯. 그리고는 다시 모두 침묵 속에 싸였지. 드래건이 자신의 집으로 돌아왔던 거야."

반스는 창가로 다가가서 밖을 내다보며 판단 내리듯 말했다.

"꽤 어둡군요. 여기서는 절벽은 고사하고 풀조차도 절대 보일 리가 없겠는데요."

"하지만 나는 볼 수 있어. 나는 볼 수 있다구."

여인은 반스를 바라보며 그에게 손가락을 휘둘러대면서 날카로운 목소리로 주장했다.

"나는 다른 사람들은 보지 못하는 많은 것들을 볼 수 있어. 나는 드래건이 돌아온 걸 봤어."

"돌아왔다고요?"

반스는 되풀이 말하고는 여인을 유심히 바라보았다.

"어디에서 돌아왔단 말씀입니까?"

그녀는 심술궂은 미소를 지었다.

"나는 당신들에게 그건 말하지 않아. 드래건의 비밀을 발설하지 않을 거야⋯⋯. 그러나 이건 말할 수 있어."

그녀가 이어 말했다.

"드래건이 시체를 감추려고 가져가 버렸어."

"몬테규 씨의 시체를요?"

"그렇지. 드래건은 희생자들의 시체를 절대 풀에 놓아두지 않아."

반스가 물었다.

"그렇다면 다른 희생자들이 있었단 말씀입니까?"

여인은 음침하고 긴장된 목소리로 말했다.

"수많은 희생자들이 있었지. 드래건은 언제나 희생자들의 시체를 감춰."

반스가 스탬 부인에게 지적했다.

"만일 우리가 몬테규 씨의 시체를 풀에서 찾으면 부인의 이론이 뒤집힐지도 모르겠군요, 스탬 부인."

그녀가 킬킬거리자 나는 등골이 오싹해졌다.

"몬테규의 시체를 찾는다고? 풀에서 몬테규의 시체를 찾아? 당신들은 시체를 찾을 수 없어. 시체는 그곳에 없어!"

반스는 잠시 말없이 그녀를 물끄러미 응시했다. 그리고는 고개 숙여 인사를 했다.

"정보와 도움을 주셔서 감사합니다, 스탬 부인. 소동으로 인해 지나치게 불안해하지 않으셨으면 합니다. 오늘밤은 편히 쉬십시오."

그는 돌아서 문 쪽으로 갔고 우리들도 따라갔다. 복도에서 홀리데이 선생이 멈춰 서면서 반스에게 말했다.

"저는 잠시 여기 머물러 있어야겠습니다. 이제 부인을 재울 수 있을 것 같군요. 아무쪼록 부인이 오늘밤 말했던 이야기들을 심각하게 받아들이지 않으셨으면 합니다. 부인은 주기적으로 이런 환각 상태에 빠지곤 하니까요. 그러니 전혀 신경 쓰지 않으셔도 됩니다."

반스는 그와 악수를 나누며 대답했다.

"잘 알겠습니다."

제6장 뜻밖의 사태

8월 12일 일요일 오전 2시 20분

우리는 중앙복도로 내려온 뒤 반스를 따라 응접실로 들어갔다.

"자, 이젠 다 됐나?"

마크햄이 짜증 섞인 목소리로 물었다.

"아직은 아닐세."

반스가 그렇게 심각해 하거나, 수사를 질질 끄는 모습을 본 적이 없었다. 나는 그가 스탬 부인이 히스테리 상태에서 늘어놓는 이야기에 깊은 관심을 가지고 있다는 것을 알았다. 하지만 그 당시에는 그가 왜 내 눈에는 무익하고 음울해 보이기까지 한 심문을 질질 끌고 있는 건지 이해할 수 없었다. 반스는 벽난로 앞에 멈춰 서서 멍한 표정으로 뭔가 혼란스러운 듯 이마에 주름을 잡고 있었다. 그는 잠시 동안 자신의 담배에서 구불거리며 피어오르는 연기를 지켜보았다. 그러다 갑자기 머리를 약간 쳐들더니, 사람들 쪽으로 돌아와서 중앙 탁자에 기대어 있던 리랜드를 쳐다보았다.

반스가 리랜드에게 물었다.

"대체 그게 무슨 말입니까? 아까 스탬 부인이 드래건이 다른 희생자들의 시체를 숨겼다고 말한 것 말입니다."

리랜드는 거북하다는 듯 몸을 으쓱하더니 파이프를 내려다보며 대답했다.

"부인의 말 중 일부만 진실입니다. 제가 아는 한 풀에서 실제로 사람이 죽은 일은 두 번밖에 없었습니다. 아마도 부인께서는 노파들이 풀에서 기이한 실종사건들이 있었다고 떠들어댄 허황한 이야기까지 포함해서 얘기한 것 같습니다."

"노인들이 들려주는 뉴어크(Newark;미국 뉴저지 주의 도시 - 역주) 케호홀의 이야기5)와 비슷한 거군요……. 진짜 익사 사고가 두 번 있었다고 했는데 어떻게 일어난 겁니까?"

"첫 번째 사고는 7년 전에 일어났습니다. 스탬과 제가 코코스 제도 탐험에서 돌아온 직후였죠. 그때 수상한 사람 두 명이 그 주변에서 어슬렁거렸습니다. 아마 강도질을 할 목적이었던 것 같습니다. 그런데 그중 한 명이 풀의 맞은편에 있는 절벽에서 떨어졌다가 익사했던 모양입니다. 여학생 둘이 그 근처에 있다가 그가 떨어지는 걸 목격했고, 며칠 뒤에 경찰이 그의 동료를 붙잡아 심문을 한 끝에, 그곳에 빠져 실종되었다는 사실을 확인했습니다."

"실종이라고요?"

리랜드가 단호하게 고개를 끄덕였다.

"그 사람의 시체를 끝내 찾지 못했으니까요."

---

5) 뉴어크의 서부 공원에 있는 호수가 예전의 케호홀로, 이곳은 아주 이상한 역사를 지닌 곳이다. 한때 거대한 늪지였던 이곳은 시대에 따라 '매그놀리아 늪'이나 '거북 도랑'으로 불리다가, 모험심 많은 한 신문기자가 현재의 호수에 '자살 호수'라는 새로운 이름을 붙였다. 예전에 늪이었을 때에는 바닥을 모를 정도로 깊다는 소문이 돌았고, 그래서 그 주변의 노인들과 사이비 고문서학자들을 통해 이상한 이야기들도 많이 퍼졌다. 그러한 이야기들은 주로 의문의 익사 사건이 일어났으며, 시체가 감쪽같이 사라져 온갖 노력을 다해보았지만 끝끝내 찾지 못했다는 것이었다. 그중에는 한 무리의 말이 마차와 함께 그 밑으로 사라졌다는 얘기도 있었다. 40년이 넘도록 끊임없이 흘러나왔던 이런 놀라운 이야기들은, 한때 그 늪의 일부가 유사(流砂;사람이나 물건이 빨려 들어가는 유동성 모래 - 역주) 지대였음을 고려하면 충분히 그럴 듯한 이야기다. 하지만 호수로 변한 현재까지도 깊이를 알 수 없어서 한번 빠지면 절대로 찾을 수 없다는 이야기가 여전히 나돌고 있다.

입가에 회의적인 미소가 떠오르면서 반스가 리랜드에게 물었다.

"그 일은 어떻게 설명할 수 있을까요?"

"그 일에 대한 합리적인 설명은 한 가지밖에 없습니다."

리랜드가 대답했다. 자신의 말에 스스로를 납득시키려는 듯 약간 힘이 실린 어조였다.

"풀로 흘러드는 샛강은 종종 물이 불어나면 둑을 범람하곤 합니다. 그런 때에 어디에 있든 한 번 물살에 휩싸이게 되면, 사람 몸 정도는 손쉽게 떠밀려집니다. 그 친구의 시체는 아마 둑 위로 휩쓸려가 허드슨 강까지 떠내려갔을 겁니다."

"약간 억지스럽긴 하지만 일리는 있네요……. 그러면 또 다른 하나는 어떻게 일어난 겁니까?"

"어느 날 오후에 남자 아이들 몇이 이곳에 몰래 들어와 수영을 했습니다. 제 기억으로는, 그중 한 아이가 절벽의 바위 턱에서 얕은 물속으로 뛰어들었다 다시 물 밖으로 나오지 않았습니다. 관계 당국에서 익명의 제보자로부터 신고 전화를 받자마자 풀의 물을 빼냈지만 시체는 흔적도 없었습니다. 하지만 나중에 신문이 이 사건을 다루면서 큰 반향을 일으킨 지 이틀이 되었을 때, 소년의 시체가 클로브의 반대편에 있는 인디언 동굴 안에서 발견되었습니다. 두개골에 금이 간 상태로 말이죠."

반스가 조금 퉁명스럽게 물었다.

"그러면 혹시 그 소동에 대해서도 설명할 수 있습니까?"

리랜드가 재빨리 반스를 힐끗 보았다.

"그 소년이 다이빙을 하다 머리를 찧자 나머지 아이들은 겁에 질렸겠죠. 시체를 풀에 그대로 두고 가면 자신들이 사건에 휘말릴까 봐 동굴에 숨겨놓은 게 아닐까요. 그리고 그중 한 아이가 경찰에 신고전화를 했을 테고요."

반스는 생각에 잠긴 얼굴로 허공을 바라보았다.

"오, 그럴 수도 있겠네요. 그러면 정말 간단해지죠. 하지만 두 사건에는 스탬 부인의 약해진 정신에 뿌리내리기에 충분할 만큼의 괴이한 기운이 서려있는 것 같군요."

리랜드가 "그렇습니다."라고 동의했다.

잠시 침묵이 흘렀다. 반스는 두 손을 양복 주머니에 찔러 넣고 머리를 앞으로 숙이고는 담배를 아래로 늘어뜨려 문 채로 방을 가로질러 천천히 왔다갔다했다. 나는 반스의 이러한 태도가 의미하는 바를 알았다. 어떤 자극으로 머릿속에 일련의 생각이 갑자기 떠올랐다는 뜻이었다. 그는 다시 벽난로 앞에 멈춰 서서 담배를 벽난로 바닥에다 대고 발로 비벼 껐다. 그리고 리랜드에게로 천천히 고개를 돌리며 느릿느릿한 말투로 물었다.

"코코스 제도를 탐험했다고 하셨는데, 메리디어 호의 보물(스페인의 페루 통치 시절에 스페인 인들은 시몬 볼리바르가 이끄는 독립군 모르게 리마의 재물을 숨겨놓으려고 했다. 그들은 메리디어 호의 톰슨 선장을 믿고, 그 일을 맡겼다. 하지만 톰슨 선장은 동승한 호위병들을 죽이고 코코스 제도로 도망쳤다. – 역주)에 이끌려서입니까?"

"예, 맞습니다. 보물이 숨겨져 있다고 소문난 다른 장소들은 다들 너무 막연합니다. 하지만 톰슨 선장의 보물은 분명 실재하고, 규모도 틀림없이 가장 클 겁니다."

"키팅의 지도6)를 사용했나요?"

---

6) 코코스 제도에 보물을 찾으러 나선 사람들은 거의 다 키팅 지도 혹은 그 사본이라고 불리는 것들을 사용해왔다. 키팅 지도는 톰슨 선장 자신이 직접 만들었으며 그가 죽으면서 동료인 키팅에게 남겨주었을 것으로 추측되는 것이다. 후에 키팅은 보그 선장과 함께 코코스 제도 탐사에 나섰다. 하지만 항해중 폭동이 일어나 보그는 코코스 제도에서 죽었지만 키팅은 기적적으로 도망쳐 나왔다. 키팅이 죽자 그의 아내가 이 지도를 니콜라스 피츠제럴드라는 사람에게 주었고, 그는 또 영국 해군 사령관 커즌 하우에게 유언으로 남겨주었다.

"꼭 그런 것만은 아닙니다."

리랜드는 반스가 이런 질문을 계속하자 우리와 마찬가지로 어리둥절해하는 것 같았다.

"그 지도는 이젠 거의 믿을 수 없고, 제 생각에는 순전히 낭만적이기만 한 표식들도 더러 그려져 있는 것 같습니다. 이를테면 동굴 입구의 돌 회전문 같은 것 말입니다. 스탬은 여행 중에 우연히 오래된 지도를 얻었습니다. 그 지도는 1838년에 영국이 최초로 만든 코코스 제도 측량도보다 수년이나 앞서 제작된 것이었지요. 영국이 제작한 측량도와 너무 흡사해서 스탬은 지도가 진짜라고 믿었습니다. 우리는 지도를 보고 따라갔습니다. 미 해군 수로국의 항해도와 대조해가면서요."

반스가 계속해서 물었다.

"스탬 씨가 얻은 그 지도에는 보물이 섬의 동굴 중 어딘가에 숨겨져 있다고 표시되어 있던가요?"

"그 부분에 있어서는 상세한 표시가 좀 모호하게 되어 있었습니다. 바로 그 점 때문에 스탬이 그 지도에 강하게 끌렸던 것이고, 솔직히 저 또한 그랬습니다. 그 오래된 지도는 한 가지 결정적인 점에서 미 해군의 항해도와 달랐습니다. 미 해군 항해도에서 와퍼 만으로 나와 있는 곳이 그 지도에서는 육지로 표시되어 있었습니다. 그리고 보물이 숨겨진 장소로 표시된 곳이 바로 그 육지 부근이었지요."

반스는 눈빛이 번득였으나 평상시와 같은 어조로 말했다. 하지만 흥분된 기색을 완전히 감추지는 못했다.

"그렇군요! 무슨 말인지 알겠습니다. 정말 흥미롭군요. 산사태와 열대성 폭우로 인해 코코스 제도의 지형이 바뀐 게 틀림없군요. 그래서 예전의 표식 중에 실제로는 더 이상 존재하지 않는 곳들이 많아졌을 테고요. 스탬 씨는 원래 보물을 숨겨놓았던 장소가 나중에 제작된

지도에 와퍼 만으로 표시된 곳의 물 밑으로 잠겼다고 추측했겠군요."

"정확히 짚으셨습니다. 1889년에 제작된 프랑스의 측량도조차, 1891년의 미국 측량도만큼 만이 그렇게 크지 않았습니다. 그래서 스탬은 와퍼 만의 수면 아래에 보물이 잠겨 있을 거라고 추정했지요. 와퍼 만은 그 지역에서 비교적 수심이 얕은 곳입니다."

반스가 의견을 피력했다.

"어려운 탐사였겠군요. 그 섬에서 얼마나 있었습니까?"

리랜드가 애처로운 미소를 지으며 말했다.

"거의 석 달이나요. 그 석 달여의 기간도 스탬이 적당한 장비를 가지고 있지 않다는 사실을 깨닫기까지 걸린 시간입니다. 와퍼 만의 얕은 곳은 발이 푹푹 빠지고, 물 아래 바닥에는 분명 지질학적인 상황 탓일 테지만 이상한 구멍들이 나 있었죠. 그런데 우리의 잠수 장비는 웬만한 진주조개 채취자라면 누구나 비웃을 정도로 형편없었습니다. 우리는 그때 특수 제작한 잠수종(사람이 물 속에 들어가 일할 수 있도록 만든 큰 종 모양의 물건 – 역주)이 절실했지요. 비브(Beebe, 1897~1962;미국의 생물학자이자 탐험가 – 역주)가 설계했던 잠수구 같은 것 말입니다. 그래도 그건 시작에 불과했습니다. 강력한 해저용 준설선이 없어서 우리는 제대로 탐사 한번 못 했지요. 우리가 가져간 준설선은 그 일에는 적당치 않았거든요……."

마크햄은 숨겨진 보물에 대한 반스의 토론을 듣고 극도로 짜증스러워하다가, 급기야 잇새에 여송연을 꽉 문 채로 일어나서 앞으로 걸어 나왔다.

"우리가 왜 이런 얘길 듣고 있어야 하나, 반스? 코코스 제도로 여행갈 생각이라면 리랜드 씨가 나중에 자네에게 기꺼이 시간을 내줄 테니 그때 자세한 사항에 대해 상의하면 되지 않나. 그리고 자네가 오늘밤 이곳에서 조사한 다른 내용들에 관해서도 한마디 하겠네. 밝혀낸 사실들이라곤 죄다 정상적이거나 논리적으로 전혀 설명이 되지 않는 것뿐이라 나는 도통 뭐가 뭔지 모르겠네."

히스는 이 모든 과정을 찬찬히 지켜보다가 불쑥 대화에 끼여들었다.

"저도 이곳 주변의 상황들이 정상적이라고는 생각지 않습니다, 검사님."

그는 공손하면서도 단호한 어조로 말했다.

"그래도 이 사건은 계속 조사를 해야한다고 생각합니다. 오늘밤에 아주 이상한 일이 몇 차례 일어났고, 저는 그게 마음에 걸리거든요."

반스가 경사에게 감사의 미소를 지어 보였다.

"조금만 더 참게!"

반스가 마크햄을 힐끗 보며 말했다.

"30분 정도만 더 있으면 집에 갈 수 있을 테니."

마크햄은 뚱한 얼굴로 체념한 듯 말했다.

"이 밤에 여기에서 뭐가 더 하고 싶어 그러나?"

반스는 새 담배에 불을 붙였다.

"나는 그리프 씨와 얘기를 나눌 때까지는 버틸 수 있다네……. 집사에게 그를 데려오라고 해주게, 경사."

잠시 후 알렉스 그리프가 집사의 안내를 받으며 응접실로 들어왔다. 그는 덩지가 크고 아주 단단한 체격의 사내였다. 불그스름한 얼굴에, 사이가 넓게 벌어진 두 눈하며 짧고 넓적한 코, 두툼한 입술, 억세고 각진 턱이 영락없는 불독의 인상이었다. 그는 대머리로, 조그맣고 살찐 귀 위쪽에 반백의 머리칼이 그나마 위안 삼아 남아 있었다. 그는 전형적인 예복을 입고 있었는데, 옷차림새에 나름대로 사치를 부렸지만 어딘지 촌스러웠다. 새틴 소재의 코트 옷깃은 상당히 뾰족했으며, 와이셔츠의 앞섶에는 다이아몬드로 된 장식 단추 두 개가 달려 있었고, 커다란 진주 여러 개가 박힌 백금 체인이 새틴 조끼 옆으로 늘어져 있었다. 타이는 검은색의 단색이 아니라, 띄엄띄엄 흰색의 가는 줄이 세로로 나 있었으며, 와이셔츠의 윙칼라(웃깃을 아래로 접어 구부린 직립 칼라 – 역주)는 그의 짧고 굵은 목에 비해 턱없이 길어 보였다.

그는 두 손을 주머니에 넣은 채로 우리 쪽으로 몇 걸음 다가와 꼿꼿이 서서 격분한 얼굴로 노려보았다.

그가 시비조로 입을 뗐다.

"당신들 중에 지방검사국……."

"오, 그렇습니다."

반스가 손으로 마크햄 쪽을 대충 가리키며 말했다.

이제 그리프는 적대감이 가득한 시선을 마크햄에게로 돌렸다.

그리고는 화난 목소리로 말했다.

"자, 당신이 설명을 좀 해주시겠소, 검사님. 어째서 내가 이 집에 죄수나 다름없이 붙잡혀 있어야 하는 거요?"

그가 히스를 가리키며 계속 말했다.

"이 사람이 나더러 다른 지시가 있을 때까지 방에서 나오지 말라고 하면서 집에 가지도 못하게 했소. 어떻게 이런 횡포를 부릴 수가 있단 말이오?"

"오늘밤 이곳에서 비극적인 사건이 발생했습니다, 그리프 씨……."

마크햄이 말을 시작했으나 상대방이 말허리를 잘랐다.

"설사 사고가 일어났다고 해도 그렇지, 무슨 이유로 적법한 절차도 없이 나를 이렇게 죄수처럼 잡아 두는 거요?"

마크햄이 그리프에게 설명했다.

"이 사건에 대해 저희가 조사할 게 있어서 그렇습니다. 그리고 히스 경사가 모든 목격자들에게 심문이 끝날 때까지 이곳에 남아 있어

달라고 요청한 것은 조사를 쉽게 하기 위함이지요."

그리프는 화가 약간 누그러진 듯 시비조의 어조도 아까보다 덜했다.

"좋소. 자, 어디 심문해보시오."

반스가 앞으로 나서서 상냥하게 권하며 말했다.

"앉으셔서 담배나 한대 피시지요, 그리프 씨. 그리 오래 붙잡고 있지는 않을 겁니다."

그리프는 머뭇거리며 미심쩍은 눈초리로 반스를 바라보았다. 하지만 곧 어깨를 으쓱하고는 의자를 끌어당겼다. 반스는 그 남자가 보석이 박힌 기다란 물부리에 담배를 끼워 넣을 때까지 잠자코 기다렸다가 질문했다.

"오늘밤 풀에서 몬테규 씨가 실종된 일에 대해 뭔가 이상한 점을 발견했거나, 아니면 그런 느낌을 받거나 하지는 않으셨나요?"

"이상한 점이오?"

그리프는 천천히 올려다보았다. 가늘어진 눈 때문인지 눈매가 날카로워 보였다.

"그게 알고 싶단 말이오? 글쎄, 그렇게 물으시면 이상한 점이 없었다고 말할 수는 없지만 그게 정확히 뭐였는지는 설명할 수 없소."

반스가 대꾸했다.

"나들 그런 느낌을 받은 것 같습니다. 하지만 저는 그리프 씨가 다른 사람들보다 그 점에 대해 더 분명한 느낌을 받으셨길 기대하고 있습니다."

그리프는 그런 이야기를 피하고 싶은 눈치였다.

"무엇에 대해 더 분명해야 한다는 거요? 늘 무모한 짓이나 일삼던 몬테규 같은 놈이 그런 사고를 당한 것은 어찌 보면 당연한 결과라고 생각하오. 단지 그렇게 계획한 듯 깔끔하게, 또 절묘한 때에 그런 사고가 나게 되면 누구나 이상하다고 느끼기 마련이지 않소."

반스의 목소리에서 약간의 곤혹스러움이 묻어났다.

"예, 예, 물론 그렇죠. 하지만 저는 필연적이고 우발적인 그런 사고에 대해 말씀드리는 게 아닙니다. 저는 지난 이틀간 여기 이 집안에서 있었던 상황들이 단순 사고가 아닌 비극을 일으키기에 완벽한 분위기를 조성시켰다는 사실에 대해 말씀드리는 겁니다."

그리프가 통명스럽게 말했다.

"분위기에 대해서는 당신 말이 맞소. 집안에서 살인이 일어날 것 같은 분위기가 감돌긴 했소. 당신이 그런 뜻으로 한 말이라면 말이오. 어쨌든 나는 몬테규가 익사가 아닌 다른 식으로 죽었다면 그의 죽음에 대해 아주 철저한 조사가 이루어져야 한다고 생각했을 거요. 하지만 그는 독살된 것도, 별안간 총에 맞은 것도 아니고 현기증을 일으켜 창 밖으로 떨어지지도 않았소. 그렇다고 계단 아래로 떨어져 목이 부러진 것도 아니고. 모두 지켜보는 가운데 그냥 다이빙대에서 물로 뛰어들었을 뿐이잖소."

"바로 그 점 때문에 일을 풀기가 더욱 어렵습니다……. 당신과 리랜드 씨, 그리고 타툼 씨가 그 멋쟁이 친구를 찾으려고 물에 뛰어들었다고 들었습니다."

그리프가 다시 시비조로 말했다.

"우리가 할 수 있는 일이 그것밖에 더 있었겠소. 하지만 솔직히 내 경우는 어느 정도 제스처에 불과했음을 인정하오. 수영을 잘하지 못하니 내가 그를 발견했다면 그에게 붙잡혀 도리어 질질 끌려 내려갔을 거요. 하지만 아무리 싫은 친구라고 해도 손도 한번 못 써본 채로 눈앞에서 죽어가는 모습을 지켜보고 싶은 사람이 어디 있겠소."

반스가 심드렁한 어조로 중얼거렸다.

"정말로 훌륭하십니다. 그런데 몬테규 씨가 스탬 양과 약혼한 사이라고 하던데요."

그리프는 고개를 끄덕이고 담배를 피웠다.

"도대체 왜 그런지 모르겠지만 괜찮은 여자들은 항상 그런 남자에게 반한단 말이오."

그가 철학자라도 된 듯한 태도로 말했다.

"하지만 나는 그녀가 조만간 그와 파혼할 거라고 생각했소."

"스탬 양에 대한 당신의 감정을 여쭤봐도 되겠습니까?"

그리프는 놀라서 눈을 휘둥그레 떴다가 껄껄 웃었다.

"무슨 뜻으로 묻는지 알겠구려. 하지만 나는 당신이 생각하는 그런 악한이 아니오. 나는 버니스를 좋아하오. 그녀를 아는 사람은 다들 그녀를 좋아하지. 하지만 그녀를 이성으로서 보기에는 너무 나이가 많고 게다가 분별이 있는 사람이오. 나는 항상 그녀를 아버지 같은 마음으로 대하고 있소. 그녀는 스탬이 몹시 취해서 제정신이 아닐 때면 종종 나한테 충고를 구하곤 했소. 그럴 때면 나는 적절한 충고를 해주지. 정말이오! 불과 어제만 해도 난, 몬테규와 결혼할 생각을 하다니 어리석은 짓이라고 얘기해 주었소."

"스탬 양이 그 충고를 어떻게 받아들이던가요, 그리프 씨?"

"여자들이 으레 그렇듯 건방지고 거만하게 받아들이더군. 여자들이란 늘 충고를 달갑게 여기질 않잖소. 자기들이 충고를 구할 때에도 이미 스스로 결정한 것에 대한 동의를 읽으려는 것일 뿐이오."

반스는 화제를 바꾸었다.

"오늘밤 몬테규 씨에게 정확히 무슨 일이 일어났다고 생각하십니까?"

그리프가 어떻게 알겠냐는 듯 두 손을 벌리며 말했다.

"바닥에 머리를 부딪쳤거나 쥐가 났겠지. 그것밖에 더 있겠소?"

반스가 차분한 어조로 인정했다.

"저도 다른 생각은 전혀 떠오르질 않는군요. 하지만 이 소동은 개연성이 아주 높습니다. 우리가 그것을 확실히 파악할 수 있도록 당신이 도와주시리라 기대하고 있습니다만."

그는 부드럽게 말했으나 눈은 계속 맞은편 남자를 냉정하게 주시하고 있었다.

그리프는 잠시 말없이 반스의 시선을 똑바로 마주보았다. 그리고는 혈색 좋은 얼굴이 굳어지면서 무표정이 되었다.

그가 냉랭하고 단조로운 어조로 말문을 열었다.

"당신이 무슨 말을 하는지 정확히 알겠소. 하지만 이보시오, 나는 댁들에게 그냥 잊어버리라고 충고하겠소. 몬테규는 스스로 자초해서 그렇게 된 거요. 우연히도 모두의 바람과 들어맞은 사고였을 뿐이오. 어디 평생토록 이 일에 매달려보시오. 결국에는 내가 지금 말한 것과 똑같은 결론에 이를 테니까. 몬테규는 우연한 사고로 익사했다고 말이오."

반스는 냉소적인 미소를 지었다.

"이런! 몬테규 씨의 죽음이 이론뿐인 범죄학자들이 자주 들먹이는 그런 것과 관련 깊다고 암시하시는 겁니까? 이를테면 완전 범죄 말이죠."

그리프는 의자에 앉은 채로 몸을 앞으로 숙이며 이를 악물었다.

"이보시오, 나는 뭘 암시하는 게 아니오. 단지 있는 그대로를 얘기하는 것뿐이오."

반스는 담배를 발로 비벼 껐다.

"이런, 이거 엄청나게 감사합니다. 어쨌든 우리는 주변 사람들의 동정을 좀 캐봐야……."

이때 대화를 방해하는 일이 생겼다. 계단에서 티격태격하는 듯한 소리가 들리더니 날카롭고 성난 스탬의 목소리가 이어졌다.

"이 손 놓으시오. 내 정신은 말짱하오."

잠시 후 스탬이 응접실 커튼을 홱 잡아 젖히고는 우리를 노려보았다. 그의 뒤로 안절부절못하며 그를 제지하는 홀리데이 선생이 보였다. 스탬은 잠옷 차림이었고, 머리칼은 흩어져 있었다. 침대에서 일어나 바로 나온 모양이었다. 그는 분노와 걱정이 어우러진 물기 어린 눈으로 그리프를 응시했다.

스탬이 문설주에 몸을 기댄 채 물었다.

"이 사람들에게 무슨 얘길 하고 있는 건가?"

그리프가 의자에서 일어나 알랑거리며 말했다.

"여보게 루돌프. 나는 아무 얘기도 하지 않았네. 말할 게 뭐 있기나 한가?"

스탬이 쏘아붙였다.

"내가 자네 말을 믿을 줄 아나. 문제를 일으키려고 했겠지. 자네는 항상 내 집에서 문제를 일으키려고 하니까. 버니스가 나에게 반항하게 만들더니, 이제는 경찰에게 내게 불리한 얘기를 늘어놓으려는 속셈이 틀림없어."

그의 눈은 분노로 이글거렸고 몸까지 부들부들 떨고 있었다.

"네놈이 뭘 노리는지 알고 있어. 바로 돈이지! 하지만 뜻대로 안 될 거야. 다 불어버리면 나를 협박할 수 있을 거라고 생각하는 모양인데……."

이야기를 하는 사이, 차츰 목소리에 힘이 빠지면서 거의 속삭임에 가까워졌고, 말에 조리도 없어졌다.

홀리데이 선생이 천천히 팔을 잡아 응접실에서 데리고 나가려고 했으나 스탬은 혼신의 힘을 다해 의사를 뿌리치고 휘청거리며 앞으로 걸어왔다.

이런 장황한 비난이 쏟아지는 동안 그리프는 동정과 연민이 담긴 표정으로 스탬을 바라보며 가만히 서 있었다.

그리프가 조용한 목소리로 말했다.

"이보게, 자네 지금 큰 실수를 하고 있는 걸세. 오늘밤 자네는 제 정신이 아니네. 내일이면 자네가 했던 말이 사리에 맞지 않는다는 것을 깨닫게 될 걸세. 또 내가 자네를 절대로 배신하지 않으리라는 것도 알게 될 테고."

"오, 배신하지 않는다고, 그래?"

스탬의 태도는 분노가 상당히 누그러져 있었지만, 여전히 그리프를 비난할 생각만 하는 것 같았다.

"설마 이 사람들에게……."

그가 우리 쪽으로 고개를 홱 돌렸다.

"내가 몬테규에 관해 했던 얘기를 말하지는 않았겠지."

그리프가 말하지 않았다는 뜻으로 한 손을 들어 보이고 막 대답을 하려는데, 스탬이 황급히 말을 이었다.

"그래, 내가 그런 말들을 했다고 치자! 그래도 나는 누구보다도 그런 말을 할 자격이 많은 사람이야. 그리고 그 점에 관한 한, 자네가 더 나쁘게 말했지. 자네는 나보다 더 그를 미워했어."

스탬은 불쾌하게 낄낄 웃었다.

"그리고 난 그 이유를 알지. 버니스에 대한 자네의 감정을 내가 모를 줄 아나."

그는 팔을 들어 떨리는 손가락으로 그리프에게 삿대질을 해댔다.

"누군가 몬테규를 살해했다면 그건 바로 자네야!"

비난을 퍼붓느라 지쳤는지 스탬은 의자에 풀썩 주저앉아 중풍 걸린 사람처럼 떨기 시작했다.

반스는 괴로워하고 있는 스탬에게 빠른 걸음으로 다가갔다.

"오늘밤 이곳에서 중대한 실수를 저지르신 것 같군요, 스탬 씨."

그는 친절하면서도 단호한 말투로 말했다.

"그리프 씨는 저희에게 당신이 무슨 말을 했는지에 대해서는 한마디도 하지 않았습니다. 당신에게 불리하게 해석될 만한 말은 일절 하지 않았단 말입니다. 지나치게 흥분하신 것 같습니다, 스탬 씨."

스탬은 흐릿한 눈으로 올려다보았다. 그리프가 그의 옆으로 가서 어깨에 손을 얹으며 말했다.

"자, 이보게, 자네는 좀 쉬어야 해."

스탬은 망설이는 듯했다. 그러다 힘에 부치는지 숨을 헐떡거리며 몸을 떨었고, 그리프와 홀리데이 선생이 의자에서 일으켜 세워 문으로 데려가자 순순히 그에 따랐다.

반스가 말했다.

"오늘밤은 이만하면 됐습니다, 그리프 씨. 하지만 내일까지는 이곳에 남아주시도록 청해야겠습니다."

그리프는 어깨너머로 고개를 돌리고 끄덕였다.

"그러겠습니다."

그리고 나서 그와 의사는 스탬을 부축해 복도를 가로질러 계단으로 향했다.

잠시 후 현관의 벨소리가 울렸다. 트레이너가 홀리데이 선생이 전화로 부른 간호사를 안으로 들어오게 한 후 곧바로 2층으로 안내했다.

문가에 서 있던 반스는 몸을 돌려 안쪽으로 돌아와 리랜드 앞에 멈춰 섰다. 그는 스탬과 그리프가 예상 밖의 소동을 벌이는 동안 잠자코 지켜만 보고 있었다.

"혹시 우리가 방금 목격한 이 뜻밖의 사태에 대해 하실 말씀이 없나요?"

리랜드는 눈살을 찌푸리며 파이프의 대통을 살펴보았다.

"없습니다."

그는 대답한 후 잠시 사이를 두고 말을 이었다.

"스탬이 오늘밤 과음을 하더니만 몹시 불안정한 쇼크 상태에 빠진 게 분명하다는 것 말고는요……."

그가 또 덧붙였다.

"그리고 금전 문제와 관련해서 내심 그리프를 의심해오다가, 몸이 편치 않다보니 속내를 드러낸 것 같군요."

반스가 생각에 잠겨 말했다.

"일리 있는 말이군요. 하지만 스탬 씨는 왜 살해란 말을 꺼냈을까요?"

리랜드가 넌지시 말했다.

"아마도 당신들이 왔으니 흥분되기도 하고, 공연히 의심하는 마음이 들기도 해서겠죠. 스탬이야 그 비극을 목격하지 못했으니 자초지종은 전혀 모르지 않습니까."

반스는 대꾸하지 않았다. 대신 벽난로 앞으로 걸어가서 그곳에 있는 조각이 새겨진 금시계를 들여다보았다. 그는 잠시 동안 시계에 조각된 소용돌이무늬를 손가락으로 어루만지다가 천천히 돌아섰다. 표정이 진지했고, 시선은 우리를 지나쳐 먼 곳을 응시하고 있었다.

그가 단조롭고 꿈꾸는 듯한 목소리로 말했다.

"오늘밤은 이것으로 됐습니다. 협조해 주셔서 감사합니다, 리랜드 씨. 하지만 당신께도 내일까지 이곳에 머물러 달라고 청해야겠습니다. 저희는 아침에 다시 오겠습니다."

리랜드는 말없이 고개를 숙여 인사하고 조용히 응접실을 나갔다.

그가 나가자 마크햄이 일어섰다.

"그럼, 아침에 다시 오겠다는 말인가?"

"그렇다네, 친구."

반스가 돌연 말투를 바꾸며 말했다.

"알겠지만 자네도 그래야 하네. 그게 자네의 지지자들을 위해 마땅히 해야할 도리야. 이건 무척 흥미진진한 사건일세. 그리고 몬테규의 시신이 발견되면 검시관의 보고서가 전혀 뜻밖의 결과를 보여주리라는 데 내가 가진 세잔의 수채화 한 점을 걸겠네."

마크햄이 눈꺼풀을 실룩이면서 날카로운 눈빛으로 반스를 쳐다보았다.

"사고사가 아니라고 설명할 만한 무슨 근거를 얻은 것 같군, 그래?"

"오, 굉장히 중요한 걸 알아냈지."

반스는 더 이상 언급하지 않았다. 그리고 마크햄도 반스를 잘 알기에 그 자리에서 상세한 이유를 얘기해 달라고 강요하지 않았다.

제7장 풀 밑바닥

8월 12일 일요일 오전 9시 30분

다음날 9시 30분에 반스는 마크햄의 집으로 차를 타고 가서 그를 데리고 인우드에 있는 유서 깊은 스탬 저택으로 갔다. 전날 밤 집으로 돌아오는 도중 마크햄은 검시관의 보고도 듣기 전에, 사건을 계속 조사하는 일에 반대했다. 그러나 그런 주장은 아무 소용이 없었다. 다음날 스탬 저택을 다시 찾아가야 한다는 반스의 뜻이 너무나 단호했기 때문에 마크햄도 마음이 흔들렸던 것이다. 마크햄은 반스와 오랫동안 가깝게 지내면서 그가 확실한 이유도 없이 무턱대고 그런 요구를 할 친구가 아니라는 사실을 알고 있었다.

반스는 일반적으로 직관력이라고 부르는 능력을 가지고 있었다. 그러나 사실 그것은 냉정하고 논리적인 그의 기질일 뿐이었다. 흔히 그가 직관적으로 판단 내리는 것처럼 보이는 결정은 실제로는 복잡하고 미묘한 인간성에 대한 깊은 지식에 바탕을 두고 나온 것이었다. 반스는 어떤 범죄수사든 그 초기단계에서 자신이 짐작하고 있는 사실들을 마크햄에게 이야기하는 것을 늘 내켜하지 않았다. 그는 사건의 진상을 확실히 파악할 때까지 기다리는 쪽을 더 좋아했다. 마크햄은 그런 특성을 알고 있었기에 이유도 설명하지 않는 반스의 결정 사항에 묵묵히 따랐다. 그리고 내가 아는 한, 반스가 내린 판단들이 틀리는 경우는 좀처럼 없었다. 반스의 판단들은 우리들에게는 분명해 보이지 않는 명백한 암시들을 근거로 한 것이었다. 그래서 마크햄은 비록 내키지는 않았지만 지금까지 경험에 비추어 다음날 아침 비극의 현장으로 반스와 함께 가는 데 동의했던 것이다.

전날 밤 스탬 저택을 떠나기 전에 반스는 히스와 잠시 상의하면서 그의 지휘 아래 행동 방침을 상세히 계획했다. 저택의 사람들은 모두 실내에 머물러 있어야 하지만 그 외는 행동에 어떤 제약도 두지 않기로 했다. 반스는 자신이 저택의 뜰을 조사하기 전에는 누구도 밖을 걸어 다니도록 해서는 안 된다고 강조했다. 특히 풀로 접근할 수 있는 모든 통로들은 자신이 철저한 조사를 하기 전까지는 완전히 차단해야 한다고 역설했다. 그는 히스와 헤네시가 발자국을 찾아 다녔던 여과판 북쪽의 낮은 둑 부근의 땅에 관심이 크다고 말했다.

홀리데이 선생의 경우에는 그가 원할 때 언제나 출입할 수 있도록 허가하기로 했다. 그러나 의사가 불러서 저택에 온 간호사는 떠나도 좋다는 말이 있을 때까지 다른 손님들처럼 저택에 남아 있어야 한다고 말했다. 그는 트레이너에게도 지시를 내렸다. 저택의 단 두 명인 다른 하인들, 즉 요리사와 하녀에게 추후 통고가 있을 때까지 실내에 머무르게끔 하라는 것이었다.

또한 반스는 손님들이나 집안 식구들이 지시 사항을 잘 따르고 있는지 확인할 수 있도록 경사에게 부하 몇 사람을 저택 주위의 적당한 위치에 배치할 것을 제안했다. 경사는 다음날 아침 일찍 부하들을 불러모아 여과판 위쪽의 수문을 닫고, 댐의 잠금장치를 열어 풀에서 물을 빼낼 준비를 하기로 했다.

반스는 히스에게 그 작업에 대해 충고를 했다.

"그런데 사람들이 이스트로드 쪽에서 샛강으로 내려오도록 조치하는 편이 좋을 걸세, 경사. 그래야 풀 주변에 새로운 발자국이 생기지 않을 거야."

마크햄은 히스에게 사건의 책임을 완전히 맡겼다. 또한 히스가 공식적으로 수사를 맡을 수 있도록 형사과의 모런 총경에게서 허가를 받아주기로 약속했다.

히스는 그날 밤 저택에 남아 있기로 결정했다. 나는 히스가 그렇게 열성적으로 사건에 매달리는 것을 본 적이 없었다. 히스는 상황이 전혀 논리적이지 않다는 것을 솔직하게 인정했다. 그러면서도 그는 사건에 극히 수상쩍은 뭔가가 있다는 생각에 거의 광적으로 집착했다.

또한 나는 반스가 사건에 강렬한 호기심을 나타내는 것에 다소 놀랐다. 지금까지 반스는 마크햄의 범죄 수사에 어느 정도 냉담한 태도를 취했다. 그러나 이 경우는 달라 보였다. 몬테규의 실종에 그의 마음을 끄는 무언가가 있는 것이 분명했다. 필시 이런 반스의 태도는 우리들에게는 분명하게 보이지 않았던 어떤 요소들을 발견했거나 감지했다는 사실을 의미했다.

반스의 생각이 정당화된 것은 사건이 사실로 드러나면서였다. 그렇게 해서 불길한 예감 속에 공포를 자아내는 몬테규의 죽음이 전 국민적인 반향을 불러일으키게 되었다. 그리고 사건을 대수롭게 여겼던 마크햄도 첫째 날 밤에 반스가 고집을 부리지 않았더라면, 현대에 벌어진 살인사건 가운데 가장 교묘하고 정교한 사건 하나가 처벌을 면하는 일이 생겼을 거라고 처음으로 인정하기에 이르렀다.

우리가 집에 돌아온 때가 오전 3시가 한참 지난 시간이었는데도 반스는 잠을 잘 생각이 없는 듯이 보였다. 그는 피아노 앞에 앉아 침울하면서도 장엄하고 강렬한 여운을 주는 베토벤의 피아노 소나타 106번 3악장을 연주했다. 그래서 그가 고민을 하고 있을 뿐만 아니라 지식을 요하는 중대한 미해결 문제로 머릿속이 꽉 차 있다는 것을 알수 있었다. 그는 마지막의 장화음을 끝내고 나서 피아노 의자에서 몸을 빙 돌렸다.

그가 다소 멍한 표정으로 물었다.

"왜 자지 않나, 반? 앞으로 우리는 길고도 힘든 하루를 보내야 할 걸세. 나는 자기 전에 읽어야 할 게 좀 있네."

반스는 손수 잔에 브랜디와 소다수를 따라서는 서재로 갔다.

나는 무슨 까닭인지 신경이 너무 날카로워져서 잠을 청할 수 없었다. 그래서 중앙 탁자에 놓여 있던 『향락주의자 마리우스』(Marius the Epicurean;아우렐리우스제(帝) 시대에 한 청년의 영혼의 편력을 이야기한 월터 페이터의 장편 소설 - 역주)를 집어들고 열려진 창가로 가서 앉았다. 1시간 이상 책을 읽고 나서 내 방으로 가는 길에 서재 문 앞에서 잠깐 안을 들여다보았다. 반스는 두 손으로 머리를 감싸고 앉아 탁자 위에 놓여 있는 커다란 4절판 책에 열중해 있었다. 주위에는 많은 책들이 아무렇게나 쌓여 있었고 그중의 몇 권은 펼쳐져 있었다. 그리고 반스의 옆에 있는 작은 탁자 위에는 누르스름한 지도 뭉치가 놓여 있었다.

문간에 서 있는 기척을 느꼈는지 반스가 말을 건넸다.

"나폴레옹 코냑과 소다수를 가져다주겠나, 반? 고급 브랜디가 있네."

반스의 앞에 병들을 내려놓으면서 어깨너머로 대충 훑어보았다. 그가 읽고 있는 책은 「마녀의 망치」(Malleus Maleficarum;종교재판관 슈프랭거와 크레이머가 1486년 펴낸 마녀 재판의 지침서로, 기존의 마녀 개념을 집대성해 놓은 책이다. - 역주)의 오래된 채색 사본이었다. 그리고 한쪽에는 엘리엇 스미스의 「드래건의 진화」와 레미의 「마귀 숭배」가 펼쳐져 있었고, 다른 한쪽에는 뱀 숭배에 관한 호웨이의 두꺼운 서적이 놓여 있었다.

그가 견해를 드러냈다.

"신화는 아주 매력적인 주제라네, 반. 그리고 코냑 정말 고맙네."

그는 다시 책을 읽는 일에 열중했고, 나는 침실로 갔다.

다음날 아침 내가 일어나기도 전에 반스는 이미 일어나 있었다. 그는 거실에 있었는데, 황갈색 견 포플린 양복을 입고, 아침에 마시곤 하는 터키식 커피를 조금씩 마시면서 레지 담배를 피고 있었다.

반스가 인사를 건네며 말했다.

"벨을 눌러 커리를 불러서 자네의 그 서민적인 아침식사를 가져오라고 지시해야 할 걸세. 우리는 30분 후에 내키지 않는 지방검사님을 모시러 가야 하거든."

마크햄이 합류하기까지 우리는 반스의 차 안에서 거의 20여분을 기다려야 했다. 마크햄은 심기가 편치 않아 보였다. 그는 자동차 뒷좌석에 올라타면서 퉁명스럽게 인사를 건넸다.

"반스, 이 일을 생각하면 할수록 시간만 낭비하고 있다는 확신이 점점 강해지네."

그가 불평을 했다. 반스가 달래는 듯한 어조로 물었다.

"이 일 외에 오늘 자네가 해야 할 일은 뭔가?"

"첫째는 잠을 자는 걸세. 밤새 자네가 나를 붙들고 있지 않았나. 사환 아이가 전화를 해서 자네가 기다리고 있다는 말을 전할 때, 나는 아주 평화롭게 잠을 자고 있던 참이었네."

반스는 짐짓 연민 어린 표정으로 고개를 흔들어댔다.

"딱하게 됐군…… 딱하게 됐어. 맹세하건대, 나는 자네가 낙담하지 않기를 바라네."

마크햄은 뭐라고 불평을 중얼거리다 이내 말문을 닫아버렸다. 그리고는 스탬 저택으로 차를 타고 가는 동안 내내 입을 열지 않았다. 우리는 부드럽게 굽은 차도를 돌아 저택 앞의 주차장에 차를 세웠다. 기다리고 있었던 듯 히스가 마중하러 현관 계단을 내려왔다. 그는 기분도 언짢고 마음도 편치 않은 듯했다. 그리고 전날 밤 자신의 느낌을 믿지 않는 것처럼 회의적이고 자신 없는 태도였다.

그가 건성으로 보고했다.

"지시하신 대로 착착 진행되고 있습니다. 아직 아무런 일도 일어나지 않았습니다. 저택 내부도 모두 순조롭게 돌아가고 있고요. 사람들은 모두 다른 사람들이 된 것처럼 행동하고 있습니다. 그들은 한 무리의 멧비둘기처럼 모두 함께 모여 아침식사를 했습니다."

반스가 말했다.

"흥미롭군. 그럼 스탬은 어떤가?"

"그는 자리를 털고 일어났습니다. 안색이 조금 나빠 보이기는 하지만, 이미 술도 두세 잔 마신 것 같더군요."

"스탬 양은 오늘 아침에 모습을 보였나?"

히스는 당혹스러운 표정을 지었다.

"예. 그 아가씨한테는 뭔가 이상한 점이 있습니다. 지난밤에는 히스테리를 일으키면서 빈 공간이 보일 때마다 실신을 해대더니만 오늘 아침에는 아주 밝고 기운이 넘쳐흐르더군요. 제 생각에 그녀는, 남자친구가 목숨을 잃은 것에 안도하는 것 같습니다."

반스가 물었다.

"스탬 양이 오늘 아침에 누구에게나 지나치게 친절하게 대하지 않던가, 경사?"

히스가 감정이 상한 듯한 목소리로 대꾸했다.

"제가 어떻게 알겠습니까? 그들은 함께 식사를 하자고 청하지도 않았습니다. 미리 제가 조금이라도 식사를 해둬서 다행이었지요…….
그런데 아침식사를 끝내고 스탬 양과 리랜드 씨 단둘이 응접실로 들어가서 오랫동안 이야기를 나누었습니다."

반스는 담배를 평가하듯이 바라보면서 잠시 생각에 잠겼다.

"허, 놀랍군. 아주 분명해."

마크햄은 반스에게 경멸적인 시선을 던지며 코웃음쳤다.

"그래, 그렇겠지. 자네는 그 사실을, 사건을 흥미진진하게 만드는 암시로 생각하는 모양이군."

반스가 익살맞은 표정으로 쳐다보며 말했다.

"흥미진진하게 만든다고? 이 사람, 마크햄! 사건의 플롯은 완전히 고정되어 있네. 이야기를 보탠다는 식의 그런 말은 하지 말게."

반스는 냉정하게 말하고 히스에게로 시선을 돌려 물었다.

"스탬 부인에 대한 새로운 소식은?"

"오늘 부인은 상태가 아주 좋습니다. 의사가 조금 전에 왔는데, 그는 부인의 상태를 살펴보고 나서 지금 당장은 자신의 도움이 더 이상 필요하지 않다고 말했습니다. 그렇지만 오늘 오후에 다시 들리겠다고 하더군요……. 의사와 이야기하고 나서 저는 도레무스(수석 검시관 엠마뉴엘 도레무스 - 역주) 박사님께 전화를 걸어 이곳으로 와 달라고 청했습니다. 오늘이 일요일이라 더 늦으면 도레무스 박사님을 불러올 수 없을지도 모르고, 또 잠시 후면 몬테규의 시체를 찾게 될 테니까요."

"그러면 자네 부하들이 풀의 수문을 닫았나?"

"물론이죠. 그런데 아주 힘든 작업이었습니다. 수문들 중 하나가 물에 잠겨있거든요. 어쨌든 지금은 준비가 다 된 상태입니다. 다행히 강물의 수위가 꽤 낮고 흘러 들어오는 물의 양도 많지 않았습니다. 댐의 잠금장치 또한 부식이 심해서 망치로 두드려서 열어야 했습니다. 스탬의 말에 의하면 풀에서 물이 빠지는데 한 시간 정도 더 걸릴 거라고 합니다……. 스탬 씨는 풀에 내려와서 작업을 감독하고 싶어하더군요. 하지만 스탬 씨 없이도 일을 잘 진행할 수 있다고 말해 뒀습니다."

반스가 고개를 끄덕였다.

"잘했네. 그런데 자네 부하들이 댐의 수문 위에다 망 같은 것을 쳐 놓았을까?"

히스가 자신의 행동에 만족스러워하며 대답했다.

"저도 그 점을 생각했습니다. 그러니 걱정 안 하셔도 됩니다. 둑의 수문을 열어놓은 곳에다 성긴 철망을 이미 쳐 놓았으니까요."

반스가 다음 질문을 던졌다.

"오늘 아침에 저택에 찾아 온 방문객은 없었나?"

"아무도 오지 않았습니다, 반스 씨. 설령 왔었다고 해도 어차피 그 들은 들어오지도 못했을 겁니다. 버크와 헤네시, 스니트킨이 오늘 아 침에 복귀했습니다. 지난밤에는 저택을 감시하기 위해 다른 부하들이 여기에 와 있었죠. 지금 스니트킨은 동쪽 출입문 쪽에 있고, 버크는 여기 현관에 있습니다. 헤네시는 아래쪽 풀에서 아무도 접근하지 못 하도록 살펴보고 있지요."

히스는 근심이 담긴 묻는 듯한 시선으로 반스를 바라보았다.

"무엇부터 하고 싶으십니까, 반스 씨? 아마 스탬 양이나 타툼 씨를 심문하고 싶으실 것 같군요. 제 생각으로는 그들 두 사람에게는 뭔가 이상한 점이 있습니다."

"아닐세. 지금 당장은 집안 식구들을 귀찮게 괴롭히지 않을 생각이 네. 먼저 정원 주변을 둘러보고 싶군. 자네가 스탬 씨에게 우리와 함 께 하자고 부탁해 보면 어떻겠나, 경사?"

반스가 모음을 길게 늘여 천천히 말했다.

히스는 잠시 머뭇거리다 곧 집으로 들어갔다. 얼마 뒤에 그는 루돌 프 스탬을 동반하고 돌아왔다.

스탬은 회색빛 트위드 소재의 플러스 포즈(plus fours;스포츠, 특히 골프용의 헐렁하고 짧은 니커스 바지 – 역주)에다 목 앞부분이 드러나는 같은 색의 실크로 된 민소매 스포츠 셔츠를 입고 나타났다. 그는 재킷을 입지 않았고 모자도 쓰고 있지 않았다. 안색이 창백하고 얼굴이 까칠한데다 눈 밑이 움푹 들어갔지만 우리를 향해 계단을 내려오는 발걸음은 안정돼 보였다.

그는 상냥한 태도로 인사를 건넸고, 나는 그가 조금 겸연쩍어한다는 생각이 들었다.

"안녕하시오, 신사 양반들. 간밤에 너무 괴팍스럽게 굴어서 미안하오. 용서해 주시오. 몸 상태가 좋지 않아 기분이 언짢아져서······."

반스가 그를 안심시켰다.

"괜찮습니다. 저희들은 충분히 이해하고 있습니다. 대단히 괴로운 상황이었다는 걸 말이지요······. 저희는 정원을 좀 둘러볼 생각입니다. 특히 아래쪽 풀을 말입니다. 그래서 당신이 우리들을 안내해 주실 수 있을 거라고 생각했습니다만."

"기꺼이 안내해 드리겠소."

스탬은 보도를 따라 그 집의 북편으로 우리를 안내했다.

"내가 소유하고 있는 풀이 유일하지. 뉴욕에서, 아니 풀에 관한 한 어떤 다른 도시에도 드래건 풀 같은 건 전혀 없소."

그를 따라서 우리는 풀로 내려가는 계단 꼭대기를 지나 저택의 뒤편으로 갔다. 이윽고 우리는 좁다란 콘크리트길로 이어진 야트막한 담 기슭에 닿았다.

스탬이 우리에게 설명했다.

"이 길이 이스트로드요. 내 아버지가 오래 전에 만드신 길이오. 저 나무들 사이까지 길게 뻗어 있고, 언덕 아래까지 이어져 있소. 그리고 저택의 경계 바로 바깥쪽에 있는 오래된 차도 중 하나와 합쳐져요."

반스가 물었다.

"그 오래된 차도는 어디로 이르는 길입니까?"

"딱히 어디에 이르는 것은 아니오. 이스트로드는 버드 레퓨지를 따라 클로브의 남쪽 끄트머리로 향하다가 그곳에서 두 갈래로 갈라져요. 한 갈래는 북쪽으로 쉘베드와 인디언 동굴에 이르러 언덕을 돌아 나온 길과 합쳐져서 강변로와 연결돼요. 다른 한 갈래는 그린힐 쪽으로 뻗어 군대 소각장 북쪽에서 페이슨 애버뉴와 합쳐지요."

우리는 담을 따라 걸었다. 우리 오른쪽에, 그러니까 그 집의 남쪽 끝에 커다란 차고가 보였다. 차고 앞까지 시멘트 포장도로가 깔려 있고, 차를 돌릴 수 있는 공간이 있었다.

스탬이 의견을 표명했다.

"차고가 있기에는 적당치 않은 곳이오. 하지만 이게 가능한 최선의 방법이었소. 만일 우리가 집 앞에 차고를 두었다면 전망을 망쳤을 거요. 그래서 나는 시멘트 포장도로를 집 앞에서 저기 남쪽까지 연장했소."

"그러면 이 이스트로드가 풀을 지나가나요?"

반스는 작은 골짜기 쪽의 수목이 우거진 언덕을 힐끗 내려다보았다.

스탬이 고개를 끄덕였다.

"그렇소. 하지만 풀에서 47미터 정도 떨어져서 지나가오."

반스가 제안했다.

"이 길을 천천히 따라가보면 어떨까요? 그리고 나서 풀로 내려가는 계단을 거쳐서 집으로 돌아가도록 하죠, 어떻습니까?"

스탬은 우리에게 그 길을 보여주게 되어서 만족스럽고 여간 기쁜 게 아닌 듯했다. 우리는 비탈진 언덕을 따라 천천히 걸어갔다. 풀로 흘러 들어가는 샛강 위에 걸려 있는 짧은 콘크리트 다리를 건너고 나서 왼쪽으로 조금 몸을 돌리자 높다란 바위 절벽이 뚜렷이 시야에 들어왔다. 바위 절벽은 풀의 북쪽 경계 역할을 하고 있었다. 우리 앞쪽

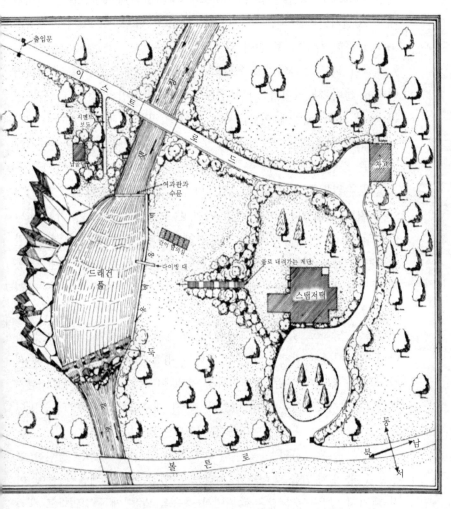

스탬가의 사유지

에는 시멘트로 포장된 좁다란 보도가 몇 미터 깔려 있었다. 너비가 대략 20센티미터쯤 되는 것 같았다. 보도는 이스트로드에서 오른쪽으로 비스듬히 풀 쪽으로 뻗어 있었다.

스탬이 보도로 들어섰고 우리도 뒤따랐다. 양편으로 나무와 덤불이 빽빽이 들어 차 있어서, 바위 절벽과 여과판 사이의 낮은 통로가 있는 풀의 북쪽 코너에 이르러서야 형세를 정확히 파악할 수 있었다. 이 지점에서 우리는 풀 맞은편으로 비스듬히 반대편 언덕 꼭대기에 서 있는 스탬 서택을 바라볼 수 있었다.

풀의 수위는 현저히 낮아져 있었다. 실제로 풀의 절반 정도가 바닥을 드러낸 상태였다. 바위 절벽 가까이 수심이 얕은 곳은 이미 바닥이 드러났고, 저택에 가까운 반대편인 6미터 넓이 정도의 부분에만 물줄기가 남아 있었다. 게다가 이 물마저도 둑 밑바닥에서 수문을 통해 흘러나가고 있기 때문에 눈에 띄게 수량이 줄어들고 있었다. 우리 바로 왼쪽에 보이는 여과판 위쪽의 수문들은 단단히 닫혀 있어서 둑 역할을 담당하고 있었다. 그래서 풀의 동쪽에만 물이 괴어 있었다. 다행히도 매년 이맘때는 강물의 유량이 평소보다 많지 않아서, 몇 시간 동안은 강물이 수문 꼭대기까지 올라온다든지 혹은 둑 위로 넘쳐 흐른다든지 할 위험은 전혀 없었다. 단지 대수롭지 않은 양의 물만이 수문들 사이의 틈새로 새어나올 뿐이었다.

그러나 죽은 남자의 시체는 아직 보이지 않았다. 히스는 당황한 표정으로 풀의 수면을 뚫어지게 쳐다보고 있었는데, 몬테규가 물이 아직 빠지지 않은 쪽의 깊은 수면에서 죽음을 맞은 게 틀림없다고 생각하는 모양이었다.

우리 바로 앞, 그러니까 바위 절벽에서 몇 미터 떨어지지 않은 곳에 원뿔형의 삐죽삐죽한 커다란 바위가 거대한 석순을 뒤집어놓은 것처럼 진흙투성이의 풀 바닥에 일부 박혀 있는 게 보였다. 스탬이 그것을 가리키며 말했다.

"내가 당신들한테 말했던 그 망할 놈의 바윗돌이 저기 있군. 지난 밤에 당신 부하가 첨벙하는 소리를 들었다는 곳이 저기요. 몇 주 동안 나는 바윗돌이 풀로 떨어지지나 않을까 노심초사했었소. 천만다행으로 아무도 돌에 맞은 적은 없었소. 모두에게 수영을 하러 가면 절벽에 너무 가깝게 다가가지 말라고 경고를 하기는 했지만 말이오……. 이제 바닥을 훑어야 할 것 같소. 성가신 작업이지."

그는 풀을 두리번거렸다. 이제 건너편 콘크리트 벽을 따라서만 가느다란 물줄기가 흐르고 있었다. 그러나 여전히 죽은 남자의 시체는 나타날 기미가 없자 스탬이 심술 맞은 목소리로 의견을 피력했다.

"몬테규는 틀림없이 다이빙대 끄트머리에 머리를 부딪쳤을 거요. 그런 사고가 일어났다는 건 지독히도 수치스런 일이오. 사람들은 늘 이곳에서 익사를 하지. 풀이 불행을 몰고 오는 것 같소. 인간에게 재앙을 내리는 악마처럼 말이오."

반스가 쳐다보지도 않은 채 물었다.

"악마요, 무슨 악마요? 피아사(Piasa)7) 말씀인가요?"

스탬은 반스를 재빨리 쳐다보고는 경멸 섞인 웃음을 터트리며 말했다.

---

7) 1887년에 일리노이 주 모리스에서 출판된 팸플릿에 P. A. 암스트롱 선생이 쓴 「인디언들 사이의 피아사, 혹은 악마」라는 표제의 글이 실렸다. 그 팸플릿에는 괴물 같은 피아사의 모습을 보여주는 오래된 판화도 함께 실려 있었다. 판화 속에 피아사는 드래건의 머리에 사슴 같은 뿔이 나 있었고, 거대한 물고기만한 크기의 몸체에 갈고리 발톱과 커다란 날개가 달려 있었으며, 큰 바다뱀처럼 기다란 꼬리가 몸통에 둘둘 감겨 있는 형상을 하고 있었다. 이 악마 드래건의 형상이 암벽에 새겨진 암면 조각 혹은 그림 문자가 1665년경에 미시시피 계곡에서 파더 마켓에 의해 처음으로 발견되었다. 암스트롱의 팸플릿에는 피아사에 대해 다음과 같이 묘사되어 있다. '그것들은 크기가 송아지만하고, 염소처럼 머리에 뿔이 돋아 있으며, 눈 색깔이 붉고, 호랑이 같은 수염이 나 있으며, 사람의 얼굴을 하고 있다. 꼬리는 자신들의 몸통을 두르고 다리 사이를 지나갈 정도로 길며, 그 끝은 마치 물고기의 꼬리와 같다.'

"알겠소, 당신도 그 어리석고 허황된 이야기를 들은 모양이군. 아아! 머지않아 수다쟁이 노파들이 이 풀 안에 사람 잡아먹는 드래건이 살고 있다고 떠들어대겠군. 그런데 당신은 피아사라는 말을 어디서 들었소? 이 근방에 인디언들은 드래건을 부를 때 '아망게목돔(Amangemokdom)'이라는 말을 쓰는데……. 여러 해 동안 나는 피아사라는 말을 들어보지도 못했소. 그리고 피아사라는 말은 서부에서 온 나이든 인디언 추장이 이곳을 방문했을 때 쓴 말이오. 상당히 인상적인 노인네였시. 그래서 나는 그 인디언 추장이 말했던 머리끝이 쭈뼛해질 정도로 섬뜩한 피아사의 모습을 늘 기억하고 있소."

"피아사와 아망게목돔은 실제로는 똑같이, 괴물 드래건을 의미합니다."

반스가 낮은 목소리로 대꾸했다. 시선은 물이 점점 줄어드는 풀의 바닥에 고정되어 있었다.

"하지만 전혀 다른 방언입니다. 아망게목돔은 레나페족[8] 인디언들이 사용했지요. 그러나 미시시피강을 따라 거주하는 알공킨족 인디언들은 악마 드래건을 피아사라고 불렀습니다."

이제 풀에 남아 있는 물이 좀더 빠르게 빠져나가는 것 같았다. 스탬이 풀 가장자리의 좁다랗고 평평한 땅을 가로질러 걷기 시작했다. 나는 그가 풀의 안쪽을 더 잘 살피기 위함이라고 생각했지만, 반스는 재빨리 스탬의 팔을 붙잡았다.

반스가 단호한 투로 말했다.

"죄송합니다만, 이쪽의 바닥은 저희가 발자국들을 좀 조사해 봐야 합니다……."

---

8) 레나페는 뉴저지 주 펜실베이니아 지방과 그 주변 지역에 살고 있는 알공킨족 인디언을 부르는 일반적인 명칭이다. 인우드에 거주하는 인디언들이 이런 부족들 중 하나였다.

스탬은 놀란 얼굴에 묻는 듯한 시선으로 그를 바라보았고, 반스가 이어 말했다.

"어리석은 생각인 줄은 알고 있습니다. 하지만 저희는 몬테규 씨가 풀 맞은편으로 헤엄쳐 와서 이 통로로 걸어 나갔을지도 모른다는 생각을 하고 있습니다."

스탬은 놀라 입이 딱 벌어졌다.

"도대체 그가 왜 그렇게 했겠소?"

반스가 대수롭지 않게 대답했다.

"저도 모르지요. 아마 그렇게 하지 않았을지도 모릅니다. 하지만 풀 안에 시체가 없다면 모두 정말 당혹스러워지겠죠. 그렇게 되면 저희는 몬테규 씨의 실종에 대해 어떻게든 다른 설명거리를 찾아야 하지 않겠습니까?"

스탬은 몹시 분개한 것처럼 보였다.

"무슨 바보 같은 소리요! 시체는 틀림없이 여기 있을 거요. 단순한 익사 사고를 불가사의하게 만들지 마시오."

반스가 질문을 던졌다.

"그런데 풀의 밑바닥은 어떤 토양으로 이루어져 있습니까?"

"단단한 모래요."

스탬이 대꾸했다. 그는 반스가 앞서 한 말에 아직도 불쾌해하고 있었다.

"한때 나는 시멘트로 바닥을 덮을 생각을 했었지만 본래의 바닥보다 더 좋은 건 없다고 결정했소. 그리고 상당히 깨끗한 상태기도 하오. 당신이 보고 있는 질퍽한 모래 퇴적층은 깊이가 불과 몇 센티미터밖에 되지 않소. 풀에서 물이 다 빠지면 바닥 전체를 걸어다닐 수 있을 거요. 고무로 된 덧신을 신고서, 신발을 더럽히는 일도 없이 말이오."

풀 안의 물은 이제 겨우 폭 90센티미터 정도로 흐르고 있었다. 눈 깜짝할 사이에 풀의 전체 바닥이 드러날 것이다. 반스와 마크햄, 히스, 스탬 그리고 나 자신을 포함해 우리 다섯 사람은 시멘트 포장길의 끄트머리에 한 줄로 서서 물이 빠져나가는 풀에 시선을 집중했다. 물줄기의 맨 위쪽부터 물이 완전히 사라졌고, 남아 있는 물줄기도 계속 가늘어지면서 수문을 통해 빠져나갔다. 그러자 풀의 깊은 쪽 바닥이 점차 모습을 드러냈다.

우리는 불줄기가 둑을 향해 아래쪽으로 흘러 내려가면서 점차 사라지는 모습을 눈으로 쫓았다. 물줄기의 위쪽이 간이 탈의실이 있는 지점에 이르렀다가 지나쳐 흘러갔다. 다이빙대에 가까워지자 호기심이 일면서 온몸의 신경이 곤두서는 느낌이었다……. 드디어 물줄기가 다이빙대에 이르렀고, 곧 그곳을 스쳐 지나 둑의 수문을 향해 시멘트벽을 따라 아래로 흘러갔다. 기묘한 흥분이 엄습해 왔다. 하지만 나는 얼이 빠져버린 것처럼 멍한 상태였다. 급속히 줄어드는 물줄기에서 천천히 시선을 돌려 내 옆에 서 있는 네 사람을 바라보았다.

스탬은 최면상태에 빠진 사람처럼 입을 벌린 채 시선을 고정하고 있었고, 마크햄은 몹시 당황한 듯 얼굴을 찌푸리고 있었다. 히스의 얼굴도 굳어져 있었다. 반스는 차분한 태도로 담배를 피고 있었는데, 눈썹은 냉소적으로 약간 치켜올린 채 꼭 다문 입가에는 진지한 미소를 띠고 있었다.

나는 둑의 수문 쪽으로 다시 시선을 돌렸다……. 이제 풀의 물은 모두 빠져나가고 없었다…….

그때 후텁지근한 공기를 가르며 히스테리한 비명 소리가 울려 퍼졌고, 뒤이어 만족스러운 듯 터져 나오는 새된 웃음소리가 이어졌다. 우리 모두는 깜짝 놀라 올려다보았다. 유서 깊은 저택의 3층 발코니에 바싹 마른 마틸다 스탬의 모습이 보였다. 그녀는 두 팔을 뻗어 풀을 향해 손을 흔들며 서 있었다.

한순간 나는 이 소름끼치는 비명 소리에 정신이 산란해져 그 의미를 알아채지 못했다. 그때 불현듯 나는 그녀가 의미하는 바를 깨달았다. 우리가 서 있는 곳에서는 텅 빈 풀의 사방을 볼 수 있었다.

그러나 시체는 흔적조차 없었다!

제8장 불가사의한 발자국

8월 12일 일요일 오전 11시 30분

드래건 풀의 배수 결과가 너무도 놀랍고 전혀 예상 밖이라 우리 모두는 잠시 말을 잃었다.

나는 마크햄을 흘끗 보았다. 그는 얼굴을 잔뜩 찡그리고 있었는데, 표정에는 미지의 생물을 본 사람에게서 나타날 법한 두려움과 당혹감이 서려 있었다. 히스는 아주 당혹스러울 때면 늘 그렇듯 여송연을 질겅질겅 씹으며 노려보고 있었다. 스탬은 너무 놀라 툭 튀어나온 눈으로 물이 다 빠져버린 댐의 수문을 뚫어져라 보고 있었다. 스탬의 몸은 경악스러운 상황을 보고 완전히 얼어붙은 듯 구부린 자세로 경직된 채였다.

반스는 우리들 중 가장 침착해 보였다. 약간 치켜올린 눈썹과 차가운 잿빛 눈동자에는 냉소적인 기색이 살짝 어려 있었다. 게다가 입가에는 만족스러운 미소마저 넌지시 드러나 있었다. 하지만 긴장된 자세로 보아 몬테규의 시체가 없을 거라고 확실하게 예상하지는 못했음이 분명했다.

맨 먼저 입을 연 사람은 스탬이었다.

"허! 어떻게 이런 일이……. 이건 있을 수 없는 일이야!"

스탬이 중얼거렸다. 그리고는 스포츠 셔츠의 주머니에 손을 집어넣고 신경질적으로 더듬다가 작고 검은 남미제 담배 하나를 꺼내더니 몇 번의 실패 끝에 겨우 불을 붙였다.

반스가 거의 감지할 수 없을 정도로 어깨를 약간 으쓱하더니 나직이 말했다.

"이런!"

그 역시 주머니에 손을 넣어 담배를 찾았다.

"이제 발자국을 찾는 일이 더욱 흥미로워지겠군, 경사."

히스가 얼굴을 찡그렸다.

"그럴 수도 있고 아닐 수도 있죠……. 풀 저쪽에 떨어져 있는 바위는 어떻습니까? 혹시 저 아래 깔린 건 아닐까요?"

반스가 고개를 저었다.

"아닐 거네, 경사. 풀에 파묻혀 있긴 하지만, 내가 보기에는 아무리 커봐야 지름이 45센티미터 정도밖에 안 될 것 같아. 그 정도 크기로는 사람의 몸을 다 덮을 수 없지."

스탬은 시커먼 담배를 입에서 떼고 반스 쪽으로 고개를 돌리며 자신의 견해를 밝혔다.

"그건 당신 말이 맞소. 그리고 이런 말을 하기는 썩 내키지 않지만, 사실 풀의 바닥은 아주 딱딱한 편이라 바위에 눌리더라도 시체가 그 안으로 파묻힐 수는 없소."

스탬은 다시 둑 쪽을 쳐다보며 말을 이었다.

"이제 몬테규의 실종을 설명할 다른 근거를 찾아야 하겠구려."

히스는 짜증과 불안감이 뒤섞인 표정을 지으며 중얼거렸다.

"그렇군요."

그리고는 반스를 쳐다보며 말했다.

"하지만 어젯밤에 봤을 때 여기에는 발자국이 하나도 없었습니다……. 적어도 스니트킨과 제가 찾아본 바로는요."

반스가 제안했다.

"다시 한번 살펴보세. 그리고 스니트킨도 부르는 게 좋겠네. 수색을 조직적으로 할 수 있게 말이야."

히스는 아무 말 없이 몸을 돌려 빠른 걸음으로 시멘트 포장 보도를 되돌아가 이스트로드로 갔다. 그가 휘파람으로 스니트킨을 부르는 소리가 들렸다. 스니트킨은 이스트로드를 따라 30미터 정도 떨어져 있는 출입문을 지키는 중이었다.

마크햄은 안절부절못하며 몇 발짝씩 왔다갔다하다가 물었다.

"몬테규가 어찌 되었을지 짐작 가는 바라도 있습니까, 스탬 씨?"

스탬은 난감한 듯 인상을 찌푸린 채로 다시 풀의 안쪽을 유심히 살폈다. 그리고 고개를 천천히 가로저었다.

잠시 후에 그가 대답했다.

"감이 잡히질 않소……. 물론, 그가 풀에서 나와 이쪽으로 유유히 걸어 나가지 않았다면 모를까 말이오."

반스가 마크햄에게 묘한 미소를 지어 보였다.

"어쩌면 드래건이 있었던 건지도 모르고요."

반스가 경쾌한 어조로 덧붙였다.

스탬이 갑자기 몸을 홱 돌렸다. 그는 분노로 붉게 달아오른 얼굴을 하고는 입술을 파르르 떨며 간청하듯 말했다.

"제발, 그런 말은 다시 꺼내지 마시오! 지금 벌어진 이 상황만 해도 기분이 나쁜데, 그런 터무니없는 미신까지 끌어들이지 말란 말이오. 모든 것은 이성적으로 설명되어야만 하오."

반스가 한숨을 쉬며 말했다.

"예, 예, 아무렴요. 이성이 무엇보다 우선돼야죠."

그때 나는 우연히 저택 3층 발코니를 올려다보았다가, 슈바르츠 부인과 홀리데이 선생이 스탬 부인에게 다가가서 조심스럽게 안으로 데리고 들어가는 모습을 보았다.

잠시 후 히스와 스니트킨이 우리 곁으로 왔다.

드디어 우리가 서 있던 곳에서부터 풀의 최고 수위 근처까지 이어져 있는 평지에 대해 발자국 수색 작업이 이루어졌는데, 시간이 꽤 많이 걸렸다. 반스와 스니트킨, 히스가 우리 왼쪽의 여과판 근처에서 시작해서, 풀의 북벽을 이루며 오른쪽에 있는 절벽의 수직 모서리를 향해 평지를 가로질러 가면서 체계적으로 조사를 펼쳤다. 수색 구역은 4.5제곱미터 정도 되었다. 풀에서 가장 가까운 곳은 딱딱한 흙바닥이었고, 시멘트 포장길이 끝나는 곳, 즉 마크햄, 스탬, 그리고 내가 서 있던 자리에서 가장 가까운 곳은 짤막한 잔디가 덮여 있는 울퉁불퉁한 땅이었다.

마침내 반스가 절벽의 가장자리에서 몸을 돌려 우리 쪽으로 걸어왔다. 얼굴에는 당혹스런 기색이 어려 있었다.

반스가 말했다.

"발자국이 전혀 없군. 몬테규가 이곳으로 걸어 나와 풀을 빠져나갔을 가능성은 전혀 없네."

히스가 심각하면서도 불안한 얼굴을 하고 다가와 툴툴댔다.

"아무것도 못 찾을 줄 이미 알고 있었습니다. 스니트킨과 제가 간밤에 플래시로 비춰가며 이 잡듯이 샅샅이 살펴봤으니까요."

마크햄은 절벽 모서리를 유심히 보고 있었다.

마크햄이 딱히 누구를 겨냥한 것이 아닌 질문을 던졌다.

"몬테규가 저 바위 턱 중 하나에 기어올라간 다음 여기 이 보도로 뛰어내렸을 가능성은 없을까?"

반스는 난감한 표정으로 고개를 가로저었다.

"몬테규가 운동실력이 뛰어난 사람이었는지는 모르지만, 니알라(아프리카 남부에 분포하는 큰 영양 – 역주)는 아니지 않은가."

스탬이 깊은 생각에 빠진 사람처럼 서 있다가 말했다.

"몬테규가 이곳을 통해 풀을 빠져나오지 않았다면 도대체 어떻게 나갔을지 도통 모르겠소."

반스가 대꾸했다.

"하지만 아시다시피 그는 빠져나갔습니다. 주변을 좀 살펴봐야겠습니다."

반스는 여과판으로 가더니 꼭대기에 가로놓인 폭넓은 가로대에 올라섰다. 우리는 영문도 모르는 채 한 줄로 서서 반스를 따라갔다. 그는 여과판 위를 반 정도 건너가서는 잠시 멈춰서 풀의 수위 자국을 내려다보았다. 그 자국은 여과판의 가로대에서 1.8미터 아래, 수문 꼭대기에서는 2.4미터 아래에 나 있었다. 여과판은 아연 도금을 한 철망이었으며, 작은 구멍이 무수히 뚫려 있는 뭔가로 얇게 덧씌워져 보강되어 있었는데, 아주 고운 시멘트 같아 보였다. 그래서 여과판의 옆면을 타고 기어올라 그 위로 올라서려면 공범자의 도움 없이는 절대 불가능해 보였다.

반스는 흡족한 표정을 짓고는 여과판 위를 계속 건너가서 풀의 반대편에 있는 간이 탈의실로 향했다. 시멘트로 만든 옹벽이 풀 수면에서부터 1.2미터 가량 되는 높이로 여과판 한쪽 끝에서 둑까지 쭉 둘러져 있었다.

히스가 말했다.

"몬테규 씨가 이 벽으로 기어올라오지 않은 것은 분명합니다. 저 조명등들이 이 벽 전부를 비추니까, 그랬다면 누군가 분명 그를 봤을 겁니다."

스탬이 동의했다.

"맞소. 이쪽에서 풀을 빠져나간 건 아니오."

우리가 둑에 다다르자, 반스는 둑을 찬찬히 살펴보면서 수문 위의 철망이 단단한지 시험도 해보고 다른 출입구가 없는지 확인해 보기도 했다. 그리고 나서 그는 둑 아래쪽 샛강 바닥으로 내려갔다. 이제 물이 모두 빠져 버린 그곳에서 반스는 잠시 동안 새들로 뒤덮인 삐죽삐죽한 바위들 위를 돌아다녔다.

마침내 스탬이 반스에게 소리쳤다.

"그의 시체가 그리로 떠내려갔을 거라는 생각에서 찾고 있는 거라면 소용없소. 지난달부터 이곳의 유량은 그다지 많지 않아서 고양이 시체조차도 둑 위로 떠내려가지 못했을 거요."

"오, 그렇겠죠."

반스가 멍하니 대꾸하고 우리가 서 있던 둑 위로 도로 올라왔다.

"저도 시체를 찾고 있던 건 아니었습니다. 둑 위로 물이 세차게 흘러넘쳤다 해도 몬테규 씨가 그 물살에 실려 떠내려가지는 않았을 겁니다. 그가 익사했다면 적어도 24시간은 지나야 시체가 수면으로 떠오를 테니까요."

마크햄이 퉁명한 말투로 물었다.

"그러면 대체 뭘 찾고 있었던 건가?"

반스가 대답했다.

"나도 잘 모르겠네. 그냥 둘러보면서 뭐라도 나오길 기대했는데……. 풀의 반대편으로 다시 가보세. 발자국이 하나도 없었지만 저쪽의 그 조그만 땅덩어리가 왠지 마음이 끌리네."

우리는 발길을 되돌려 옹벽을 따라 걷다가 여과판의 가로대를 건너서 그 아래의 좁은 땅으로 내려섰다.

마크햄이 짜증스레 물었다.

"여기에서 뭘 찾겠다는 건가, 반스? 발자국이 있는지 보려고 여기 전체를 이미 샅샅이 조사하지 않았나."

반스는 심각한 얼굴로 생각에 잠겨 있었다. 그는 절망적이라는 몸짓을 하며 대꾸했다.

"그렇긴 하네만, 여기에 발자국이 꼭 있어야만 되네. 몬테규가 풀에서 날아올랐을 리도 없고……."

그가 갑자기 말을 중단했다. 그는 멍하니 우리 발 아래의 풀밭 중 잔디가 없는 조그만 부분을 응시하다가, 잠시 후 앞으로 몇 발짝 걸어 나가서 무릎을 꿇고 앉았다. 그런 다음 그 곳을 잠시 동안 살펴보다가 일어나서 우리 쪽으로 다시 왔다.

그가 알렸다.

"저기에 약간 움푹 들어간 자국이 있는데 더 자세히 조사해봐야 할 것 같네. 직각으로 눌린 자국일 뿐이니 아무래도 발자국은 아닐 테지만."

히스가 코웃음을 쳤다.

"그건 저도 지난밤에 봤습니다. 하지만 신경 쓸 만한 것은 못 됩니다, 반스 씨. 누군가 상자나 무거운 여행 가방을 놔두었던 자국 같더군요. 그런데 몇 주나 몇 달 전에 생긴 자국 같았습니다. 게다가 풀 가장자리에서 적어도 3.5미터는 떨어진 곳입니다. 그러니 그게 설사 발자국이라 해도 우리에게 하등의 도움도 되지 않을 겁니다."

스탬은 피던 담배를 던져버리고 두 손을 주머니에 깊이 찔러 넣었다. 그의 창백해진 얼굴에 당혹스러운 표정이 떠올랐다.

"이런 일이 생기다니 정말 어처구니가 없소. 그리고 솔직히 말하자면 영 못마땅하오. 이 일로 추문이 더 생기게 되었으니 말이오. 게다가 이 망할 놈의 풀을 둘러싼 추문에 이제 나까지 얽히게 생겼잖소."

반스는 우리 앞에 있는 절벽을 아래에서 위로 쭉 올려다보았다.

"스탬 씨, 몬테규 씨가 저 절벽으로 올라갔을 가능성은 없을까요? 여기에서 봐도 바위 턱 몇 개가 보이는데요."

스탬은 단호하게 고개를 가로저었다.

"아니오. 바위 턱을 딛고 오르지는 못했을 거요. 저 바위 턱들은 연속적으로 있는 것도 아니고 간격도 아주 많이 벌어져 있소. 내가 어렸을 때 저 바위 턱 중 하나에 올랐다가 진땀을 흘린 적이 있었소. 위로 올라가지도 도로 내려오지도 못해서 말이오. 결국 아버지가 나를 내려오게 하는 데 반나절이나 걸렸소.”

“몬테규 씨가 밧줄을 썼다면 가능하지 않았을까요?”

“음……, 그렇군. 밧줄을 썼다면 가능했을 거요. 그는 운동실력이 뛰어난 사람이니 밧줄을 번갈아 잡아가면서 충분히 올라갈 수 있었을 거요. 하지만 빌어먹을, 뭐 하러 그랬을지 이해할 수 없구려…….”

마크햄이 그의 말을 가로챘다.

“충분히 일리가 있네, 반스. 절벽을 오르는 것이 그가 풀에서 나가는 데 썼을 만한 거의 유일한 방법일세. 자네도 물론 기억할 테지. 리랜드 씨가 했던 말 말일세. 몬테규가 사라진 뒤에 맥아담 부인이 풀 건너편의 절벽을 뚫어지게 보고 있었다고 하지 않았나. 그리고 나중에 풀에서 첨벙하는 소리가 들렸다는 얘기를 듣고는 그녀가 아주 당황해했고. 어쩌면 그녀가 내용이 뭐였든 간에 몬테규의 계략을 어렴풋이 눈치챈 것일 수도 있네.”

반스가 입술을 오므리고는 의견을 피력했다.

“약간 억지스러운 것 같군. 하지만 어찌 되었든 그 멋쟁이 친구가 실종된 건 분명하네, 안 그런가……? 아무튼 그 추측이 맞는지는 확인해볼 수 있지.”

그는 스탬에게로 시선을 돌리고 말했다.

“여기에서 저 절벽 꼭대기까지는 어떻게 가죠?”

스탬이 대답했다.

“그건 쉽소. 이스트로드를 따라 내려가다가 클로브에서 비탈을 오르면 되오. 이 절벽이 근방 언덕에서 제일 높은 곳이오. 저렇듯 계속 평평하다가 클로브와 인디언 보호 거주지를 거치면서 급하게 경사가

져 있고, 스퓨텐듀빌의 물가까지 뻗어 내려가 있소. 걸어서 10분이면 오를 수 있소. 올라가 볼 만한 가치가 있다고 생각한다면 말이오."

"가볼 만할 겁니다. 절벽 꼭대기에 발자국이 있는지 확인해볼 수 있을 테니까요."

스탬이 앞장서서 다시 이스트로드로 나갔고 우리는 저택의 출입문이 있는 북쪽으로 걸어갔다. 출입문을 지나 91미터 가량 걷다가 서쪽으로 방향을 돌려서 널찍한 보도로 들어섰다. 그 길은 북쪽으로 휘어지다가 클로브의 발치 방향으로 급하게 꺾이었다. 그 다음부터 우리는 절벽까지의 가파른 비탈길을 오르기 시작했다. 몇 분 후 우리는 암벽 위에 올라서서 약 30미터 아래의 텅 빈 풀을 내려다보게 되었다. 그곳에서는 맞은편 언덕에 있는 유서 깊은 스탬 저택을 거의 정면으로 볼 수 있었다.

발자국을 찾는 일을 쉽게 하는 그곳의 지형적 특징이 하나 있었는데, 그것은 바로 좁고 평평한 절벽의 양옆이 깎아지른 듯한 급경사면이라는 사실이었다. 누군가 풀에서 절벽으로 올라왔다고 해도 언덕에서 큰길로 내려가는 길은 지름이 3미터 가량 되어 보이는 이 평평한 절벽의 아래쪽 급경사면으로 내려가는 방법밖에 없다는 이야기였다.

그러나 반스와 히스, 스니트킨이 그 주변의 지대를 샅샅이 조사했지만 땅 표면에는 발자국이든, 어지럽혀진 자국이든 어떠한 흔적도 없었다. 전날 밤 폭우가 내린 이래, 그 누구라도 이곳에 있었다는 것을 입증할 만한 아무런 단서도 찾지 못했다. 비전문가인 내 눈에도 그러한 사실이 너무도 명백해 보였다.

마크햄의 얼굴에는 실망하는 표정이 역력했다.

"아무리 봐도 이곳을 통해 풀을 빠져나갔으리라는 추측도 제외시켜야 되겠네."

그가 어쩔 수 없이 사실을 인정했다.

반스는 담배를 꺼내 조심스레 불을 붙였다.

"맞아, 아무래도 그런 것 같네. 몬테규가 이 절벽을 통해 풀에서 빠져나갔다면 큰 길까지 날아서 내려갔어야 할 걸세."

그 말에 스탬이 홱 돌아섰는데 얼굴빛이 창백했다.

"그게 무슨 말이오, 반스 씨? 그 터무니없는 드래건 얘기를 또 하려는 거요?"

반스가 눈썹을 치켜올렸다.

"아니, 저는 결코 그런 뜻으로 한 말이 아니었습니다. 하지만 당신의 말뜻이 뭔지는 알겠군요. 피아사, 그러니까 아망게목돔이 날개가 있었다는 거지요, 그렇죠?"

스탬은 그를 노려보다가 불쾌하고 음울한 웃음을 터뜨리며 변명했다.

"드래건 얘기만 들으면 늘 신경이 곤두선단 말이오. 아무튼 내가 오늘 신경이 좀 예민하구려."

스탬이 담배 하나를 더 꺼내려 주머니를 더듬으며 절벽 가장자리로 걸어갔다.

"저기에 내가 말했던 그 바위가 있소."

그가 절벽 끄트머리에 있는 커다란 돌을 가리키며 말했다.

"어젯밤에 풀에 떨어진 게 저 돌의 맨 끝 부분이오."

그는 잠시 그 돌의 측면을 살펴보며 직선으로 벌어진 조그만 틈새 밑으로 손을 넣어 더듬었다.

"나는 여기가 쪼개지면서 떨어질까 봐 걱정했었소. 지층이 겹치는 곳이라 불안정한 곳이라서 말이오. 리랜드와 내가 어제 바로 여기에다 지레를 대고 떨어뜨리려고 안간힘을 썼던 거요. 그 끄트머리가 떨어질 줄은 생각도 못했소. 하지만 나머지 부분은 아주 단단한 것 같소. 그 폭우에도 불구하고 말이오."

"거참 재미있군요."

반스는 이미 클로브와 이스트로드를 향해 이어진 비탈길을 내려가고 있었다.

우리가 도로에서 풀로 이어지는 시멘트로 포장된 좁은 보도에 다다랐을 때 반스가 다시 그 보도로 들어가서 나는 깜짝 놀랐다. 나는 그가 여과판과 바위 절벽 사이의 좁은 지면에 마음이 끌린 모양이라고 생각했다. 그는 그 보도의 끝에 서서 말없이 생각에 잠긴 채로 텅 빈 풀의 안쪽을 다시 살펴보았다.

나는 우리 바로 뒤쪽, 그러니까 보도의 약간 오른쪽에서 조그만 석조건물을 조금 전에 보았다. 대략 3제곱미터에 1.5미터가 될까 말까한 높이로 덩굴에 거의 완전히 뒤덮인 건물이었다. 그때 나는 별 관심을 기울이지 않았고, 반스가 스탬에게 불쑥 말을 꺼낼 때까지 그런 게 있다는 것조차 까맣게 잊고 있었다.

"저쪽의 납골당처럼 보이는 나지막한 석조건물은 뭡니까?"

스탬이 대답했다.

"아, 저건 우리 집안의 오래된 납골당이오. 할아버지는 우리 집안 소유의 토지 중에서도 특히 이쪽에 묻히고 싶어 하셨소. 그래서 자신과 다른 가족의 유해를 안치하려고 저것을 지으셨던 거요. 하지만 아버지는 그곳에 묻히기 싫어하셨소. 화장해서 공동묘지에다 장엄한 묘를 꾸며주길 더 원하셨지. 그래서 내 평생 그곳을 열어본 적이 없소. 하지만 어머니는 죽으면 납골당에 안치해달라고 우기시오."

스탬은 잠시 말을 멈추고는 난처한 표정을 지었다.

"하지만 나는 어떻게 해야 할지 모르겠소. 이곳 모두 언젠가는 시에서 점거하게 될 테니. 이런 유서 깊은 곳들이 언제까지나 지금과 같은 모습으로 남아 있는 것도 아닐 테고. 알다시피 이곳은 유럽과는 다르지 않소."

반스가 중얼거렸다.

"상업문명의 폐해죠. 저 납골당에 할아버님 말고 묻힌 분이 더 계십니까?"

스탬은 그 얘기에 관심이 없는 듯 보였다.

"그렇소. 할머니가 지하에 묻혀 계시오. 그리고 고모님 두 분과 할아버지의 막내 동생분도 계실 거요. 그분들은 내가 태어나기도 전에 돌아가셨소. 가정용 성서(가족의 출생, 결혼, 사망 등을 기입할 여백이 있는 큰 성서 - 역주)에 빠짐없이 기록되어 있을 테지만 굳이 그런 걸 확인하고 싶은 마음이 든 적은 없었소. 사실 저 안에 들어가고 싶다면 철문을 다이너마이트로 폭파시켜야 할 거요. 저 납골당의 열쇠가 어디 있는지 전혀 몰라서 말이오."

반스가 무심코 말했다.

"혹시 어머님이 열쇠가 어디 있는지 아실지도 모르죠."

스탬이 언뜻 그를 쳐다보았다.

"그 말을 들으니 재미있구려. 어머니가 몇 해 전에, 아무도 그곳의 신성함을 더럽히지 못하게 하려고 열쇠를 숨겼다고 말한 적이 있었소. 어머니는 이따금 그렇게 이상한 생각들을 하시오. 모두 집안의 전통과 이웃의 미신과 관련된 것들이오."

"드래건과 관련된 건 없었습니까?"

스탬이 치를 떨며 말했다.

"제길, 왜 없겠소! 어머니는 드래건이 우리 집안 고인의 영혼을 수호하고 있고, 드래건이 스탬가의 먼지투성이 유해를 돌보는 일을 잘할 수 있도록 자신이 돕고 있다는 어리석은 생각을 하시고 계시오. 노인네들은 그런 어처구니없는 생각들을 하잖소."

그는 성을 내며 말했으나 일부러 꾸민 듯한 어조가 느껴졌다.

"열쇠에 대해 말하자면 어머니가 정말 열쇠를 숨겼다 하더라도, 지금은 어디에 두었는지도 잊어버리셨을 거요."

반스는 고개를 끄덕여 공감을 표하며 말했다.

"아무래도 상관없습니다. 그런데 손님들 중 누구 앞에서라도 납골당에 대해 언급하거나 얘기를 나누신 적이 있습니까?"

스탬은 잠시 생각하다가 마침내 대답했다.

"아니오. 그들 중 한 사람이라도 그게 여기에 있는지 알기나 할지 모르겠소. 물론 리랜드는 빼고 말이오. 납골당이 이 나무들에 가려져 집에서는 보이지도 않는데다, 아무도 풀의 이쪽으로는 와본 적이 없으니."

반스는 오래된 스탬 저택을 찬찬히 올려다보며 서 있었다. 그런 반스를 바라보며, 머릿속으로 무슨 생각을 떠올리고 있을까 추측하고 있는데 그가 천천히 뒤돌아보았다. 그리고는 스탬에게 말했다.

"실은 말입니다, 저는 저 납골당 안을 기꺼이 들여다볼 용의가 있습니다. 아주 낭만적일 것 같아서요."

반스가 보도에서 내려서 나무들 사이로 들어갔고, 스탬은 내키지 않지만 할 수 없다는 듯 따라갔다.

반스가 물었다.

"납골당으로 나 있는 길이 있습니까?"

"오, 있소. 이스트로드에서 이어지는 길이 있긴 한데 아마 온통 잡초로 뒤덮여 있을 거요."

반스는 보도에서 납골당 쪽으로 3미터에서 3.5미터 가량 가로질러 가다가 멈춰 서서 야트막한 그 석조건물을 잠시 바라보았다. 기와를 이은 지붕은 꼭대기가 약간 뾰족해 배수가 잘되도록 되어 있었으나 덩굴이 이미 오래 전에 그 꼭대기까지 감아 올라간 상태였다. 그리고 벽재로 사용된 돌은 스탬 저택의 돌과 똑같은 것이었다. 서쪽 면에 못으로 박아 달은 문이 보였다. 망치로 두드려서 모양을 낸 철문으로,

녹슬고 낡은 듯했지만 아직도 견고한 인상을 풍겼다. 문 앞에는 이끼로 뒤덮인 세 칸짜리 돌계단도 눈에 띄었다. 스탬이 우리에게 설명한 바에 따르면, 납골당은 지하를 파서 지어졌기 때문에 내부의 가장 높은 곳도 지상에서 겨우 1.5미터 정도밖에 안 된다고 했다.

보도에서 가장 가까운 쪽의 납골당 벽 옆에는 뒤틀리고 비바람에 바랜 두툼한 널빤지들이 쌓여 있었다. 반스는 납골당 주위를 빙 돌면서 자세히 살펴보다가 널빤지 옆에 멈춰 서서 물었다.

"이 목재는 어디에 쓰는 겁니까?"

스탬이 반스에게 대답했다.

"여과판 위쪽의 수문을 만들고 조금 남은 목재일 뿐이오."

반스는 어느새 몸을 돌려 시멘트 보도로 돌아가고 있었다.

스탬이 가까이 다가오자 반스가 말했다.

"굉장하군요. 이곳에 있다보니 맨해튼 시 안에 있다는 게 믿기지 않는군요."

마크햄은 그때까지 아무 말 없이 꾹 참고 있었다. 하지만 내가 보기에 그는 반스가 주제를 벗어난 얘기를 해서 화가 나 있는 게 분명했다. 결국 마크햄은 더 이상 참지 못하고 짜증 섞인 말을 내뱉었다.

"아무리 봐도 여기서 우리가 더 할 수 있는 일은 없네. 발자국이 하나도 없긴 하지만 몬테규가 어떤 식으로든 풀을 빠져나갔다는 추측을 할 수밖에 없어. 어떻게 빠져나갔는지 나중에 설명이 될지도 모르잖나. 그가 모습을 드러낼 준비가 되면 말일세……. 이제 그만 가보는 게 좋을 것 같네."

그의 말투가 지나치게 격앙돼 있어 나는 마크햄이 속마음과는 상반되는 말을 하는 것 같다고 느꼈다. 사실은 그도 이 조사 결과에 전혀 만족하지 않으면서도 말이다. 그럼에도 불구하고 마크햄의 태도에는 감히 거역할 수 없는 그 무언가가 배어 있어서, 나 자신도 그의 제안에 따르는 수밖에 별 도리가 없다고 생각했다.

하지만 반스는 주저했다.

"자네의 결론이 지극히 합당하다는 것은 인정하네, 마크햄."

반스는 곧이어 이의를 제기했다.

"하지만 몬테규의 실종에 뭔가 굉장히 불합리한 점이 있어. 그러니 자네가 괜찮다면 나는 풀의 안쪽을 좀 살펴보고 싶네."

그런 다음 스탬을 쳐다보며 말했다.

"샛강의 물이 수문 위로 넘쳐흐르기 전까지 얼마간이나 풀이 비어 있게 될까요?"

스탬은 여과판으로 가서 위로 점점 차오르고 있는 물을 살피고는 말했다.

"한 30분쯤 남은 것 같소. 풀에 물이 빠진 지 족히 1시간 30분은 되었는데, 2시간이 대략 그 한계요. 그때까지 수문을 열지 않으면 물이 둑을 넘쳐흘러 저 끝의 저지대와 이스트로드 뒤편의 땅까지 휩쓸 거요."

반스가 대답했다.

"저는 30분이면 충분합니다. 이보게, 경사, 납골당에서 저 판자들을 가져와 저기 모래 위에 깔게. 여기서부터 몬테규가 다이빙해 들어갔던 곳까지의 풀 바닥을, 자세히 살펴보고 싶네."

히스는 우리가 직면한 거짓말 같은 상황을 설명할 만한 것은 무엇이든 찾고자 열망하고 있던 터라, 고개를 휙 돌려 스니트킨을 부른 다음 같이 납골당으로 서둘러 갔다. 10분도 채 못 되어서 우리가 서 있던 낮은 지면에서 풀의 한복판까지 판자들이 쭉 이어져 깔렸다. 이것은 우선 판자 하나를 깐 다음 그 판자를 딛고 다음 판자를 가지러 가 첫 번째 판자 다음에 까는 식으로, 판자가 다 떨어질 때까지 계속 반복해서 만들어졌다. 그렇게 해서 폭 30센티미터에 두께가 5센티미터 정도 되는 판자들이 쭉 깔렸고, 질퍽한 모래 바닥이 깊지 않아서 푹 꺼질 염려도 없으므로 발을 적시지 않고도 풀 바닥을 건널 수 있는 나무 길이 생겼다.

이 작업이 진행되는 동안 마크햄은 체념한 듯한 표정을 하고는 머리가 연기에 푹 싸일 만큼 잇따라 여송연을 피워댔다.

"이래봐야 또 한번 시간만 낭비하는 걸세."

반스가 바짓단을 접어 올리고 약간 경사지게 대어진 첫 번째 판자를 타고 내려갈 때 마크햄이 불평했다.

"도대체 거기에서 뭘 찾길 기대하는 건가? 여기서도 풀 바닥을 전부 볼 수 있지 않은가?"

반스가 어깨너머로 장난꾸러기 같은 표정을 지어보였다.

"탁 털어놓고 말하면, 마크햄, 무언가 찾기를 기대하지는 않네. 하지만 이 풀이 내 마음을 끈다네. 수수께끼가 비롯된 바로 그 현장인 이곳을 조사하지 않고서 간다는 건 나로서는 도저히 용납할 수가 없어……. 이리 오게, 경사가 놓은 다리는 젖을 염려가 전혀 없네. 아니, 자네 같은 법률가들은 법정용어로 간단하게 무수(無水)의 다리라고 말할 테지."

마크햄은 마지못해 반스를 따라갔다.

"자네가 뭘 찾길 기대하지 않는다고 순순히 인정하니 거참 다행이군."

그가 비꼬는 투로 중얼거렸다.

"잠시나마 나는 자네가 드래건이라도 찾는 줄 알았거든."

반스가 미소를 지으며 대꾸했다.

"아니네. 어떤 전설을 봐도 피아사는 자신의 모습을 절대로 숨길 수가 없다고 나와 있네. 동양의 전설에서는 마음대로 아름다운 여인으로 변신할 수 있다는 드래건 얘기도 있지만 말이야."

스탬이 바로 내 앞에서 판자로 내려가다가 주춤하면서 손으로 이마를 문질렀다.

"이보시오들, 그 놈의 지겨운 드래건 애기 좀 꺼내지 않았으면 좋겠소."

그가 분노와 두려움이 섞인 어조로 불만을 나타냈다.

"오늘 아침에는 내 신경이 날카로워서 더는 견딜 수 없을 것 같소."

반스가 나직이 말했다.

"죄송합니다. 당신을 괴롭힐 의도는 조금도 없었습니다."

반스는 이제 풀 중앙을 조금 지난 곳에 놓여 있는 마지막 판자에 이르렀다. 그는 손으로 햇빛을 가리고 주변을 둘러보았다. 우리들은 그 옆에 일렬로 서 있었다. 햇빛이 무자비하게 내리쬐고 있었다. 숨이 턱턱 막히는 열기에, 축축 처지는 심신을 달래줄 미풍 한 점 불지 않고 있었다. 나는 스탬과 마크햄 너머로, 반스를 쳐다보았다. 진창의 웅덩이를 이리저리 두리번거리고 있는 그를 보면서, 반스가 어떤 이상한 생각이 들어서 저렇게 쓸데없어 보이는 엉뚱한 짓을 하고 있나 궁금해졌다. 반스의 통찰력과 본능적인 추리력을 존중했지만 나는 슬슬 마크햄이 느꼈으리라 짐작했던 그 기분과 아주 똑같은 느낌이 들기 시작했다. 마침내는 이 이상한 사건이 흐지부지 끝나버릴 거라는 상상까지 하기에 이르렀다…….

그렇게 생각에 잠겨 있는데 갑자기 반스가 판자의 끄트머리에 무릎을 꿇고 앉아 다이빙대 쪽으로 몸을 기울였다.

반스가 탄성을 내질렀다.

"오, 이런! 세상에, 맙소사!"

그러더니 그는 깜짝 놀랄 만한 행동을 했다. 판자 밖으로 나가 진창에 발을 디딘 후, 조심스럽게 자신의 외알 안경을 고쳐 쓰고는 몸을 구부려 발견한 뭔가를 조사했다.

마크햄이 조바심치며 소리쳤다.

"뭘 찾았나, 반스?"

반스는 단호한 태도로 한 손을 들어 올렸다.

"잠깐만 기다리게. 이쪽으로 오지 말고."

그가 흥분을 억누르는 어조로 대꾸했다.

그런 다음 반스는 앞으로 더 걸어 나갔고, 그동안 우리는 긴장 속에서 조용히 기다렸다. 잠시 후 반스는 절벽 쪽으로 천천히 돌아서서 우리가 서 있던 임시 보도와 대략 평행을 이루며 걸어갔다. 그동안 그의 눈은 풀의 바닥에 고정되어 있었다. 반스가 절벽 한쪽 끝에 낮은 통로가 있는 조그만 구역 쪽으로 점점 가까이 걸어가자, 우리는 본능적으로 그와 보조를 맞추며 판자 위를 따라 걸었다. 그는 경사진 둑을 몇 발짝 앞두고 멈춰 섰다.

"경사, 그 판자의 끝을 이쪽으로 던지게."

반스가 명령했다. 재빨리 히스는 그 명령에 따랐다.

판자가 자리를 잡자 반스는 우리에게 그리로 오라고 손짓했다. 우리는 기대에 부풀어 흥분한 채로 그 좁은 판자를 따라 일렬로 나아갔다. 반스의 얼굴에 나타난 긴장된 표정으로 보아 그가 놀라운 발견을 한 것이 분명했다. 하지만 그 순간에도 반스의 발견을 보고 알게 될 사실이 얼마나 섬뜩하고 무시무시한지, 또 현실의 모든 정상적인 삶과 얼마나 확연히 동떨어져 있는 것인지 우리 중 어느 누구도 상상하지 못했다.

반스는 몸을 구부려 풀 바닥의 진창 한 부분을 가리켰다.

"저게 내가 발견한 걸세, 마크햄! 저 자국들은 다이빙대와 가까운 쪽의 풀 가운데를 지나서 여기 낮은 둑까지 죽 이어져 있네. 게다가 어지럽게 뒤섞여 있어. 반대쪽으로 나 있는 자국들도 있고, 또 풀의 한가운데서 빙 돈 자국도 있네."

처음에는 반스가 무엇을 가리키는 건지 제대로 분간할 수 없었다. 모래 표면 대부분이 울퉁불퉁한 탓이었다. 하지만 그가 손가락으로 가리키는 방향을 따라 내려다보았을 때, 그것이 야기한 공포가 차츰 또렷하게 다가왔다.

우리 앞의 얕은 진창에는 분명히 거대한 동물의 발처럼 보이는 자국이 찍혀 있었다. 길이가 족히 35센티미터는 되었고 비늘이 있는 것처럼 물결 모양을 이루고 있었다. 그리고 그와 똑같은 자국들이 왼쪽과 오른쪽에도 들쑥날쑥 찍혀 있었다. 하지만 그보다 더 소름 끼치는 것은 그러한 발자국들과 함께 어김없이 찍혀 있는 자국들이었다. 그 자국들은 전설 속의 어떤 괴물에게나 있을 법한 세 갈래의 발톱처럼 보였다.

제9장 새로운 발견

8월 12일 일요일 오후 12시 30분

그런 섬뜩한 발자국을 발견했다는 것은 소름 끼치고 깜짝 놀랄 만한 일이었다. 우리가 그 발자국의 의미를 완전히 깨닫기까지는 다소 시간이 흘러야만 했다. 히스와 스니트킨은 돌처럼 굳어진 채, 발자국에 시선을 못박고 있었다. 그리고 마크햄은 언제나 훌륭하게 대처하는 능력을 지니고 있었음에도 불구하고, 아연한 표정으로 발자국을 내려다보면서 안절부절못해하며 두 손을 폈다 접었다 하고 있었다. 육체적으로 충격을 받아 그 반작용으로 일어난 경련을 억제할 수 없는 듯했다. 내 자신은 공포와 불신의 감정이 뒤섞여 있었다. 나는 필사적으로 그 무시무시하고 괴이한 느낌을 벗어던지려고 발버둥쳤다. 그러나 괴이한 느낌은 마음속에 스멀스멀 파고들어 온몸의 신경을 바짝 곤두서게 만들고 있었다.

하지만 누구보다도 영향을 받은 사람은 스탬이었다. 나는 완전히 공포에 사로잡혀 거의 실신 지경까지 간 사람을 여태껏 한번도 본 적이 없었다. 그는 전날 밤의 일로 얼굴빛이 이미 지나치게 창백해진 상태였으나, 이제 겁에 질려 보기에도 흉한 납빛으로 바뀌어져 있었다. 그리고 긴장한 탓인지 몸을 벌벌 떨고 있었다. 일순간 보이지 않는 손이 잡아채기라도 한 것처럼 고개가 뒤로 홱 젖혀지더니 거칠고 긴 숨을 들이쉬었다. 그러더니 피가 거꾸로 쏠리기라도 한 듯 갑자기 뺨이 새빨갛게 변했고, 입과 목 주위의 근육이 발작적으로 경련을 일으켰다. 그리고 공포로 휘둥그레진 눈은 안구돌출성 갑상선종을 앓고 있는 사람의 눈처럼 툭 튀어나와 있었다.

그런 공포 상태에서 우리를 끌어내고 마음을 진정시킬 수 있도록 힘을 준 것은 반스의 냉정하고 침착한 목소리였다.

"이제 이 발자국들이 가장 흥미롭군. 이것들은 여러 가지 가능성을 내포하고 있지, 그렇지 않나……? 그런데 우리 이제 마른땅으로 돌아가는 게 어떻겠나? 내 신발이 아주 엉망이 됐어."

반스가 느릿한 말투로 말했다.

우리는 발자국 쪽으로 돌려놓았던 판자를 따라 천천히 줄지어 돌아나갔다. 히스와 스니트킨이 판자를 회수해 원위치에 내려놓아서 우리들은 반스가 진창에 발을 빠트린 전례를 따르지 않고 마른땅으로 나갈 수 있었다.

우리가 다시 낮은 통로가 있는 좁은 지면으로 돌아왔을 때, 스탬이 반스의 소매를 신경질적으로 홱 잡아당기면서 더듬거리며 말했다.

"저걸 어떻게…… 생각하시오?"

이상하게도 스탬의 목소리는 귀머거리의 억양 없는 말투처럼 단조롭고 멀리서 들리는 것 같았다.

"아직 모르겠습니다."

반스가 태평스럽게 대꾸했다. 그리고 나서 히스에게 말을 걸었다.

"경사, 저 발자국들의 본을 떠줬으면 하네. 증거 자료로도 남겨 놓아야 할 테니. 곧 수문을 열어야 할 테지만 본을 뜰 시간은 충분할 거라고 생각하네."

경사는 어느 정도 자제력을 회복한 상태였다.

"확실히 스케치를 해놓겠습니다."

히스는 스니트킨에게 명령조로 말했다.

"저 발자국들을 자네 수첩에 그려 놓고 치수도 측정해놓게. 서둘러 하도록 하게. 그 일이 끝나면 풀에서 판자들을 회수해서 도로 쌓아놓도록 하고. 그리고 나서 사람들에게 수문을 열고 둑의 잠금장치를 잠그라고 하게. 일을 모두 마치면 나한테 보고하고."

반스는 경사가 진지하게 일을 처리하는 모습을 보면서 미소를 지으며 말했다.

"저 일은 잘 처리될 테니, 우리는 슬슬 집으로 돌아가도록 하지. 여기에서 우리가 해야 할 일은 더 이상 없는 듯하군……. 이번에는 가까운 길로 가는 게 어떻습니까?"

우리는 여과판 위로 건너서 맞은편의 간이 탈의실 쪽으로 갔다. 풀 위쪽에 샛강의 수량이 상당히 불어나 있어서 닫혀진 수문 꼭대기까지 이제 30센티미터도 채 남아 있지 않은 상황이었다. 뒤돌아보니, 스니트킨이 판자 두 개 위에 무릎을 꿇고 앉아 앞에다 수첩을 펴놓고 반스가 풀 안에서 발견한 그 소름끼치는 발자국을 열심히 그리고 있는 모습이 보였다. 뉴욕 경찰국 안에서 그보다 더 저 일을 잘 해낼 사람은 없었다. 특히 경사가 스니트킨을 선택해 맡겼던 일이 떠올랐다. 이스트 53번가에 있는 유서 깊은 그린 저택 외부의 눈 위에 나 있던 수수께끼 발자국의 치수를 측정하는 일이 그것이었다.[9]

저택으로 이어진 계단으로 가는 길에 우리는 간이 탈의실을 지나갔다. 그때 반스가 갑자기 멈춰 서며 말했다.

"경사, 몬테규가 간이 탈의실에 벗어놓은 옷가지들을 자네가 꺼내갔나? 꺼내가지 않았으면 우리가 지금 가져가도록 하지. 의복에 단서가 있을지도 모르니……. 언론에서 좋아할 만한 자살의 이유를 써놓은 유서라든가 여인에게서 온 협박 편지, 혹은 다른 귀중한 단서들이

---

9) 그린 살인사건

나올지 아나."

익살맞은 말투였지만 나는 반스가 당황하고 있으며, 이 믿기 어려운 상황에 도움이 될 만한 모든 실마리를 얻으려고 애쓰고 있다는 것을 알았다.

히스는 툴툴대며 반스의 의견에 따라, 각각의 칸이 탈의실을 다니며 찾기 시작했다. 그는 곧 한 팔에 몬테규의 옷을 들고 나타났다. 우리는 다시 집으로 걸음을 옮겼다.

우리가 계단 꼭대기에 이르렀을 때, 검시의인 엠마뉴엘 도레무스 박사가 저택의 앞쪽에 차를 대는 모습이 보였다. 우리를 보자 그는 잔디밭을 가로질러 우리가 서 있는 곳으로 의기양양한 태도로 걸어왔다. 그는 몸집이 작고 날렵한 사내로, 태도에서 기운차고 급한 성미가 드러났다. 그런데 빈틈없는 의사라기보다는 오히려 주식 중개인을 연상시키는 외모였다. 그는 간편한 연회색 슈트를 입었고 밀짚모자를 비스듬히 멋부려 쓰고 있었다. 그는 우리에게 스스럼없이 손을 흔들어 인사를 건네고는 발을 넓게 벌리고 주머니에 양손을 찔러 넣은 자세로 꼿꼿이 서서 경사에게 험상궂은 눈길을 던졌다.

그가 성난 목소리로 투덜거렸다.

"아주 좋은 때에 날 교외로 끌어내는구먼. 자네는 내가 휴식이 필요하다고 전혀 생각지 않는 건가? 심지어 일요일까지도 말일세…….
그래, 시체는 어디 있나? 일을 빨리 해치워버려야 점심식사 시간에 늦지 않게 돌아갈 수 있을 테니."

의사가 발끝으로 불안정하게 잠시 서 있는 동안 히스는 당황한 표정으로 헛기침을 해댔다.

"박사님, 사실은 시체가 없습니다……."

히스가 미안한 듯 말했다.

도레무스 박사는 눈을 껌벅이더니 곧장 똑바로 서서는 몹시 화난 얼굴로 경사를 쏘아보았다. 그가 날카로운 어조로 말했다.

"그게 무슨 소리야! 시체가 없다고?"

그는 머리에서 모자를 더 뒤로 젖히면서 성난 얼굴로 히스를 노려보았다.

"그럼 자네가 들고 있는 것들은 누구 옷인가?"

히스가 무안한 표정으로 대답했다.

"제가 박사님께 말씀드렸던 그 남자의 옷입니다. 그런데 그 남자는 찾지 못했습니다."

도레무스 박사가 성난 어조로 다그쳤다.

"자네가 내게 전화를 걸었을 때 그 남자는 어디 있었나? 그럼, 시체가 자네에게 '안녕' 한 뒤에 떠나기라도 했단 말인가……. 여보게, 이게 무슨 짓인가? 짓궂은 장난이라도 하려는 건가?"

마크햄이 슬쩍 끼여들어 히스를 거들었다.

"불편을 끼쳐서 미안하오, 도레무스 박사. 그 이유를 말하자면 간단하오. 한 남자가 미심쩍은 상황에서 익사했다고 경사가 믿을 만한 충분한 이유가 있었소. 저 아래쪽 풀에서 말이오. 헌데 풀에서 물을 다 빼내고 보니 그 안에 시체가 없었소. 그래서 우리 모두 다소 어리둥절하던 참이었소."

도레무스 박사는 마크햄의 설명을 듣고 알겠다는 듯 고개를 까딱거리고는 풀이 죽어있는 경사에게로 얼굴을 돌렸다.

그가 불평스레 말했다

"나는 실종자를 찾는 부서의 책임자가 아니네. 공교롭게도 나는 수석검시관일세……."

"제 생각에는……."

히스가 말을 시작했으나 의사가 말허리를 잘랐다.

"이런!"

그는 짐짓 놀란 체하며 조롱하는 듯한 눈빛으로 경사를 노려보며 말했다.

"자네의 '생각'이라니! 살인수사과의 형사들은 어떤 점에서 자신들이 생각하고 있다고 믿고 있는 건가……? 일요일일세! 안식일이란 말이네. 게다가 찌는 듯이 더운 날이야! 내가 안락의자에서 끌려 나와 이 교외의 외딴곳까지 와야겠나? 단지 자네가 생각을 했기 때문에……? 나는 생각 따윈 필요 없네. 나는 시체만 있으면 되네. 그리고 어떤 시체라도 없다면 나를 방해하지 말도록 하게."

경사는 기분이 상하기는 했지만, 성미 급한 검시관과 함께 일한 오랜 경험으로 미루어 의사가 쏟아내는 말들을 심각하게 받아들이지 않아도 된다는 사실을 알고 있었다. 그래서 부드러운 얼굴빛으로 싱긋 웃음을 지을 수 있었다.

히스가 응수했다.

"제가 박사님께 보여드릴 시체를 가지고 있으면 박사님은 그것에 대해서 불평하실 거예요. 그리고 지금 제가 시체를 가지고 있지 않아서 박사님이 하실 일이 아무것도 없기 때문에, 어쨌든 박사님이 또 투덜대시는 것이고요……. 박사님, 여기까지 오시도록 해서 정말 죄송하지만 박사님이 제 입장이셨어도……."

"당치않은 소리!"

도레무스는 연민의 시선으로 경사를 응시하고 아주 딱하다는 듯 고개를 가로저으며 말했다.

"시체도 없는 살인수사과의 형사라!"

내가 생각하기에 마크햄은 검시관의 그런 경박한 태도에 좀 불쾌해하는 것 같았다.

마크햄이 말했다.

"이건 심각한 상황이오, 박사. 논리상으로 그 남자의 시체는 풀 안에 있어야 했소. 그러니 누구라도 신경과민을 일으켜 혼란에 빠질 만한 일이란 말이오."

도레무스는 과장된 한숨을 쉬고는 손바닥을 위로해서 두 손을 펴 보이며 말했다.

"하지만 마크햄 씨, 결국 마찬가지 아닙니까. 내가 이론상으로 검시를 할 수는 없지 않습니까. 나는 의사지 철학자가 아닙니다."

반스가 담배 연기를 길게 내뿜고 말했다.

"하지만 점심을 제시간에 먹을 수 있다는 걸 모르시지 않겠지요. 박사, 사실 당신은 경사에게 몹시 감사해야 하는 겁니다. 당신을 붙들고 못 가게 하지 않은 것에 말입니다."

"허! 당신 말이 옳기는 하지만."

도레무스는 싱긋 웃고는 푸른색 실크 손수건으로 이마를 닦았다.

"그럼 나는 이만 가봐야겠소."

히스가 입을 열었다.

"제가 시체를 찾으면……."

"오, 내 기분은 개의치 말게. 나는 자네가 또다시 시체를 찾아내지 못한다고 해도 상관하지 않네. 하지만 만일 시체를 찾는다면 제발 식사시간만은 피해주게."

그는 손을 흔들어 우리 모두에게 기운차게 작별 인사를 고하고 잔디밭을 가로질러 자신의 자동차로 서둘러 돌아갔다.

반스가 미소를 지으며 말했다.

"경사가 성급한 판단으로 단단히 혼쭐이 났군. 우리는 가던 길이나 계속 가십시다."

스탬이 열쇠로 옆문을 열어주었고 우리는 중앙 계단에서 그 집의 뒤편으로 이어지는 음침한 복도로 들어섰다. 낮 시간인데도 지나간 시대의 곰팡내 나는 음울한 분위기가 우리를 에워쌌다. 중앙 현관에서 복도로 새어 들어오는 햇살마저도 흐릿하니 회색빛을 띠었다. 부패가 쌓이고 정체되면서 공기를 오염시키고 있는 것 같았다.

우리가 서재에 가까이 다가가자 안에서 나지막한 말소리들이 새어 나왔다. 집안 사람들 대부분이 서재에 모여 있는 게 분명했다. 그러다 갑자기 대화가 뚝 그치더니 리랜드가 우리를 맞으러 복도로 나왔다.

리랜드는 타고난 침착한 성격에도 불구하고 긴장되고 불안한 모습이었다. 그는 간단히 인사를 건네고 나서, 내가 느끼기에 다소 부자연스런 말투로 물었다.

"뭔가 새로운 것이라도 발견하셨습니까?"

반스가 선선히 대답했다.

"예, 많은 것을 찾아냈지요. 하지만 몬테규 씨 자신은 아주 깜짝 놀랄 만한 방법으로 자취를 감췄더군요."

리랜드가 당혹스러운 표정으로 반스를 재빨리 쳐다보며 물었다.

"몬테규의 시체가 풀 안에 없었습니까?"

반스가 덤덤한 어조로 말했다.

"없더군요. 그는 완전히 사라졌습니다. 이해할 수 없는 일이지요, 안 그렇소?"

리랜드는 눈살을 찌푸리면서 잠시 동안 반스를 유심히 바라보았다. 그리고는 우리들을 재빨리 휙 훑어보았다. 그는 무언가 말을 꺼내려고 하다가 그만두었다.

반스가 계속 말을 이었다.

"그런데 우리가 몬테규 씨의 방에 올라가서 그의 옷가지들을 좀 조사해 볼 생각인데, 당신도 함께 올라가 보시겠습니까?"

리랜드는 잠시 어리둥절해하는 것 같았다. 그리고는 경사가 들고 있는 옷을 흘끗 보다가 소리쳤다.

"이런! 저는 그 불쌍한 친구의 옷을 완전히 잊어버리고 있었습니다. 어젯밤에 집에 가져다 놓았어야 했는데……. 그 옷에 실종을 설명할 뭔가가 있을 거라고 생각하십니까?"

반스가 어깨를 으쓱해 보이고는 현관 안쪽의 널찍한 복도로 나아가며 중얼거리듯 말했다.

"알 수 없는 일이지요, 그렇지 않습니까?"

스탬은 현관문 가까이 서 있는 트레이너를 불러서 반스가 갈아 신을 슬리퍼 한 켤레를 가져오라고 지시했다. 반스의 신발이 손질되는 동안 그가 신을 수 있도록 하기 위해서였다. 집사가 가져온 슬리퍼를 반스가 갈아 신자마자 우리는 곧장 2층으로 올라갔다.

몬테규에게 주어진 침실은 2층 복도를 따라 안쪽으로 들어가 북편에 있었다. 그의 방이 스탬 부인의 침실 바로 밑에 있다는 생각이 들었다. 그녀의 방만큼 크지는 않았지만 그 방과 마찬가지로 드래건 풀이 내려다보이는 위치에 창문이 있었다. 방에는 구색 맞춰 가구가 갖춰져 있었으나 누군가 그곳에서 생활하고 있다는 느낌은 전혀 들지 않았다. 단지 남아도는 손님용 침실 가운데 하나뿐인 것 같았다.

옷장 옆의 작은 탁자 위에 물개가죽으로 만든 검은색 여행용 가방이 보였다. 가방은 덮개가 뒤로 젖혀진 채 벽에 기대어져 있었다. 가방 안에는 은빛으로 빛나는 화장 도구가 들어 있었고, 그리고 그저 평범한 남성용 옷가지만이 담겨 있는 것처럼 보였다. 오래되어 낡은 침대의 발치에는 연한 자줏빛 실크 잠옷 한 벌이 걸려 있었다. 그리고 바로 옆 의자 위에는 자줏빛 능견으로 된 잠옷 위에 덧입는 가운이 팽개쳐져 있었다.

히스는 간이 탈의실에서 찾아낸 옷가지들을 중앙 탁자 위에 내려놓고 주머니 속을 조직적으로 수색하기 시작했다.

반스는 열려진 창가로 천천히 다가가서 창 밖으로 맞은편의 풀을 내다보았다. 네 명의 남자가 부지런히 움직이며 풀의 수문을 여는 작업을 하는 모습이 보였다. 그리고 스케치를 끝마친 게 분명한 스니트킨이 마지막 널빤지를 납골당 쪽의 둑 위로 끌어올리는 모습도 보였다. 반스는 잠깐 동안 뚫어지게 밖을 내다보며 서 있었다. 그는 상념에 잠긴 채로 담배를 피면서, 시선을 여과판에서 둑으로, 그리고는 반대편 바위 절벽으로 옮겼다.

그가 스탬에게 의견을 말했다.

"아시고 계시겠지만, 풀에 물이 들어오기 전에 풀 안에 떨어져 있는 저 바위를 치웠어야 했습니다."

스탬은 무슨 까닭인지 그 제안에 당황해하는 것처럼 보였다.

스탬이 대답했다.

"시간이 없었을 거요. 그리고 어쨌든 그 지점은 물이 깊지 않소. 그러니 하루, 이틀 후에 바위를 치우면 되오."

반스는 그의 말을 거의 듣지 않는 듯했다. 그는 방 쪽으로 몸을 돌려 중앙 탁자를 향해 천천히 다가왔다. 탁자 위에는 경사가 몬테규의 야회복에서 꺼내놓은 물건들이 작은 더미를 이루며 쌓여 있었다.

히스는 주머니 하나를 더 뒤집어 보고 나서 두 손으로 반스의 앞으로 내용물을 펼쳐놓았다.

히스의 얼굴에는 실망한 기색이 역력했다.

"이게 전부입니다. 여기에는 뭔가 증거가 될 만한 것이 하나도 없습니다."

반스는 냉소적인 눈빛으로 탁자 위에 널려 있는 다양한 물건들을 훑어보았다. 백금 손목시계와 목걸이, 조그만 주머니칼, 금으로 만든 담배 케이스와 라이터, 만년필, 열쇠 몇 개, 손수건 2장, 약간의 은화와 지폐 몇 장이 전부였다. 물건들을 보고 나서 반스는 여행용 가방으로 다가가서 내용물을 세밀히 조사했다.

마침내 그가 입을 열었다.

"여기에도 도움이 될 만한 것은 아무것도 없네, 경사."

그는 경사를 흘끗 쳐다보고 나서 화장대 위를 조사하고, 서랍 두 개를 열어 보았으며, 침대로 가서 베개 밑을 살펴보고, 끝으로 잠옷과 가운의 주머니까지 뒤졌다.

"모든 것이 극히 평범하고 정상적인 상태야."

그가 한숨을 내쉬며 창문 옆 의자에 털썩 주저앉았다.

"아무래도 다른 곳에서 단서들을 찾아봐야 할 것 같네."

스탬이 붙박이로 된 옷장으로 가서 문을 열어젖혔다. 그리고 리랜드도 수색 정신으로 고무된 사람처럼 그를 따라갔다. 스탬이 손을 위로 뻗어 옷장의 전등을 켰다.

리랜드는 스탬의 어깨너머로 대충 훑어보며 만족스러운 듯 고개를 끄덕였다.

"당연히 그의 평상복뿐이지."

그는 열심히 찾는 시늉도 하지 않고 그렇게 중얼거렸다.

반스가 급히 일어서며 말했다.

"리랜드 씨, 정말로 저는 그 점을 까맣게 잊고 있었습니다……. 이 보게, 경사, 그 멋쟁이 친구의 다른 옷들을 가져다주겠나?"

히스가 황급히 벽장으로 가서 몬테규의 평상복을 중앙 탁자로 가져왔다. 평상복의 주머니들을 조사했지만 단서가 될 만한 중요한 것은 아무것도 나오지 않았다. 그러다가 재킷의 안쪽 주머니에서 비로소 가죽 지갑을 찾아냈다. 지갑 안에는 편지가 3통 있었는데 2통은 봉투에 들어 있었고, 나머지 한 통은 봉투 없이 그저 접혀 있었다. 봉투에 들어 있는 편지 2통은 각각 재단사에게서 온 광고전단과 대부를 청하는 의뢰서였다.

그러나 봉투에 들어 있지 않은 편지는 '드래건 살인사건'의 아주 귀중한 단서 중 하나로 드러났다. 반스는 어리둥절한 표정으로 편지를 죽 훑어보고 나서 말없이 우리들에게 보여주었다. 그것은 짤막한 메모로, 향수를 뿌린 연푸른색 편지지에 여성 특유의 필체로 씌어져 있었다. 편지에는 주소는 쓰여 있지 않았지만 날짜가 8월 9일 목요일, 즉 하우스 파티 전날로 적혀 있었다. 편지에는 다음과 같이 씌어 있었다.

사랑하는 몬티에게
이스트로드 쪽 출입문 바로 밖에서 10시에 차에서 기다리고 있을 게요.

당신의 영원한 엘렌.

스탬이 마지막으로 그 편지를 읽었다. 그리고는 얼굴이 창백해지더니 반스에게 편지를 되돌려줄 때는 손이 부들부들 떨리기까지 했다.

반스는 스탬에게 거의 시선조차 주지 않았고, 눈살을 약간 찌푸리며 편지에 적힌 서명을 주시했다.

"엘렌……, 엘렌이라."

그가 생각에 잠겨 말했다.

"스탬 씨, 남미로 떠나기 때문에 하우스 파티에 올 수 없다고 말했다던 그 여자분의 성함 아닙니까?"

"그렇소, 맞소."

스탬이 목쉰 소리로 대답했다.

"엘렌 브루엣이오. 그리고 그녀 입으로 몬테규를 안다고 말했었소……. 그렇다고 해도 나는 도무지 이해가 되지 않는군. 왜 그녀가 차에서 몬테규를 기다려야 했지? 설사 몬테규가 그녀에게 빠져 있다손 치더라도 어째서 그렇게 이상스런 방법으로 그녀를 만나야 했겠소?"

리랜드가 단호한 어조로 끼여들었다.

"몬테규가 그 여인과 만나기 위해 사라졌다는 생각이 드는군요. 그는 다른 사람의 비난을 두려워하는 데다 자신이 다른 여자를 사랑하기 때문에 약혼을 깨고 싶다고 버니스에게 솔직히 말할 용기도 없는 인간이니까요. 게다가 그는 배우였으니 책임을 회피하려고 그와 같은 극적인 소동을 꾸몄을지도 모르는 일입니다. 그 친구는 늘 자신의 행동을 극적으로 보이도록 행동했지요. 개인적으로 저는 이런 결과가 전혀 놀랍지 않습니다."

반스가 희미한 미소를 띠며 리랜드를 주시했다.

"하지만 리랜드 씨, 아시다시피 지금 당장은 어떤 결과도 현실로 나타나지 않았습니다……."

리랜드가 다소 힘이 들어간 어조로 반박했다.

"하지만 편지에 상황이 분명하게 드러나 있지 않습니까?"

반스가 마지못해 인정했다.

"편지가 많은 것을 밝혀 주기는 하지요. 하지만 몬테규 씨가 약속을 지키려고 풀에서 어떻게 나왔는지는 명확히 알 수 없습니다. 발자국을 전혀 남기지 않은 채 말입니다."

리랜드는 파이프를 찾아 주머니에 손을 넣으면서 호기심 어린 얼굴로 반스를 유심히 바라보며 물었다.

"발자국이 전혀 없는 게 확실합니까?"

반스가 침착한 말투로 대답했다.

"아아, 발자국이 있긴 있더군요. 하지만 그 발자국들은 몬테규가 남겨 놓은 게 아니었습니다. 더더군다나 그것들은 이스트로드로 이어지는 풀 가장자리의 작은 구획의 땅에 나 있는 것도 아니었지요……. 리랜드 씨, 그 발자국은 풀 밑바닥의 진창에 나 있었습니다."

"풀 밑바닥에요?"

리랜드는 재빨리 숨을 들이쉬었다. 파이프에다 담배를 채워 넣는 손이 떨리면서 담배가루가 흩어지는 것이 보였다.

"어떤 발자국이었습니까?"

반스는 멍한 표정으로 시선을 천장으로 옮겼다.

"그게 말하기가 좀 곤란하군요. 발자국들은 선사 시대의 어떤 거대한 동물이 만들었을 법한 흔적처럼 보였지요."

"드래건!"

리랜드의 입에서 그 말이 거의 폭발하듯 터져 나왔다. 그리고 나서 그는 작은 소리로 신경질적인 웃음을 내뱉고는 떨리는 손가락으로 파이프에 불을 붙였다.

리랜드가 납득할 수 없다는 얼굴로 덧붙였다.

"그렇다고 해도 저는 몬테규의 실종이 신화의 영역과 관계 있다고는 생각할 수 없습니다."

반스가 무심한 어조로 중얼거리듯 말했다.

"저도 그렇지 않다고 확신합니다. 하지만 알고 계시겠지만, 어쨌든 풀 안의 그 깜짝 놀랄 만한 발자국들에 대해 설명을 해야 하지 않겠습니까."

리랜드가 시무룩한 표정으로 대꾸했다.

"저도 그 발자국들을 보았으면 좋겠군요. 그러나 이제 너무 늦었다는 생각이 드네요."

그는 창가로 다가가서 밖을 내다보았다.

"물이 이미 수문을 통해 흘러 들어오고 있으니 말입니다……."

바로 그때 복도에서 묵직한 발자국 소리가 들리더니 스니트킨이 종이 네댓 장을 손에 들고 문간에 나타났다.

"스케치한 겁니다, 경사님."

형사가 긴장된 목소리로 말했다. 아침에 겪었던 풀 안에서의 기이한 경험이 그에게 영향을 미쳐 불안해하고 있는 게 분명했다.

"사람들한테 수문을 열고 둑의 잠금장치를 잠그라고 지시했습니다. 이제 무엇을 할까요?"

"돌아가서 작업을 감독하게."

히스가 스케치한 것을 받아들면서 스니트킨에게 말했다.

"그리고 작업이 다 끝나면 그 친구들을 본부로 돌려보내고 자네는 이스트로드 쪽 출입문의 자네 자리를 지키도록 하게."

스니트킨은 인사를 하고 아무 말 없이 방을 나갔다.

반스는 히스에게 다가가서 외알 안경을 꺼내 그림을 유심히 들여다보았다.

그가 감탄하며 의견을 표명했다.

"이런! 이것들은 정말로 훌륭하군. 저 친구는 타고난 데생 화가야……. 리랜드 씨, 이게 우리가 풀 안에서 발견했던 발자국을 스케치한 겁니다."

리랜드가 경사 옆으로 다가섰는데, 그는 다소 주저하는 것처럼 보였다. 리랜드가 스케치한 그림을 바라보았다. 나는 리랜드가 스케치를 살펴보는 동안 그를 주의 깊게 지켜보았다. 그러나 그의 얼굴에서는 약간의 표정 변화조차 읽을 수 없었다.

마침내 그가 스케치에서 눈을 떼고 고개를 들었다. 그리고는 차분한 눈길을 천천히 반스에게 돌리며 말했다.

"상당히 인상적이군요."

그리고 특색 없는 어조로 덧붙였다.

"저는 무엇이 이런 이상한 자국을 남겨 놓았을지 전혀 짐작이 가지 않습니다."

제*10*장 실종자

8월 12일 일요일 오후 1시

이제 시간은 정각 1시를 가리키고 있었다. 스탬은 우리의 점심을 준비시키겠다며 고집을 부렸고, 결국 트레이너가 응접실에 음식을 차려주었다. 스탬과 리랜드는 다른 사람들과 함께 식당에서 식사를 했다. 우리끼리만 남게 되자 마크햄은 당혹스런 눈빛으로 반스를 쳐다보며 물었다.

"자넨 그것들을 어떻게 생각하나? 난 풀의 바닥에 찍힌 그 자국들을 어떻게 받아들여야 할지 모르겠네. 그것들은…… 그것들은 소름이 끼치네."

반스는 절망적인 얼굴로 고개를 가로저었다. 그 역시 당혹스러운 것이 분명했다.

"나도 그 자국들이 꺼림칙하네……. 영 꺼림칙해."

그의 어조에는 절망감이 묻어났다.

"이 사건에는 아주 불길한 뭔가가 있네……. 우리가 정상적인 일상 생활에서는 좀처럼 경험할 수 없는 그 무엇인가가 말일세."

마크햄이 말했다.

"스탬 저택을 둘러싼 이 기묘한 드래건의 전설이 없었다면 우리는 아마 그 커다란 자국들을 대수롭지 않게 여겼을지도 모르네. 배수될 때 진창 위로 물이 쓸리면서 보통의 발자국이었던 것이 커지거나 모양이 이상하게 바뀐 것일 뿐이라고 설명하면서 말일세."

반스가 침울하게 미소 지었다.

"그래, 그랬겠지. 하지만 과학적인 설명은 아니었을 거네. 발자국들은 물이 흘러간 방향으로 난 것들도 있고, 물살의 방향과 직각으로 향해서 난 것들도 있었어. 하지만 모두 모양이 조금도 바뀌지 않았네. 게다가 물이 아주 서서히 흐르면서 빠졌고, 풀 바닥의 얕은 진창은 아주 단단하지 않았나. 비늘 모양의 형태조차도 휩쓸리지 않고 그대로 남아 있었네. 또 설사 발자국이 커진 거라고 논리적으로 밝힐수 있다손 치더라도, 그 놀라운 발톱 모양의 자국은 어떻게 설명하겠나?"

느닷없이 반스가 벌떡 일어나 쏜살같이 문으로 가더니 한쪽 커튼을 옆으로 젖혔다. 그러자 그의 앞에 트레이너가 서 있었다. 그는 살찐 얼굴이 송장처럼 하얗게 질린 채로 넋이 나간 사람처럼 멍한 눈길을 하고 있었다. 그리고 한 손에는 반스의 신발을 들고 있었다.

반스는 냉소적인 얼굴로 트레이너를 쳐다보면서 아무 말도 하지 않았고, 트레이너는 온몸을 부르르 떨더니 침착을 되찾으려고 애썼다.

"죄, 죄송합니다, 나리."

그가 더듬거리며 말했다.

"저, 저는 말씀 중이신 것 같아서 방해하고 싶지 않았습니다…….
그래서 기다리고 있었던 겁니다. 여기 신발을 가져왔습니다, 나리."

"알았네, 트레이너."

반스는 다시 의자로 돌아왔다.

"커튼 뒤에 누가 서 있는 건지 궁금했을 뿐이네……. 신발을 가져다줘서 고맙네."

집사는 굽실거리며 앞으로 걸어와 무릎을 꿇고 앉아 반스의 발에서 슬리퍼를 벗기고 옥스퍼드화(발등 쪽에 끈을 매는 신사화 – 역주)를 신겨

주었다. 신발 끈을 맬 때 그의 손이 상당히 떨리는 게 보였다.

트레이너가 점심식사를 내온 접시들을 쟁반에 담아서 응접실을 나갈 때, 히스가 그의 뒷모습을 눈으로 쫓으며 매섭게 쏘아보았다.

히스가 딱딱거리며 말했다.

"허, 저 자가 무엇 때문에 기웃거리고 있었을까요? 뭔가 신경 쓰이는 게 있는 걸 겁니다."

반스가 언짢은 얼굴로 미소 지었다.

"오, 당연히 그럴 테지. 어쩌면 드래건이었을지도 모르지."

"이보게, 반스, 그런 어처구니없는 드래건 얘기는 그만두게나."

마크햄이 톡 쏘아붙였다. 그리고 다소 절박한 어조로 말을 이었다.

"몬테규의 옷 주머니에서 나온 편지에 대해선 어떻게 생각하나……? 그 편지가 무엇을 뜻한다고 보나?"

반스가 의자 뒤로 기대면서 새 레지 담배에 불을 붙이며 말했다.

"이런, 마크햄, 내가 무슨 점술가라도 되는 줄 아나. 모든 일이 배우 출신인 몬테규가 자신의 퇴장을 극적으로 보이려고 일부러 꾸민 스릴 만점의 책략이었다고 하더라도, 그가 전혀 흔적을 남기지 않고 어떤 방법으로 풀에서 나가 애인을 만났을지 나 역시 짐작조차 할 수 없네. 정말 불가사의한 일일세."

솔직한 성격의 경사가 토론에 끼여들었다.

"빌어먹을! 어쨌든 그 놈은 빠져나간 게 맞습니다, 안 그렇습니까, 반스 씨? 우리가 어떻게 빠져나갔는지에 대한 증거를 찾지 못한다면 그가 우리보다 한 수 위가 되는 겁니다."

"쯧쯧, 경사, 지나치게 겸손하군. 자네 말처럼 그가 빠져나간 걸로 간단하게 설명할 수도 있네. 하지만 나는 어쩐지 이 사건이 엄청나게 복잡한 것으로 판명될 것 같은 예감이 드네."

마크햄이 반박했다.

"그렇지만 브루엣이라는 여자가 보낸 편지와 몬테규의 실종이 서로 딱 들어맞지 않나."

반스가 고개를 끄덕이며 말했다.

"인정하네. 솔직히 너무 딱 들어맞네. 하지만 풀에 나 있던 자국들과 풀 맞은편 기슭에 발자국이 하나도 없었다는 점, 이 두 가지가 거기에 상충되지 않나."

그는 일어나 방을 가로지르며 걷다가 되돌아왔다.

"또 그 수수께끼 여인이 기다리고 있던 차도 마음에 걸리고…….이보게, 마크햄, 스탬 양과 잠깐 얘기를 나누고 나면 뭔가 분명해질 것 같네……. 덜덜 떨어대던 집사 좀 데려오게, 경사."

히스가 재빨리 밖으로 나간 후에, 트레이너가 들어오자 반스는 그에게 스탬 양을 응접실로 데려와 달라고 부탁했다. 잠시 후에 그녀가 나타났다.

버니스 스탬은 엄밀히 말해서 미인은 아니었지만 누가 봐도 매력적인 여자였다. 간밤에 그녀가 히스테리 상태였다는 말을 들은 후라 그녀의 침착한 태도에 나는 깜짝 놀랐다. 그녀는 크레이프드신(crêpe-de-Chine;가는 생사로 짠, 바탕이 오글오글한 비단의 일종 - 역주) 소재에 민소매 원피스형으로 된 흰색 테니스복을 입고 있었다. 맨살이 훤히 드러나는 다리에는 접은 오렌지색 모직 양말이 발목까지 올라와 있었고, 하얀색 사슴가죽 샌들을 신고 있었다. 그녀는 운동을 썩 잘 할 것 같아 보이지는 않았으나 오빠와 마찬가지로 강인하고 활기찬 인상을 풍겼다.

반스가 그녀에게 의자를 권했다. 그러나 그녀는 이를 정중하게 거절하면서 서 있는 게 더 좋다고 말했다.

"혹시 담배를 피우십니까?"

반스가 담뱃갑을 내밀며 권했다.

그녀가 고개를 살짝 숙여 보이고는 한 개비를 뽑아들자 반스가 라이터로 불을 붙여주었다. 그녀의 태도는 이상하리만큼 초연해 보였다. 현재의 상황에 대해 별다른 생각이나 감정이 없는 사람 같았다. 나는 문득 경사가 그녀를 비난하며 했던 말이 생각났다. 그의 비난대로라면 그녀는 비극 그 자체보다는, 비극과 간접적으로 연관된 뭔가에 대해 염려하고 있는 듯하다고 했다. 반스도 나와 똑같은 느낌을 받았는지 이런 질문을 먼저 던졌다.

"스탬 양, 어젯밤에 이곳에서 일어난 비극에 대해 정확히 어떤 느낌이 드십니까?"

그녀가 아주 솔직하게 대답했다.

"어떻게 말해야 할지 도무지 모르겠어요. 물론 굉장히 충격을 받았었죠. 아마 우리 모두 그랬을 거예요."

반스는 잠시 동안 그녀를 유심히 살펴보았다.

"하지만 당신이 받은 충격이 더 컸을 테지요. 몬테규 씨와 약혼한 사이라고 들었습니다만."

그녀는 수심에 찬 얼굴로 고개를 끄덕였다.

"맞아요……. 하지만 그건 중대한 실수였어요. 이제야 깨달았지만요……."

그녀가 덧붙여 말했다.

"그게 실수가 아니었다면 이 비극에 대해 지금 느끼는 깃보다 훨씬 더 큰 슬픔을 느껴야 했을 테니까요."

반스가 갑자기 퉁명스러운 어조로 물었다.

"이 비극이 사고였다고 생각하십니까?"

그녀는 격분한 눈빛으로 반스를 쳐다보았다.

"물론 사고였지요! 그게 사고가 아니면 뭐겠어요. 당신이 무슨 뜻으로 그렇게 묻는지 잘 알아요. 이 집을 둘러싸고 말도 안 되는 이야기들이 떠도는 걸 저도 들었으니까요. 하지만 몬티가 사고가 아닌 다른 이유로 죽었다는 건 있을 수 없는 일이에요."

"그러면 당신은 풀에 얽힌 드래건에 대한 이야기들을 전혀 믿지 않는다는 겁니까?"

그녀가 정말 재미있다는 듯이 웃었다.

"예, 그런 동화 같은 이야기는 믿지 않아요. 당신은 믿나요?"

반스가 가볍게 받아넘겼다.

"저는 아직도 왕자와 결혼하는 신데렐라 이야기를 진짜라고 믿습니다. 하지만 왕자에 대해서는 좀 의심이 듭니다. 실존 인물이라고 하기에는 너무 멋지니까요."

그녀는 잠시 반스를 가만히 응시하다가 입을 열었다.

"무슨 뜻으로 말씀하신 건지 전혀 모르겠네요."

반스가 대답했다.

"별 뜻 없이 그냥 해본 말입니다. 그런데 지난밤에 풀에 뛰어들었던 몬테규 씨의 시신을 찾지 못해 조금 당황스럽군요."

"그 말은……."

"예, 그렇습니다. 몬테규 씨가 흔적도 없이 사라졌습니다."

그녀가 깜짝 놀란 얼굴로 반스를 쳐다보았다.

"하지만…… 점심식사 때 오빠는…… 오빠는 제게 그런 얘기는 하지 않았는데……. 몬티가 사라진 게 틀림없나요?"

"오, 그렇습니다. 풀의 물을 다 빼내어 확인했습니다."

반스는 잠시 말을 멈추고 그녀를 조심스럽게 주시했다.

"그런데 우리가 발견한 것이라고는 괴상한 발자국들뿐이었습니다."

그녀의 눈이 커지면서 동공이 팽창되었다. 이윽고 그녀가 긴장되고 착 가라앉은 목소리로 물었다.

"어떤 발자국이었는데요?"

반스가 대답했다.

"난생 처음 보는 발자국이었습니다. 제가 신화에 나오는 수중 괴물에 대해 믿는 사람이라면 그 괴물이 찍어 놓은 발자국이라고 결론지었을 겁니다."

버니스 스탬은 커튼 근처에 서 있었는데, 몸을 가누려는 듯 무의식적으로 손을 뻗어 한쪽 커튼을 꽉 붙잡았다. 하지만 그녀가 갑작스럽게 평정을 잃은 것도 잠시뿐이었다. 그녀는 억지웃음을 지으며 안쪽으로 더 걸어 들어와 벽난로 신반에 기대섰다.

"유감스럽게도⋯⋯."

그녀는 안간힘을 쓰며 말하는 게 분명했다.

"저는 워낙 현실적이라서 이곳에 드래건이 있다는 증거가 나타났다고 해서 놀랄 사람이 아니에요."

반스가 상냥하게 대꾸했다.

"제가 보기에는 놀라신 것 같은데요, 스탬 양. 그리고 아주 현실적이시라니 아마 이 편지를 보면 흥미가 일겠군요."

그는 주머니에서 향수가 뿌려진 푸른색의 편지를 꺼내어 그녀에게 내밀었다. 몬테규의 평상복에서 찾은 편지였다.

그녀는 편지를 읽는 동안 표정 하나 바뀌지 않았다. 하지만 반스에게 그것을 되돌려 줄 때, 나는 그녀가 숨을 깊이 내쉬는 것을 보았다. 그 내용이 의미하는 바에 마음이 놓이는 모양이었다.

그녀가 말했다.

"편지가 당신이 말한 발자국보다 훨씬 더 현실적이군요."

반스가 인정했다.

"편지 자체만 보면 아주 현실적이죠. 하지만 그와 상관된 요소들을 결부시켜 보면 편지도 상당히 비현실적으로 보입니다. 우선, '당신의 영원한 엘렌'이라고 썼던 장본인이 기다리고 있었던 차를 들 수 있습니다. 인우드는 밤이 되면 고요한 곳이니 분명 2, 3백 미터 정도 떨어진 곳에서의 자동차 소리는 충분히 들렸을 테니까요."

그녀가 큰 소리로 외쳤다.

"그랬어요, 그랬다구요! 자동차 소릴 들었어요!"

그녀의 뺨에 다시 혈색이 돌아오면서 눈이 반짝반짝 빛났다.

"이제야 그게 무슨 소리였는지 알겠군요. 리랜드 씨와 다른 사람들이 풀에서 몬티를 찾고 있을 때였어요. 그러니까 그가 다이빙한 지 10분 정도 지났을 땐데, 차에 시동 거는 소리가 나더니 기어가 바뀔 때처럼 윙윙거리는 모터 소음이 들렸어요……. 제가 어떤 소리를 말하는 건지 아실 거예요. 그러더니 그 소리가 이스트로드 아래쪽으로 멀어졌어요……."

"그 차가 이 집 밖으로 나갔다는 얘깁니까?"

"예, 그래요! 밖으로 나갔어요. 스퓨텐듀빌 쪽으로요……. 이제 모든 게 다 생각나요. 저는 거기, 그러니까 풀 가장자리에 무릎을 꿇고 앉아 있었어요. 놀라서 얼이 빠져 있었죠. 그러다가 풀의 물이 첨벙첨벙 튀는 소리에 섞여, 문득 차 소리가 들렸어요. 하지만 그때는 차에 대해서는 신경도 쓰지 않았죠. 정말 대수롭지 않게 여겼어요. 몇 분간을 마음 졸이고 있던 터라……. 제가 무슨 말을 하려는지 이해하시리라 믿어요. 여태 차 소리 같은 그런 사소한 일은 까맣게 잊고 있었는데, 편지를 보고서야 다시 생각난 거예요."

그녀는 자신의 말이 틀림없는 진실이라는 듯이 힘주어 말했다.

"무슨 말씀인지 정확히 이해합니다."

반스가 스탬 양을 안심시키려는 듯 정답게 말했다.

"그리고 차 소리를 기억해내주신 덕분에 저희에게 아주 큰 도움이 되었습니다."

그는 그녀와 이야기하는 내내 중앙 탁자 옆에 서 있다가, 이제 그녀 쪽으로 다가와 친절한 태도로 한 손을 내밀었다. 그녀는 자연스럽게 감사의 몸짓을 취하며 그가 내민 손을 잡았고, 반스는 그녀를 문까지 데려다 주었다.

반스가 상냥하게 말했다.

"이제 더 이상 당신을 귀찮게 하는 일은 없을 겁니다. 하지만 아무쪼록 리랜드 씨에게 여기로 좀 와달라고 전해주십시오."

그녀는 고개를 끄덕여 보이고 서재 쪽으로 걸어갔다.

마크햄이 물었다.

"자네는 그녀가 자동차 소리를 들었다는 것이 사실이라고 생각하나?"

"오, 물론이네."

반스는 중앙 탁자로 돌아와 잠시 말없이 담배를 피웠다. 그의 얼굴에는 곤혹스런 표정이 떠올라 있었다.

"스탬 양에게 이상한 점이 있긴 하네. 그녀가 정말로 몬테규가 차를 타고 빠져나갔다고 생각하고 있는 건지 의심스럽네. 하지만 차 소리를 들었다는 얘기는 의심의 여지가 없네. 아무래도…… 그녀가 누군가를 보호하려고 애쓰는 것 같은 생각이 드네……. 내 말이 틀림없을 걸세, 마크햄."

"그녀가 뭔가를 알고 있거나, 아니면 뭔가 의심을 품고 있을지도 모른다고 생각하는 건가?"

"그녀가 무언가를 알고 있는지 어떤지는 잘 모르겠네."

반스가 몸을 돌려 가까이 있는 의자로 향했다.

"하지만 이건 자신하네! 그녀가 의심스러워하는 뭔가가 있는 게 분명하다고……."

이때 리랜드가 응접실로 들어왔다. 그는 파이프를 피우고 있었고, 명랑한 것처럼 보이려고 애쓰고 있었으나 표정이 그런 태도와 일치하지 못했다.

"당신이 저와 면담하고 싶어한다고 스탬 양이 전해주더군요."

그가 벽난로 앞에 서면서 말했다.

"그녀를 혼란에 빠뜨릴 만한 말은 안 하셨겠지요."

반스는 잠시 동안 리랜드를 뚫어지게 쳐다보다 말했다.

"스탬 양은 몬테규 씨가 이 milieu(주위)를 떠났다는 사실을 알고도 그다지 혼란스러워하는 것 같지 않더군요."

"이제는 실감이 나는 모양이지요……."

리랜드는 입을 열었다가 말을 뚝 멈추고 파이프를 다시 채우느라 정신이 없었다.

"그녀에게 편지를 보여주셨나요?"

반스가 리랜드에게서 눈을 떼지 않은 채 말했다.

"예, 물론이지요."

"그 편지를 보고 뭔가 생각난 게 있습니다."

리랜드가 계속 이어 말했다.

"바로 자동차입니다. 편지를 본 후로 계속 그때 일을 생각해보면서 몬테규가 물 속에서 사라진 후 제 기억을 더듬어보려고 애썼습니다. 이제 확실히 기억나는 게 있습니다. 그 친구를 찾다 수면으로 올라왔을 때, 이스트로드에서 자동차 소리를 들었던 기억이 납니다. 당연히 그때는 그 소리를 대수롭지 않게 여겼죠. 저는 몬테규를 찾느라 한창 정신이 팔려 있었으니까요. 아마 그렇게 흘려듣는 바람에 그 일을 잊고 있다가 편지를 보고서야 기억이 난 것 같습니다."

"스탬 양도 차 소리를 들은 기억이 난다고 했습니다."

반스가 리랜드에게 알려주었다.

"그런데 몬테규 씨가 의문의 다이빙을 하고 얼마나 지나서 이스트 로드에서 차 소리가 들렸습니까?"

리랜드는 잠시 생각했다.

"아마 10분 후였을 겁니다."

그가 대답하고는 한 마디 덧붙였다.

"하지만 그런 상황에서 시간이 얼마나 지났을지 추측하기란 상당히 어렵습니다."

반스가 나직하게 말했다.

"그야 그렇지요. 하지만 불과 2, 3분 후가 아니라는 건 확실합니까?"

리랜드는 가볍게 강조하는 몸짓을 해보이며 대답했다.

"아무리해도 그렇게 빨리 들렸을 수는 없습니다. 생각해 보십시오. 그 녀석이 다이빙 후 모습을 보이길 2분 정도 기다렸고, 제가 물 속으로 뛰어들어 구석구석까지 찾다가 차 소리를 들었던 겁니다."

반스가 자신의 의견을 제시했다.

"그렇다면 차 소리와 파티에 참석하지 않은 엘렌이 서로 연관되었다고 단정짓기는 무리겠군요. 몬테규가 자신을 출입문에서 기다리고 있는 줄리엣에게 가는 데는 1분이 좀 넘는 시간이면 충분했을 테니까요. 그가 차 있는 곳까지 가는 도중 지체했다거나, 주차된 차 안에서 연인과 마주앉아 있고 싶어서 머뭇거렸을 리는 없지 않습니까."

"무슨 말인지 알겠습니다."

리랜드는 고개를 숙이며 난감한 표정을 지었다.

"하지만 그가 서두를 필요가 전혀 없다고 판단하고는 옷을 챙겨 입고 나서 차를 몰고 갔을지도 모릅니다."

반스가 선뜻 인정했다.

"정말 그렇군요. 정말 여러 가지로 추측이 가능합니다……."

홀리데이 선생과 스탬이 계단을 내려오는 소리에 대화는 중단되었다. 두 사람이 복도를 가로질러 응접실로 들어왔다.

"또 한번 성가시게 해드리게 되어 죄송합니다."

의사는 근심이 가득한 얼굴로 우리에게 미안해하는 투로 말했다.

"제가 오늘 아침에 왔을 때, 스탬 부인은 눈에 띄게 상태가 좋아져 있었습니다. 그래서 저는 부인이 조만간 다시 제정신으로 돌아오실 거라고 예상했습니다. 하지만 제가 조금 전에 다시 와보니 부인의 상태가 도로 나빠져 있었습니다. 어젯밤의 일들로 유난히 혼란스러우셨던지 부인은 지금 심기가 극히 정상이 아닙니다. 부인은 풀의 물을 빼는 것을 지켜보겠다고 우기시더니, 그 결과를 보고는 전에 없는 흥분상태에 빠지셨습니다. 제 생각에는 부인이 속으로 뭔가 굳게 믿고 있는 것이 있는데, 제게나 당신 아드님에게나 털어놓지 않으려 하는 것 같습니다."

홀리데이 선생은 어색하게 자세를 바꾸며 헛기침을 했다. 그리고는 이야기를 계속했다.

"어젯밤에 여러분들과 얘기를 하고 나서 갇혀 있던 망상으로 인한 긴장이 다소 풀어진 사실에 비추어 볼 때, 저는 여기 계신 선생님들께서 부인을 다시 만나주신다면 도움이 되리라고 생각합니다. 부인이 억누르고 있는 생각에 대해 당신들에게는 기꺼이 얘기하실지도 모르니까요. 하여튼 한번 해볼 만한 일입니다. 뭐, 여러분들께서 괜찮으시다면요. 제가 부인에게 당신들과 얘기해보시라고 권했더니 반색을 하시더군요. 아니, 사실 그 말을 내심 무척 바라고 있었던 것 같다는 말이 맞겠지요."

반스가 대답했다.

"기꺼이 스탬 부인을 뵙겠습니다, 홀리데이 선생. 그런데 저희끼리만 올라가도 되겠습니까?"

홀리데이 선생은 망설이다가 고개를 약간 끄덕였다.

"그러는 게 좋을 것 같습니다. 무슨 얼토당토않은 이유 때문인지 부인은 비밀로 여기는 그 생각을 가족과 아는 사람들에게는 말하지 않으려 하는 것 같으니까요.”

우리는 홀리데이 선생을 스탬과 리랜드와 함께 응접실에 남겨두고, 바로 스탬 부인의 거처로 갔다.

슈바르츠 부인이 문가에서 우리를 기다리고 있었다. 의사에게서 우리가 올 거라는 얘기를 들은 게 분명했다. 스탬 부인은 무릎에 두 손을 포갠 자세로 창가에 앉아 있었다. 그녀는 아주 차분해 보였고, 우리가 전날 밤에 느꼈던 냉소적이며 긴장감이 돌던 분위기는 조금도 찾아볼 수 없었다. 쭈글쭈글한 그 얼굴은 오히려 익살맞으면서도 만족스러운 표정을 띠고 있었다.

그녀는 의기양양한 얼굴로 낮게 낄낄대며 우리를 맞았다.

“당신들이 다시 올 줄 알았어. 드래건이 몬테규를 죽였다고 내가 말했잖아. 그의 시체가 풀에서 발견되지 않을 거라고도 말해줬고. 하지만 당신들은 내 말을 믿지 않았어. 늙은 여자가 머리가 어떻게 돼서 헛소리를 하는 줄로 생각했지. 하지만 이제 내 말이 맞았다는 것을 알고는 더 많은 것을 얻어들으려고 다시 온 거야. 그것 때문에 여기에 온 게 맞지, 그렇지? 당신들이 믿는 그 바보 같은 과학이 도움이 안 돼서 말이야.”

그녀는 낄낄 웃었다. 그 섬뜩한 코웃음 소리를 듣고 있자니 나는 왠지 「맥베스」(셰익스피어의 4대 비극 중 하나 - 역주) 중에서 마녀의 동굴 장면이 연상되었다. 큰솥에 드래건의 비늘을 집어넣는 모습과 함께 말이다.

“나는 당신들이 맞은편의 둑과 절벽에서 그 젊은이의 발자국을 찾는 걸 봤어.”

그녀는 흡족한 어조로 말을 계속했다.

“하지만 드래건은 수면으로 올라와 희생자들의 시체를 가지고 날아가 버리지. 나는 드래건을 수도 없이 봐서 잘 알아……! 그리고 풀에서 물을 **빼낼** 때도 여기 이 창가에 서서 당신들을 지켜보았어. 당신들은 기다리고 기다리면서…… 거기에 있지도 않은 것이 나오길 바라며 풀을 보고 있더군. 그러다가 나중에는 판자 위를 딛고 풀을 건너갔지. 마치 자신들의 눈을 믿을 수 없다는 듯이 말이야. 어젯밤에 내가 풀에 절대 시체가 없을 거라고 말했었지? 하지만 당신들은 뭔가 찾을 수 있을 거라고 여겼어."

그녀는 포개고 있던 두 손을 벌려 의자의 팔걸이에 얹고는 손가락들을 커다란 갈고리 발톱처럼 구부렸다 폈다 했다.

반스가 상냥하게 말했다.

"하지만 뭔가를 찾긴 했습니다, 스탬 부인. 진창에서 기이한 자국을 발견했거든요."

그녀는 반스를 보고 웃었다. 흡사 나이 많은 사람이 어린아이를 달래면서 짓는 웃음 같았다.

그녀가 말했다.

"그것도 미리 알려줄 수 있었지. 그것들은 드래건의 발톱 자국이야. 보고도 모르겠어?"

그녀가 이런 놀라운 말을 아무렇지도 않은 듯 천연스럽게 말해서 나는 등골이 오싹해졌다.

반스가 물었다.

"그렇다면 드래건은 자신이 죽인 그 남자의 시체를 어디로 가져간 겁니까?"

그녀의 눈에 교활한 빛이 떠올랐다.

"당신이 그걸 물어볼 줄 알았지."

그녀는 입을 딱 붙이고 흡족하다는 듯이 미소를 지었다.

"하지만 나는 절대로 말해주지 않을 거야! 그건 드래건의 비밀이니까……. 드래건과 나만의 비밀이니까."

"드래건에게는 이 풀 말고도 다른 집이 있습니까?"

"그럼, 있고말고. 하지만 이곳이 진짜 집이야. 그래서 여기가 드래건 풀이라고 불리는 거고. 하지만 때때로 드래건은 허드슨 강으로 날아가서 그 물밑에 숨기도 하지. 또 어떤 때는 스퓨텐듀빌의 개울 밑으로 들어가 누워 있기도 하고. 그리고 추운 밤에는 계곡으로 날아내려가 인디언 동굴에서 은신처를 찾지. 하지만 희생자들을 그런 곳에 두지 않아. 희생자들을 숨겨놓는 장소는 따로 있어. 그곳은 역사가 기록되기 훨씬 오래 전부터, 아니 인류가 나타나기 전부터 있던 곳이야. 세상이 생긴 지 얼마 안 되었을 때, 드래건을 위해 만들어진 동굴이지……."

목소리가 점점 작아지면서 그녀의 눈에 광신적인 빛이 떠올랐다. 고문대로 끌려가던 예전의 종교 순교자들의 눈에서나 비쳤을 법한 그런 눈빛이었다.

반스가 말했다.

"모두 아주 흥미롭군요. 하지만 유감스럽게도 지금 저희가 처한 딜레마를 푸는 데는 그다지 도움이 되지 않습니다. 드래건이 몬테규 씨의 시체를 어디로 데려갔는지 저희에게 정말 얘기해주시지 않을 겁니까?"

"절대로!"

그녀는 의자에서 몸을 꼿꼿하게 펴고 앉아서 똑바로 노려보았다.

반스는 잠시 그녀를 동정적인 눈빛으로 바라보다가 골치 아픈 면담을 끝냈다.

우리가 다시 응접실로 내려왔을 때, 그는 홀리데이 선생에게 자신이 나눈 대화의 결과를 간략하게 설명했다. 그런 다음 의사와 스탬은 응접실을 떠나 위층으로 올라갔다.

반스는 침울한 얼굴로 담배를 피우며 한동안 말이 없었다.

"스탬 부인이 한 말이 아무래도 이상하네."

그가 생각에 잠기며 말했다.

"정말 이상해……."

그는 의자에서 안절부절못하며 몸을 들썩이다가 위를 흘끗 보더니 리랜드에게 드래건의 여러 거처와 관련된 미신에 대해 물었다.

리랜드가 솔직하게 대답을 한 게 분명한 듯했으나 스탬 부인의 공상적인 이야기들을 설명하는 데는 아무런 도움이 되지 못했다.

리랜드가 말했다.

"드래건에 대한 옛날이야기들을 살펴보면 드래건이 이 주변의 물이 있는 곳, 가령 허드슨 강이나 스퓨텐듀빌, 심지어 헬게이트 같은 곳들을 찾아온다고 나와 있습니다. 그리고 이건 제가 어렸을 때 들었던 건데 드래건이 종종 인디언 동굴에도 나타난다고 했지요. 하지만 대체로 여기 풀에서 지낸다고 여겨집니다."

반스는 끈질기게 그 문제에 집착했다.

"스탬 부인이 한 말 중에 특히 공상적이라고 여겨지는 대목이 있습니다. 드래건이 희생자들을 숨기는 곳에 대한 얘기를 하면서 부인은 그곳이 역사나 인류보다 오래되었다고 했습니다. 또 세상이 생긴 지 얼마 안 되었을 때, 드래건을 위해 만들어진 곳이라고도 했고요. 어떤 곳을 말하는 건지 아시겠습니까?"

리랜드는 눈살을 찌푸리며 잠시 생각에 잠겼다. 그러다가 얼굴이 환해지더니 입에서 파이프를 떼며 외쳤다.

"구덩이예요, 틀림없어요! 부인이 한 말이 그 구덩이와 딱 들어맞아요. 빙하기 구덩이 말입니다. 클로브 근처의 암벽 발치에 몇 개가 있습니다. 빙하기에 형성된 것들이죠. 빙하의 회전 운동으로 생긴 것들로 알고 있습니다. 하지만 그것들은 암석 안에 파인 원통 모양의 조그만 구멍에 불과합니다……."10)

반스가 흥분을 억누르는 말투로 중간에 말을 가로챘다.

"예, 예, 어떤 구덩이인지 저도 잘 압니다. 하지만 인우드에도 그런 것이 있는 줄은 몰랐습니다. 여기에서 얼마나 멉니까?"

"클로브 쪽으로 걸어서 10분 정도면 갈 수 있을 겁니다."

"이스트로드와 가깝습니까?"

"그곳에서 서쪽으로 약간 떨어진 곳입니다."

반스가 서둘러 복도로 나가며 말했다.

"그럼, 차로 가는 게 더 빠르겠군요. 서두르게, 마크햄, 차를 타고 가는 게 나을 것 같네……. 저희를 좀 안내해주시겠습니까, 리랜드 씨?"

반스는 이미 현관으로 향하고 있었다. 우리는 그가 이번에는 또 어떤 생각이 떠올라 이렇게 갑작스러운 행동을 하는 건지 궁금해하면서 그 뒤를 따라갔다.

"이번에는 또 뭘 찾아 쓸데없이 헤매려는 건가, 반스?"

우리가 현관문을 지나 계단을 내려갈 때, 마크햄이 불만스럽게 말했다.

반스가 순순히 털어놓았다.

"잘 모르겠네, 친구. 하지만 지금 그 구덩이들을 보지 않으면 못 견딜 것 같네."

반스가 차에 올라탔고 우리는 그의 결심에서 느껴지는 팽팽한 긴장

---

10) 인우드 힐파크의 빙하기 구덩이들은 최근에 발견되었다. 그 구덩이들은 빙하기에 형성된 깊게 파인 좁다란 구멍으로 훌륭한 지질학적 표본이다. 3만년에서 5만년 전에 북미의 동북부를 덮었던 거대한 대륙 빙하의 아래쪽, 사력층(沙礫層)의 마찰 운동에 의해 형성되었다. 땅 밑에 파인 빙하기 구멍들 중에는 지름이 1미터에 깊이가 1.5미터 가량 되는 것도 있다. 또 지름이 1.2미터가 넘는 것이 있는가 하면 이보다 더 큰 2.5 미터나 되는 것도 있다.

감에 이끌려 꼼짝없이 뒤따라 탔다.

잠시 후에 우리는 저택을 남쪽 방향으로 빙 돌아 이스트로드로 들어섰다. 이 집의 경계선인 출입문에 이르자 스니트킨이 우리를 위해 문을 열어주었고, 우리는 버드 레퓨지를 빠른 속도로 지나쳐 클로브로 향했다.

우리가 460미터 가량을 운전해 갔을 때, 리랜드가 멈추라고 신호했다. 반스는 도로 한쪽에 차를 세우고 나서 내렸다. 차에서 내린 곳은 드래건 풀의 북쪽 경계를 이루는 절벽의 연장인 가파른 바위 능선의 기슭에서부터 15미터쯤 떨어진 지점이었다.

"자, 그럼 지질학적 답사를 좀 해보세."

반스는 가볍게 말했으나, 말투에서는 진지하고 열성적인 자세가 엿보였다.

"이쪽에 커다란 빙하기 구덩이들이 몇 개 있습니다."

리랜드가 절벽 쪽으로 우리를 이끌며 말했다.

"그 안에 오크 한 그루가 자라고 있는 것도 있고, 다른 것들처럼 뚜렷하게 파이지 않은 구덩이도 있습니다. 하지만 빙하기 활동으로 깊숙하게 파인 구멍의 훌륭한 표본이 되는 것도 하나 있습니다. 저집니다, 바로 앞이에요."

우리는 이제 절벽 기슭에 이르렀다. 우리 앞으로 비탈면의 암석 안쪽에 타원형으로 파인 낭떠러지가 나타났는데, 끌로 깎아서 판 것처럼 안쪽에 층이 져 있었다. 대략 6미터 정도의 깊이였고, 바닥으로 갈수록 폭이 넓어져 맨 아래쪽은 1.2미터 가량 되었다. 마치 유성이 수직으로 낙하해서 암석을 뚫고 들어가 길을 내면서 땅 속으로 떨어진 것 같은 모습이었다.

수직의 구멍 바닥에는 정면으로 바위가 1.5미터 정도 돌출되어 있었다. 바위가 그렇게 구덩이 하층부를 가로지르며 벽처럼 치솟아 있

어 구덩이는 작은 우물 같아 보였다.11)

리랜드가 설명했다.

"저게 여기 구덩이들 중에서 가장 흥미로운 겁니다. 세 개의 구멍이 연이어져 뚫린 게 보일 겁니다. 이것은 분명 기나긴 빙하기 동안 빙판이 앞뒤로 왔다갔다했음을 뜻하는 것이죠. 이 구덩이는 찰흔(擦痕;빙하의 이동에 의해서 암석 표면에 생긴 가느다란 홈 모양의 자국 – 역주)과 마모 자국도 잘 보존되어 있습니다."

반스는 피던 남배를 던져 버리고 그 구덩이로 가까이 다가갔다.

마크햄은 반스의 뒤에 서 있다가 짜증스레 물었다.

"도대체 여기서 무얼 찾겠다는 건가, 반스? 설마 스탬 부인이 아무렇게나 지껄여댄 말들을 심각하게 받아들인 건 아닐 테지."

그때 반스는 지면에서 조금 솟아있는 구덩이 가장자리에 올라가 그 안쪽을 살펴보고 있는 중이었다.

"그렇지만 이 안쪽을 보면 흥미로워질 걸세, 마크햄."

반스가 깊숙한 구덩이에서 시선을 거두지 않은 채 말했다.

그의 목소리에 예사롭지 않은 공포감이 서려 있어 우리는 재빨리 좁다랗게 솟아 있는 가장자리로 가서 오래된 바위 구멍 안을 들여다보았다.

그리고 그곳에서 우리는 난도질당한 채로 아무렇게나 처박혀 있는 시체를 보았다. 수영복 차림의 남자였다. 머리 왼쪽에는 깊게 베인 커다란 상처가 너덜너덜하게 벌어져 있었고, 어깨 위로 흘러내린 피는 검게 말라붙은 상태였다. 저지 소재의 수영복은 가슴 부분이 찢겨 나갔고, 가슴에는 크게 벌어진 상처 자국이 세 줄로 길게 나 있었

---

11) 미국 자연사박물관의 앞쪽에는 메인 주의 바이날 해븐에서 출토된 빙하 자국이 나 있는 시생대(始生代) 화강암판이 전시되어 있다. 그 화강암판을 보면 빙하기 구덩이의 형성과정을 알 수 있다. 그러나 그 판에 나 있는 원통 모양의 구멍은 인우드의 것들보다 훨씬 더 작다.

다. 두 다리는 끔찍하게 비틀린 채로 위로 들려 있었고, 두 팔은 몸에서 떨어져나가기라도 한 것처럼 몸통을 가로지르며 축 늘어져 있었다. 그 시체를 보고 내가 처음 받은 느낌은, 그가 굉장히 높은 곳에서 그 구덩이로 떨어뜨려졌다는 것이었다.

리랜드가 짧게 말했다.

"불쌍한 몬테규로군요."

제*11*장 불길한 예언

8월 12일 일요일 오후 2시 30분

구덩이에서 우리가 목격하게 된 끔찍스런 광경에도 불구하고, 난도질당한 몬테규의 시체가 우리에게 충격으로 다가온 것만은 아니었다. 마크햄은 드디어 범죄가 행해진 증거를 발견했다. 하지만 마크햄은 수사과정 내내 범죄가 있었다고 강력히 주장하는 히스의 의견을 무시해 온 것 또한 사실이었다. 하지만 그런 생각을 갖고 있었으면서도 시체를 찾게 될 경우를 각오하고 있었던 듯하다. 내가 느끼기에 그는 그 상황에 살인이 행해졌다는 어떤 논리적인 암시도 없다고 마음속으로 생각하면서도, 그런 의심과 싸워가며 수색을 진행해왔던 것 같다.

반스의 경우에는 맨 처음부터 상황이 예사롭지 않다며 의혹을 품고 있었다. 그리고 내 자신은 그 사건에 대해 회의적이었음에도 불구하고 몬테규의 사체를 언뜻 본 순간, 그의 실종 이면에 드러난 뜻밖의 진상에 대하여 마음 한구석으로는 오래 전부터 의혹을 갖고 있었음을 분명히 깨닫게 되었다. 물론 경사는 처음부터 외견상 평범해 보이기만 한 몬테규의 실종 이면에 사악한 의도가 도사리고 있다는 것을 완전히 확신하고 있었다.

아래쪽 구덩이를 내려다볼 때, 리랜드는 전혀 놀라는 기색 없이 냉정한 얼굴을 하고 있었다. 그가 우리의 짧은 여행이 가져올 결과를 예상했다는 생각이 들었다. 시체가 몬테규라는 것을 확인한 뒤에 그는 구덩이 가장자리에서 미끄러지듯 내려왔다. 그리고는 생각에 잠겨 왼쪽에 있는 바위 절벽을 바라보며 서 있었다. 그는 근심 어린 눈빛으로 입을 굳게 다물고는 파이프를 꺼내려고 주머니로 손을 가져갔다.

리랜드는 생각했던 바를 말했다.

"시종일관 드래건이 살인을 저질렀다는 것으로 결론 내려지네요."

반스가 나직하게 말했다.

"오, 정말 그렇습니다. 그런데 뭐랄까, 지나치게 일관적입니다. 이 곳에서 저 멋쟁이 친구를 찾다니. 정말이지, 좀 꾸며진 듯하군요."

우리는 구덩이 가장자리에서 걸음을 옮겨 자동차가 주차되어 있는 곳으로 되돌아갔다.

마크햄이 여송연에 불을 붙이려고 잠시 멈춰 섰다.

"놀라운 상황이야."

그가 담배연기 사이로 혼잣말하듯 중얼거렸다.

"도대체 어떻게 저 구덩이 속에 들어가게 됐을까?"

히스가 막연히 심술궂은 만족감을 드러내며 말했다.

"어쨌든 우리는 찾고 있던 것을 발견했고, 또 수사도 계속 진행할 수 있게 됐지 않습니까……. 반스 씨, 괜찮으시면 차로 저를 출입문까지 좀 데려다 주셨으면 합니다. 저택으로 돌아가기 전에 이곳을 지키도록 스니트킨을 데려다 놓았으면 하거든요."

반스는 고개를 끄덕이고 운전석에 올라탔다. 여느 때와 달리 그는 멍한 상태였다. 그래서 그가 몬테규의 시체를 발견한 일로 뭔가 당황하고 있다는 것을 알 수 있었다. 나는 조사를 하는 내내 반스의 태도에서, 그가 범죄가 저질러졌다는 명확한 증거를 기대하고 있다는 것을 알았다. 하지만 현재의 상황이 반스가 이 사건에 대해 예상했던 점과 전혀 일치하지 않고 있다는 사실을 이제야 알 것 같았다.

우리는 차를 몰아 출입문으로 가서 스니트킨을 데리고 구덩이로 다시 돌아왔다. 히스는 그에게 그곳에 남아 시체를 지키면서 차도에서 절벽 쪽으로 아무도 접근하지 못하도록 하라고 지시했다. 그리고 나서 우리는 차를 몰아 스탬 저택으로 돌아갔다. 우리가 차에서 내리자 반스는 몬테규의 시체를 발견한 것을 당분간 아무에게도 말하지 말 것을 제안했다. 우리가 이제 막 찾아낸 그 끔찍한 발견물을 집안 사람들에게 알리기 전에 하고 싶은 일이 한두 가지 있기 때문이라고 덧붙였다.

우리는 현관문을 통해 저택으로 들어갔고, 히스는 바로 전화기 쪽으로 성큼성큼 다가갔다.

"도레무스 박사님을 오시도록 해야……."

그러다가 갑자기 걸음을 멈추고는 마크햄을 향해 수줍은 미소를 지으며 물었다.

"제가 박사님을 오시라고 해도 괜찮겠습니까, 검사님? 제 생각에는 박사님이 제게 화가 좀 나 있는 것 같습니다. 그러나 검사님께서 직접 방금 시체를 찾았다고 말씀하신다면, 검사님 말씀은 믿으실 것 같은데요."

"박사에겐 자네가 전화하도록 하게, 경사."

마크햄은 성난 어조로 말했다. 그는 기분이 상한 듯했지만 경사가 미뭇거리며 호소하는 눈길로 바라보자 이내 누그러지면서 부드럽게 미소 지으며 말했다.

"내가 걸도록 하지."

그리고는 검시관에게 몬테규의 시체를 발견했다는 것을 알리려고 전화기 쪽으로 갔다.

"박사가 곧 올 걸세."

그가 수화기를 내려놓고서 우리에게 알려주었다.

바로 그때 스탬이 홀리데이 선생과 함께 중앙 계단을 내려왔다. 그는 우리가 도착한 소리를 들은 게 분명했다.

"조금 전에 당신들이 이스트로드를 따라 차를 몰고 오는 것을 봤소."

그가 우리 곁으로 다가와서 말했다.

"뭔가 새로운 단서라도 얻었소?"

반스는 상대방을 주의 깊게 지켜보며 대답했다.

"오, 그럼요. 우리는 피살자의 시체를 발견했습니다. 하지만 집안 사람들에게는 그 사실을 당분간 비밀로 했으면 합니다."

"당신들이…… 당신들이 몬테규의 시체를 찾아냈단 말이오?"

스탬이 더듬거리며 물었다.

복도의 희미한 빛에서조차 그의 안색이 창백해지는 것을 볼 수 있었다.

"도대체 시체가 어디에 있었소?"

"이스트로드를 따라 조금 내려간 곳에 있더군요."

반스는 새 레지 담배를 꺼내서 불을 붙이느라 정신을 쏟으며 무심히 대꾸했다.

"그리 기분 좋은 광경은 아니었지요. 몬테규의 머리에는 보기 흉할 정도로 큰 상처가 나 있었고, 가슴에도 크게 벌어진 기다란 상처 자국이 세 줄로 나 있었습니다."

"크게 벌어진 상처가 세 줄이란 말이오?"

스탬은 현기증을 일으킨 사람처럼 넋 나간 표정으로 계단의 엄지기둥에 기대 마음을 안정시켰다.

"어떻게 깊이 벌어졌단 말이오? 이보시오, 말해 보시오! 그게 무슨 소린지 확실히 말해 보란 말이오!"

그가 탁한 목소리로 다그쳤다.

반스가 차분히 담배를 피우면서 대꾸했다.

"제가 미신에 사로잡혀 있는 사람이었다면 그 상처들이 드래건의 발톱에 의해 생겼을지도 모른다고 말했을 겁니다. 저희가 풀의 밑바닥에서 보았던 그런 자국과 같은 모양이었으니까요."

반스는 유쾌한 기분이었는데, 무슨 이유 때문인지는 알 수 없었다.

스탬은 잠시 동안 말을 잇지 못했다. 그는 유령이라도 본 사람처럼 반스에게서 눈길을 돌리지 못하고 그를 노려보면서 왔다갔다했다. 그러다가 곧 꼿꼿이 섰는데, 피가 거꾸로 몰리는 것처럼 얼굴이 붉게 달아올랐다.

별안간 그가 다소 격앙된 목소리로 소리쳤다.

"빌어먹을, 이게 뭔 허튼소리요? 날 괴롭히려고 기를 쓰는군."

반스가 대꾸하지 않자 그는 극도의 분노가 담긴 눈길을 리랜드에게 옮기고는 성난 몸짓으로 턱을 내밀었다.

"이런 터무니없는 생각은 다 자네 책임이야. 지금까지 자넨 뭘 했나? 도대체 이 상황에서 진실은 뭔가?"

리랜드가 침착하게 대답했다.

"반스 씨가 당신한테 말한 그대로입니다, 루돌프. 물론, 드래건이 불운한 몬테규의 몸에 그런 상처를 남긴 것은 분명히 아닙니다. 하지만 크게 벌어진 상처가 있는 건 사실입니다."

스탬은 리랜드가 차분한 태도로 응대하자 흥분이 가라앉는 듯했다. 그는 자신을 사로잡고 있는 두려운 생각을 떨쳐버리려는 듯 음울하게 웃어댔다. 반스가 설명한 몬테규의 몸에 났다는 상처 자국에 대한 생각에서 벗어나려는 것처럼 말이다.

"나는 한 잔 마셔야겠소."

그렇게 말하고 스탬은 황급히 복도를 따라 서재 쪽으로 갔다.

반스는 스탬의 그런 반응에 무관심한 듯 보였다. 이제 그는 홀리데이 선생에게로 시선을 돌리며 물었다.

"저희가 스탬 부인을 다시 잠시 만날 수 있을까요?"

의사는 머뭇거리다 천천히 고개를 끄덕이며 대답했다.

"예, 가능할 겁니다. 점심식사 후에 당신들이 부인을 방문하고 나서 부인의 상태가 호전된 것 같습니다. 하지만 그렇다고 해도 부인과 너무 오래 이야기하지 않는 게 좋겠습니다."

우리는 바로 이층으로 올라갔고, 리랜드와 의사는 스탬을 따라 서재로 들어갔다.

스탬 부인은 먼저 우리를 맞았던 그 자리에 그대로 앉아 있었다. 하지만 우리가 앞서 방문했을 때보다 한결 침착해 보였다. 우리를 보자 그녀는 상당히 놀란 듯한 표정을 지었다. 눈썹을 약간 치켜올리면서 쳐다보았는데, 그런 그녀의 태도에는 무시할 수 없는 위엄이 담겨 있었다. 그녀에게서 불가사의하면서도 강렬한 변화가 느껴졌다.

반스가 말을 꺼냈다.

"스탬 부인, 여쭤보고 싶은 게 있어 왔습니다. 혹시 어젯밤 몬테규가 다이빙하고 나서 10분쯤 뒤에 이스트로드 방향에서 나는 자동차 소리를 들으셨나 해서요."

그녀는 희미하게 고개를 가로저으며 말했다.

"아니, 아무 소리도 듣지 못했어. 나는 내 아들의 손님들이 풀로 내려가는 소리조차도 듣지 못했는걸. 저녁식사 뒤에 의자에 앉아서 깜빡 졸았거든."

반스는 창가로 다가가서 밖을 내다보며 말했다.

"그거 참 유감스런 일이군요. 여기서 풀이 아주 분명히 보이는데 말입니다. 그리고 이스트로드도 마찬가지고요."

그녀는 아무 말도 하지 않았다. 그러나 그녀의 얼굴에 희미한 미소가 떠오르는 것을 나는 감지할 수 있었다.

반스가 창가에서 돌아서 그녀 앞에 섰다.

그가 의미심장한 표정으로 진지하게 말했다.

"스탬 부인, 드래건이 희생자들의 시체를 숨겨 놓은 장소를 저희가 발견했다고 생각합니다."

"그렇다면 아까 내 방에 왔을 때보다 분명히 더 많은 걸 알고 있겠군."

그녀는 침착하게 대답했고, 그런 그녀의 모습에 나는 몹시 놀랐다.

"그건 그렇습니다."

반스가 고개를 끄덕였다. 그리고 나서 물었다.

"부인은 아까 드래건이 희생자들의 시체를 숨겼다고 말씀하셨을 때 빙하기에 형성된 구덩이를 염두에 두고 계셨던 건 아니었습니까?"

그녀는 의미를 알 수 없는 교활한 미소를 지으며 말했다.

"당신이 말한 대로 시체를 숨겨 놓은 장소를 찾아냈다면 어째서 내게 지금 그걸 묻는 거지?"

반스가 침착하게 말했다.

"왜냐하면 그 구덩이들은 최근에 발견된 것이고, 또 제가 알고 있기로 아주 우연히 발견된 것들이기 때문입니다."[12]

스탬 부인이 반박했다.

"하지만 나는 어린 시절부터 그 구덩이들을 알고 있었어! 이 지역 전체에서 내가 알지 못하는 곳은 한군데도 없었지. 그리고 당신들 중 누구도 지금까지 그 구덩이에 대해서 알지 못했다는 사실을 이제야 난 알았어."

그녀가 재빨리 올려다보았는데, 눈에는 이상하게도 걱정스러운 빛

---

12) 그 진상은 이렇다. 인우드에 살고 있는 패트릭 코플란이라는 사람이 몇 년 전 어느 날 한가로이 산책을 하던 길에 그 구덩이들을 찾아냈다. 먼저 딕맨 연구소에서 그 구덩이들을 조사하고 난 뒤에 일반인들이 견학하거나 연구할 수 있도록 개방했던 것이다.

이 떠올라 있었다.

"그 젊은이의 시체를 찾아냈나?"

그녀가 다시 기운차게 질문을 던졌다.

반스가 고개를 끄덕이며 대답했다.

"예, 시체를 찾았습니다."

"그런데 시체에 드래건이 남긴 상처 자국이 없던가?"

그녀의 눈빛이 만족스러운 듯 빛났다.

"시체에 상처 자국이 있었습니다."

반스가 말했다.

"그리고 시체는 클로브에서 가까운 절벽 발치에 있는 커다란 구덩이 안에 있었습니다."

그녀의 눈빛이 번쩍였고 흥분을 억누르기라도 하는 듯 호흡이 점점 가빠졌다. 그리고 얼굴에 냉엄하면서도 흥분된 표정이 번졌다.

"내가 당신한테 말한 바로 그대로야, 안 그런가!"

그녀는 갑자기 긴장이 담긴 음조 높은 목소리로 소리쳤다.

"그는 우리 가족의 적이었어. 그래서 드래건이 그를 살해하고 시체를 가져다 숨긴 거야!"

"그렇지만 결국 드래건은 시체를 감추는 일을 그다지 잘 해내지 못했습니다. 아시다시피 저희가 그를 찾아냈으니 말입니다."

반스가 자신의 생각을 말했다.

"당신들이 찾아냈다면 그건 당신들이 그 시체를 찾도록 드래건이 의도했기 때문이야."

스탬 부인이 대꾸했다. 그녀는 그렇게 말하면서도 눈에는 당황한 빛이 역력했다. 반스는 고개를 숙이고 나서 가벼운 손짓으로 의사를 표시했다. 그것은 그녀의 말을 인정하기도 하고, 염두에 두지도 않겠다는 의미가 모두 포함된 행동이었다.

반스가 가벼운 흥미를 보이며 말했다.

"스탬 부인, 풀에서 물을 빼냈을 때 저희들이 어째서 드래건을 발견할 수 없었는지 그 이유를 여쭤봐도 되겠습니까?"

그녀가 대답했다.

"드래건이 오늘 새벽녘에 날아가 버렸으니까 그렇지. 나는 드래건을 봤어. 동쪽 하늘에서 어슴푸레 밝아오는 새벽빛을 배경으로 공중으로 솟아오르는 드래건의 윤곽을 말이야. 드래건은 스탬가의 적을 살해한 뒤에는 언제나 풀을 떠나지. 풀에서 물을 빼낼 거라는 걸 드래건은 알고 있거든."

"스탬가의 드래건이 지금은 풀 안에 있을까요?"

그녀는 그 답을 알고 있다는 표정으로 고개를 설레설레 저었다.

"드래건은 땅거미가 내려앉아 땅바닥에 짙은 그림자가 드리울 때만 돌아와."

"그럼, 부인은 오늘밤에 드래건이 돌아올 거라고 생각하십니까?"

그녀가 고개를 쳐들었다. 얼굴에 뜻 모를 표정을 지은 채 긴장이 담긴 광신적인 눈길로 우리를 지나쳐 먼 곳을 응시했다.

"드래건은 오늘밤에 돌아올 거야."

그녀가 억양 없는 단조롭고 공허한 말투로 천천히 말했다.

"드래건의 임무는 아직 완전히 끝난 게 아니야."

그녀는 고대의 종교의식에서 예언을 전하는 신관(神官)처럼 무아지경의 상태에 빠져 있었고, 그런 그녀의 말에 나는 등골이 오싹해졌다.

하지만 반스는 아무런 인상도 받지 못한 듯했다. 그는 잠시 동안 앞에 앉아 있는 그 이상한 여인을 주시하더니 물었다.

"드래건이 자신의 임무를 언제 끝마치게 될까요?"

"때가 되면."

그녀는 헛웃음을 웃으며 귀에 거슬리는 쌀쌀맞은 말투로 대답했다.

그리고는 예언자 같은 태도로 바로 덧붙였다.

"어쩌면 오늘밤이 될지도 모르지."

"아, 그렇습니까! 아주 흥미롭군요."

반스는 그녀에게서 시선을 떼지 않은 채 계속 이어 말했다.

"그런데 스탬 부인, 드래건이 저기 풀 맞은편에 있는 집안의 납골당과 어떤 관계가 있는 겁니까?"

"드래건은 살아 있는 우리 가족뿐만 아니라 죽은 가족들까지 지켜주지."

그녀가 딱 잘라 말했다.

"부인의 아드님이 제게 말하길, 부인께서 납골당의 열쇠를 가지고 계신다고 하더군요. 그리고 부인 외에는 아무도 열쇠가 어디 있는지 알지 못한다고도 말해줬습니다."

그녀는 교활한 미소를 띠며 말했다.

"내가 열쇠를 감췄지. 아무도 그곳에 매장된 고인들의 신성을 더럽히지 못하도록 말이야."

반스가 계속 질문을 던졌다.

"하지만 저는 부인께서 사후에 그곳에 묻히고 싶어하시는 걸로 알고 있습니다. 그런데 부인이 열쇠를 숨겨놓으셨다면 어떻게 부인의 바람이 이뤄질 수 있겠습니까?"

"오, 내가 그렇게 준비해 놓았어. 내가 죽으면 열쇠가 발견되도록 말이야. 내가 죽었을 때만."

반스는 더 이상 질문을 던지지 않았지만 이 기이한 여인에게 작별을 고하지도 않았다. 나는 반스가 그녀를 왜 만나고 싶어했는지 짐작이 가지 않았다. 내게는 이 면담에서 얻은 게 아무것도 없는 것처럼 보였고, 그저 무익하며 대수롭지 않게 느껴졌으니 말이다. 그래서 아래층으로 내려와 다시 응접실로 돌아오고 나서야 긴장을 풀 수 있었다.

마크햄도 분명히 나와 똑같은 느낌을 받은 모양이었다. 우리끼리만 있게 되자 그는 반스에게 이런 질문을 먼저 던졌다.

"망상에 빠진 불쌍한 여인을 또다시 괴롭힌 속내가 뭐였나? 그녀가 드래건에 대해 늘어놓는 실없는 말들이 우리에게 도움이 안 된다는 건 분명하지 않나."

"나도 잘 모르겠네, 친구."

반스는 의자에 풀썩 주저앉아 다리를 쭉 뻗고는 천장을 올려다보면서 말했다.

"그녀가 이 수수께끼를 해결할 열쇠를 쥐고 있을지도 모른다는 생각이 든다네. 풀에 드래건이 살고 있다는 망상에 빠져 있다고는 하지만 그녀는 통찰력이 있는 여인일세. 그녀는 자신이 이야기하려는 것보다 훨씬 더 많은 일들을 알고 있을 거네. 그녀의 방 창문에서 풀과 이스트로드가 훤히 내려다보인다는 사실을 잊지 말게. 내가 몬테규의 시체를 찾아냈다고 말했을 때도 그녀는 전혀 당황해하지 않았네. 그리고 나는 그녀의 이야기에서 어떤 뚜렷한 인상을 받았다네. 그녀가 드래건에 대한 낭만적인 환상에 빠져 꾸며낸 얘기겠지만 말일세. 그녀의 정신이 불안정하다는 건 분명하네. 그녀는 신념보다는 망상에 훨씬 더 사로잡혀 있어. 그런데 유독 드래건에 대한 미신을 강조하고 싶어하는 것처럼 보이네. 그녀는 뭔가 딴 속셈이 있어서 우리를 따돌리려고, 기묘한 보호 장치를 통해 우리가 우연히 밝혀냈을지도 모르는 합리적인 사실들을 은폐하려고 드는 건지도 모르겠네."

마크햄은 생각에 잠겨 고개를 끄덕이며 말했다.

"자네가 무슨 뜻으로 하는 말인지 알겠네. 그녀가 드래건의 거처에 대해서 터무니없는 얘기를 늘어놓는 동안 나도 자네와 똑같은 인상을 받았거든. 그렇다고 해도 그녀가 드래건의 존재를 확신하고 있다는 생각이 여전히 드는군."

"암, 그렇고말고. 그녀는 드래건이 풀에 살고 있으며, 또한 모든 적으로부터 스탬가를 보호하고 있다고 굳게 믿고 있네. 하지만 또 다른 원인이 그녀의 의식 속에 투영된 드래건의 전설과 관계가 있는 것 같아. 대단히 인간적이고 개인적인, 그 무언가 말일세. 궁금해지는군……."

반스의 목소리가 서서히 사라져갔다. 그는 의자에 더 깊숙이 몸을 파묻으며 한동안 명상에 잠긴 채 담배를 피웠다.

마크햄이 거북스럽게 몸을 움직이더니 눈살을 찌푸리며 물었다.

"자네는 왜 납골당의 열쇠를 화제로 꺼냈나?"

반스가 생각에 잠긴 멍한 눈길로 솔직하게 털어놓았다.

"아무 생각 없이 물었던 거네. 아마도 납골당이 풀 밑바닥에서 우리가 발견한 그 자국이 이어져 있는, 풀 맞은편의 낮은 지면 부근에 있었기 때문일 걸세."

그는 자세를 바로 하고 한동안 자신의 타들어가는 담배를 응시했다.

"그 납골당이 내 마음을 끈다네. 그것은 아주 중요한 지점에 자리 잡고 있거든. 이를테면, 철각(凸角;180도보다 작은 각 – 역주)의 정점과 같은 위치에 말일세."

마크햄이 짜증을 내며 말했다.

"무슨 소릴 하는 건가? 모든 증거로 미루어보건대, 아무도 풀에서 빠져나와 낮은 지면을 따라가지 않았네. 게다가 시체는 멀리 떨어져 있는 곳에서 발견되지 않았나. 구덩이에 내던져진 채 말일세."

반스가 한숨지으며 말했다.

"자네의 논리에 맞설 생각은 없네, 마크햄. 논쟁의 여지도 없는 문제니 말일세. 납골당은 전혀 적당한 장소가 아니야……."

그는 생각에 잠겨 덧붙였다.

"단지 납골당을 이 집의 다른 장소에 지었더라면 좋았을 거라는 생각이 드는군. 납골당의 위치에 몹시 신경이 쓰인다네. 자네도 알다시피 납골당은 여기 저택과 이스트로드 아래쪽의 출입문 사이에서 거의 일직선상에 있질 않나. 그리고 그 길을 따라 풀에서 나오는 유일한 통로인 좁다란 낮은 지면이 있기도 하고."

마크햄이 흥분된 목소리로 말했다.

"터무니없는 생각을 하고 있군. 자넨 지금 부차적인 문제로 눈길을 돌려서 쓸데없는 말을 하고 있는 걸세."

"여보게, 마크햄……. 이런, 마크햄!"

반스는 담배를 집어던지고 일어섰다.

"나는 성간(星間) 공간에서 빠져나온 지 오래일세. 지금은 신화의 세계를 배회하고 있어. 물리적 법칙이 맥을 못추고 무시무시한 괴물들이 지배하는 신화의 세계 말일세. 나는 완전히 어린애같이 되어버렸다네."

마크햄은 난감한 듯 어리둥절한 얼굴로 반스를 바라보았다. 반스가 심각한 토론 중에 이런 경박한 태도를 취할 때는 단 한 가지 사실만을 의미했다. 그의 머릿속에서 아주 명백한 논리에 따라 사고가 진행되고 있다는 것을 말이다. 사실 그는 모호한 상황 속에서 희망적인 징조들을 찾아냈으나, 징조들의 근원을 꿰뚫을 때까지 그 주제를 회피하고 있을 뿐이었다. 마크햄은 이런 사실을 알고 있기에 더 이상 그 주제를 거론하지 않았다.

마크햄이 물었다.

"지금 조사를 계속 진행하겠나, 아니면 검시관이 몬테규의 시체를 검시할 때까지 기다리겠나?"

반스가 대꾸했다.

"지금 당장에 하고 싶은 일들이 이것저것 많이 있다네. 리랜드에게 한두 가지 물어보고 싶은 것도 있고. 타툼과도 이야기를 나눠보고 싶어 못 견디겠네. 그리고 스탬의 열대어 수집품도 정말 몹시 조사해보고 싶군. 오, 주로 물고기 말일세. 어리석은 짓이지, 안 그런가?"

마크햄이 얼굴을 찡그리더니 의자 팔걸이를 손가락으로 신경질적으로 두드려댔다.

"먼저 어느 것부터 할 생각인가?"

그가 탐탁지 않다는 얼굴로 체념한 듯 물었다. 반스는 자리에서 일어나 이리저리 왔다갔다했다.

"리랜드일세. 그 사람은 정보로 가득 차 있지. 또 딱 들어맞는 의견도 내놓고 말일세."

히스가 즉시 일어나 그를 데리러 나갔다.

리랜드가 응접실로 들어왔다. 그의 얼굴에는 걱정스러운 빛이 역력했다.

"방금 전에 그리프와 타툼이 거의 주먹다짐까지 갔었습니다."

그가 우리에게 말했다.

"두 사람은 서로 상대방이 몬테규의 실종과 관계가 있다며 추궁을 해댔습니다. 게다가 타툼은 한술 더 떠, 그리프가 간밤에 풀에서 몬테규를 찾는 일에 진심으로 참여하지 않았다는 것을 강한 어조로 지적하기까지 했습니다. 그가 대체 어쩌자는 건지 모르겠습니다. 그리프는 노여움으로 얼굴이 납빛이 될 정도였습니다. 그래서 그가 타툼에게 덤벼들려는 것을 홀리데이 선생과 제가 함께 달려들어 겨우 말렸습니다."

반스가 중얼거렸다.

"아주 의미심장하군요. 그런데 스탬 씨와 그리프 씨는 서로 의견 차이를 조정하고 화해했습니까?"

리랜드가 천천히 고개를 가로저었다.

"그렇지 않을 겁니다. 두 사람은 종일 서로 적의를 드러냈으니까요. 스탬이 지난밤에 그리프에게 퍼부었던 이야기들은 모두 그가 마음속에 품고 있었던 겁니다. 마침 그는 감정을 통제할 수 없는 상태였고 그래서 엉겁결에 그 사실들을 입 밖에 냈던 거지요. 아니, 사실이라기보다는 그가 사실이라고 믿는 것이라고 해야 옳겠군요. 저는 그들의 관계를 도저히 이해할 수 없습니다. 때때로 저는 그리프가 스탬에게 치명적인 타격이 될 만한 약점을 잡고 있다는 느낌이 듭니다. 그런 이유로 스탬이 그리프를 두려워하는 거라고 말입니다. 하지만 이건 단지 추측에 불과할 뿐입니다."

반스는 창가로 다가가서 눈부신 햇살이 쏟아지는 밖을 내다보았다. 그는 돌아서지 않고 물었다.

"혹시 스탬 부인이 그리프 씨에 대해 어떻게 생각하는지 알고 계십니까?"

리랜드는 좀 놀란 듯 몸을 움찔하고는 호기심 어린 눈길로 반스의 뒷모습을 응시하다가 대답했다.

"스탬 부인은 그리프를 좋아하지 않습니다. 한 달이 좀 못된 것 같은데, 그녀가 스탬에게 그를 조심하라고 경고하는 소리를 들었습니다."

"부인이 그리프 씨를 스탬가의 적으로 본다고 생각하십니까?"

"틀림없이 그렇습니다. 하지만 부인이 왜 그런 나쁜 감정을 갖게 됐는지에 대해서는 제가 알지 못하는 무언가가 있는 듯합니다. 그렇지만 부인은 이 집안의 다른 사람들은 알지 못하는 많은 것들을 알고 있습니다."

반스가 창가에서 천천히 돌아서더니 벽난로 쪽으로 다시 돌아와서 말했다.

"그리프 씨에 대해 좀 이야기해 주시겠습니까. 몬테규 씨를 찾는 동안 그는 얼마나 오래 풀 안에 있었나요?"

리랜드는 그 질문에 당황한 것처럼 보였다.

"확실히는 말할 수 없습니다. 제가 맨 먼저 풀에 뛰어들었고, 그 다음에 그리프와 타툼이 뒤따라 들어왔지요……. 10분쯤 있었을 겁니다. 어쩌면 좀더 있었을지도 모르고요."

"그리프 씨는 수색하는 동안 내내 모든 사람들이 그를 볼 수 있는 곳에 있었습니까?"

리랜드의 얼굴에 깜짝 놀란 표정이 떠올랐다.

"아니오, 그렇지는 않았습니다."

그는 매우 진지한 어조로 대답했다.

"제가 기억하기로 그리프는 한두 번 풀에 뛰어들었고, 곧바로 절벽 아래쪽 수심이 얕은 곳으로 헤엄쳐 갔습니다. 그쪽의 어둠 속에서 그가 절 부르며 아무것도 찾지 못했다고 말했던 것이 생각납니다. 타툼이 조금 전에 그 얘기를 꺼냈습니다. 그 밑바탕에는 그리프가 몬테규의 실종에 관여했다고 비난하려는 의도가 다분히 깔려 있었습니다."

그는 잠시 말을 멈추고 자신을 짓누르는 기분 나쁜 가정에서 벗어나려는 듯 천천히 고개를 가로저었다.

"하지만 저는 타툼의 판단이 틀렸다고 생각합니다. 그리프는 수영을 잘하지 못합니다. 그러니 바닥에 발이 닿는 곳이 보다 안전하다고 생각했을 겁니다. 그가 수심이 얕은 곳으로 헤엄쳐 간 것은 어찌 보면 당연한 일입니다."

"그리프 씨가 당신을 부르고 나서 얼마나 지난 후에 당신이 있는 쪽으로 돌아왔습니까?"

리랜드는 머뭇거리다 입을 열었다.

"확실히는 기억이 나지 않습니다. 저는 몹시 당황하고 있었고, 그래서 그때 벌어졌던 사건들의 전후 관계가 마구 뒤섞여 생각나거든요. 그러나 한 가지만은 분명히 생각납니다. 제가 결국 수색을 포기하고 옹벽을 기어오르고 나서 얼마 안 있어 그리프가 뒤따라 올라왔다는 것 말입니다. 그런데 타툼은 먼저 물 밖에 나와 있었습니다. 그는 술을 너무 많이 마셔 몸 상태가 좋지 않았습니다. 그래서 그런지 몹시 기진맥진해 있었습니다."

"그렇지만 타툼 씨는 풀 맞은편으로 헤엄쳐 가지 않았지요?"

"오, 가지 않았습니다. 타툼과 저는 내내 가까이 있었습니다. 그를 위해 이 말씀을 드려야겠군요. 그렇다고 제가 그를 좋게 생각한다거나 해서 드리는 말이 아닙니다. 우리가 몬테규를 찾는 동안 그는 상당한 용기와 끈기를 보여주었습니다. 게다가 그는 시종일관 침착하게 행동했지요."

"타툼 씨와 이야기 나누기만을 고대하고 있습니다. 아시는지 모르겠지만, 저는 아직 타툼 씨를 만나지 못했습니다. 그런데도 당신이 설명해준 그의 인상 때문에 타툼 씨에 대해 다소 선입견을 갖게 되었습니다. 그래서 가능한 한 그를 피하고 싶었지요. 하지만 그 다툼 때문에 새삼 흥미가 생기는군요…….

그리프 씨와 싸움이 일어난 건 무슨 일 때문입니까? 그런 일이 있었다니 정말 놀랐습니다. 그리프 씨는 이 집안에서 전혀 받아들여지지 않는 사람임에 분명합니다. 아무도 그를 좋아하지 않으니 말입니다. 안타까운 일입니다……. 안타까운 일이에요……."

반스는 다시 의자에 앉아 새 담배에 불을 붙였다. 리랜드는 호기심 어린 눈길로 반스를 주시했으나 말없이 잠자코 있었다. 잠시 후에 반스가 리랜드를 쳐다보면서 불쑥 물었다.

"납골당의 열쇠에 대해 뭔가 알고 있는 게 있습니까?"

이 질문에 리랜드가 꽤 놀랄 거라고 예상했는데, 그는 표정 하나

바뀌지 않고 냉정함을 유지했다. 그는 반스의 질문을 평범하고도 당연한 것으로 받아들이는 듯 보였다.

리랜드가 말했다.

"그것에 대해서는 아는 것이 별로 없습니다. 스탬이 제게 말한 것 외에는 말입니다. 여러 해 전에 열쇠를 잃어버렸다고 하더군요. 하지만 스탬 부인은 자신이 그것을 감췄다고 주장했습니다. 아주 어렸을 때 이후로는 전 그 열쇠를 보지 못했습니다."

"아아! 그러니까 열쇠를 본 적이 있단 말이군요. 그럼 열쇠를 다시 본다면 분간할 수 있겠습니까?"

리랜드가 대답했다.

"그럼요, 그 열쇠는 절대로 혼동할 수 없습니다. 열쇠의 곡선 부분은 정교한 소용돌이무늬로 이루어져 있는데, 어딘지 일본식 디자인 같았습니다. 열쇠의 몸대는 길이가 아주 길었습니다. 아마 15센티미터쯤 될 겁니다. 그리고 열쇠 끝의 돌출부는 커다란 'S'자 꼴을 이루고 있습니다. 예전엔 열쇠가 늘 조슈아 스탬의 서재 책상 위에 있는 열쇠고리에 걸려 있었습니다만…… 스탬 부인은 열쇠가 어디에 있는지 알고 있을지도, 혹은 알지 못할지도 모릅니다. 그런데 그 열쇠가 그렇게 중요한 겁니까?"

반스가 나직이 말했다.

"그렇지는 않을 겁니다. 여하튼 도움을 주셔서 정말 감사드립니다. 아시다시피 검시관이 이곳으로 오는 중입니다. 그래서 그 사이 타툼 씨와 몇 마디 꼭 나눠보고 싶은데, 그에게 이곳으로 좀 와달라고 전해주시겠습니까?"

"제가 할 수 있는 일이라면 무엇이든 기꺼이 돕겠습니다."

리랜드는 고개 숙여 인사하고 응접실을 나갔다.

제12장 심문

8월 12일 일요일 오후 3시

커윈 타툼은 30대 초반의 남자로, 호리호리하고 강단 있는 체격에 몸놀림이 유연했다. 그 일요일 오후에 응접실 문가에 나타나서 우리를 쳐다보았을 때, 해골처럼 마른 그의 얼굴은 창백하고 초췌한 낯빛이었다. 아마 겁먹은 탓이거나 최근의 폭음으로 얼굴이 상해서인 듯했다. 하지만 눈빛은 여우와 흡사하다 싶을 만큼 음흉하고 교활해 보였다. 금발 머리카락에 포마드를 잔뜩 발라 뒤로 빗어 넘겨서인지 정수리가 툭 불거지고, 뒤통수가 튀어나온 두상이 두드러져 보였다. 입은 몰인정해 보일 정도로 입술이 얇았는데, 한쪽 끝에다가 담배를 아래로 늘어뜨려서 물고 있었다. 화려하고 고급스런 운동복을 입었고, 왼쪽 손목에는 사슬 모양의 묵직한 금팔찌를 헐겁게 차고 있었다. 그는 몇 분간을 문가에 그대로 서서 교활한 눈빛으로 우리를 뚫어지게 쳐다보았다. 그러나 그동안에도 필을 아래로 늘어뜨린 채 주걱모양의 기다란 손가락들을 신경질적으로 움직여댔다. 그는 두렵고 불안한 상태인 게 틀림없었다.

반스는 그를 뜯어보듯 냉정하게 주시했다. 실험실에서 표본이라도 검사하는 사람 같았다. 그런 후에 그는 손을 흔들어 탁자 옆의 의자를 가리켰다.

"들어와서 앉으시지요, 타툼 씨."

그의 어조는 공손하면서도 위압적이었다.

타툼은 꾸물거리며 걸어 들어와 짐짓 태연한 척하면서 의자에 풀썩 앉았다.

"자, 원하시는 게 뭡니까?"

그가 방을 훑어보면서 쾌활해 보이려고 애쓰며 물었다.

"피아노를 치신다고 들었습니다."

반스가 말을 꺼냈다. 타툼은 안절부절못하던 것을 멈추고, 분노를 억누르며 쳐다보았다.

"이보시오, 뭐하자는 겁니까……? 무슨 장난을 하는 거냐고요?"

반스가 근엄한 얼굴로 고개를 끄덕였다.

"맞습니다, 그것도 아주 진지한 장난이지요. 저희가 듣기로는, 당신이 라이벌인 몬테규 씨가 실종되었다는 사실을 알고 좀 불안정한 모습을 보였다고 하던데요."

"불안정했다고요?"

타툼은 꺼진 담뱃불을 신경질적으로 다시 붙였다. 반스가 그를 흔들어 놓은 듯했다. 타툼은 곰곰이 생각하면서 말의 사이사이를 느릿느릿 길게 끌며, 평정을 되찾으려고 안간힘을 쓰는 것 같았다.

"아니, 그게 어때서요? 몬티가 그렇게 된 것에 대해 거짓 눈물을 흘리지는 않았습니다. 그런 뜻으로 하신 말씀이라면요. 그는 정말 몹쓸 녀석이었습니다. 그리고 다들 저와 마찬가지로 그를 불쾌해했습니다."

반스가 무심한 어조로 물었다.

"그가 언젠간 돌아올 거라고 생각하십니까?"

타툼의 목구멍에서 듣기 거북한 소리가 났다. 아마 경멸조의 웃음을 지으려고 했던 모양이었다.

"아니오, 그는 다시 나타나지 않을 겁니다. 왜냐하면 그럴 수 없으니까요. 몬테규 자신이 실종을 계획했다고 생각하진 않으시겠죠, 예? 그는 그럴 만큼 영리하지 못합니다. 또 용기도 부족하고요. 실종을 계획했다는 것은 남의 이목에서 벗어나겠다는 건데, 몬티는 주목받지 않고는 살지도, 숨을 쉬지도 못할 친구였습니다……. 누군가 그를 살해한 겁니다!"

"그게 누구라고 생각하십니까?"

"제가 어떻게 알겠습니까?"

"그리프 씨라고 생각하시는 게 아닙니까?"

타툼의 눈이 반쯤 감기면서 찡그린 얼굴 위로 냉정하고 무정한 표정이 번졌다.

"그리프가 그랬을 수도 있죠."

그가 낮은 목소리로 말했다.

"그는 그럴 만한 충분한 이유가 있었습니다."

반스가 조용히 반박했다.

"그렇게 말한다면, 당신도 '충분한 이유'가 있지 않습니까?"

"이유야 충분하죠."

타툼의 입가에 잔인한 미소가 번지는가 싶더니 이내 사라졌다.

"하지만 저는 결백합니다. 제게는 어떠한 혐의도 씌울 수 없을 겁니다."

그는 몸을 앞으로 숙이고 빈스를 뚫어지게 쳐다보았다.

"그 친구는 제가 수영복을 갈아입기도 전에 다이빙대에서 뛰어내렸습니다. 그리고 그가 물 위로 올라오지 않았을 때, 저는 직접 풀로 뛰어 들어가 그를 찾아보기까지 했습니다. 그리고 쭉 다른 일행과 같이 있었습니다. 사람들에게 한번 물어보십시오."

반스가 중얼거렸다.

"물론, 물어봐야겠지요. 하지만 당신 자신은 그렇게 한 점의 의혹

없이 결백하다면서 어떻게 그리프 씨에 대해서는, 몬테규 씨가 풀에서 의문스럽게 사라진 사건에 관여했을 거라고 말할 수 있습니까? 그 당시 그가 취했던 행동도 당신과 그다지 다르지 않았던 것 같은데 말입니다."

타툼은 냉소 섞인 경멸감을 내보이며 응수했다.

"오, 그럴까요……? 절대 그렇지 않았습니다!"

반스가 상냥한 어조로 말했다.

"그 말은 그리프 씨가 풀의 맞은편으로 헤엄쳐 가 수심이 얕은 물속에 있었던 사실을 말하는 걸로 생각되는군요."

타툼이 교활한 눈길로 쳐다보며 말했다.

"오, 그 일을 알고 계셨군요, 그렇죠? 하지만 아무도 그를 보지 못했던 그 15분 동안 그가 무엇을 하고 있었는지 아십니까?"

반스는 고개를 설레설레 내저었다.

"전혀 모르지요……. 당신은 알고 있습니까?"

타툼이 음흉하게 고개를 끄덕이며 대답했다.

"마음만 먹었다면 거의 뭐든 할 수 있었을 겁니다."

"이를테면, 풀 밖으로 몬테규 씨의 시신을 끌고 나갔을 수도 있다는 말입니까?"

"그렇죠."

"하지만 그가 물 밖으로 나갈 수 있었을 유일한 장소에는 발자국이 하나도 없었습니다. 어젯밤과 오늘 아침에 조사해서 확인해봤습니다."

타툼은 눈살을 찌푸렸다. 그리고는 다소 도전적으로 말했다.

"그게 무슨 상관입니까? 그리프는 더할 나위 없이 빈틈없는 사람입니다. 그러니 발자국을 남기지 않고도 갈 수 있는 길을 찾았을 겁니다."

"좀 억측처럼 들리는군요. 하지만 당신의 그 억측이 맞다하더라도 그가 어떻게 그토록 짧은 시간 안에 시체를 치울 수 있었을까요?"

타툼의 담뱃재가 끊어져 그의 상의 위로 툭 떨어졌다. 그는 몸을 숙여 재를 털어냈다.

"오, 풀의 맞은편 어딘가에서 시체가 나올지도 모르죠."

그가 의자에 다시 똑바로 앉으며 대꾸했다.

반스는 잠시 그를 주의 깊게 응시하다가 다시 질문을 던졌다.

"당신이 의심 가는 사람은 그리프 씨뿐입니까?"

타툼이 입술 한쪽 끝을 치켜올린 채 웃으며 대답했다.

"아닙니다. 의심 가는 사람이야 한둘이 아니죠. 하지만 문제는 그들을 당시의 상황과 연계시켜 생각해야 한다는 겁니다. 리랜드의 경우도 풀 속에 있던 내내 제 곁에 있지 않았었다면, 그가 결백할 거라고 손톱만큼도 생각하지 않았을 겁니다. 그리고 스탬도 몬티를 죽일 만한 이유가 다분했습니다. 하지만 그는 술을 진탕 퍼마시는 바람에 현장에 있지도 못했습니다. 또 여기에 와 있는 여자들도 빼놓을 수 없습니다. 맥아담 부인과 루비 스틸 말입니다. 두 사람은 그 잘생긴 몬티를 제거할 기회가 생겼다면 얼씨구나 했을 겁니다. 다만 무슨 수로 실행에 옮길 수 있었을지 상상이 안 갈 뿐이죠."

반스가 말을 꺼냈다.

"타툼 씨, 당신은 정말 의혹으로 가득 차 있군요. 헌데 어째서 스탬 부인은 너그럽게 봐 주시는 겁니까?"

타툼은 숨을 헉 들이쉬더니 해골을 뒤집어 쓴 것처럼 창백한 표정을 지었다. 그는 기다란 손가락들로 의자의 양 팔걸이를 꽉 움켜쥐었다.

"그 여자는 악마예요, 악마라고요!"

그가 쉰 목소리로 중얼거렸다.

"다들 그녀가 미쳤다고 해요. 하지만 그녀는 너무 많은 걸 보고, 너무 많은 걸 알아요."

그는 멍하니 정면을 응시했다.

"그녀는 뭐든 할 수 있어요!"

그는 왠지 공포에 사로잡혀 쩔쩔매는 태도였다.

"저는 그녀를 딱 두 번밖에 보지 못했지만, 이 집안 어디에 있든 그녀가 유령처럼 제게 붙어 다니는 것 같은 느낌이 듭니다. 그녀에게서 벗어날 수가 없단 말입니다."

반스는 아까부터 타툼을 면밀히 지켜보고 있었다. 하지만 겉으로는 그런 기색을 내보이지 않았다.

"신경이 좀 곤두서신 것 같습니다."

반스가 말했다. 그런 후 담배를 한 모금 깊게 빨아들이고 일어나서 벽난로 앞으로 걸어갔다. 그곳에서 그는 타툼 쪽으로 거의 정면을 향해 섰다. 그리고 벽난로 안쪽에 재를 털면서 문득 생각난 듯이 말했다.

"말이 나온 김에 하는 말인데, 스탬 부인이 이런 얘기를 하더군요. 풀에 사는 드래건이 몬테규 씨를 죽이고 그 시체를 숨겨놓았다고요."

타툼은 겁먹은 듯 약간 떨면서 냉소적인 웃음을 지었다.

"오, 저도 전에 그런 터무니없는 이야기들을 들어본 적이 있었습니다. 그런 식으로 말하자면 도도(지금은 멸종한 날지 못하는 큰 새의 이름 – 역주)가 그를 짓밟았다거나, 유니콘이 뿔로 들이받았다고 말할 수도 있겠군요."

"하지만 저희가 몬테규 씨의 시체를 찾았다는 말을 들으면 흥미가 이실 겁니다."

타툼은 그 말에 몸이 앞으로 움찔했다.

"어디서요?"

그가 반스의 다음 말을 가로막으며 물었다.

"이스트로드에서 좀 떨어진 곳에 있는 빙하기의 지하 구덩이 가운데 하나에서요……. 그리고 그의 가슴에는 발톱에 할퀸 기다란 상처가 세 줄로 나 있었습니다. 부인이 말했던 신화에나 나오는 그 드래건이 상처를 낸 것처럼 말입니다."

타툼이 벌떡 일어섰다. 입에서 물고 있던 담배가 툭 떨어졌다. 그는 이성을 잃고 반스를 향해 손가락질을 해대며 말했다.

"날 겁주려는 거면 그만두십시오, 그만두란 말입니다."

그의 목소리는 날카롭게 떨렸다.

"무엇 땜에 그러는지 알아요. 나를 겁줘서 뭔가를 시인하게 하려는 거예요. 하지만 나는 말하지 않을 겁니다. 아시겠어요? 말하지 않을 거라구요……."

반스가 상냥하면서도 엄하게 말했다.

"자자, 타툼 씨. 앉아서 진정 좀 하십시오. 저는 엄연한 사실을 말씀드린 겁니다. 지금 저는 몬테규 씨의 살인사건을 해결할 만한 단서를 찾으려고 애쓰고 있는 것뿐입니다. 그리고 당신이 우리에게 도움을 줄 수도 있을 거라는 생각밖에는 없었습니다."

타툼은 반스의 태도에 마음이 가라앉고 안심이 되었는지 의자에 도로 털썩 주저앉아 새 담배에 불을 붙였다.

반스가 이어서 질문을 했다.

"간밤에 풀로 나가기 전에 몬테규 씨한테서 특별히 이상한 점을 눈치 채지는 못했습니까? 가령, 그가 마약에 취해 있는 것처럼 보이지는 않았냐는 말입니다."

타툼이 이성을 되찾은 목소리로 대답했다.

"그는 술에 취해 있었습니다. 그런 뜻으로 물으신 거라면요. 몬티를 위해 이 말을 해야겠군요. 술을 마시기는 했지만 그는 거의 멀쩡

한 상태였습니다. 그리고 다른 사람들보다 더 많이 마시지도 않았습니다. 당연히 스탬보다는 훨씬 더 적게 마셨고요."

"엘렌 브루엣이라는 여자에 대해 들어보신 적이 있습니까?"

타툼은 눈살을 찌푸렸다.

"브루엣이요……? 어디서 들어본 듯한 이름인데……. 오, 어디서 들었는지 생각났습니다. 스탬이 저를 초대하면서 파티에 엘렌 브루엣이라는 여자도 온다고 말했어요. 나와 그녀를 짝지어주려고 했던 모양입니다. 하지만 고맙게도 그녀는 오지 않았습니다."

그는 날카로운 눈빛으로 쳐다보았다.

"그녀가 이 일과 무슨 관계가 있는 겁니까?"

"그녀는 몬테규 씨와 아는 사이입니다……. 스탬 씨에게 그렇게 들었습니다."

반스가 무심한 말투로 설명했다. 그런 다음 바로 이어서 물었다.

"간밤에 풀 속에 있을 때, 이스트로드에서 자동차 소리를 들으셨습니까?"

타툼은 고개를 내저었다.

"들었을지도 모르지만 확실하게는 기억나지 않습니다. 몬티를 찾아 물 속을 돌아다니느라 너무 정신이 없었으니까요."

반스는 그 문제는 일단 제쳐두고 타툼에게 다른 질문을 던졌다.

"몬테규 씨가 사라지고 난 후에, 모종의 범죄가 저질러진 것 같다는 느낌이 들지는 않았습니까?"

"그랬습니다!"

타툼은 입을 굳게 다물고는 꺼림칙한 표정을 지으며 고개를 끄덕거렸다.

"사실, 어제 하루 종일 무슨 일인가 생길 것 같은 느낌이 들었습니다. 오후에는 파티에서 물러날 생각까지 했으니까요. 그런 분위기가 거북해서 말입니다."

"무엇 때문에 안 좋은 일이 일어날 것 같다고 느끼게 되었는지 설명해줄 수 있겠습니까?"

타툼은 잠시 생각에 잠겨 눈동자를 이리저리 움직였다.

"아니오, 어떻게 설명해야 할지 모르겠습니다."

그가 마침내 나지막이 말했다.

"그저 전반적인 분위기가 그랬었던 것 같다는 말밖에는요. 하지만 특히 위층의 그 미친 여자가……."

"아아!"

"그녀는 누구에게나 강한 혐오감을 줍니다. 그래서 스탬은 손님들이 와도 잠시만 부인을 보게 합니다. 문안 인사 정도만 할 수 있게 말이죠. 그런데 금요일 오후 제가 여기에 왔을 때, 티니 맥아담과 그리프, 그리고 몬티가 벌써 위층에서 그녀를 만나고 있더군요. 부인은 아주 기분이 좋아 보였고, 우리 모두에게 미소를 지어보이며 환영인사를 했습니다. 하지만 야릇한 눈빛으로 우리를 한 사람씩 눈여겨보기도 했습니다. 말씀드린다고 이해할지 모르겠지만 어딘지 교활하고 불길한 눈빛이었죠. 저는 부인이 속으로 우리 중 누가 가장 싫은지를 결정하고 있는 듯한 느낌이 들었습니다. 부인의 눈길이 몬티에게 오래 머물렀습니다……. 그런데 다행스럽게도 저는 그런 식으로 보지 않더군요. 그녀는 우리를 내보내면서 '즐겁게들 지내게'라고 말했습니다……. 하지만 그녀는 꼭 먹이감을 보고 싱긋 웃고 있는 코브라 같았습니다. 저는 그 방을 나와서 위스키를 세 잔이나 들이키고 나서야 평안을 되찾았을 수 있었답니다."

"다른 사람들도 당신과 똑같이 안 좋은 일이 일어날 것 같다는 느낌을 가졌습니까?"

"별 말들은 하지 않았지만, 저는 그들이 꺼림칙한 기분들이었다는 것을 압니다. 그리고 분명히 여기서 파티가 벌어지는 동안 사람들은 계속 뒤에서 험담을 하거나 속으로 적개심을 품고 있었습니다."

반스는 일어나 손으로 문가를 가리켰다.

"이제 가셔도 됩니다, 타툼 씨. 하지만 주의해둘 말이 있습니다. 몬테규 씨의 시체를 찾은 일에 대해 아직은 사람들에게 절대 말하지 마십시오. 그리고 차후에 지방검사의 지시가 있을 때까지는 다른 사람들과 함께 집안에만 계십시오."

타툼은 뭔가를 말하려고 하다 갑자기 입을 꾹 다물고 그대로 나갔다.

그가 가버리자 반스는 고개를 숙이고 담배를 피면서 벽난로와 문 사이를 몇 번씩 왔다갔다했다. 그러다가 천천히 고개를 들고 마크햄을 보았다.

"약삭빠르고 사악한 젊은이네. 하여튼…… 좋은 사람은 아니야, 절대로 좋은 사람이 아닐세. 또 방울뱀처럼 무자비하기도 하고. 게다가 그는 몬테규의 죽음과 관련된 뭔가를 알고 있어……. 아니면 적어도 뭔가에 대해 상당히 의혹을 갖고 있네. 자네도 기억하겠지만 우리가 몬테규의 시체를 발견했다는 사실을 알기 전에도, 그는 풀 맞은편의 어딘가에서 시체가 발견될 거라고 아주 확신했잖나. 그에게 있어 그것은 억측이 전혀 아니었네. 그러기에는 그의 어조가 너무나 무심결에 튀어나온 듯했고 확신에 차 있었어. 그리고 그는 그리프가 수심이 얕은 곳에서 있었던 시간을 아주 정확히 말했네. 또 분명히 그는 드래건에 대한 얘기를 비웃었네……. 아주 교묘하게 말일세……. 스탬 부인에 대해 했던 말들 역시 꽤 흥미로웠어. 그는 그녀가 너무 많은 것을 알고, 또 본다고 생각하네……. 하지만 결국 그가 왜 그 점을 염려하겠나? 틀림없이 그가 뭔가를 숨기는 게 아니라면 말일세……. 그리고 그는 어젯밤에 차 소리를 듣지 못했다고 했지만, 다른 사람들은 들었잖나…….”

“맞네, 맞아.”

마크햄이 애매한 손짓을 하며 말했다. 아무래도 반스의 추측을 물리치려는 손짓 같았다.

“이곳의 모든 상황은 모순투성이인 것 같네. 정말로 내가 알고 싶은 건 이 문제라네. 그리프가 풀의 수심이 얕은 곳에 있으면서 그 모든 일을 해내는 게 과연 가능한 일이었을까?”

“그 물음에 대한 답은 몬테규가 어떻게 풀 밖으로 나와 그 구덩이로 들어가게 됐는지를 풀면 찾을 수 있을 걸세……. 어쨌든, 도레무스 박사를 기다리는 동안 다시 그리프와 짤막한 면담을 가지는 게 좋을 것 같네. 그를 데려와 주겠나, 경사?”

그리프는 몇 분 후에 응접실로 들어왔다. 평범하고 가벼워 보이는 신사복 차림이었는데, 옷깃에 조그만 치자나무 꽃 하나가 장식으로 꽂혀 있었다. 위엄 있고 기운차 보이는 안색에도 불구하고 그에게서는 긴장한 기색이 역력히 드러났다. 그리고 내가 보기에 그는, 전날 밤에 우리와 면담을 한 후로 상당량의 술을 마신 것 같았다. 그는 시비조의 태도가 상당히 누그러져 있었고, 기다란 물부리를 입으로 가져갔다가 떼면서 손가락을 약간 떨었다.

반스는 형식적으로 그에게 인사를 건네고 나서 앉으라고 했다. 그리프기 의지를 골라 앉지 반스가 말했다.

“리랜드 씨나 타툼 씨 모두 저희에게 말하기를, 당신이 몬테규 씨를 찾는 것을 도와 풀 속으로 들어가자마자 바로, 절벽 아래의 얕은 물로 헤엄쳐 갔다고 하더군요.”

그리프는 성난 어조로 항의하듯 말했다.

“바로는 아니었소. 그 녀석을 찾아 몇 차례 애를 써본 뒤였소. 하지만 이미 말했다시피, 나는 수영을 잘 못하오. 그리고 그의 시체가 풀 건너편으로 떠내려갔을지도 모른다는 생각이 들었소. 그가 그쪽으로 다이빙해 들어갔으니까. 또 서툴게 이리저리 물을 튀겨대며 리랜드와 타툼을 방해하느니 그쪽으로 가서 찾아보는 편이 더 도움이 되겠다는 생각도 들었소."

그가 반스를 언뜻 쳐다보았다.

"그러면 안 되는 이유라도 있는 거요?"

반스가 말을 길게 늘이며 대꾸했다.

"아닙니다. 바로 그 시간 동안 파티에 참석했던 여러 사람들이 어디에 있었는지 확인해보려고 했을 뿐입니다."

그리프의 눈이 가늘어지면서 뺨이 더 붉어졌다.

"그런데 그건 확인해서 무엇을 하려는 거요?"

그가 딱딱거리며 말했다.

"한두 가지 의심스러운 사항을 확실히 하기 위한 것뿐입니다."

반스가 대수롭지 않다는 듯한 어조로 대답하고 그리프가 다시 말할 틈을 주지 않고 계속 이어 말했다.

"그런데 풀 맞은편의 얕은 물가에 계실 때, 혹시 이스트로드 쪽에서 자동차 소리를 들으셨습니까?"

그리프는 놀라서 입을 다문 채로 잠시 반스를 빤히 쳐다보았다. 그리고 얼굴에서 핏기가 싹 가시더니 곰곰이 생각하는 표정을 지으며 일어섰다.

"그렇소, 틀림없이 들었소! 자동차 소리를 들었소."

그는 어깨를 구부정하게 하고 서서 오른손에 쥐고 있는 기다란 물부리를 지휘자의 봉처럼 쓰면서 자신의 말을 강조했다.

"그 소리를 듣고 아주 의아해하기까지 했었소. 하지만 어젯밤에는 그 소리를 완전히 잊고 있었고, 바로 지금 당신의 말을 듣기 전까지도 기억해내지 못했소."

"몬테규 씨가 다이빙하고 10분쯤 지나서였습니다, 맞습니까?"

"그쯤이었소."

반스가 말했다.

"리랜드 씨와 스탬 양도 그 소리를 들었습니다. 하지만 두 사람은 좀 어렴풋하게 들었더군요."

그리프가 나직이 말했다.

"나는 확실히 들었소. 그래서 누구의 차인지 궁금해했었소."

"저도 그 점이 무척이나 궁금합니다."

반스가 담배 필터를 응시하며 말했다.

"그 차가 어느 쪽으로 갔는지 알려주실 수 있겠습니까?"

그리프가 한 치의 망설임 없이 바로 대답했다.

"스퓨텐듀빌 쪽이었소. 그리고는 풀의 동쪽 어딘가로 가버렸소. 내가 수심이 얕은 곳으로 건너갔을 때만 해도 그 주위는 쥐 죽은 듯이 조용했었소……. 지나치게 조용해서 기분 나쁠 정도였소. 정말 기분이 나빴소. 나는 리랜드를 소리쳐 부르고 나서, 몬테규의 시체가 풀 한쪽 끝인 그 수심이 얕은 곳으로 떠내려 왔는지 보려고 그쪽에서 몇 차례 더 찾아보았소. 하지만 헛수고였소. 그런데 거기에서 수면 위로 머리와 어깨를 내민 채로 서 있다가, 막 다시 헤엄쳐 돌아가려던 참이었는데 누군가 차에 시동을 거는 소리가 똑똑하게 들려왔소……."

반스가 말을 가로막고 물었다.

"그렇다면 그 차가 도로에 주차되어 있었던 것 같군요?"

"그렇소……. 그리고 나서 기어가 바뀌는 소리가 들렸고, 차가 이스트로드 아래쪽으로 멀어져갔소. 나는 풀을 도로 헤엄쳐 건너면서 누가 이 집에서 나가는 걸까 하고 궁금해했소."

"몬테규 씨의 상의에서 찾은 연애편지대로라면 어떤 여인이 차 안에서 그를 기다리고 있었습니다. 어젯밤 10시에 동쪽 출입문 근처에서 말입니다."

그리프가 듣기 거북하게 웃었다.

"그렇소? 그렇다면 일이 정말 그런 식으로 된 거였을 수도 있겠구려, 안 그렇소?"

"아니오, 아닙니다, 전혀 아닙니다. 그 계획은 어디에선가 틀어졌던 것 같습니다……."

반스가 느릿느릿 강조하는 어조로 덧붙였다.

"사실은, 몬테규의 시체를 클로브 바로 위쪽에서 찾았거든요. 그곳의 구덩이들 중 한 곳에서요."

그리프의 입이 맥없이 턱 벌어졌고, 동공은 축소되어 작고 반짝이는 원반처럼 보였다.

"그를 찾았단 말이오, 그렇소?"

그가 재차 물었다.

"어떻게 죽은 거요?"

"저희도 아직 모릅니다. 검시관이 지금 오고 있는 중입니다. 하지만 그의 죽은 모습이 그다지 보기 좋지는 않더군요……. 머리에 깊이 베인 상처가 끔찍하게 나 있었고, 가슴에는 커다란 발톱으로 할퀸 듯한 상처가……."

그리프가 긴장되고 쉰 목소리로 말했다.

"잠깐, 잠깐만! 할퀸 상처가 세 줄로 나란히 나 있었소?"

반스가 그에게 거의 눈길도 주지 않은 채로 고개를 끄덕거렸다.

"분명히 세 줄로 나 있었고……. 그 사이가 동일한 간격으로 벌어져 있었습니다."

그리프는 뒤쪽의 의자로 비틀거리더니 무너지듯 주저앉으며 중얼거렸다.

"오, 세상에……. 오, 맙소사!"

잠시 후 그는 두툼한 손가락들을 턱으로 가져가면서 돌연 고개를 들고 넌지시 묻는 듯한 눈빛으로 반스를 응시했다.

"스탬에게 얘기했소?"

반스가 건성으로 대답했다.

"그럼요. 우리는 그 반가운 소식을 집으로 돌아오자마자 바로 스탬 씨에게 알려주었습니다. 말해드린 지 한 시간도 안 되었군요."

반스는 곰곰이 생각하는 듯하더니, 그리프에게 또 다른 질문을 던졌다.

"스탬 씨가 보물 탐색이나 열대지방으로 물고기 채집 탐사를 떠날 때 따라가 본 적이 있습니까?"

주제가 그런 쪽으로 바뀌자 그리프는 눈에 띌 만큼 상당히 당혹스러워했다.

"아니, 아니오."

그가 다급하게 말했다.

"그렇게 실없는 일에는 한번도 관여한 적이 없었소……. 두 번의 탐사에서 자금을 조달해 떠날 채비를 갖추는 일을 도와준 적은 있었지만 말이오."

그가 고쳐 말했다.

"좀더 정확히 말하면 내 고객 몇 명에게 돈을 투자하도록 했소. 하지만 그 탐사들이 실패로 끝난 후에 스탬은 그 돈을 모두 되갚아주었소……."

반스는 손짓으로 상대방의 설명을 제지했다.

"당신은 열대어에는 관심이 없는 모양이군요?"

"글쎄, 뭐 꼭 열대어에 관심이 없다고까지 말할 정도는 아니오."

그리프는 시큰둥한 목소리로 대답했다. 하지만 상당히 난감해하는 사람처럼 계속 눈을 가늘게 뜨고 있었다.

"열대어는 참 보기 좋으니까……. 빛깔도 멋지고 또……."

"스탬 씨가 수집한 열대어 중에 드래건피시도 있습니까?"

그리프는 얼굴이 창백해지면서 다시 일어섰다.

"오, 하느님! 그 말은 설마……."

반스가 손사래를 치면서 말을 가로막았다.

"그냥 학구적인 질문이었습니다."

그리프가 목구멍에서 귀에 거슬리는 소리를 냈다.

"그렇소, 분명 있소!"

그가 선언하듯 말했다.

"이곳에 드래건피시가 몇 마리 있소. 하지만 단 한 마리도 살아 있지는 않소. 스탬은 그중 두 마리를 어떻게 했는지 몰라도 잘 보존해 놓았소. 어쨌든, 그 물고기들은 길이가 30센티미터 정도밖에 안 되오. 아무리 악마처럼 사악하게 생겼다고는 하지만 말이오. 스탬은 그 물고기들을 꽤나 긴 이름으로……."

"카우리오두스 슬로아네이(Chauliodus sloanei)요?"

"그 비슷한 뭐였소……. 그리고 그는 또 해마 몇 마리와 붉은 산호색을 띠는 씨드래건 한 마리도 갖고 있소……. 하지만 이봐요, 반스 씨, 이런 물고기들이 이 사건과 무슨 관계가 있소?"

반스가 한숨을 내쉬고 나서 대답했다.

"저도 잘 모르겠습니다. 하지만 스탬 씨가 수집한 열대어에 아주 마음이 끌립니다."

이때 스탬이 홀리데이 선생과 함께 복도를 가로질러 응접실로 왔다.

"저는 그만 가보겠습니다, 여러분."

홀리데이 선생이 조용히 말했다.

"무슨 일이든 제게 볼일이 있으시다면, 스탬 씨가 제 연락처를 알고 계십니다."

그러고 나서 그는 바로 현관으로 향했다. 잠시 후 그가 밖으로 나가 조그만 쿠페를 타고 떠나는 소리가 들렸다.

스탬은 잠시 그리프를 노려보며 서 있었다.

"불난 집에 부채질하고 있는 건가?"

그가 악의가 느껴질 만큼 빈정거리며 물었다.

그리프는 허탈한 얼굴로 어깨를 으쓱하면서 손을 펴 별 수 없다는 몸짓을 했다. 스탬의 터무니없는 태도에 두 손 두 발 다 들었다는 듯한 행동이었다.

스탬의 말에 대답한 사람은 반스였다.

"그리프 씨와 저는 당신의 물고기들에 대해 얘기하고 있던 중이었습니다."

스탬은 회의적으로 두 사람을 번갈아 보다가 휙 돌아서서 응접실을 나갔다. 반스는 그리프도 나가도록 내버려두었다.

그리프가 커튼을 지나치자마자 현관 쪽에서 차 소리가 들려왔다. 그리고 잠시 후 현관에 배치되어 있던 버크 형사가 검시관을 안내해 들어왔다.

제13장 세 여인

8월 12일 일요일 오후 3시 30분

도레무스 박사는 얼굴에 빈정대는 빛을 띤 채 우리를 죽 둘러보고는 히스 경사에게 시선을 고정시켰다.

그는 딱하다는 듯 고개를 흔들어대며 말했다.

"이런, 이런. 드디어 시체가 돌아왔구먼. 자네가 또다시 잃어버리기 전에 어서 시체를 검사하는 게 어떻겠나."

반스가 의자에서 일어나 문 쪽으로 다가가며 말했다.

"이스트로드를 따라 조금 가야 합니다. 차로 가는 편이 좋을 겁니다."

우리는 집 밖으로 나와 버크 형사를 데리고 반스의 차에 올라탔다. 도레무스는 자신의 차로 우리를 뒤따라 왔다. 우리는 저택을 남쪽 방향으로 빙 돌아 이스트로드로 들어섰다. 구덩이 맞은편에 이르자 그곳에 스니트킨이 대기하고 있었다. 반스는 도로 한쪽에 차를 세웠고, 우리는 차에서 내렸다.

반스는 절벽 기슭으로 우리를 안내했고, 몬테규의 시체가 있는 암벽에 둘러싸인 구덩이를 손가락으로 가리키며 도레무스에게 말했다.

"그 젊은이는 저 안에 있습니다. 시체에는 손대지 않았지요."

도레무스는 짜증스럽고 귀찮다는 듯이 얼굴을 찌푸렸다.

"사다리를 가져와야 했습니다."

그는 불만스럽게 말하고 지면에서 조금 솟아 있는 구덩이 가장자리에 올라가서 둥그스름한 꼭대기에 앉았다. 도레무스는 상체를 구부려 구덩이에 함부로 처박혀 있는 시체를 세심히 살펴본 뒤, 찌푸린 얼굴로 우리를 바라보며 이마를 닦았다.

"분명히 죽은 것처럼 보이는군. 그런데 이 남자는 어떻게 죽었나?"

히스가 대꾸했다.

"그게 바로 저희가 박사님께 여쭤보고 싶은 겁니다."

도레무스는 구덩이 가장자리에서 미끄러지듯 내려왔다.

"어디 보세. 시체를 구덩이에서 꺼내 바닥에 내려놓게나."

몬테규의 시체를 구덩이에서 꺼내 바깥으로 옮기는 작업은 쉬운 일이 아니었다. 시체의 사후강직(死後强直)이 진행된 상태였기 때문에 히스와 스니트킨, 버크가 달려들어 그 일을 완수하는 데만 몇 분이 소요되었다. 도레무스는 무릎을 꿇고 앉아 죽은 남자의 뒤틀린 사지를 똑바로 펴놓은 뒤에 머리에 난 상처와 가슴에 난 깊이 벌어진 상처를 검사하기 시작했다. 잠시 후 그는 고개를 들어 우리를 쳐다보았다. 그리고 모자를 뒤로 밀어내면서 반신반의하는 표정으로 고개를 절레절레 내저으며 말했다.

"괴상한 시체군요. 이 남자는 뭔가 무딘 도구로 머리를 맞았습니다. 그래서 머리가죽이 찢어져 벌어지면서 두개골이 일직선으로 갈라졌습니다. 분명히 그것이 사망 원인이었을 겁니다. 그런데 다른 한편으로 이 남자에게는 교살당한 흔적도 보입니다. 양쪽의 갑상연골에 반상출혈(조직 안에서 나온 혈액이 표면에서 자색의 얼룩무늬로 보이는 것 - 역주)의 흔적이 보이지요. 단지 제가 단언할 수 있는 건, 저런 변색 자국이 사람의 손이나 밧줄 같은 걸로 생긴 것은 아니란 것뿐입니다. 또 저 불룩해진 눈과 검게 변색된 입술과 혀를 보십시오."

히스가 물었다.

"그가 익사했을까요?"

"익사?"

그는 불쌍하다는 듯 경사를 흘끗 보았다.

"내가 방금 이 사람은 머리를 세게 얻어맞았고, 또한 교살됐다고 말하지 않았나. 폐에 공기가 공급될 수 없었는데 어떻게 폐에 물이 차서 익사할 수 있었겠나?"

마크햄이 거들고 나섰다.

"박사, 경사가 말하려는 건 이 사람이 이렇게 신체가 손상되기 전에 익사했다고 봐도 되는지 그걸 묻고 있는 거요."

"아닙니다."

도레무스가 단호한 말투로 답했다.

"그런 경우였다면 이 남자한테서 지금과 같은 형태의 상처가 나타나지 않았을 겁니다. 목 주위의 조직에 출혈이 보이지 않았을 거라는 말입니다. 목에 입은 타박상은 외상에 불과했을 테니 그 주위가 저렇게 짙은 색으로 변하지 않았을 겁니다."

반스가 물었다.

"가슴에 있는 상처 자국은 어떻게 난 겁니까?"

도레무스 박사는 입술을 오므리며 당혹스런 표정을 지었다. 그는 반스의 질문에 대답하기 전에 세 줄로 난 깊은 상처를 다시 세밀히 조사하고 나서 일어서며 말했다.

"유쾌한 상처는 아니군요. 하지만 저 찢어진 상처들은 그다지 심각한 것은 아닙니다. 저 상처들은 흉벽(胸壁;가슴을 둘러싸고 있는 골격, 즉 흉추, 흉골, 늑골, 늑연골의 외벽 - 역주)은 관통하지 않고, 대흉근(大胸筋)과 소흉근(小胸筋)을 째어서 젖혀놓은 겁니다. 그리고 이 남자가 죽기 전에 난 상처였습니다. 상처에 난 혈액의 상태로 보아 알 수 있습니다."

"정말 난폭하게 다루어졌군."

히스는 불안한 감정상태에 빠진 사람처럼 중얼거렸다.

"게다가 그게 다가 아닙니다."

도레무스가 계속 이어 말했다.

"이 남자는 뼈도 몇 대 부러졌습니다. 왼쪽 다리가 무릎 아래에서 구부러져 있고, 경골(정강이뼈)과 비골(종아리뼈) 모두에서 골절이 눈에 띕니다. 오른쪽 상박골(팔꿈치로부터 어깨에 이르는 대롱모양의 긴 뼈 - 역주) 역시 부러졌습니다. 또 오른쪽 가슴 부분에 움푹 들어간 곳이 보이지요. 아래쪽 갈빗대 2대도 박살이 난 것 같습니다."

반스가 제안했다.

"구덩이로 떨어지면서 그렇게 된 게 아닐까요?"

도레무스가 동의했다.

"그런 것 같습니다. 그런데 분명치 않은 찰상 또한 나 있습니다. 양쪽 발뒤꿈치에 말입니다. 사후에 생긴 상처 같습니다만. 이 남자는 거친 표면 위로 질질 끌려갔던 모양입니다."

반스는 생각에 잠겨 담배를 깊이 빨았다.

"그거 아주 흥미롭군요."

그는 생각에 잠겨 시선을 앞쪽에 고정한 채 중얼거리듯 말했다.

마크햄이 재빨리 그를 쳐다보았다.

"그게 무슨 뜻인가?"

마크햄이 거의 성을 내며 물었다.

"아무 뜻 없이 한 말일세."

반스는 상냥하게 대꾸했다.

"하지만 박사의 설명에서 새로운 가능성이 보이는군."

히스는 몬테규의 시체를 뚫어지게 쳐다보고 있었다. 그리고 나는 그의 태도에서 그가 두려움과 공포에 사로잡혀 있다는 사실을 알 수 있었다.

히스가 물었다.

"가슴 위에 있는 저 할퀸 상처는 어떻게 생긴 거라고 생각하십니까, 박사님?"

도레무스가 딱딱거리며 말했다.

"내가 어떻게 알겠나? 나는 의사지, 형사가 아니라고 자네한테 이미 말하지 않았나? 저 상처들은 어떤 날카로운 도구에 의해 생겼을걸세."

반스는 얼굴에 미소를 띠고 도레무스를 바라보았다.

"그게 아주 당황스런 문제라서 말입니다. 박사, 그럼 경사가 불안해하는 이유를 제가 설명해 드리지요. 이 부근에 떠도는 억측에 의하면, 이 멋쟁이 친구는 스탬 저택의 풀에 살고 있는 드래건에 의해 살해됐다고 합니다."

"드래건!"

도레무스는 한동안 어리둥절한 눈치였다. 그러다가 히스를 바라보며 조롱 섞인 웃음을 지었다.

"그렇다면 경사가 그 못된 드래건이 발톱으로 이 남자를 정확히 어떻게 할퀴었는지를 알아내려고 한다는 겁니까, 그런 겁니까?"

그는 고개를 흔들어대며 낄낄거렸다.

"이런, 이런! 그게 살인사건을 해결할 방법이란 말이지. cherchez le dragon(사건 뒤에는 드래건이 있다). 이런, 대체 세상이 어떻게 돌아가는 거야!"

히스는 감정이 상한 듯 보였다.

"박사님도 제가 지난 이틀 동안 겪었던 것과 같은 일에 부딪쳤다면 무엇이든 믿으셨을 겁니다."

그가 화난 목소리로 말했다.

도레무스는 빈정대는 얼굴로 눈썹을 치켜올리며 물었다.

"자네 레프리칸(아일랜드의 요정으로, 장난꾸러기라는 별명을 갖고 있으나 실제로 인간에게 해를 입힌 사례는 알려진 바 없다. - 역주)은 생각해 봤나? 아마 그들은 한패일 걸세. 아니면 사티로스(술의 신, 바커스를 섬기는 반인반수의 숲의 신 - 역주)가 이 사내가 죽도록 뿔로 들이받았을지도 모르지. 어쩌면 놈(땅 속의 보물을 지킨다는 땅 신령 - 역주)이 해치웠을지도 모르고. 그것도 아니라면 요정들이 갯버들로 이 남자가 죽을 때까지 두들겨냈을지도 모르네."

그가 코웃음 치며 말했다.

"내가 이 사람의 사인(死因)을 드래건이 할퀸 상처 때문이라고 적는다면 재미있는 검시보고서가 될 걸세."

"그렇다고 하더라도, 박사, 드래건의 일종이 저 친구를 죽였을지도 모르지 않습니까."

반스가 이례적으로 진지한 태도를 보이며 말했다.

도레무스는 두 손을 들었다가, 어쩔 수 없다는 듯 아래로 떨어뜨렸다.

"당신 뜻대로 하십시오. 하지만 어리석고 하찮은 의사인 제 소견으로는, 이 사나이는 먼저 머리를 가격당하고 나서 가슴이 찢겨 벌어졌습니다. 그런 뒤에 목이 졸렸고 이 암석 구덩이로 질질 끌려와서 저 안쪽으로 던져졌던 겁니다. 부검에서 뭔가 다른 증거가 밝혀지면 알려드리도록 하지요."

그는 연필과 종이철을 꺼내서 잠시 동안 뭔가를 적어 내려갔다. 쓰기를 다 마치자 그는 그 종이를 찢어서 히스에게 건네며 말했다.

"자네가 시체를 옮겨도 된다는 허가서일세, 경사. 하지만 내일까지는 부검이 없을 거네. 지독히도 더운 날이 아닌가. 그러니 자네는 성(聖) 조지(Saint George;잉글랜드의 수호성인, 용을 퇴치하고 한 소녀를 구했다는 전설이 전해지고 있다. - 역주)가 되어서 그때까지 드래건 사냥을 계속 하게나."

반스가 미소를 띠며 말했다.

"우리가 하려는 일이 바로 그겁니다."

"공식적으로 정확히……."

히스가 말을 꺼냈으나 의사가 조바심 나는 듯한 몸짓으로 중간에 말을 가로챘다.

"알겠네, 알겠어! '그가 죽은 지 얼마나 됐을까?' 그거 아닌가……. 만일 내가 죽어서 의사회 친구들과 함께 지옥에 떨어지면, 그 질문이 끊임없이 내 귓가에 울릴 걸세. 자, 경사, 이 남자는 죽은 지 12시간 이상 경과되었네. 24시간은 지나지 않았고 말일세. 이제 됐나?"

마크햄이 말했다.

"우리는 저 남자가 어젯밤 10시경에 살해됐다고 확신할 만한 근거를 갖고 있소, 박사."

도레무스는 자신의 시계를 쳐다보았다.

"그럼, 18시간이 지났군요. 제가 말씀드린 시간이랑 딱 들어맞네요."

그는 돌아서서 자신의 차를 향해 걸어가며 말했다.

"그럼 저는 이만 민트 줄렙(mint julep;위스키에 설탕, 박하를 탄 칵테일 - 역주)과 편안한 의자가 있는 곳으로 돌아가야겠습니다. 아이고, 날씨하고는! 서둘러 돌아가지 않으면 저도 여러분들처럼 일사병에 걸려 정신착란 증세를 일으킬 겁니다."

그가 차에 올라타며 말했다.

"그런데 저는 스퓨텐듀빌과 페이슨 애버뉴를 지나 집으로 돌아갈 거라서, 그 풀을 지나 돌아갈 기회를 갖지 못하겠군요."

그는 경사를 곁눈질하며 계속 말했다.

"드래건과 우연히라도 만나게 될까 두렵습니다!"

그리고는 기운차게 손을 흔들고는 이스트로드를 따라 쏜살같이 달려갔다.

히스는 스니트킨과 버크에게 몬테규의 시체를 가지러 올 때까지 그곳에 남아 있으라고 지시했다. 그리고 나서 곧 우리들은 스탬 저택으로 되돌아갔다. 저택에 도착하자 히스는 공공복지부에 전화를 걸어서 구덩이들이 있는 장소로 자동차를 보내달라고 청했다.

"이제 우리는 어찌 해야 하는 건가?"

다시 응접실로 돌아와 자리에 앉자 마크햄이 절망적인 어조로 물었다.

"우리가 찾아낸 사실들 모두가 오히려 이 사건을 점점 더 불가사의한 신화의 세계로 끌어들이는 것 같네. 그 구덩이를 찾아낸 것 외에는 수사 과정에서 아무런 성과도 얻지 못한 게 분명하고 말이야."

반스가 유쾌하게 대답했다.

"나는 그렇게 생각하지 않았네. 사실, 내가 생각하고 있던 것들이 오히려 구체화되는 느낌일세. 도레무스 박사는 감춰져 있던 많은 것들을 우리에게 알려주었어. 살인 수법은 다 똑같지. 그 방법이 몹시 잔인하고 비상식적인 걸로 봐서 깜짝 놀랄 만한 가능성을 갖고 있을 걸세. 이보게, 마크햄, 살인자는 우리가 그 시체를 찾지 못하도록 할 삭성이었던 것 같네. 그렇지 않았다면, 시체를 왜 그렇게 애써서 감춰놓았겠나? 살인자는 몬테규가 스탬 저택에서 사라지고 싶어했다고 우리가 생각해 주었으면 하고 바랐던 거네."

히스가 천천히 고개를 끄덕거렸다.

"무슨 뜻으로 말씀하시는 건지 알겠습니다, 반스 씨. 이를테면, 몬테규의 옷에서 나온 그 편지 말입니다. 제 생각에 편지를 썼던 그 여인은 동쪽 출입문 밖 차 안에 공범자와 함께 있었을 겁니다. 몬테규를 살해하고 구덩이에 시체를 던지는 일을 함께 할 사람 말입니다."

"그건 아닐세, 경사."

반스가 상냥하면서도 단호한 어조로 그의 말을 가로막았다.

"그런 경우였다면, 우리는 풀 밖으로 나간 몬테규의 발자국을 발견했어야지."

마크햄이 조바심치며 따지듯이 물었다.

"그럼, 우리가 왜 발자국을 찾지 못했나? 몬테규의 시체를 이스트로드 아래쪽에서 발견하지 않았나. 그는 어떻게든 풀 밖으로 나간 게 틀림없네."

"그래, 그렇지. 그는 무슨 수로든 풀 밖으로 나갔을 걸세."

반스는 눈살을 찌푸리며 자신의 담배를 주시했다. 무언가 그를 몹시 괴롭히는 문제가 있는 듯 보였다.

"그것이 이 사건에서 매우 어려운 부분일세……. 마크햄, 아무래도 몬테규가 발자국을 남겨놓을 수 없었기 때문에 발자국이 없다는 생각이 드는군. 그는 풀에서 빠져나가려고 하지 않았을지도 모르네. 그는 풀 밖으로 끌어내졌을지도 몰라……."

"맙소사!"

마크햄은 신경질적으로 일어서서 숨을 깊이 들이쉬었다.

"자네, 또 그 날아다닌다는 끔찍한 드래건 이야기로 돌아가는 건가, 그런 거야?"

반스가 달래는 어조로 꾸짖듯이 말했다.

"여보게! 아무튼 자네가 상상하는 그런 드래건은 아니네. 나는 다만 가여운 몬테규가 풀 안에서 살해되었고, 그 다음에 구덩이로 옮겨졌다는 점을 암시한 것뿐일세."

마크햄이 반박했다.

"그렇다고 해도, 자네의 그런 생각이 우리를 혼란스런 상황으로 더 깊이 끌어들인단 말일세."

반스가 한숨을 내쉬며 말했다.

"나도 그 사실을 알고 있네. 하지만 결국 그 젊은 친구는 어떤 식으로든 풀에서 나와 구덩이로 가지 않았나. 그가 자발적으로 가지 않았다는 것만은 분명하네."

실제적인 성격의 경사가 다시 토론에 불쑥 끼여들었다.

"이스트로드에서 들렸다는 그 자동차 소리는 어떻습니까?"

반스가 고개를 끄덕였다.

"그렇지. 그 자동차는 아무리 생각해도 모르겠어. 자동차가 몬테규의 시체를 실어 나른 수단이었을지도 모르지. 빌어먹을! 하지만 몬테규가 풀에서 자동차까지 어떻게 갔겠나? 그리고 왜 그렇게 고약한 방식으로 그의 신체를 훼손했을까?"

그는 잠시 말없이 담배를 피우다가 마크햄을 향해 얼굴을 돌렸다.

"그런데 몬테규의 시체를 찾았다는 얘기를 아직 듣지 못한 사람들이 몇 명 있지 않나. 루비 스틸하고 맥아담 부인, 버니스 스탬 말일세. 이제 세 사람에게 사실을 알려줄 때가 됐다고 생각하네. 그들의 반응이 도움이 될지도 모르겠어……."

세 여인이 불려 와서, 우리와 함께 자리를 하자 반스가 그들에게 몬테규의 시체를 발견한 일과 지금까지 조사한 내용 등 주변 상황에 대해 짤막하게 설명했다. 그는 무미건조한 말투로 이야기하고 있었지만, 나는 그가 세 여인을 면밀히 관찰하고 있다는 것을 알아챘다.

당시에 나는 그 심문 순서에 대한 이유를 알지 못했다. 하지만 반스가 구덩이에서 우리가 찾아낸 끔찍한 발견물에 대해 왜 이런 방식을 택해서 집안 사람들 각자에게 알렸는지 그 이유를 깨닫기까지 그리 오래 걸리지 않았다.

세 여인은 반스의 이야기를 귀 기울여 들었다. 그의 이야기가 끝나자 잠시 침묵이 이어졌고, 그리고 나서 곧 루비 스틸이 저음의 거만한 어조로 입을 뗐다.

"제가 지난밤에 말씀드렸던 내용이 실제로 입증됐네요. 풀에서 나온 발자국이 전혀 없다는 사실 말이에요. 그건 중요한 게 아니에요. 리랜드 같은 혼혈인은 그럴 듯한 기적을 행할 수 있어요. 그는 온갖 신비한 능력을 가졌으니까요. 게다가 그는 맨 끝으로 집 안으로 들어온 사람이었어요."

나는 버니스 스탬이 이런 말에 화를 낼 거라고 예상했으나, 그녀는 생각에 잠긴 채 그저 미소만 지을 뿐이었다. 그러다 걱정이 담긴 점잔빼는 말투로 말했다.

"저는 가여운 몬티의 시체를 찾았다는 사실이 전혀 놀랍지 않아요. 다만 그의 죽음을 설명하는 데 기적까지 필요한 건지는 확신이 서지 않네요……."

그 말을 마치기 무섭게 그녀의 동공이 팽창되었고, 호흡이 가빠지면서 가슴이 오르락내리락하는 게 보였다. 그녀가 계속 이어 말했다.

"하지만 몬티의 가슴에 난 자국은 이해가 안 돼요."

반스가 조용히 물었다.

"그럼, 당신은 이 사건의 다른 요소들은 이해가 된다는 말씀이십니까, 스탬 양?"

그녀의 목소리는 거의 흥분상태에 이르렀다.

"아니, 아니에요! 저는 아무것도 몰라요."

그녀의 눈에 눈물이 어리는 게 보였고, 더 이상 말을 잇지 못했다.

반스가 그녀를 위로하며 말했다.

"걱정하지 않아도 됩니다. 당신은 정말 지나치게 흥분하고 있군요."

그녀가 간청하는 듯한 어조로 물었다.

"이제 가도 될까요?"

"그럼요."

반스는 일어나서 그녀를 문까지 바래다주었다.

그가 다시 자신의 의자로 돌아왔을 때, 티니 맥아담이 이야기를 시작했다. 그녀는 아까부터 긴장된 표정으로 멍하니 담배를 피고 있었다. 그래서 나는 그녀가 버니스 스탬이 한 말을 들었는지조차 의심스러웠다. 별안간 그녀가 반스 쪽으로 몸을 돌렸다. 그녀의 얼굴은 찌푸려진 채 굳어져 있었다.

"이봐요!"

그녀는 거만스럽지만 절망감이 묻어나는 어조로 운을 뗐다.

"이런 끔찍스런 일에 나는 넌더리가 나요. 몬티가 죽은 일이나 당신들이 그의 시체를 발견한 일 모두 말이에요. 그래서 제가 한 말씀 드려야겠어요. 알렉스 그리프는 몬티를 몹시 싫어했어요. 그가 하는 말을 제가 들었죠. 금요일 밤에 그가 몬티에게 이렇게 말하더군요……. '내가 나서면 자네는 버니스와 결혼하지 못할 걸세.' 몬티는 그를 비웃으며 반박했어요. '그래, 어떻게 할 작정입니까?' 그리프 씨가 대답하더군요. '방법이야 많지……. 드래건이 먼저 자네를 죽이지만 않는다면 말일세.' 그러자 몬티가 입에 담지 못할 욕설을 퍼붓고 방으로 올라가버리더군요……."

"그리프 씨가 드래건에 대해 밀했을 때 그가 무엇을 암시하려고 했다고 생각하십니까?"

"모르겠어요. 하지만 그날 밤 이후, 그리프 씨가 리랜드 씨를 언급한 것이었을지도 모른다는 생각을 하게 됐어요."

"몬테규 씨가 다이빙 후 나타나지 않았을 때, 당신이 비명을 질렀던 이유가 그런 말들 때문이었습니까?"

"맞아요! 저는 어제 종일 마음을 졸이고 있었어요. 그래서 그리프 씨가 풀에 뛰어들어 몬티를 찾는 척할 때 그에게서 눈을 떼지 않았던 거예요. 왜냐하면 그는 바로 풀 맞은편의 절벽 쪽으로 헤엄쳐가서 보이지 않았으니까요."

"그래서 당신은 불안한 마음에 그 지점을 지켜보셨던 겁니까?"

맥아담 부인이 급히 고개를 끄덕였다.

"그가 무슨 짓을 할지 알 수 없었어요……. 그리고 저는 그를 신뢰하지도 않았고요……. 나중에 그가 물 밖으로 나와서는 작은 목소리로 제게 이렇게 말했어요. '몬테규가 사라졌소. 귀찮은 놈을 떨쳐버려서 시원하군.' 그때까지도 저는 그가 어떻게 그 일을 완수했는지 알지 못했어요. 하지만 이제 당신들이 구덩이에서 몬티의 시체를 찾아냈다는 것을 알게 됐고, 그래서 제가 알고 있는 사실을 당신들에게 말해야 한다고 생각했던 거예요."

반스는 공감한다는 듯 고개를 끄덕였다.

"그런데 제가 어젯밤 늦게 풀에서 요란하게 첨벙하는 소리가 났다는 말씀을 드렸을 때, 왜 그렇게 놀라셨던 겁니까?"

그녀가 격앙된 목소리로 황급히 대답했다.

"정확히는 모르겠어요. 그렇지만 저는 그 소리가 몬티를 살해하려는 계획의 일부일 거라고 생각했어요……. 혹, 몬티의 시체를 절벽에서 던진 소리였을지도 모르고요……. 아니면 풀 안에서 누군가 그에게 끔찍한 짓을……. 오, 그 소리가 무엇이었을지 저는 몰랐어요. 그저 두려웠어요……. 두려웠던 거예요."

그녀의 목소리가 서서히 사라져갔고, 그녀는 잠시 숨을 가다듬었다.

반스는 일어서서 다소 냉담한 눈길로 그녀를 바라보았다.

"정보를 주셔서 감사합니다."

그가 고개 숙여 인사하며 말했다.

"여러 가지로 부인을 당황스럽게 만들어서 죄송합니다. 부인과 스틸 양은 이제 서재로 돌아가셔도 됩니다. 그밖의 처리해야 할 문제들이 몇 가지 더 있습니다. 나중에 저희가 도움이 필요하면, 그때 두 분 모두 기꺼이 도와주시리라 생각합니다."

두 사람이 응접실을 떠나고 나서, 이 사건을 처리하기 위한 최선의 방법에 대하여 잠시 토론이 이어졌다. 가장 곤란한 문제는 지금까지 밝혀진 사실에서 확실한 것이 아무것도 없다는 점이었다. 물론, 살해된 몬테규의 시체는 실재했다. 그리고 의심이 가는 인물들, 다시 말해 몬테규를 살해할 동기를 가진 사람들도 몇 명 있었다. 하지만 연결고리도, 수사를 필요로 하는 내막도, 특정한 방향을 암시하는 단서도 전혀 없었다. 실제로 살인사건의 수법은 그 자체로서 예측할 수 없는 수수께끼에 싸여 있었다. 게다가 상황 전체에는 기분 나쁜 드래건의 신화가 드리워져 있었다.

하지만 아무리 그럴지라도 경찰 업무는 일상적인 절차대로 처리해야 했다. 게다가 관료적인 사고방식에 익숙한 경사는 더 이상 지체하지 않고 일련의 업무를 수행해야 한다고 주장했다. 마크햄도 그의 생각에 동조했다. 그러나 반스는 마지못해 경사의 의견에 동의했다. 왜냐하면 그는 범죄 문제를 해결할 때 직관적 방식이나 심리적 추리에 주로 의존했기 때문이다. 그는 사건에 깊은 관심을 갖고 있었다. 사건에는 그의 본능에 지대한 영향을 미치는 요소들이 있었다. 그래서 그는 경사가 절차상의 업무에 한 시간의 시간을 할애하는 것조차도 내켜하지 않았다. 더욱이 그는 비록 막연하게 세워진 생각이기는 해도 사건에 대하여 여러 가지 명확한 견해를 갖고 있었다.

반스가 말했다.

"이 괴상한 수수께끼의 문을 여는 데는 아주 단순한 열쇠가 필요할 뿐일세. 하지만 그 열쇠가 없으면 우리는 속수무책이라네……. 이런,

어처구니없는 상황이 있나! 몬테규가 저승으로 가서 몹시 기쁘다고 인정하는 사람들이 얼마든지 있어. 그리고 그들은 제각기 다른 사람이 그를 죽였다고 고발까지 하고 있지. 그런데 다른 한편으로는 몬테규의 죽음을 둘러싼 상황들이 그가 살해당했다는 가능성을 완전히 차단하는 것처럼 보인단 말이야. 수영을 하자고 제안했던 것도 그 자신이었고, 또 사람들이 모두 지켜보는 가운데 풀에 뛰어들었으니 말일세……. 마크햄, 그런데도 나는 이 사건 전체가 신중히 계획되어 일어났다는 것을 백퍼센트 확신할 수 있다네. 우연히 일어난 사고처럼 보이게 하려고 평범한 숫자들을 심사숙고해서 암호로 바꾸어버린 형국이란 말일세."

마크햄은 넌더리를 치며 흥분된 목소리로 말했다.

"설사 그렇다 치더라도, 자네는 경사가 강구하려고 하는 통상적인 방법 외에 그 수수께끼를 풀 방법을 어떻게 제안할 셈인가?"

"당장에는 떠오르는 방법이 전혀 없네."

반스는 골똘히 생각에 잠긴 채 허공을 응시하며 말했다.

"그런데 나는 오늘 스탬의 열대어 수집품을 좀 살펴보았으면 좋겠네."

마크햄이 성을 내며 호통 치듯 말했다.

"물고기는 내일까지도 계속 있을 거네. 그 사이에 경사가 절차상의 문제들을 마무리할 걸세."

제14장 뜻밖의 새로운 사태

8월 12일 일요일 오후 5시 30분

마크햄과 반스, 그리고 나는 5시 30분쯤에 유서 깊은 스탬 저택을 나와서 차를 몰아 반스의 아파트로 돌아왔다. 파티에 손님으로 와 있던 사람들과 집안 사람들에게는 다음날까지 그 집을 떠나지 말고 계속 남아있으라는 지시가 내려졌다. 스탬은 그 점에 있어서 우리에게 관대하게 협조해주었다. 그리프는 이의를 제기하면서, 변호사를 부르겠다고 으름장을 놓기까지 했다. 하지만 결국은 몬테규의 시신을 찾음으로써 일이 복잡해진 점을 고려해, 24시간을 더 남아 있다는 데 동의했다. 다른 손님들은 마크햄의 결정에 순순히 따랐다.

그 집으로 들어가는 주요 출입구에는 전부 사람을 배치해 지키기로 했다. 그리고 집안의 하인들은 혹시 단서가 될 만한 것이 나올지도 모르니 심문을 해보기로 했다. 하지만 그들의 증언을 통해 중요한 단서를 얻으리란 기대는 조금도 하지 않았다.

히스는 스탬 저택에 계속 남아 있으면서 이들을 심문도 하고 수사 활동도 지휘하겠다고 말했다. 또 살인수사과의 형사들을 몇 명 더 사건에 투입하기로 결정했다. 몬테규의 교제관계도 조사해보는 한편, 엘렌 브루엣도 찾아보기로 했다. 그리고 이스트로드에서 소리가 들렸던 자동차에 대한 정보를 조금이라도 밝히기 위해 인우드를 수색하기로 했다. 결국, 히스 경사의 지휘하에 통상적인 경찰 수사 절차를 철저히 이행하기로 결정한 셈이었다.

"이 사건을 다룰 다른 방도는 없는 것 같네."

우리가 반스의 옥상정원으로 올라가서 각자 팔다리를 쭉 뻗을 수 있는 고리버들 의자에 앉자, 마크햄이 풀죽은 모습으로 말했다.

반스도 걱정 때문인지 멍한 얼굴이었다.

"그럴지도 모르지. 하지만 이 사건의 요인들은 정상적인 것과는 거리가 머네. 모든 문제의 해답은 스탬 저택 어딘가에 놓여 있어. 그 집은 이상한 곳일세, 마크햄. 사건이 일어날 가능성이 아주 높은 곳이야. 왜곡된 전통과 케케묵은 미신, 이미 흘러가버린 시대에 그대로 정체된 듯한 분위기에, 광기와 타락, 신화와 악마신앙 따위가 뒤섞여 있는 곳이니 말일세. 그런 곳에 있다 보면 갑자기 마음이 이상해진다네. 잠깐 방문한 사람들조차도 그곳의 분위기에 꼼짝없이 잠식당하고 말지. 그러한 분위기는 사악하고 끔찍한 범죄를 불러일으키네. 이틀간 자네도 보았잖나. 우리가 이야기해봤던 사람들 모두가 얼마나 음흉하고 사악한 기운에 물들어 있었는지 말일세."

마크햄은 잠시 반스를 뚫어지게 주시하더니 물었다.

"마음속에 특별히 의심 가는 사람이라도 있나?"

반스는 일어나서 벨을 눌러 커리를 불렀다.

"나는 개개인보다는 이 사건에 맞물려 있는 사악한 심리에 더 치중해서 생각해 왔네. 그런데 이 황당무계한 드래건을 인정하고 고려하지 않고서는, 어떠한 설명도 불가능하지 뭔가……."

"반스! 제발!"

"오, 나는 아주 진지하게 말하는 거네. 이 사실을 인정하지 않는다면 우리는 옆길로 한참 벗어나게 될 걸세."

그는 위를 올려다보며 말을 이었다.

"드래건은 정말 그 종류가 다양하지."

그때 커리가 나타나자, 반스는 모레인쿨러[13]를 가져다 달라고 했다.

반스가 계속 말을 이었다.

"드래건은 항상 인간의 상상력에 커다란 영향을 미쳐왔다네. 우리는 대부분의 종교에서 어떠한 형태로든 드래건을 찾아볼 수 있어. 설화에도 툭하면 등장하지. 드래건은 단순한 신화적 존재 이상이라네, 마크햄. 드래건은 인류가 태곳적부터 물려받은 유산의 일부였네. 드래건에 대한 인간의 공포는 차츰 증폭되었고, 드래건의 상징성도 점점 구체화되었지. 또 인간의 상상에 색채를 더하고 왜곡을 가하면서 사람들의 머릿속에 기이한 개념을 심어왔다네. 드래건이 없었다면 인류의 역사는 오늘날과는 아주 다른 기록이 되었을 걸세. 어느 누구도 드래건 신화에서 완전히 자유로울 수는 없어. 드래건이 우리 안에 깊숙이 내재되어 있는 보다 원시적인 본성에서 절대로 빠뜨릴 수 없는 부분을 차지하고 있으니 말일세. 그래서 본질적으로 드래건과 관련된 범죄를 다루는 데 있어서 드래건을 무시해서는 안 된다는 거네……."

반스는 의자에서 몸을 약간 움직였다. 그리고는 꿈꾸는 듯한 눈길로 맨해튼의 고층건물이 하늘을 배경으로 만들어내는 흐릿한 윤곽을 두리번거렸다.

"드래건에 대한 착상이 어디에서 유래되었는지는 아무도 모르네. 하지만 아마도 모든 고대 미신 중에서 가장 끈질기게 그 명맥을 이어왔을 걸세. 기독교에서 말하는 사탄도 고대 전설에 나오는 드래건의 다른 모습일 뿐이네. 물론, 이 초자연적인 괴물의 유래에 대해서 수많은 추측이 제기되어 왔지. 몬큐어 콘웨이는 그의 저서 『악마신앙

---

13) 모레인쿨러는 반스가 여름에 즐겨 마시는 음료이다. 보통은 라인 와인과 껍질째 갈아 만든 레몬주스, 큐라소(Curaçao;오렌지 향료가 든 리큐어 술 - 역주)로 만든다. 하지만 반스는 늘 큐라소 대신에 그랑마니에(Grand Marnier;3, 4년간 숙성한 코냑에 오렌지 향을 가미한 것 - 역주)를 넣어 마셨다.

연구 및 관련 괴담』에서, 선사시대 사람들이 도마뱀과 혼동한 바람에 빚어진 결과라고 썼네. 하지만 제임스 조지 스코트 경을 비롯한 다른 연구가들은 콘웨이의 의견에 이의를 제기하며, 드래건의 유래를 뱀과 관련된 원시시대 사람들의 상상의 산물로 돌리고 있네. 하지만 그 유래가 어떠하든, 드래건은 다양한 미신으로 끈질기게 이어져 왔어. 드래건은 인간의 상상 속에서 여러 가지 모양을 취해왔다네. 예를 들면, 인도의 브리트라(Vrtra;가뭄의 악령으로 뱀의 형상을 하고 있다. – 역주)나 그리스의 히드라(Hydra;그리스 신화에 나오는 괴물로 물 속에 사는 뱀 – 역주)에서 버마의 온순한 드래건이나 유럽 집시들의 드라코스(drakos;거대한 뱀 – 역주)까지 가지각색이네. 그러나 이것들 모두 타이토(Thai-to;중국 명나라의 베트남 지배 야욕을 물리친 레왕조의 창건자 – 역주) 왕이 자신의 황선(皇船)으로 헤엄쳐 가다가 보았다는 커다란 거북에 비하면 아무것도 아니네."

반스는 커리가 조금 전에 가져다 준 모레인쿨러를 홀짝거렸다.

"어떤 나라나 어떤 민족들에도 말일세, 마크햄, 저마다의 드래건이 있다네. 고대 이집트에서조차도 드래건은 세트(Seth;고대 이집트의 남신으로 악의 정령, 악의 신으로 불린다. – 역주)와 얼마간 동일한 존재이네. 세트는 수중 괴물의 모습으로 변해 호루스(Horus;고대 이집트 신화에 등장하는 태양의 신 – 역주)와 싸우기도 했지. 그리고 아니의 파피루스, 즉 '사자의 서(死者-書;고대 이집트에서 미라와 함께 매장한 사후세계의 안내서라고 할 수 있는 두루마리 – 역주)'에 보면, 불을 뿜는 드래건 아폽에 대해 나오는데, 악인을 이 드래건에게 던진다는 대목이 있네. 하지만 드래건이 늘 괴물로만 나오는 것은 아닐세. 기원전 3000년경에 복희(伏羲;중국 고대의 전설상의 제왕 또는 신 – 역주)에게 팔괘(역(易)을 구성하는 64괘의 기본이 되는 괘 – 역주)를 가져다주었다는 용마도 있고, 또 황제가 드래건을 보면 이는 곧 번영이 다가올 징조였다는 얘기도 있네.

사실, 중국 신화는 드래건으로 가득 차 있는데, 그중에는 호의적인 것도 있고 악의적인 것도 있지. 추위안(楚原;B. C. 290년에 부패한 정부를 비관하며 강물에 뛰어들어 자살한 애국시인 - 역주)의 죽음을 기리며 열리는 5월의 축제는 '드래건 페스티벌'이라고 불리네. 페이창팡(費長房;중국의 후한 시대의 도학자 - 역주)의 마술지팡이가 드래건으로 변해 악귀를 쫓는 것을 도왔다는 얘기도 있어. 또 불교신화에는 물고기의 형상과 결합된 드래건에 대한 얘기가 많이 나오는데, 그중에는 용왕(龍王)이 물고기의 몸으로 바다에 휩쓸려갔다는 내용도 하나쯤은 찾아볼 수 있다네……."

마크햄이 재빨리 쳐다보았다.

"그 말을 꺼낸 의도는……."

그가 말을 시작했으나 반스가 가로막으며 말했다.

"아니, 아닐세. 스탬이 수집해놓은 열대어 얘기를 하려는 게 아니네. 나는 그저 드래건 신화 자체에 관심을 보이고 있는 것뿐이야……. 인도차이나의 모든 나라에서는 드래건의 토대를 물고기가 아니라 뱀으로 파악한다는 것을 알 수 있다네. 이러한 착상은 아마도 옛날에 물뱀을 신으로 숭배했던 중국과 일본에서 전해졌을 거네. 인도차이나의 신화에는 초타나그푸르 지방의 전설을 본 딴 드래건 신화가 꽤 많이 있지. 그중에는 나가 민이라는 것도 있는데, 이따금 탑 전체를 빙빙 감아 덮을 수 있을 만큼 길다고 묘사되기도 하네. 버마의 드래건인 갈론은 인도의 가루다(Garuda;힌두교에서 불사조와 동일하게 여기는 황금의 새로, 얼굴과 발은 독수리를, 몸통과 다리는 사람을 닮았다. - 역주)와 비슷하다네. 또 인간을 잡아먹으며 그림자도 보이는 법이 없다는 무시무시한 드래건, 빌루도 있어. 아마 자네도 쿤 아이(Hkun Ai; 버마의 전설상의 영웅 - 역주)와 그의 아내 나가 공주(Naga princess;대개는 인간의 몸을 하고 있으나 드래건 수중 축제 때만 원래의 뱀 같은 모양으로 돌아감 – 역주)의 신화는 들은 기억이 있을 걸세. 쿤 아이가 어느 날 밤 드래건 왕의 딸인 나가 공주와 신하들의 뒤를 밟았다가, 그 지역과 주변의 모든 호수들이 거대하고 꿈틀거리는 녀석들로 뒤덮여 있는 광경을 보게 되었다는 얘기 말일세…….

중국의 한나라 때는 청룡인 탕롱(昇龍)이 동양의 신령이었네. 그리고 버마 카렌족의 전설에서는 드래건이 악마의 화신으로 나오지. 베트남 통킹 지역의 신화에도 드래건이 많이 나오는데, 그곳에는 오늘날까지도 드래건의 비밀 은신처라는 곳들이 존재한다네.

불교와 도교의 설화를 봐도 드래건에 관한 전설 천지네. 심지어는 거대한 린란 사원이 드래건의 머리 위에 지어진 것이라고 믿어지기까지 했네. 하노이라는 도시에는 드래건 수호자도 있었는데, 리 왕조(Ly Dynasty, 1010~1225;10세기 중엽 중국으로부터 독립한 베트남 최초의 영속 왕조 – 역주)의 타이통 왕 때는 베트남의 수도인 그곳에 아예 '드래건 도시'라는 뜻의 탄롱이라는 명칭이 붙었다네.

사실 드래건이 수호를 한다는 개념 또한 전설 속에서 아주 오랫동안 이어져 왔지. 인도 라즈푸타나에 있는 포크하르에는 신성한 호수가 있는데, 전설에 의하면 그 호수는 옛날에 근교의 버마 사원을 지키는 드래건이 살았던 곳이라고 하네……. 시암의 전설에도 드래건은 넘쳐나지. 아마도 인도에서 브라만교(고대 인도에서 불교보다 먼저 브라만 계급을 위주로 '베다'를 근거로 하여 생성된 종교 – 역주)와 뱀 숭배가 들어오면서 드래건도 같이 전해졌을 걸세. 시암의 드래건은 주로 동굴이나 물 속에서 살았네……."

반스는 고개를 들어 깊은 생각에 잠긴 눈빛으로 하늘을 쳐다보았다.

"물이라는 주제가 이러한 고대 미신의 여기저기에서 어떻게 전해지는지 잘 들어보게."

그가 계속 이어 말했다.

"가장 의미심장한 이야기는 아마 일본에서 유래된 이 얘기일 걸세. 9세기에 신곤(眞言) 불교를 창시한 고보 다이시(弘法大師)에 관한 이야기인데, 그는 코즈케(上野)의 개울물을 보고 드래건에 해당하는 표의문자를 생각해내게 되었다고 하네. 그런데 그가 드래건의 표의문자를 다 완성하자마자 그 문자가 진짜 드래건이 되어 개울물 위로 올라갔지. 그 이후로 죽 드래건이 그 위를 떠다닌다고 믿어지고 있네. 이 미신은 분명, 산 속에 위치한 개울에서 끊임없이 자욱이 피어오르는 안개 때문에 생겨났을 걸세.

이와 유사한 얘기가 또 하나 있지. 레러이(黎利)의 검(劍)이, 비취색의 드래건으로 변해 신성한 호수의 물 속으로 사라졌다는 이야기 말일세. 그 호수는 오늘날까지도 '대검의 호수'로 불리고 있다네. 그리고 또, 일본의 이즈모(出雲;현재의 시마네현 - 역주) 지방에 내려오는 전설 중에는 수중 드래건에 관한 것이 있네. 이 드래건은 매년 처녀 한 명을 제물로 바치라고 요구했는데, 수사노오(須佐之男;폭풍의 신으로, 태양의 여신인 아마테라스의 동생이다. - 역주)가 드래건이 강물 위로 나왔을 때 어찌어찌 해서 처치했다고 하는 내용일세. 당연히 그 영웅은 그렇게 해서 구해낸 젊은 아가씨와 결혼을 했고 말이지…….

일본의 신화는 중국의 신화와 마찬가지로 용왕에 대한 내용들이 그득하네. 특히 신토(神道;원시적 부족신앙의 일종임 - 역주) 이야기에 많이 등장하지. 용왕과 관련된 이러한 전설 중 가장 의미 있는 것은 중국 황제가 배 한 척에 보물을 실어 일본으로 보낸 이야기일세. 이 배가 항해하는 도중에, 폭풍우에 휘말려 항상 부처의 상이 비친다는 값을 매길 수 없을 만큼 귀한 수정을 잃어버리게 됐네. 사람들은 이를 두고 사누키(讚岐) 앞바다의 깊은 물 속에 사는 용왕이 훔쳐갔다고 믿었지. 어느 가난한 여자 어부가 용궁에서 그 수정을 되찾아 왔고, 그

상으로 그녀의 하나뿐인 아이는 고귀한 후지와라 가문에 들어가 자라게 되었다는 이야기네. 이 또한 물을 주제로 한 이야기이지, 마크햄…… 토다(戶田;전설 속의 용감한 무사 - 역주)가 독화살로 커다란 지네를 죽여서 비와호(琵琶湖)에 사는 드래건 일족을 구했다는 얘기는 자네도 들어봤겠지?"

마크햄이 성난 투로 말했다.

"아니, 들은 기억 없네. 그런데 뭣 때문에 이런 얘기들을 계속 늘어놓는 건가?"

"이보게, 드래건 신화는 누구나 재미있어할 만한 얘기 아닌가."

반스가 대꾸했다. 그런 다음 부드러운 어조로 말을 이었다.

"이란의 신화도 드래건 얘기로 무궁무진하네. 게다가 대부분이 물과 관련되어 있기도 하지. 사실, 그곳 사람들은 신이 구름 속에 숨어 있던 드래건을 죽여서 지구의 물이 생겼다고 믿는다네. 인드라(Indra;고대 인도의 무용신(武勇神)으로, 소아시아, 메소포타미아, 이란에도 알려져 있다. - 역주)라는 신은, 벼락을 내리쳐 가뭄의 드래건을 죽였다네. 아프트야의 아들 트리타(Trita;리그베다의 신화에 나오는 반신성(半神性)의 영웅 - 역주)도 비스바루파라는 머리 셋 달린 드래건을 죽였네. 또 스르브라(Srvra;뿔이 달린 초록색 드래건 - 역주)라는 드래건을 죽인 케레사스파(Keresaspa;조로아스터교 신화 속의 영웅 - 역주)나, 중간에 끼여들어 그를 도왔던 차라투스트라(Zarathustra, B. C. 630?~B. C. 553?;고대 페르시아종교 조로아스터교의 창시자 - 역주) 이야기도 있네. 미누치르의 부하인 사암은 수많은 드래건과 맞섰는데, 그 가운데서도 카스하프 강에 살던 드래건과의 결투가 특히 대단했네. 게다가, 이란의 전설에는 아후라 마즈다(Ahura Mazdah;조로아스터교의 주신 - 역주)와 양어깨에 뱀들이 튀어나와 있는 괴물 아지에 관한 이야기도 있네. 또 중앙예술 박물관에 있는 페르시아의 샤나마(Shahnamah;이란의 시인 피르다

우시가 민족의 전설과 역사를 시편에 담아 노래한 장편 서사시 – 역주) 필사
본에 보면, 드래건과 싸우고 있는 구쉬타스프(Gushtasp;아프카니스탄
북부의 고도(古都)인 발흐 지역을 다스렸던 현명한 왕으로, 페르시아 제국을
건설한 아케메네스왕조의 다리우스 대왕의 아버지로 추정된다. – 역주)의 그
림이 생생하게 그려져 있지."

마크햄이 한숨을 내쉬며 말했다.

"설마 내게 중앙 예술 박물관에 가서 그 필사본을 살펴보라고 하지
는 않겠지."

반스는 마크햄이 빈정거리는 것에 개의치 않고 설교를 계속했다.

"아르메니아 신화에는 메디아의 왕, 아즈다하크가 나오네. '드래건'
이라는 뜻의 이름을 가진 그 왕은 티그라네스와 싸워서 패한 후에 할
수 없이 가족을 데리고 아르메니아에 가서 정착했다네. 드래건들의
어머니였던 아누쉬가 바로 아즈다하크의 첫 번째 왕비였다고 하네.
그리고 여기에서, 아마도 옛 노래에 종종 나오는 새끼 드래건이 유래
되었을지도 모르네…… 아르메니아의 신들 중 가장 유명한 바하근은
'드래건 퇴치사'로 정평이 나 있고, 훗날 신화의 통합기에 와서는 헤
라클레스와 동일시되었네. 또 마케도니아에도 드래건이 있었는데, 인
도의 '브리트라'나 아르메니아의 '비샵(Vishap;아라라트 산에 산다는 맹독
을 갖고 있는 거대한 괴물용 – 역주)'과 밀접하게 관련되어 있어. 이 마케
도니아의 드래건은 엄청나게 크고 무시무시한 괴물이네. 하지만 모든
아르메니아 신화에서, 드래건은 다른 원시 민족들의 신화와 마찬가지
로 기상과 연관되어 있지. 그래서 회오리바람과 해상 회오리, 호우,
천둥번개, 폭우 등을 상징한다고 여겨졌다네. 또 때로는 기상적인 드
래건 같기도 하고 종말론적인 드래건 같기도 한 것들도 있었지……
드래건에 물의 개념이 연관된 예는 마야인들의 기록에서도 찾을 수
있다네. 키리과(Quirigua;과테말라 서부의 카리브해 연안에 가까운 삼림지

대 - 역주)에 있는 커다란 의식용 돌기둥은 '대(大)거북' 혹은 '드래건'
이라고 불리는데, 마야의 종교의식에서 중요한 역할을 했던 것일세."

반스는 음료를 홀짝이며 마크햄을 쳐다보다가 물었다.

"내 얘기가 그렇게 못견딜 만큼 지루한가?"

마크햄은 입을 굳게 다물고는 한 마디도 하지 않았다. 반스는 한숨
을 내쉬며 의자에 좀 더 편한 자세로 앉았다. 그리고 하던 말을 계속
이어나갔다.

"셈족의 신화에서, 드래건은 중대하면서도 사악한 역할을 했네. 바
빌로니아의 창조 서사시에서 보면, 티아마트(Tiamat;원초 바다의 인격신
으로, 세계를 낳은 여성적 요소로 여겨진다. - 역주)의 뱃속에서 나온 드래
건들이 폭풍의 신인 벨과 거대한 바람인 임훌루에 떠밀려갔다는 대목
이 나오네. 이 11마리 드래건은 하부 지역의 신들이 되었고, 훗날 점
성가들이 여러 별자리와 결부시켜 놓았지. 아시리아의 반인반어도 혼
돈의 드래건 중 하나로, 별자리 중 물병자리를 상징했네. 그리고 창
조 신화에서 니누르타(Ninurta;메소포타미아 신화에 나오는 태양신, 폭풍
의 신이기도 하다. - 역주)는 아누(Anu;바빌로니아 판테온의 최고의 신 - 역
주)와 엔릴(Enlil;수메르 및 바빌로니아의 신. 하늘, 바람, 폭풍우 등을 지배
하고 인간의 운명도 다스린다. - 역주)에게서 우슘갈, 즉 용을 정복하라는
명령을 받네……."

반스는 잠시 말없이 담배를 피웠다.

"그리스와 로마 신화에도 그들 특유의 드래건이 있었네. 벨레로폰
(Bellerophon;그리스 신화에 나오는 코린토스의 왕자 - 역주)에게 죽임을
당했던, 무시무시한 불을 내뿜는 키메라의 몸 일부는 사자, 일부는 염
소, 또 일부는 드래건이었네. 헤스페리데스(Hesperides;그리스 신화에
나오는 여신으로, 아이글레와 아레투사, 헤스페리아 등 3명을 가리키나 다른
설에서는 4명 또는 7명이라고도 한다. - 역주)의 황금사과나무는 머리가

아홉 달린 불사의 드래건이 지키고 있었지. 그리고 참, 카드모스 (Cadmus;페니키아의 왕 아게노르의 아들 - 역주)가 퇴치하고 그 이빨을 땅 위에 뿌렸다는 드래건 얘기도 있잖나. 켈트족의 신화에서도 페이스트(péist) 혹은 베이스트(béist)라는 드래건들을 찾을 수 있지. 둘 다 라틴어인 베스티아(bestia)에서 유래되어 그렇게 불린 것 같은데, 다양한 파충류의 형상을 하고 호수에서 산다고 묘사되어 있네. 성인들이 이 괴물들을 죽였다는 얘기가 수없이 등장하는가 하면, 드래건이 5월제 선날에 비명을 지르면 루드(Lludd;켈트 신화에 나오는 벨리신의 아들. 벨리는 벨레누스신과 동일시되며, 의술과 빛의 신으로 알려졌으나 태양신으로 추측된다. 또 바다와도 관계가 있어 파도는 벨리의 가축이며, 바닷물은 벨리의 술이라고 한다. - 역주)가 드래건을 산 채로 매장하기 전까지 그 땅은 불모지가 된다고 믿어지기도 했다네. 루칸의 서사시에도 드래건들이 작은 숲의 오크나무들을 에워싸고 있는 대목이 있네. 또 우묵하게 파인 바위 안에서 잠을 자는 멀린(Merlin;아서왕 이야기에 등장하는 마법사이자 현인 - 역주)의 두 드래건은 맞닥뜨리기만 하면 서로 싸웠다고 하는군. 클리아크의 하프 연주 소리가 들리면 땅 속에서 나오는 드래건도 있었지……."

마크햄이 따분한 어조로 투덜거렸다.

"우리에게 하프가 없어서 유감이군."

반스는 딱하다는 듯이 고개를 흔들었다.

"이보게, 마크햄! 자네가 고대 전설에 그다지도 열정이 없다니 안타깝군. 하지만 지금 우리는 어느 정도 드래건을 다루고 있는 실정이라, 드래건에 관한 미신을 전적으로 무시할 수 없는 형편이니 참고 들어보게나. 우선 5000년 전의 드래건에 대한 개념은, 인간이 원하면 마음대로 관점을 바꿀 수 있는 성질의 것이었네. 만주에서는 5개의 발톱을 가진 드래건은 우호적이며 권력의 상징이었지만, 3개의 발톱을 가진 드래건은 적대적이며 죽음과 파괴의 상징이었네."

"됐네, 됐어!"

마크햄이 경계하는 눈빛으로 쳐다보았다.

"3개의 발톱자국과 함께 풀에 찍혀 있던 자국을 내게 환기시키려고 그러는 건가?"

"전혀 아닐세. 단지 우리의 수사에 빛을 던져줄 수도 있고, 아닐 수도 있는 자질구레한 사학 자료 몇 가지를 늘어놓으며 자네를 지루하게 하고 있을 뿐이네. 어쨌든 드래건의 모양새는 천차만별이라네. 머리에 수염이 난 모습으로 묘사된 것들이 있는가 하면, 몸에 비늘이 있는 것들도 있고, 뿔이 난 것들도 있네. 하지만 우리가 풀의 바닥에서 봤던 자국들과 꼭 같은 모양의 발톱을 가지고 있지 않은 드래건은 하나도 없네."

반스는 자세를 약간 고쳐 앉고 나서 말을 계속했다.

"신화에는 날개 달린 드래건이 많이 나온다네, 마크햄. 그 드래건들은 외진 못이나 호수, 그리고 바다 밑에 살지만, 날 수 있어서 종종 자신들의 희생자들을 엄청나게 먼 곳으로 가져다놓기도 했지. 그런 드래건의 예를 들자면, 트립톨레모스(Triptolemos;그리스 신화에 나오는 농업을 전파한 인물 - 역주)의 수레를 하늘로 끌어 날랐던 날개 달린 드래건들이 있네. 또 자네도 알겠지만, 메디아(Medea;그리스 신화에 나오는 젊고 아름다운 마녀 - 역주)가 자기 자식들을 죽인 후에, 헬리오스(Helios;그리스 신화의 태양신 - 역주)가 보내준 날개 달린 드래건이 끄는 마차를 타고 아테네로 도망가지 않았나."

마크햄은 일어서서 천천히 왔다갔다했다.

"지금까지 늘어놓은 드래건의 전설이 몬테규의 죽음과 무슨 관련이 있단 말인가?"

그가 마침내 질문을 던졌다.

"솔직히 나도 전혀 감이 잡히지 않네."

반스가 한숨을 쉬며 말했다.

"하지만 알공킨족 인디언의 신화는 이 고대의 드래건 신화와 완전히 일치한다네. 그리고 인우드의 '드래건 풀'에 이름을 붙인 것도 이 인디언들이었으니, 그 풀에 부여된 미신도 그들이 지어낸 것이라는 얘기가 되네. 알공킨족 신화에서 빼놓을 수 없는 영웅은 마나보조라는 이름의 '위대한 산토끼(Great Hare)'인데, 이 산토끼는 거인과 식인종, 마녀들과 용감하게 싸웠네. 하지만 이 산토끼가 거둔 승리 중 단연 돋보이는 것은 인간을 잡아먹던 거대한 물고기, 혹은 거대한 뱀이라고도 불리는 괴물을 죽인 일이었지. 이 괴물은 워터드래건으로, 바로 아망게목돔이었지. 아망게목돔은 바다의 지배자였고, 즐겨하는 소일거리 중 하나가 어부를 잡아먹는 일이었네……. 이제 고대신화와 유사점이 얼마나 많은지 이해가 가나? 그리고 마크햄, 우리는 지금 냉철한 실제 사실만 다루고 있는 게 아니라 사악한 미신도 다루고 있는 중일세. 그러니 둘 중 어느 하나도 소홀히 해서는 안 되는 거지."

마크햄은 안절부절하며 어쩔 줄을 몰라 했다. 그는 옥상정원의 난간으로 걸어가 잠시 동안 맨해튼 시를 바라보았다. 그런 다음 자리로 돌아와서 반스를 마주보고 섰다.

그가 어쩔 도리가 없다는 듯한 몸짓을 취하며 말했다.

"좋네, 자네의 말이 맞다 치세. 허나, 그렇더라도 어떻게 수사를 진행할 셈인가?"

반스가 침울하게 대답했다.

"사실 지금으로서는 명확한 계획을 세우지 못했네. 하지만 내일 아침 일찍 스탬 저택에 가볼 작정일세."

마크햄이 퉁명스러운 얼굴로 고개를 끄덕이며 말했다.

"자네가 그래야겠다고 생각한다면, 부디 가보게나. 하지만 혼자 가

야 할 걸세. 내일은 내가 사무실에서 처리해야 할 일이 많아서 말이
야."

하지만 반스는 혼자 가지 않았다. 그날 밤 스탬 저택에서 예상 밖
의 불가사의한 사건이 벌어졌기 때문이다. 다음날 아침 9시가 막 지
났을 무렵 마크햄이 반스에게 전화를 걸어왔다. 히스가 지방검사 사
무실로 전화를 걸어 그리프가 감쪽같이 사라졌다고 보고한 모양이었
다.

제*15*장 한밤중에 들린 소리

8월 13일 월요일 오전 9시 30분

우리는 10시 이전에 스탬 저택에 도착했다. 마크햄은 반스와 전화 통화를 끝내자마자 사무실을 나왔고, 스탬 저택으로 가는 도중에 우리를 태우기 위해 38번가에 잠시 멈추었다. 마크햄은 몬테규의 살인 사건이 던져준 충격에 마음을 빼앗긴 터에, 그리프의 실종 소식까지 전해지자 억누를 수 없는 힘에 이끌려 적극적으로 행동에 나선 듯했다. 차를 몰고 가면서 그는 이 새로운 국면을 통해 처음으로, 사건 전체의 확실한 의미를 깨닫게 되었다고 우리에게 털어놓았다. 그래서 이제 자신의 다른 모든 업무를 제쳐놓고 이 사건을 직접 담당하고 나선 것이었다.

마크햄이 말했다.

"나는 처음부터 그리프에게 혐의를 두고 있었네. 그 사람한테서는 뭔가 사악한 분위기가 풍기거든. 그래서 처음부터 그가 몬테규의 죽음에 관계되었을 거라는 느낌을 받았네. 그가 달아났으니 이제 우리는 확실한 목표를 향해 수사를 진척시킬 수 있게 됐어."

"나는 그렇게 생각지 않네."

반스가 그의 의견에 반대하며 말했다. 그는 눈살을 찌푸리며 생각에 잠겨 담배를 피웠다.

"아직까지는 사건이 그렇게 간단하게 풀릴 것 같지 않아. 그리프가 왜 일행을 떠나서 자신에게 혐의가 돌아가도록 하겠나? 우리는 그에게 불리한 증거를 하나도 갖고 있지 않잖나. 게다가 그는 자신이 달아나면 도시의 모든 경찰 조직이 움직일 거라는 사실을 분명히 알고 있었을 걸세. 그런데도 그가 그렇게 했다면 참으로 어리석은 행동이 아닌가, 마크햄. 지독히도 바보 같은 짓이란 말일세. 하지만 나는 그리프가 그렇게 어리석은 사람이라는 느낌을 받지 못했네."

마크햄이 말을 꺼냈다.

"두려움……."

반스가 그의 말을 가로챘다.

"그는 두려움을 모르는 사람일세."

"파티에 참석한 다른 사람이 달아났다면 보다 이치에 맞았을 걸세……. 몹시 혼란스럽군."

마크햄이 퉁명스레 반박했다.

"그가 사라졌다지 않나. 저택에 가보면 자세히 알게 되겠지."

"그럼, 그렇겠지."

반스는 이렇게 대꾸하고 더 이상 입을 열지 않았다.

우리가 스댐 저택에 도착하자 히스가 현관에서 언짢은 얼굴로 우리를 맞으며 하소연하듯 말했다.

"지독히도 바보 같은 짓을 했지 뭡니까. 제가 눈을 떼지 않고 지켜봤던 유일한 용의자가 자취를 감춰버렸으니 말입니다."

반스가 한숨지으며 말했다.

"안됐군……. 정말 안됐어. 그렇더라도 기운을 내고 자초지종을 어디 말해보게나."

히스는 앞장서 응접실로 들어가서 단호한 자세로 벽난로 앞에 자리를 잡았다.

그는 마크햄을 향해 이야기를 꺼냈다.

"우선 어제 오후에 실시한 조사에 대해 보고 드리겠습니다. 저희가 할 수 있는 최대한의 노력을 기울여, 그 브루엣이라는 여인을 조사했지만 행방을 찾지 못했습니다. 더군다나 지난 4일 동안 남미로 떠난 배는 한 척도 없었답니다. 그녀가 스탬에게 남미로 떠나게 됐다고 했던 말은 거짓 핑계였던 듯합니다. 그녀가 묵었을 법한 호텔들을 모두 조사해봤습니다만 아무런 성과도 얻지 못했습니다. 그리고 이상한 점이 또 있습니다. 그녀는 지난 2주 동안 유럽에서 도착했던 선박의 탑승사 명난에도 올라 있지 않았습니다. 생각해 보십시오. 그 여인에게는 뭔가 석연찮은 점이 있습니다. 그러니 제 부하들이 그녀의 거처를 알아내면 그녀를 통해 많은 사실들이 보다 명확하게 밝혀질 겁니다."

반스가 너그러운 미소를 지으며 말했다.

"자네의 직업적인 열정을 꺾고 싶은 생각은 없네, 경사. 하지만 자네가 그 여인을 찾지 못할 것 같아 걱정이 되는군. 그녀는 지나치게 피상적이거든."

마크햄이 딱딱거리며 말했다.

"그게 무슨 말인가? 이스트로드에 자동차를 세워놓고 기다린다고 편지에 써 있었잖나."

"알다시피 문제의 그 여인이 운전석에 없었을 가능성도 충분히 있지 않은가……. 경사, 사실 나는 그녀에 대해서는 신경 쓰지 않는다네."

반스가 상냥한 말투로 대꾸했다.

"저는 그 여인을 찾는 중입니다. 그리고 계속 그녀를 찾을 생각이고요."

히스는 호전적인 태도로 강력히 주장했다. 그리고는 마크햄에게로 다시 시선을 돌렸다.

"몬테규에 대해서는 우리가 이미 알고 있는 사실 말고는 아무것도 알아내지 못했습니다. 늘 멋진 여인과 교제를 했더군요. 하지만 뭐, 잘생긴 배우 아닙니까? 그는 언제나 여유가 있었던 것처럼 보입니다. 돈을 물 쓰듯 쓰면서 호화롭게 살았더군요. 그런데 그는 일을 많이 한 편도 아니었습니다. 아무도 그의 돈이 어디에서 나오는지 알지 못하더군요."

마크햄이 물었다.

"토요일 밤 이스트로드에 있었던 자동차에 대한 새로운 소식은 없나?"

히스가 넌더리를 내며 말했다.

"없습니다. 인우드에서 자동차를 보았거나, 그 소리를 들었다는 사람을 한 명도 찾지 못했습니다. 더욱이 페이슨 애버뉴에서 근무하던 교통순경은 그날 밤 9시 이후로 인우드에서 나오는 차량이 한 대도 없었다고 분명히 말했습니다. 그는 8시 정각부터 순찰을 돈다고 합니다. 그러니 언덕을 따라 내려오는 어떤 자동차라도 볼 수 있었을 겁니다……."

히스가 덧붙여 말했다.

"하지만 전조등을 끄고 언덕길을 내려갔을지도 모릅니다."

반스가 애매한 투로 말을 꺼냈다.

"아니면 인우드를 절대 떠나지 않았을지도 모르지."

마크햄은 재빨리 그를 힐끗 보았다.

"그 말의 속뜻이 뭔가?"

그가 다그치듯 물었다. 반스는 대수롭지 않다는 듯한 몸짓을 하며 어깨를 으쓱했다.

"어허, 이 사람아! 내가 내는 의견에는 모두 숨겨진 의미가 꼭 있어야 한다는 건가?"

마크햄이 퉁명스레 물었다.

"그밖에 다른 소식은 없나, 경사?"

"음, 저희는 하인들을 여기 응접실에 불러다 놓고 심문을 했습니다. 요리사와 하녀 말입니다. 그리고 창백한 얼굴의 집사도 다시 조사했지요."

히스는 얼굴을 찡그렸다.

"하지만 제가 알아낸 거라고는 우리가 지난 이틀 동안 들었던 뜬소문의 범주를 크게 벗어나지 못했습니다. 그들은 아무것도 모르더군요. 그래서 감시 대상 명단에서 제외해 버렸습니다."

반스가 낮은 목소리로 끼여들었다.

"집사는 가능성이 없네, 경사. 그는 아무것도 알지 못할 걸세. 그처럼 의심스러운 기미가 전혀 보이지 않는 눈빛을 가진 사람은 아무도 없을 거네."

히스는 눈을 가늘게 뜨고 반스를 주의 깊게 쳐다보더니 말했다.

"집사를 좋게 평가하시는군요, 반스 씨. 하지만 제 눈에는 그가 지나치게 교활해 보입니다. 게다가 그는, 설령 이 사건에 대해 뭔가 도움을 줄 수 있다고 하더라도 아무것도 알려주지 않을 위인입니다."

"자네가 이 사건의 해법을 집사가 쥐고 있다고 그토록 확신할 줄은 미처 예측하지 못했네."

반스가 고쳐 말했다.

"나는 그저 물고기를 좋아하는 트레이너가 생각이 풍부하다는 사실을 암시하려 했을 뿐이었지……. 그런데 여보게, 알렉스 그리프의 기막힌 실종 소식은 어떻게 된 건가? 그가 행방불명되었다니 흥미가 이는군."

히스는 꼿꼿이 서서 숨을 깊이 들이쉬었다.

"그는 밤사이에 몰래 달아났습니다. 그것도 아주 교묘하게 말입니다. 저는 이곳에 11시까지 있었습니다. 사람들이 모두 자기들 방으로 물러날 때까지요. 그리고 나서 스니트킨에게 책임을 맡기고 집으로 돌아갔습니다. 동쪽 출입문과 현관문에 각각 형사 한 사람씩을 배치시켜 놓았지요. 그리고 헤네시는 저택의 남쪽 경계를 지키도록 했고, 살인수사과의 또 다른 형사에게는 둑 아래쪽에서 볼튼 로를 감시하라고 일러놓았습니다. 저는 오늘 아침 8시 30분에 저택으로 돌아왔는데, 그리프는 사라진 뒤였습니다. 그의 아파트와 사무실에도 가보았지만 그는 어느 곳에도 나타나지 않았습니다. 깨끗이 달아나버린 겁니다…….”

반스가 물었다.

“그런데 그가 사라졌다고 자네한테 알린 사람이 누군가?”

“집사입니다. 저는 그를 문간에서 만났습니다.”

“아, 집사……! 집사란 말이지.”

반스는 잠시 생각에 잠겼다.

“그가 자신의 생각을 읊어대도록 해보는 게 어떻겠나.”

“그렇게 하지요.”

히스가 응접실을 나갔다가 잠시 후에 트레이너를 데리고 돌아왔다. 그 사내의 얼굴은 죽은 사람처럼 핏기가 하나도 없었다. 그리고 며칠 밤 동안 수면을 취하지 못한 사람같이 눈 밑이 움푹 들어가 있었다. 부석부석한 얼굴 모양이 마치 플라스틱 가면이라도 뒤집어쓴 형상이었다.

반스가 물었다.

“그리프 씨가 사라졌다는 사실을 처음 안 사람이 자네였나?”

“예, 나리……. 말하자면 그렇습니다, 나리.”

그는 똑바로 응시하는 반스의 눈길을 제대로 바라보지도 못했다.

“그리프 씨는 아침식사를 하러 내려오시지 않았습니다. 그래서 주인님이 저보고 2층에 가서 그리프 씨를 모셔오라고 하셨습지요…….”

"그때가 몇 시쯤 되었나?"

"8시 30분쯤 됐을 겁니다요, 나리."

"그때 나머지 사람들은 모두 아래층에 있었나?"

"그렇습니다, 나리. 나머지 분들은 모두 식당에 계셨답니다. 아시는지 모르겠지만, 보통 때와 달리 이른 시간이었습죠. 헌데 간밤에 모두 잘 주무시지 못했던 듯싶습니다. 리랜드 씨와 스탬 양은 7시 전에 아래층으로 내려오셨고, 또 다른 분들도 얼마 안 있어 뒤따라 내려오셨거든요. 그러니까 그리프 씨를 제외한 다른 모든 분을 말씀드리는 겁니다, 나리."

"그런데 어젯밤에 모두 일찌감치 각자의 방으로 올라갔나?"

"그렇습니다, 나리. 꽤 이른 시간이었습죠. 제가 11시경에 아래층의 전등을 껐으니까요."

"맨 마지막에 침실로 올라간 사람이 누구였나?"

"스탬 씨였습니다, 나리. 주인님은 또 과음을 하셨답니다. 이런 말씀을 드리는 걸 용서해 주시리라 생각하지만, 이제 입을 다물고 있을 때가 아니지 않습니까? 그렇지 않습니까, 나리?"

반스는 상대방을 유심히 살펴보았다.

"자네 말이 맞네, 트레이너. 아무리 사소한 일이라도 우리에게 큰 도움이 될지도 모른다네. 그러니 우리에게 정보를 제공한다고 해서, 자네가 신의를 저버렸다고 스탬 씨가 오해하는 일은 없을 걸세."

집사는 마음이 놓이는 것처럼 보였다.

"감사합니다, 나리."

반스가 이어 말했다.

"자, 트레이너, 이제 오늘 아침 상황에 대해 말해 보게. 8시 30분에 스탬 씨가 그리프 씨를 불러오라고 자네를 보냈다고 했지. 그래서 자네는 어떻게 했나?"

"저는 그리프 씨의 방으로 가서 문을 두드렸습니다, 나리. 그리프 씨의 방은 주인님의 방에서 복도를 따라가면 있습니다. 아무런 응답이 없어서 저는 다시 노크를 했습니다. 몇 번인가 더 노크를 한 뒤에 저는 조금 걱정이 되었지요. 이 댁에선 기이한 일들이 일어나고 있으니까요, 나리……."

"맞네, 맞아. 아주 기이한 일들이 일어나고 있다네, 트레이너. 그런데 계속 말해 보게. 그래서 자네는 어떻게 했나?"

"저는…… 저는 문을 열어보려고 했습니다."

그는 눈동자를 이리저리 움직였으나 우리 중 누구도 쳐다보지 않았다.

"문이 잠겨있지 않더군요. 그래서 문을 열고 방 안을 들여다보았지요……. 저는 침대에 잠을 잔 흔적이 없는 것에 주목했습니다. 그리고 아주 기묘한 느낌이 들었답니다……."

"어떤 느낌이었는지 우리에게 알려주게나, 트레이너."

반스는 초조해하고 있었다.

"자네가 어떻게 했는지 우리에게 말해주게."

"저는 방에 들어갔습니다, 나리. 그리고 그리프 씨가 그곳에 계시지 않다는 것을 확인했습지요. 저는 곧바로 식당으로 돌아가서 스탬 씨에게, 주인님께만 얘기드릴 게 있다고 조심스레 말씀드렸습니다. 주인님은 복도로 나오셨고, 전 그리프 씨가 계시지 않다는 사실을 알려드렸지요."

"스탬 씨가 뭐라고 말했나?"

"주인님은 아무 말씀도 하지 않으셨습니다, 나리. 그렇지만 얼굴에 야릇한 표정이 떠오르셨지요. 주인님은 얼굴을 찌푸린 채 계단 아랫부분에 서 계셨습니다. 그리고 잠시 뒤에 주인님은 저를 한쪽으로 밀어젖히고 이층으로 뛰어올라 가셨지요. 저는 식당으로 다시 돌아가서 아침식사 시중을 계속 들었습니다."

이 시점에서 히스가 끼여들어 다시 이야기를 시작했다.

"스탬이 2층에서 내려왔을 때에 마침 저는, 현관에 있었습니다. 스탬은 정말 야릇한 표정을 짓고 있더군요. 하지만 저를 보자 곧장 다가와서, 그리프가 사라졌다고 말했습니다. 저는 잠시 주위를 살펴보고 나서 경계 근무를 섰던 부하들에게 질문을 했습니다. 허나 그들은 저택에서 떠나는 사람을 아무도 보지 못했다고 합니다. 그리고 나서 제가 마크햄 씨에게 전화를 걸었던 겁니다."

무슨 영문인지 반스는 몹시 불안한 것처럼 보였다.

"기가 막히군."

그는 담배에 불을 붙이느라 바삐 움직이며 중얼거렸다. 불을 붙이고 나서 그는 집사에게로 눈길을 돌리며 물었다.

"그리프 씨가 지난밤에 몇 시에 위층으로 올라갔나?"

"정확히는 말씀드릴 수 없습니다, 나리."

그는 점점 눈에 띄게 불안해하고 있었다.

"하지만 그리프 씨는 가장 늦게 방으로 올라가셨던 분들 중 한 분이었지요."

"그럼, 자네는 몇 시에 방으로 갔나?"

집사는 앞으로 걸어 나와 고개를 쑥 내밀고는 간신히 침을 꿀꺽 삼켰다.

"11시 조금 지나서였습니다, 나리."

그는 긴장된 목소리로 대답했다.

"저는 이 신사분이 돌아가시자마자 문단속을 했습지요."

그는 이 말을 하면서 히스를 가리켰다.

"그 다음에 곧장 제 방으로 갔습니다."

"자네 방은 어디에 있나?"

"아래층의 저택 뒤편에 있습니다, 나리. 부엌 옆에요."

그의 음성에서 기이한 억양이 느껴져 나는 어리둥절해졌다.

반스는 의자에 더 깊숙이 들어앉아 다리를 꼬았다.

"이보게, 트레이너, 어젯밤에 자네 방으로 돌아간 뒤에 무슨 소리를 들었나?"

반스가 느릿느릿 물었다.

집사는 깜짝 놀라서 숨을 들이켰고, 손가락에 경련을 일으키기 시작했다. 반스의 질문에 집사가 대답하기까지 잠시 시간이 걸렸다.

"들었습니다."

그는 정밀한 기계처럼 또렷한 목소리로 말했다.

"누군가 옆문의 빗장을 빼내는 소리를 들었습니다."

"풀로 내려가는 계단으로 나가는 문인가?"

"그렇습니다, 나리."

"그밖에 또 다른 소리를 들었나? 무슨 발자국 소리라도?"

트레이너는 고개를 절레절레 흔들었다.

"듣지 못했습니다, 나리. 그밖에는 아무 소리도요."

그 사내는 애매한 표정으로 방 안 이곳저곳으로 시선을 옮겼다.

"아무 소리도 듣지 못했어요, 나리. 한 시간쯤 지나고 나서……."

"아! 그럼, 그때에는 무슨 소리를 들었나?"

"빗장을 잠그는 소리를 들었습니다……."

"그밖에 다른 소리는?"

반스는 자리에서 일어나서 엄격한 얼굴로 집사와 마주섰다. 트레이너는 한두 걸음 뒤로 물러섰고 손가락의 경련 횟수도 증가했다.

"저는 누군가 위층으로 올라가는 소리를 들었습니다……. 아주 조용히 올라가는 소리를요."

"어느 방으로 말인가?"

"저는…… 저는 잘 모르겠습니다, 나리."

반스는 집사를 잠시 동안 냉담한 눈길로 바라보았다. 그러다가 몸을 돌려 의자로 되돌아갔다.

"자네는 그게 누구였다고 생각하나?"

그가 느릿한 말투로 물었다.

"아마도 주인님이 잠시 산책을 나가셨던 거라고 생각합니다."

반스는 너그러운 미소를 지었다.

"정말인가? 이보게, 트레이너, 자네가 정말 그 사람이 스탬 씨일 거라고 생각했다면 지금처럼 몹시 당황해하지 않았을 걸세."

"그렇지만 달리 어떤 분이 나가실 수 있었겠습니까, 나리?"

그 사내는 가냘픈 목소리로 반박했다.

반스는 잠시 동안 말이 없다가 다시 입을 열었다.

"이것으로 됐네, 트레이너. 리랜드 씨에게 우리가 여기서 뵙고 싶다고 좀 전해 주겠나?"

"그럼요, 나리."

집사는 심문이 끝나자 눈에 띄게 안도하며 응접실을 나갔다. 그리고 얼마 안 있어 리랜드가 응접실로 들어왔다. 그는 태연한 얼굴로 파이프를 피우면서 평소보다 더 신중한 태도로 우리에게 인사를 건넸다.

반스가 밑을 *써냈다.*

"리랜드 씨, 아시다시피, 그리프 씨가 오늘 아침에는 보이지 않는군요. 이것에 대해서 뭔가 적당한 설명을 하실 수 있으십니까?"

리랜드는 난감한 표정으로 탁자 옆에 있는 의자에 털썩 주저앉더니 말했다.

"아니오. 저는 그가 어째서 달아나야 했는지 그 이유를 전혀 모르겠습니다. 그는 무슨 일이 있든 도망치는 그런 사람이 아닙니다."

반스가 고개를 끄덕이며 말했다.

"제가 받은 인상과 다르지 않군요. 그 일에 대해서 집안의 다른 사람들과 이야기를 나눠보셨습니까?"

리랜드는 천천히 고개를 끄덕였다.

"예, 우리는 아침식사 시간은 물론이고, 식사 후에도 그 일에 대해 의견을 나눴습니다. 모두 어리둥절한 것처럼 보이더군요."

"당신은 간밤에 그가 집에서 나가려고 할 때 어떤 소리라도 들었습니까?"

리랜드는 선뜻 대답하지 못하고 머뭇거렸다.

"예."

마침내 그가 대답했다.

"하지만 저는 밖으로 나간 사람이 그리프가 아니었다는 것을 암시할 만한 소리 또한 들었습니다."

"옆문의 빗장이 벗겨진 뒤에 한 시간쯤 지나서 다시 빗장을 잠그는 소리가 났다는 걸 말씀하시는 겁니까?"

리랜드는 가볍게 놀라며 그를 쳐다보며 말했다.

"예, 바로 그 소리를 말한 겁니다. 자정 직후에 누군가 옆문을 통해 밖으로 나갔습니다. 하지만 그 뒤에 누군가 다시 집 안으로 들어왔습니다. 저는 그때 잠을 청할 수 없어서 청각이 특히 예민해진 상태였습니다……."

"트레이너 또한 간밤에 누군가 밖으로 나가는 소리를 들었다고 했습니다."

반스가 그에게 알려주었다.

"그런데 집사는 한밤중의 배회자가 어느 방으로 돌아갔는지까지는 알지 못했습니다. 혹시 당신은 그 점에 대해서 우리에게 설명해 주실 수 있겠습니까?"

리랜드는 또다시 대답을 망설이다가 고개를 천천히 저었다.

"아니오, 유감스럽게도 설명해 드릴 수 없습니다. 제 방은 3층에 있습니다. 그러다 보니, 아래층에서 사람들이 돌아다니는 소리가 다 들리거든요. 하지만 이건 말씀드릴 수 있습니다. 집으로 돌아온 사람이 누구였든 간에 그 사람은 불필요한 소리를 내지 않으려고 아주 조심스럽게 행동했다는 걸 말입니다."

반스는 질문을 하는 동안 리랜드를 쳐다보지도 않았다. 그리고 이제는 의사에서 일어서 정면에 보이는 창가로 걸어가서는 아예 등을 보인 채 서 있었다.

"당신이 사용하고 있는 방이 풀을 향한 쪽에 있습니까?"

리랜드는 입에서 천천히 파이프를 떼어냈고 의자에서 거북하게 몸을 들썩였다.

"예, 복도 끝에 스탬 부인의 방 바로 맞은편에 있습니다."

"당신은 옆문이 열린 뒤에 누군가 밖으로 나가는 소리를 들었습니까?"

"예, 들었습니다!"

리랜드는 의자에 똑바로 앉아서 정성들여 파이프를 다시 채워 넣었다.

"저는 두 사람이 작은 목소리로 이야기를 나누는 듯한 말소리를 들었습니다. 하지만 단지 웅얼거리는 소리에 불과할 뿐이었지요. 그래서 그들이 무슨 말을 했는지, 또 누구였는지 알 수 없었습니다."

"그 웅얼거리는 소리가 남자가 말하는 소리였는지 아니면 여자가 말하는 소리였는지 좀 알려주시겠습니까?"

"모르겠습니다. 그들은 자신들의 이야기가 새어나가지 않도록 일부러 목소리를 낮춰서 속삭이듯 말하는 것 같았습니다."

"얼마 동안이나 그런 소곤거리는 대화가 계속 됐나요?"

"아주 잠깐 동안이었습니다. 그리고는 곧 말소리가 사라졌지요."

"함께 이야기를 나누던 두 사람이 집에서 나가는 것 같았습니까?"

"틀림없이 그랬습니다."

반스는 재빨리 몸을 돌려서 리랜드를 향했다.

"어젯밤에 혹시 그 외에 다른 소리는 듣지 못했습니까, 리랜드 씨?"

리랜드는 다시 한번 망설이다가 파이프에 불을 붙이느라 바삐 손을 움직였다.

"글쎄요."

그는 마지못해 대답했다.

"그런데 풀의 건너편에서, 그러니까 이스트로드 방향에서 뭔가 긁는 듯한 소리가 들렸습니다."

"아주 흥미롭군요."

반스는 계속해서 그를 뚫어지게 바라보고 있었다.

"당신이 들었던 소리를 될 수 있는 한 자세히 설명해주시겠습니까?"

리랜드는 바닥을 내려다보고는 골똘히 생각에 잠겨 잠시 동안 담배만 피워댔다.

이윽고 그가 말했다.

"처음에는 뭔가를 문지르는 듯한 소리가 어렴풋이 들려왔습니다. 쇳조각을 다른 쇳조각에다 대고 마찰시키는 것 같은 소리였지요. 아무튼 제 느낌은 그랬습니다. 그리고는 한동안 완전히 침묵에 휩싸였습니다. 잠시 후에, 먼저 번과 똑같은 소리가 되풀이해서 들려왔습니다. 그러다가 꺼칠꺼칠한 땅바닥으로 무언가 무게가 나가는 것을 질질 끌고 갈 때 나는 듯한 소리가 나직하게 계속 들려왔습니다. 이 소리는 점점 희미해지더니 마침내 완전히 잠잠해지더군요……. 그리고 더 이상 아무 소리도 듣지 못했습니다. 그러다 아마 30분쯤 지나고 나서 누군가 옆문을 통해 집 안으로 다시 들어와 빗장을 잠그는 소리를 들었습니다."

"그런 소리들을 들었을 때 이상한 느낌이 드셨습니까?"

"아니오, 그런 느낌은 전혀 들지 않았습니다. 우리 모두가 정원 출입이 가능했으니까요. 그래서 옆문이 열리는 소리가 났을 때, 당연히 누군가 밖으로 산책을 나가는 모양이라고 생각했습니다. 다른 소리, 그러니까 풀 맞은편에서 난 소리는 그리 명료하게 들리지 않았기 때문에 여러 가지 뜻으로 해석될 수 있었고요. 물론, 저는 이스트로드 쪽 출입문에 형사가 배치되어 있다는 사실을 알고 있었습니다. 그래서 풀 건너편에서 들리는 소리가 그 형사 분이 내는 소리일 거라고 추측했지요. 그 중요성을 꼼꼼하게 생각해보지도 않고 말입니다. 오늘 아침까지도 저는 밤 사이에 들었던 그 소리를 중요하게 생각지 않았습니다. 그리프가 사라졌다는 얘기를 듣기 전까지 말입니다."

"그럼 이제, 그리프 씨가 사라졌다는 것을 아셨으니 당신이 들었던 그 소리에 대해서 설명을 하실 수 있으십니까?"

"아니오, 설명할 수 없습니다."

리랜드는 잠시 생각에 잠겼다.

"그것은 귀에 익은 소리가 아니었습니다. 그리고 금속성의 소리가 출입문의 경첩이 삐걱거리는 소리였다고 하더라도, 그 사실이 그리프가 달아나려고 출입문을 열었다는 사실을 암시하는 것은 아니었을 겁니다. 왜냐하면 그는 출입문을 쉽사리 기어올라 빠져나갈 수 있었을 테니까요. 또한 그 소리는 출입문보다는 저택에서 훨씬 더 가까운 곳에서 들리는 것 같았습니다. 아무튼 출입문을 지키는 사람도 있었으니 그리프는 그 방법을 택해 달아나지 않았을 겁니다. 그것 말고도 이 집에서 벗어날 수많은 방법들이 있으니까요. 그가 정말로 그렇게 하고 싶었다면 말입니다."

반스는 만족스럽다는 듯이 고개를 끄덕이고는 다시 정면에 있는 창문 쪽으로 어슬렁거리며 걸어갔다.

"혹시 어젯밤에 이스트로드 쪽에서 자동차 소리를 들으셨습니까?"

반스가 불쑥 물었다.

"듣지 못했습니다."

리랜드는 자신의 말을 강조하려는 듯 고개를 저어댔다.

"제가 잠들 때까지 어느 방향에서든 이스트로드를 통과한 차량이 한 대도 없었다는 것을 저는 장담할 수 있습니다. 그리고 제가 잠이 든 시각은 오전 2시경이었다고 생각합니다."

반스가 창가에서 천천히 돌아서며 물었다.

"당신은 그리프 씨의 어떤 행동이나 말에서, 그가 저택을 떠날 생각을 하고 있다는 느낌을 받았습니까?"

리랜드가 대답했다.

"전혀 정반대였습니다. 이곳에 붙들려 있는 것에 대해서 조금 투덜대긴 했지만 말입니다. 그는 오늘 아침에 자신의 사무실에서 업무를 보지 않으면 사업상 큰 손해를 보게 될 거라고 불평했습니다. 하지만 그 일을 처리하는 것을 포기하는 듯했습니다."

"지난밤에 그가 누군가와 말다툼을 했습니까?"

"아니오. 그는 기분이 대단히 좋은 상태였습니다. 평소보다 조금 더 술을 마셨고, 식사 후에는 스탬과 함께 재정 문제를 논의하면서 저녁시간 대부분을 보냈습니다."

"두 사람 사이에 적의가 보였습니까?"

"전혀요. 스탬은 그 전날 밤에 자신이 감정을 폭발시켰던 일을 완전히 잊은 듯이 보였습니다."

반스가 걸어와서 리랜드 앞에 서서 물었다.

"다른 파티 참석자들은 어땠습니까? 그들은 저녁식사 이후 시간을 어떻게 보냈나요?"

"대부분 테라스로 나가 있었습니다. 스탬 양과 저는 풀로 내려갔다가 바로 돌아왔고요. 풀 위에 장막이 드리워져 있는 듯한 느낌이 들었거든요. 우리가 집으로 돌아오니 맥아담 부인과 스틸 양, 그리고 타툼이 테라스 계단에 앉아 있었습니다. 그들은 트레이너가 준비한 펀치(술에 설탕, 우유, 레몬, 향료 등을 넣어 만든 음료 – 역주)를 마시고 있더군요."

"그리프 씨와 스탬 씨는 어디에 있었습니까?"

"두 사람은 여전히 서재에 있었습니다. 그들이 서재 밖으로 나왔었는지 어떤지는 확실하지 않습니다."

반스는 잠시 생각에 잠겨 말없이 담배를 피웠다. 그러다가 다시 의자로 돌아가 천천히 몸을 기대앉으며 말했다.

"대단히 감사합니다. 지금 당장은 더 이상 여쭤볼 게 없습니다."

리랜드가 일어섰다.

"제가 도움이 될 수 있다면……."

그는 말을 꺼내다가 자신의 파이프를 응시했다. 그리고는 시작했던 말을 끝맺지도 않은 채 그대로 응접실을 나갔다.

"이 일을 어떻게 생각하나, 반스?"

마크햄은 우리끼리만 남게 되자 당혹스러운 듯 얼굴을 찌푸리고 물었다.

"마음에 들지 않는다네."

반스는 천장에다 눈길을 고정한 채 대꾸했다.

"이 유서 깊은 장소에서는 괴이한 일들이 너무나도 많이 일어나는군. 그리고 한밤중에 돌아다녔다는 사람이 그리프 같지도 않아……."

바로 이때 누군가 위층에서 황급히 계단을 내려오는 발소리가 들렸고, 곧이어 우리는 스탬이 홀리데이 선생에게 전화 거는 소리를 들었다.

"어떻게든 빨리 이곳으로 오셔야겠소."

그는 조급한 어조로 말하고 있었다. 잠시 후에 수화기를 내려놓는 소리가 들렸다.

반스는 일어서서 문 쪽으로 다가갔다.

"저희가 잠시 뵐 수 있을까요, 스탬 씨?"

그의 요청은 거의 명령에 가까웠다.

스탬이 복도를 가로질러 응접실로 들어왔다. 그는 격앙된 감정을 억누르고 있는 게 분명했다. 얼굴의 근육은 경련으로 씰룩거렸고, 시선은 우리를 응시하고 있었지만 불안하게 흔들렸다.

그가 이야기를 꺼내기 전에 반스가 먼저 그에게 말을 걸었다.

"당신이 의사 선생에게 전화를 거는 소리를 들었습니다만, 스탬 부인이 또 편찮으신가요?"

스탬이 대답했다.

"지난번과 똑같은 증상이오. 그리고 그건 아마도 내 탓일게요. 잠시 전에 나는 어머니를 뵈러 올라갔다가 그리프가 사라졌다는 말씀을 드렸소. 그 얘기를 들으시더니 곧 어머니의 특기인 환각 상태에 빠지셨소. 어머니는 그리프가 사라진 것도 드래건이 그를 죽였기 때문이라고 말씀하셨소. 또 어젯밤에 드래건이 풀에서 나와 스퓨텐듀빌 쪽으로 날아가는 것을 봤다고 억지도 부리셨소."

"아주 흥미롭군요."

반스는 탁자 가장자리에 기대며 눈을 가늘게 뜨고 스탬을 바라보았다.

"그리프 씨의 실종에 대해 보다 합리적으로 설명하실 수 있으십니까?"

"설명할 수 없소……. 나는 모르겠소."

스탬은 몹시 당황한 듯 보였다.

"그가 간밤에 했던 말로 미루어보면 그는, 당신들이 가도 된다고 허가할 때까지 이곳을 떠날 의향이 전혀 없었소. 여기 머무는 것에 만족하는 것처럼 보였단 말이오."

"그런데 혹시 지난밤에 집 밖으로 나간 적이 있으십니까?"

스탬은 상당히 놀란 얼굴로 그를 쳐다보더니 말했다.

"저녁식사 이후로 집 밖으로 한 발짝도 나가지 않았소. 그리프와 나는 서재에서 이야기를 나눴소. 그리프가 2층으로 올라가기 전까지 말이오. 그가 방으로 돌아가고 난 바로 뒤에, 나는 술을 한 잔 마시고 잠자리에 들었소."

"누군가 자정쯤에 옆문을 통해서 밖으로 나갔다고 하더군요."

반스가 생각에 잠겨 말했다.

"저런! 틀림없이 그리프가 그때 나갔을 거요."

"하지만 한 시간쯤 뒤에 누군가 옆문을 통해서 다시 집 안으로 들어온 듯합니다."

스탬은 멍한 시선으로 가만히 바라보다 입이 딱 벌어졌다.

"정말…… 정말이오?"

그는 더듬거리며 물었다.

"리랜드 씨와 트레이너, 두 사람 모두 빗장을 열고 잠그는 소리를 들었다고 합니다."

"리랜드가 그 소리를 들었단 말이오?"

"조금 전에 그가 저희에게 그렇게 말했습니다."

스탬에게 변화가 생겼다. 그는 가슴을 펴고 똑바로 서더니 변명하는 듯한 몸짓을 하며 입을 열었다.

"십중팔구 누군가 산책을 하러 나갔던 걸 거요."

반스는 아무래도 좋다는 듯이 고개를 끄덕이며 말했다.

"꽤 논리적인 설명이군요……. 성가시게 해서 죄송합니다. 어머님께 가보셔야 하지 않겠습니까."

스탬은 고맙다는 듯 고개를 끄덕였다.

"상관없다면 가보겠소. 홀리데이 선생이 곧 도착할 거요. 내게 볼일이 있으면 위층에 있을 테니 그리 오시오."

그리고 나서 그는 서둘러 응접실을 떠났다.

그의 발자국 소리가 계단 위로 멀어지자 갑자기 반스가 벌떡 일어서더니 담배를 벽난로에 던져 넣었다.

"어서 오게, 마크햄."

그는 문 쪽으로 움직이면서 기운차게 말했다.

"지금 어딜 가려는 건가?"

마크햄이 대들 듯이 물었다.

반스가 커튼가에서 돌아섰다. 두 눈에는 냉정하면서도 엄숙한 빛이 떠올라 있었다.

"구덩이로 갈 거네."

그는 조용히 대답했다.

제16장 핏자국과 치자나무 꽃

8월 13일 월요일 오전 10시 15분

마크햄이 벌떡 일어섰다.

"맙소사! 그게 무슨 말인가?"

하지만 반스는 이미 현관으로 향했고, 아무 대답 없이 계단을 뛰어 내려가 차의 운전석에 탔다. 마크햄과 히스도 아무 말 없이, 그리고 내가 보기에는 약간 얼떨떨한 채로 뒷좌석에 올랐고 나도 뒤따라 탔다. 구덩이라는 말을 할 때 반스의 태도에서 뭔가 심상치 않은 낌새가 느껴져서, 나는 등골이 오싹해지면서 그가 몬테규의 시체가 발견된 그곳에 가서 뭘 발견하리라고 예상하는지 막연히 짐작이 갔다. 그러면서도 나 자신은 그의 갑작스런 결정으로 미루어 추측할 수 있는, 그 끔찍한 예상에 동조할 수 없었다.

우리는 빠른 속도로 이스트로드를 따라 내려가서 출입문을 지나 클로브로 향했다. 마침내 구녕이늘이 있는 곳 맞은편에 다다르자, 반스는 급브레이크를 밟고 튀어나가듯 차에서 내렸다. 그는 우리보다 앞장서서 암벽의 발치로 서둘러 가다가 지면에서 조금 솟아 있는 구덩이의 가장자리 위에서 멈추어 섰다. 몬테규의 시신이 발견되었던 바로 그 구덩이였다.

그는 그 가장자리에 서서 잠시 아래를 뚫어지게 내려다보다가 우리에게로 되돌아왔다. 얼굴에 심각한 표정이 드리워져 있었다. 그는 잠자코 구덩이를 가리키기만 했다. 히스는 어느새 그 가장자리로 올라서 있었고, 마크햄과 나도 그의 뒤에 바짝 섰다. 그리고 침묵 속에 긴장된 순간이 이어졌다. 그 광경에 다들 너무나도 큰 충격을 받아 말문이 막혀버렸기 때문이다.

히스가 땅바닥으로 미끄러지듯 내려갔다. 험상스러워진 그의 얼굴에는 분노와 공포가 뒤섞여 있었다.

"성모 마리아여!"

그가 중얼거리며 가슴에 성호를 그었다.

마크햄은 공포와 당혹감이 어린 멍한 얼굴로 그 가장자리에 서 있었다. 나는 평화로운 정취가 감도는 고요한 여름날 아침에, 머리로나 마음으로나 방금 목격한 끔찍한 상황을 받아들이기가 너무나 힘이 들었다.

그곳 구덩이 속에는 알렉스 그리프의 시신이 처박혀 있었다. 몬테규와 마찬가지로 부자연스럽게 비틀려 있는 그의 자세로 보아, 높은 곳에서 그 좁은 바위 속 무덤으로 떨어뜨려진 듯했다. 머리 왼쪽에 쫙 벌어진 상처가 보였고, 목에도 시커먼 타박상 자국이 보였다. 조끼는 입고 있지 않았으며, 재킷의 단추가 풀린 채로 가슴을 드러내고 있었다. 와이셔츠 앞쪽이 몬테규의 저지 수영복처럼 아래로 쭉 찢겨져 있었고, 그 드러난 살에 깊이 베인 상처 세 줄이 나 있는 게 보였다. 마치 괴물이 발톱으로 목에서부터 아래로 죽 그은 것 같은 모양이었다. 몬테규와 완전히 똑같은 방법으로 변을 당한 그의 모습을 본 순간, 나는 풀에 산다는 드래건에 관한 황당한 이야기들이 떠올라 소름이 오싹 끼쳤다.

마크햄은 먼 곳을 응시하던 시선을 거두고 의아한 눈길로 반스를 쳐다보았다.

"그가 여기에 있는 줄은 어떻게 알았나?"

그가 쉰 목소리로 물었다.

반스의 눈은 담배 끝에 고정되어 있었다. 그가 작은 소리로 대답했다.

"몰랐네. 다만 스탬이 자기 어머니가 그리프가 사라진 사실을 알고 무슨 말을 했는지 들려주었을 때, 꼭 여기에 와봐야겠다는 생각이 들었던 것뿐일세……."

"또 드래건 얘긴가!"

마크햄은 화를 내며 말했으나, 그의 목소리에는 공포가 어려 있었다.

"자네 설마 그 미친 여자의 헛소리를 진짜로 믿어야 한다고 말하려는 것은 아닐 테지?"

반스가 부드럽게 대답했다.

"그건 아니네, 마크햄. 하지만 그녀는 아주 많은 일들을 알고 있고, 지금까지 그녀의 예언들은 모두 들어맞았네."

마크햄이 반박했다.

"그건 순전히 우연의 일치였네. 자자, 우리 현실적으로 생각하세."

반스가 말했다.

"물론 나도 누가 그리프를 죽였는지는 모르지만, 현실적으로 존재하는 사람이라고 생각하고 있네."

"그나저나, 이거 정말 큰일이군! 지금 우리의 처지가 이게 뭔가?"

마크햄은 절망스럽고도 애타는 얼굴이었다.

"그리프까지 살해되어 이 사건이 더 복잡해졌잖나. 이제 소름끼치는 사건이 하나가 아니라 둘이 되었단 말일세."

"아니야, 아니네, 마크햄."

반스가 느릿느릿 차로 돌아가며 말했다.

"내 생각은 그렇지 않네. 여전히 하나의 사건일 뿐일세. 그리고 이제 이 사건은 전보다 더 명확해졌네. 어떤 윤곽이 그 모습을 드러내기 시작했어. 드래건의 윤곽 말일세."

"허튼 소리 하지 말게!"

마크햄이 버럭 소리를 지르며 질책했다.

"여보게, 허튼 소리가 아닐세."

반스가 차에 올랐다.

"풀의 바닥에 나 있던 자국과 몬테규 그리고 이제 그리프에게도 나 있는 발톱으로 그은 것 같은 상처 자국, 그리고 무엇보다도 현명한 스탬 부인의 기이한 예언들…… 이것들을 먼저 설명하기 전까지는 드래건 설을 배제할 수 없단 말이네. 정말 기가 막히는 상황일세."

마크햄은 반스가 차에 시동을 거는 동안 화난 얼굴로 입을 꽉 다물고 있었다. 그러다가 빈정거리면서 말을 꺼냈다.

"나는 이 사건을 반(反) 드래건의 선상에서 풀어야 한다고 생각하네."

"그건 전적으로 자네가 마음속에 어떤 종류의 드래건을 그리고 있느냐에 달려 있네."

반스가 대꾸했다. 그리고 차를 돌려 이스트로드를 거슬러 올라가 스탬 저택으로 향했다.

우리가 집 안으로 들어오자, 히스는 즉시 전화기 있는 곳으로 가서 도레무스 박사에게 우리의 끔찍한 두 번째 발견물에 대해 알렸다. 그는 수화기를 내려놓은 후, 완전히 절망적이라는 표정을 지으며 마크햄을 돌아보았다.

"이 사건을 어떻게 다루어야 할지 모르겠습니다, 검사님."

그가 하소연하는 어조로 심정을 털어놓았다.

마크햄은 잠시 그를 쳐다보다가 이해한다는 듯이 천천히 고개를 끄덕였다.

"자네 기분이 어떨지 잘 아네, 경사."

그는 여송연 하나를 꺼내어 그 끝을 정성들여 잘라낸 다음 불을 붙였다.

"통상적인 방식으로는 아무런 진척도 보지 못할 것 같네."

마크햄이 상당히 곤혹스러워 하는 얼굴로 말했다.

반스는 복도 한가운데에 서서 바닥을 응시하고 있었다.

"맞네."

그가 올려다보지도 않고 중얼거리듯 말했다.

"통상적인 방식은 통하지 않네. 이 두 범죄의 뿌리는 그런 방식이 통하지 않을 만큼 훨씬 깊다네. 더없이 사악한 살인사건이야. 우리의 상상을 초월할 만큼 말일세. 그리고 또 이 집안은 물론이고, 이 집안과 밀접하게 관련된 사람들에게 감도는 모든 사악한 요인과도 다소 기이한 방식으로 깊이 연관되어 있네……."

그는 말을 멈추고 고개를 계단 쪽으로 돌렸다.

스탬과 리랜드가 이층에서 내려오고 있었다. 반스는 즉시 그들에게 다가가서 말했다.

"응접실로 들어와 주십시오. 전해드릴 소식이 좀 있습니다."

응접실 안에 들어서니 공기가 한결 시원했다. 아직 집안의 이쪽까지는 햇빛이 들지 않았다. 반스는 서쪽 창문으로 몸을 돌려 잠시 동안 밖을 내다보았다. 그런 다음 응접실의 커튼 바로 안쪽에 서 있던 스탬과 리랜드에게 몸을 돌렸다.

반스가 말했다.

"그리프 씨를 찾았습니다. 죽어 있더군요……. 몬테규의 시체가 던져져 있던 그 구덩이 안에서요."

스탬은 눈에 띄게 얼굴이 창백해졌고 호흡도 거칠어졌다. 하지만 리랜드는 표정 하나 바뀌지 않았다. 그가 입에서 파이프를 뺐다.

"살해당한 게 분명합니다."

그가 반쯤은 물음 같은 어투로 말했다.

"살해당한 게 분명합니다."

반스가 고개를 끄덕이며 그의 말을 그대로 따라했다.

"일이 참 난처하게 됐습니다. 몬테규에게 발견된 것과 똑같은 상처를 입었더군요. 사실, 수법이 완전히 복사판입니다."

스탬은 마치 실제로 한 방 맞은 사람처럼 선 채 비틀거렸다.

"오, 하느님!"

그가 숨을 헉헉 들이쉬며 중얼거렸다.

리랜드가 얼른 그의 팔을 잡고서 의자로 데려갔다.

"앉아요, 루돌프."

그가 상냥하게 말했다.

"당신도 저도 그리프가 사라졌다는 사실을 알고부터 쭉 이럴 줄 예상하고 있었잖아요."

스탬은 의자에 무너지듯 주저앉아 초점 없는 눈으로 앞을 노려보았다. 리랜드는 다시 반스에게 몸을 돌렸다.

그가 솔직히 말했다.

"아침 내내 그리프가 자기 발로 직접 걸어 나간 게 아닐 것만 같아서 마음이 조마조마했습니다……. 그밖에 또 알아내신 건 없습니까?"

반스는 고개를 저었다.

"아니오……. 아무것도 없습니다. 그런데 그리프 씨의 방을 좀 살펴봐야 할 것 같습니다. 어느 방인지 아십니까?"

리랜드가 조용히 대답했다.

"예, 제가 기꺼이 안내해 드리겠습니다."

우리가 응접실의 문간을 막 지나쳤을 때, 스탬이 긴장 어린 거친 목소리로 우리를 불러세웠다.

"잠깐…… 잠깐만!"

그가 의자에서 몸을 앞으로 일으키려고 버둥거리며 외쳤다.

"당신들에게 꼭 해야 할 말이 있소. 하지만 말하기가 두렵소…….
오, 하느님, 정말 두렵소!"

반스는 의아한 눈길로 그를 바라보았다.

"뭡니까?"

반스가 아주 엄한 목소리로 물었다.

"간밤에 관한 얘기요."

스탬은 양손으로 의자 팔걸이를 꼭 쥐고 있었고 말하는 동안 계속
몸이 뻣뻣하게 경직되어 갔다.

"내가 방으로 돌아간 후에 그리프가 와서 내 방문을 두드렸소. 나
는 문을 열어주며 들어오라고 했소. 그는 잠이 올 것 같지 않다면서
나만 괜찮다면 같이 술을 더 마시고 싶다고 했소. 우리는 한 시간 정
도쯤 얘기를 나눴소……."

반스가 중간에 끼여들었다.

"이를테면, 어떤 얘기였습니까?"

"중요한 얘기는 없었소……. 재정에 대한 그저 그런 얘기들, 그리
고 내년 봄에 남태평양으로 또 한 차례 탐험을 갈 수 있을지도 모르
겠다는 등의 얘기를 나누었소……. 그러다가 그리프가 시계를 들여다
보았소. 그리고는 '자정이군. 산책 좀 하다가 잠자리에 들어야겠네'라
고 말했소. 그가 방을 나가고 나서, 나는 그가 아래층 복도로 내려가
옆문의 빗장을 벗기는 소리를 들었소. 아시다시피, 내 방은 층계를
올라오면 바로 있잖소. 나는 피곤해서 곧장 잠자리에 들었고, 그리
고…… 그리고…… 그게 다요."

반스가 냉랭하게 물었다.

"아까는 왜 이 얘길 하지 않으셨습니까?"

"글쎄······. 잘 모르겠소."

스탬은 몸의 긴장을 풀고 의자에 편히 기대었다.

"어젯밤에는 그 일에 대해 그다지 신경 쓰지 않았었소. 하지만 그리프가 오늘 아침에 얼굴을 내밀지 않았을 때, 문득 그가 나가기 전에 마지막으로 만나고 또 얘기를 나눈 사람이 나였다는 사실을 깨달았소. 그리고 오늘 아침에는 그 사실을 말할 필요가 전혀 없다고 생각했었소. 하지만 방금 당신에게 그 구덩이에서 그의 시체가 발견되었다는 말을 듣고 나자 말해야 할 것 같았소."

"잘 알겠습니다."

반스가 어느 정도 부드러워진 어조로 그를 안심시켰다.

"그런 상황에서는 그렇게 느끼는 게 아주 당연한 일이지요."

스탬은 고개를 들어 고마움이 담긴 눈길로 그를 보았다.

"트레이너에게 위스키 좀 갖다달라고 해도 괜찮겠소?"

그가 힘없는 목소리로 물었다.

"괜찮고말고요."

그리고 반스는 몸을 돌려 복도로 걸어갔다.

집사를 스탬에게 보내고 나서, 우리는 위층으로 올라갔다. 그리프의 방은 다른 방 하나를 사이에 두고 스탬의 방과 같은 쪽 면에 있었다. 방문은 잠겨있지 않았다. 우리는 안으로 들어갔다. 트레이너가 말했던 대로, 침대에는 잠을 잤던 흔적이 없었고 창문의 커튼도 쳐진 채 그대로였다. 그 방은 몬테규의 방과 다소 비슷했지만, 더 널찍했고 가구들도 더 화려했다. 화장대 위에는 몸단장에 필요한 도구 몇 개가 가지런히 놓여 있었다. 그리고 퐁지(멧누에의 실로 짠 견직물 – 역주) 소재의 가운과 잠옷 한 벌이 침대 발치에 던져져 있었다. 창가의 의자에는 그리프의 야회복이 구겨진 채로 아무렇게나 포개져 있었다. 작은 탁자 근처의 바닥에는 여행 가방이 열려진 채 놓여 있었다.

그리프의 소지품 조사는 금방 끝났다. 반스는 제일 먼저 옷장으로 갔다. 옷장에는 갈색 신사복과 운동복이 있었지만, 주머니 안에서 중요한 것은 하나도 나오지 않았다. 그 다음으로 야회복을 살펴보았으나 도움이 될 만한 것은 찾지 못했다. 야회복의 주머니 안에서 나온 것은 흑단으로 만든 물부리와 까만색 물결무늬의 실크로 된 담배주머니, 정교한 모노그램(성명 첫 글자 등을 도안화하여 짜 맞춘 글자 - 역주)이 들어가 있는 손수건 두 장이 전부였다. 화장대 서랍에는 그리프의 소지품이라고는 하나도 없었고, 욕실 수납상에도 칫솔과 치약, 면도기, 화장수, 텔컴파우더(활석 가루에 붕산, 향료 등을 섞은 가루로, 여름에 땀을 멎게 하는 작용을 한다. - 역주) 따위의 일상적인 세면도구들밖에 없었다. 여행 가방에서도 중요하거나 단서가 될 만한 것은 하나도 나오지 않았다.

반스는 소지품을 조사하는 동안 아무 말이 없었지만, 그의 태도에서 그 일에 아주 열정적으로 임하고 있음을 알 수 있었다. 그는 이제 방 한가운데에 서서, 골치 아픈 생각에 잠겨 있는 듯 눈을 반쯤 감고 아래를 내려다보고 있었다. 그런 모습은 그가 실망하고 있다는 명백한 표시였다.

그는 어깨를 살짝 으쓱하며 천천히 고개를 들고 문가로 걸어갔다.

"이 방에는 우리에게 도움이 될 만한 것이 없는 것 같네."

그가 말했다. 그때 그의 목소리에서 나는 그가 뭐라고 밝히진 않았지만 그 방에서 찾기를 바랐던 뭔가 특별한 물건에 대해 언급하고 있다는 느낌을 받았다.

마크햄 역시 내가 받았던 느낌을 반스의 목소리에서 감지했음에 틀림없었다. 그는 단호한 어조로 이렇게 물었다.

"반스, 이 방에서 뭘 찾길 기대했던 건가?"

반스는 머뭇거리다가 우리 쪽으로 천천히 돌아섰다.

"글쎄……. 여기에 뭔가가 있어야만 했네. 하지만 뭔지 말해달라고는 하지 말게……. 부탁이네. 어떻게 대답해야 할지 아직은 정확히 모르니 말일세."

그는 애교 섞인 미소를 던지고 돌아서서 복도로 나갔다. 우리도 그를 따라 나갔다.

우리가 계단 꼭대기에 다다랐을 때, 홀리데이 선생이 1층 복도에서 막 올라오고 있었다. 그가 우리에게 겸손하고 진심 어린 태도로 인사를 건넸다. 그리고 우리가 계단을 막 내려가려는 순간, 반스가 갑자기 어떤 충동이 인 듯 우뚝 멈춰 서서 물었다.

"저기, 의사 선생님, 저희가 같이 올라가도 괜찮겠습니까? 스탬 부인에게 여쭤보고 싶은 아주 중요한 문제가 있어서요. 부인의 심기를 불편하게 만들지는 않겠습니다……."

"함께 가시지요."

홀리데이 선생이 고개를 끄덕이고는 계단참에서 빙 돌아 그 거구의 몸을 흔들어대며 3층으로 올라갔다.

슈바르츠 부인이 문을 열어주었을 때, 스탬 부인은 우리에게 등을 보인 채로 열린 창가에 서서 풀을 내려다보고 있었다. 우리가 방 안으로 들어서자 그녀는 천천히 몸을 돌리더니 이글거리는 눈으로 우리를 쳐다보았다. 눈에는 광채가 번뜩였지만, 냉소를 머금고 있지는 않았다. 그녀의 입매는 매서우면서도 온순해 보였다.

반스는 곧장 그녀에게로 걸어가 그녀가 서 있는 곳에서 불과 몇 발자국 앞에 멈췄다.

그의 표정은 진지했고, 눈빛은 결의에 차 있었다.

"스탬 부인."

그가 단호하고 조용한 어조로 입을 뗐다.

"이곳에서 끔찍한 일들이 벌어졌습니다. 그리고 더 끔찍한 일들이 일어날지도 모릅니다. 부인이 저희를 도와주시지 않는다면 말입니다. 또 앞으로 일어날지도 모르는 이런 끔찍한 일들이 부인을 기쁘게 할 성질의 것은 아닐 겁니다. 그런 일은 스탬가의 적이 아닌 사람들에게도 일어날 것이고, 그렇게 되면, 부인의 드래건, 다시 말해 부인 집안의 수호자라는 그 드래건이 임무를 계속 맡을 수 없게 될 테니까요."

그녀는 눈에 흠칫 놀라는 빛이 떠오르면서 반스를 빤히 쳐다보았다.

"내가 당신을 어떻게 도울 수 있지?"

그녀는 공허하고 단조로운 말투로 말했다. 그저 그 말들을 생각만 했는데, 그녀의 입술이 무의식적으로 한 음절씩 또박또박 발음해 흘러나오는 것 같았다.

"가족 납골당의 열쇠를 어디에 숨기셨는지 얘기해 주시면 됩니다."

반스가 엄한 어조를 누그러뜨리지 않은 채 대답했다.

그녀는 뭔가 강한 자극에 반응하는 것처럼 눈이 스르르 감기더니 길게 심호흡을 했다. 그저 내 추측에 지나지 않을지 모르겠지만, 그때 나는 반스의 말이 그녀에게 안도감을 주었다는 느낌이 강하게 들었다. 잠시 후 그녀가 눈꺼풀을 번쩍 치켜떴다. 눈빛이 다소 평온해져 있었다.

"그게 당신이 알고 싶은 전부인가?"

그녀가 물었다.

"그렇습니다, 부인……. 하지만 반드시 알아야 할 만큼 중요한 일입니다. 그리고 댁의 돌아가신 선조들의 무덤을 모독하지 않겠다고 약속드리겠습니다."

그녀는 그 말의 진의를 판단하는 듯 잠시 반스를 유심히 보았다. 그런 다음 창가에 있는 커다란 의자로 가서 앉았다. 시간이 좀 걸리긴 했으나 굳은 결심을 하고 나서, 그녀는 레이스 달린 까만 드레스의 가슴 안쪽으로 손을 집어넣어 조그만 직사각형의 스카풀라리오(두 장의 천을 두 개의 끈으로 어깨에서 가슴과 등에 드리우는 것으로, 신심(信心) 따위의 표로서 평상복 밑에 착용함 - 역주)를 꺼냈다. 그 표면에 빛이 바랜 성인의 형상이 보였다. 스카풀라리오는 리넨과 섀미가죽(영양이 나 염소, 사슴 등의 가죽을 부드럽게 만든 것 - 역주)을 겹쳐서 위쪽만 남 겨놓고 빙 둘러서 바느질을 해놓은 것으로, 사실상 조그만 가방이나 다름없었다. 그녀는 그 스카풀라리오를 거꾸로 뒤집어서 흔들었다. 그러자 이내 그녀의 손안으로 조그맣고 납작한 열쇠 하나가 떨어졌 다.

"슈바르츠 부인, 이 열쇠를 가지고 가서 벽장 안에 있는 내 오래된 트렁크를 찾아보게."

그녀가 오만하게 명령했다. 슈바르츠 부인은 그 열쇠를 받아들고, 태연한 기색으로 몸을 돌려 방의 동쪽 벽에 있는 조그만 벽장으로 다 가가서 문을 열었다. 그리고는 조금은 어두운 그 안쪽으로 사라졌다.

"찾았어요, 스탬 부인."

그녀가 그 안쪽에서 외쳤다.

"이제 트렁크를 열고 위쪽에 있는 칸막이 상자를 빼내게."

스탬 부인이 그녀에게 지시했다.

"이제 오래된 리넨이 보일 거야. 그것들을 모두 조심해서 위로 젖 혀. 그러면 안쪽의 오른쪽 구석에 오래된 보석 상자가 있을 거야. 다 마스크 천 식탁보로 싸인 것 말이네. 그 상자를 가지고 와."

반스가 창 밖으로 풀 건너편의 절벽을 내다보며 말없이 서 있은 지 얼마 후에, 슈바르츠 부인이 베네치아풍의 예쁜 상자 하나를 들고 벽 장에서 나왔다. 상자는 길이가 20센티미터 정도에 폭이 15센티미터쯤 되었고, 윗면이 둥근 형태였다. 상자의 표면은 빛바랜 엷은 자주색 문직(紋織;무늬가 돋아 나오게 짠 피륙 - 역주) 벨벳으로 싸여 있었고, 위쪽 면에는 망치로 두드려서 소용돌이 장식을 낸 금속이 달려 있었다.

"그것을 이 신사에게 주게."

스탬 부인이 반스 쪽으로 거북하게 손짓하며 말했다.

"그 안에 납골당 열쇠가 있네."

반스는 앞으로 걸어 나가 그 상자를 받았다. 그는 걸쇠를 젖히고 뚜껑을 열었다. 마크햄은 반스에게 다가가서 어깨너머로 내려다보았다. 반스는 잠시 살펴보고 나서 상자를 닫더니 슈바르츠 부인에게 도로 건네주었다.

"다시 가져다 놓아도 됩니다."

그는 명령조의 말투와 표정으로 말했다. 그런 다음 스탬 부인에게 몸을 돌려 허리를 굽혀 인사하며 말했다.

"저희에게 큰 도움을 주셨습니다. 또 저희가 부인이 보여주신 신뢰에 깊이 감사하고 있음도 알아주셨으면 합니다."

스탬 부인의 입가가 비틀리면서 냉소 섞인 만족감의 미소가 희미하게 번졌다.

"이제 원 없이 만족하나?"

그녀가 물었다. 그녀의 목소리에는 빈정거림과 승리감이 깔려 있었다.

"물론입니다."

반스가 그녀에게 확신을 심어주듯 분명하게 대답했다.

그는 바로 방을 나왔고, 홀리데이 선생은 자신의 환자 곁에 남았다. 우리가 다시 복도로 나온 뒤, 등 뒤에서 슈바르츠 부인이 문을 닫자 마크햄이 반스의 팔을 붙잡았다.

그가 얼굴을 심하게 찡그리며 말했다

"이보게. 대체 어떻게 할 작정인가? 그녀가 빈 상자로 발뺌하려고 하는데 이대로 내버려 두겠다는 건가?"

반스가 상냥하게 대꾸했다.

"하지만 그녀는 발뺌하려 했던 게 아닐세. 그녀는 상자가 비어 있었다는 것을 몰랐네. 열쇠가 거기에 있다고 생각하고 있었단 말일세. 그런데 뭣 하러 상자가 비었다고 말해서 그녀의 마음을 어지럽혀야 하나?"

마크햄이 골을 내며 물었다.

"그런데 열쇠가 이 사건과 무슨 관련이 있는 건가?"

"그게 내가 알아내고자 하는 걸세."

말을 마치고 나서 반스는 마크햄이 더 말을 꺼내지 못하도록 선수를 쳐서 리랜드에게 몸을 돌렸다. 리랜드는 지금까지 모든 상황을 어리둥절해 하며 말없이 지켜만 보고 있었다.

"타툼 씨의 방이 어딘지 안내해 주실 수 있습니까?"

반스가 물었다.

우리는 그때 2층 층계참에 이르러 있었는데, 그 말에 리랜드가 이상하게도 흠칫 놀라며 몸을 꼿꼿이 세웠다. 늘 자제력을 잃지 않고 침착하기만 하던 그의 태도가 순간적으로 흔들렸던 것이다.

"타툼의 방이요?"

그가 되물었다. 자신이 반스의 말을 잘못 들은 건 아닐까 하는 생각을 한 모양이었다. 하지만 그는 곧바로 냉정을 되찾고 몸을 돌렸다.

"그의 방은 바로 여깁니다. 복도 맞은편이요. 스탬의 방과 그리프의 방 사이에 있는 방 말입니다."

반스는 복도를 가로질러 리랜드가 가리킨 방의 문으로 갔다. 문은 잠겨 있지 않았고, 그는 그 문을 열고 방 안으로 들어갔다. 우리는 영문도 모른 채 잠자코 그를 따라 들어갔다. 마크햄은 리랜드가 반스에게 타툼의 방에 대한 갑작스럽고도 뜻밖의 질문을 받았을 때보다 훨씬 더 놀란 것 같았다. 그는 이제 호기심 어린 얼굴로 반스를 유심히 살피더니, 무슨 말인가를 하려다가 갑자기 입을 다물고는 잠자코 바라보기만 했다.

반스는 방 한가운데에 서서 주위를 빙 둘러보면서, 가구가 보일 때면 잠깐씩 눈길을 멈추었다.

히스의 표정은 열성적이고 결의에 차 있었다. 그는 반스가 말을 꺼내기도 전에 먼저 물었다.

"이 자의 옷을 꺼내서 살펴볼까요?"

반스는 생각에 잠긴 얼굴로 천천히 고개를 저으며 반대 의견을 피력했다.

"그럴 필요는 없을 것 같네, 경사. 그 보다는 침대 밑과 옷장의 바닥을 살펴보게."

히스는 손전등을 꺼낸 다음 자세를 낮추어 손으로 몸을 지탱하면서 무릎을 꿇었다. 그리고는 잠깐 동안 살펴보고 나서 툴툴대며 일어섰다.

"슬리퍼 한 짝 말고는 아무것도 없습니다."

그는 붙박이 옷장으로 가서 또 한 차례 조사를 벌였다.

"신발 몇 켤레뿐입니다. 그게 다예요."

그가 옷장에서 나오면서 알렸다.

한편, 그 사이에 반스는 창문 옆에 놓인 다리가 짧은 옷장으로 가서 서랍을 열어 그 안을 자세히 살펴보았다. 그리고 이제는 화장대로 가서 같은 동작을 반복했다. 그는 얼굴에 실망하는 기색을 보이며 화장대에서 돌아서서 천천히 담배에 불을 붙였다. 그의 눈이 다시 방 주위를 돌아다니다가 마침내 침대 옆에 놓인 앤 여왕조(朝) 양식의 소탁자에 머물렀다.

"가능성이 하나 더 있군."

그가 중얼거리며 방을 가로질러 가서 절류문양(節瘤紋樣;일반적으로 나무의 옹이나 가지 근처에 발생하며, 목재 조직이 소용돌이나 뒤틀림 현상을 보이는 것 - 역주)의 호두나무 목재로 된 조그만 서랍을 잡아당겼다.

"아, 과연!"

반스는 서랍 안에 손을 집어넣어 어떤 물건을 꺼냈는데, 뭔지는 알 수 없었다. 그런 다음 리랜드에게 다가가 손을 내밀며 물었다.

"이게 납골당의 열쇠입니까, 리랜드 씨?"

"예, 맞습니다."

리랜드가 짤막하게 말했다.

마크햄은 성큼성큼 앞으로 걸어갔다. 그의 얼굴은 보기 흉할 만큼 벌게져 있었다.

"어떻게 이 열쇠가 여기에 있다는 걸 알았나?"

그가 화를 내며 물었다.

"그리고 이게 무슨 의미가 있는 건가?"

"열쇠가 여기에 있었다는 건 나도 몰랐네, 친구."

그는 짐짓 상냥한 어조로 대꾸했다.

"그리고 이 열쇠가 무엇을 뜻하는지도 모르네……. 하지만 그 납골당을 한번 들여다봤으면 좋겠는데, 어떤가?"

우리가 다시 아래층 복도로 내려왔을 때, 반스는 리랜드에게로 몸을 돌리며 심각하고도 엄숙한 눈빛으로 말했다.

"당신은 그냥 여기 계십시오. 그리고 아무에게도 저희가 납골당의 열쇠를 찾았다는 얘기를 해서는 안 됩니다."

리랜드는 반스의 말투로 인해 화가 난 것처럼 보였다. 그러나 이내 엄숙하게 고개를 끄덕였다.

"당연히 원하시는 대로 하겠습니다."

그는 이렇게 대답하고는 서재 쪽으로 몸을 돌렸다.

반스는 바로 현관으로 갔다. 우리는 저택을 빙 돌아 북쪽으로 가서 풀로 나 있는 계단을 내려가 여과판의 꼭대기를 가로질렀다. 그리고 이스트로드로 이어지는 나무가 늘어선 좁다란 시멘트 보도로 접어들었다. 우리가 다른 사람들의 눈에 전혀 보이지 않는 지점에 이르자, 반스는 맨 앞에 서서 관목을 헤치며 담쟁이덩굴로 뒤덮인 납골당으로 다가갔다. 그는 주머니에서 열쇠를 꺼내 열쇠구멍에 집어넣고 돌렸다. 자물쇠의 회전판이 너무나 쉽게 돌아가서 나는 깜짝 놀랐다. 잠겼던 빗장이 열리고 반스가 육중한 문을 몸으로 밀자, 녹슨 경첩에서 삐걱거리는 소리가 나면서 문이 천천히 안쪽으로 밀렸다.

어둑어둑한 안쪽에서 곰팡내가 섞인 숨막히는 악취가 확 풍겨 나왔다.

"자네 손전등 좀 쓰세, 경사."

반스가 문간을 넘어서며 말했다.

히스는 즉시 그 말에 응했고, 우리는 오랜 세월을 거쳐 온 스탬 가문의 납골당으로 들어섰다. 그런 다음 반스는 조심스럽게 문을 닫고 나서 손전등으로 벽과 천장, 그리고 바닥 여기저기를 비추었다. 뜨거운 여름날이었음에도, 지하에 묻힌 소름끼치는 무덤 안의 공기는 축축하고 냉랭했다. 회반죽을 바른 습기 찬 벽과 세월에 변색된 대리석 무늬의 바닥, 납골당의 남쪽 면 전체에 걸쳐 바닥에서 천장까지 층층이 쌓여 있는 목관들을 생각하면 그럴 만도 했다.

반스는 대충 살펴보고 나더니 무릎을 꿇고 바닥을 주의 깊게 조사했다.

"최근에 누군가 이 주변을 돌아다녔네."

그가 말했다. 그는 대리석 무늬의 타일들을 따라서 관들이 쌓인 곳까지 동그란 불빛을 쭉 비췄다. 그중 타일 하나에 조그맣고 거무스름한 얼룩 두 개가 묻어 있었다.

반스는 그 얼룩 쪽으로 걸어가서 몸을 구부렸다. 축축한 얼룩이 손가락에 묻어 나왔다. 즉시 그가 불빛 안쪽으로 손가락을 가져가자 검붉은 얼룩이 뚜렷하게 보였다.

"이건 핏자국일 걸세, 마크햄."

그가 일어서면서 냉담한 어조로 자신의 의견을 밝혔다.

그는 다시 손전등으로 바닥을 앞뒤로 비추면서, 커다란 대리석 모양 타일들을 하나씩 체계적으로 살펴보았다. 그러다가 갑자기 앞으로 걸어 나가, 납골당의 북벽 쪽으로 가서 재빨리 손을 아래로 뻗어 뭔가를 집어 들었다. 하지만 나는 눈으로 계속 휙휙 움직이는 불빛을 쫓고 있었음에도 불구하고 그것이 무엇이었는지 보지 못했다.

"오, 이런! 흥미롭군."

그는 손전등이 만들어낸 동그란 모양의 밝은 불빛 안으로 손을 뻗었다.

그때 우리의 눈에 조그만 치자나무 꽃 하나가 들어왔다. 꽃잎은 가장자리만 살짝 오그라들어 갈색으로 변해 있을 뿐, 아직도 하얗고 싱그러워 보였다.

"그리프가 달았던 치자나무 꽃인 것 같네."

반스의 어조는 낮았고, 어쩐지 두려워하고 있는 기색이 희미하게 드러났다.

"자네들도 기억하겠지만, 그는 어제 오후에 우리와 이야기를 나눌 때 옷에 이런 꽃을 꽂고 있었네. 그리고 오늘 아침 구덩이에서 그를 발견했을 때, 그의 재킷의 옷깃에는 치자나무 꽃이 꽂혀 있지 않았지."

제*17*장 똑같은 사인(死因)

8월 13일 월요일 오전 11시 15분

우리는 한기가 느껴지는 습기 찬 납골당을 벗어나 뜨거운 햇살이 쏟아지는 밖으로 나왔다. 나무와 관목이 늘어선 경치와 납골당 밖의 친밀하고 익숙한 풍경이 어딘지 온화하고 안정적으로 느껴졌다.

"지금 당장은 이것으로 됐네."

이상하게도 반스는 소리를 죽여 말했다. 그러면서 그는 육중한 납골당의 철문을 잠그고 열쇠를 주머니에 넣었다. 그는 이마를 잔뜩 찌푸린 채 돌아서서 집을 향해 앞장섰다.

"핏자국과 치자나무 꽃이라! 이것 참!"

마크햄이 항의하듯 말을 꺼냈다.

"그렇지만 반스, 그리프의 몸에 있는 그 상처 자국들 말일세. 틀림없이 어젯밤에 그리프는 풀에 들어가지 않았네. 그의 옷에는 전혀 물기가 없었고, 또 젖었던 흔적노 보이지 않았……."

반스가 말허리를 자르며 말했다.

"자네가 무슨 생각을 하는지 알고 있네. 그리고 자네 말이 맞아. 설사 그리프가 납골당에서 살해되었다 하더라도 그 사망 원인이 몬테규와 같다고는 말할 수 없지. 그것이 이 사건의 혼란스런 부분일세……. 하지만 깊이 생각하는 것은 잠시 뒤로 미루기로 하지."

그는 침묵을 요구하는 듯한 몸짓을 취했다. 그리고는 여과판 위의 가로대를 가로질러 집을 향해 계속 갔다.

우리가 풀의 남측에 도착해서 저택으로 이르는 계단을 막 올라가려는 순간에 나는 우연히 위를 힐끗 쳐다보았다. 3층 발코니에서 스탬 부인이 난간에 팔꿈치를 대고, 두 손 사이에 얼굴을 파묻은 채 앉아 있었다. 그녀의 뒤에는 언제나 냉정을 잃지 않는 슈바르츠 부인이 그녀를 지켜보며 서 있었다.

그때 느닷없이 서재 창문 밖으로 피아노를 쾅쾅 두드려대며 귀에 거슬리는 통속적인 댄스곡의 멜로디가 희미하게 흘러나왔다. 그래서 나는 타툼이 이 오래된 저택에 드리워진 음울한 장막에서 벗어나려고 애쓰는 거라고 생각했다. 하지만 귀에 거슬리는 그 음악은 시작됐을 때와 마찬가지로 갑자기 뚝 끊겼다. 그리고 바로 이때, 앞장서 계단을 올라가던 반스가 돌아서면서 입을 열었다. 그는 미심쩍고 까다로운 문제에 대해 최후의 결단을 내린 사람처럼 보였다.

"우리가 납골당을 조사하러 갔었다는 사실을 아무한테도 말하지 않는 게 좋겠네. 지금은 때가 아니야."

마크햄을 바라보는 그의 눈길에는 근심스러운 빛이 담겨 있었다.

"어떻게 처리해야 할지 나는 아직 확실하게 방향을 잡지 못했네. 하지만 뭔가 끔찍한 일이 이곳에서 벌어지고 있어. 우리가 이제 막 발견한 사실이 알려지게 되면 무슨 일이 벌어질지 예측할 수 없네."

그는 깊은 생각에 잠겨 담배를 뚫어지게 바라보았다. 또 다른 결단을 내리려고 애쓰는 듯했다. 그가 덧붙여 말했다.

"그렇지만 리랜드에게는 이야기하는 편이 좋겠네. 그는 우리가 납골당의 열쇠를 찾아낸 사실을 알고 있으니……. 그래, 리랜드에게는 알려줘야겠어. 더구나 그는 언제나 우리에게 도움이 될 만한 이유를 설명해 주지 않나."

우리가 저택에 들어갔을 때, 리랜드는 계단 가까이의 현관에 서 있었다. 그는 재빨리 돌아서 불안한 표정으로 우리를 바라보았다.

"서재에 있을 수가 없어서요."

그는 자신이 복도에 나와 있는 것에 대해 변명이라도 요구받은 사람처럼 우리에게 설명을 했다.

"타툼이 피아노를 치기 시작했거든요. 그에게 좀 심한 말을 한 게 아닌가 걱정이 됩니다."

반스가 나직이 말했다.

"그는 감당할 수 있을 겁니다. 아무튼 당신이 여기 계셔서 기쁘군요. 타툼 씨에 대해서 당신에게 여쭤보고 싶은 게 좀 있습니다."

반스는 응접실로 앞장서 들어갔다.

그는 자리에 앉으면서 질문을 던졌다.

"혹시 스탬 씨가 열대어를 찾아 원정을 가거나 보물 탐사를 떠나거나 할 때, 타툼 씨와 동행한 적이 있었습니까?"

리랜드는 천천히 반스를 쳐다보았다. 그의 눈에 놀라워하는 빛이 나타났다.

"그런 걸 물으시니 이상하군요."

단조로운 어조였지만 평소보다 좀더 높은 음조로 말했다.

"사실 타툼은 우리와 함께 배를 타고 코코스 제도에 갔었습니다. 그 탐사 작업에 자금 조달을 한 것으로 여겨지는 그의 아저씨와 함께 말입니다. 하지만 그는 끝까지 버티지 못했지요. 따분한 그곳의 분위기에 자제력을 잃었던 것 같습니다. 그는 지나치게 술을 마셔댔습니다. 우리는 그가 해저 작업을 해낼 수 있을지 시험 삼아 잠시 써 보았지만, 성공하지 못했습니다. 그는 탐사 작업에서 우리에게 단지 짐만 될 뿐이었습니다. 결국 우리는 포경선에 그를 태워 코스타리카(중앙아메리카 남부에 있는 나라 - 역주)로 보냈습니다. 그곳에서 그는 미국으로 돌아오는 정기선에 올랐죠."

반스는 멍하니 고개를 끄덕였고, 그 이야기는 더 이상 거론하지 않았다. 그는 느릿느릿 주머니에서 담뱃갑을 꺼내서 온 정신을 쏟아 신중히 레지 한 개비를 골라내 불을 붙였다.

"저희들은 스탬가의 납골당에 다녀오는 길입니다, 리랜드 씨."

그는 리랜드를 쳐다보지도 않고 말했다.

리랜드는 곁눈질로 흘끗 보고 입에서 파이프를 떼내며 냉담한 어조로 말했다.

"저도 그러리라고 생각했습니다. 납골당 안에 들어가 본 적은 없습니다만, 여느 납골당과 다름없겠지요?"

"정말 여느 납골당과 똑같더군요."

반스가 맞장구쳤다. 그는 무심한 눈길로 그를 쳐다보고 잠시 담배를 피웠다.

"그런데 다소 흥미로운 점이 한두 가지 있었습니다. 바닥에 핏자국이 조금 묻어 있었고……. 그리고 어제 그리프 씨가 꽂고 있던 치자나무 꽃도 떨어져 있더군요. 그런 것들만 없었다면, 여느 납골당과 마찬가지였을 겁니다."

리랜드는 뻣뻣하게 굳은 채 앉아 있다가 이내 앞으로 몸을 기울였다. 이윽고 그는 벌떡 일어섰다. 그가 몹시 당황한 것을 한눈에 알 수 있었다. 그는 한동안 바닥을 응시하며 서 있었다.

그가 고개도 들지 않고 부자연스런 말투로 질문을 꺼냈다.

"그 외에 색다른 것은 찾지 못했습니까?"

반스가 대답했다.

"예, 다른 것은 찾지 못했습니다. 저희들이 뭔가를 빠트리고 지나쳤다고 생각하십니까? 눈에 띄지 않는 곳은 전혀 없던데요."

리랜드는 재빨리 힐끗 쳐다보고 이례적으로 강하게 부정하는 태도로 고개를 가로저었다.

"그렇죠, 그럼요, 물론 그렇죠. 의미 있는 질문이 전혀 아니었습니다. 제게 말씀해주신 그 사실에 그저 깜짝 놀랐던 것뿐입니다. 당신들이 발견한 것들이 무엇을 예시하는 건지 조금도 짐작하지 못하겠습니다."

반스가 조용히 물었다.

"저희가 찾아낸 물증의 의미를 설명해 주실 수 없겠습니까? 생각나는 대로 말씀해주신다면 참으로 감사하겠습니다."

리랜드는 어쩔 줄 몰라 했다.

그는 특색 없는 낮은 음조로 대답했다.

"저는 생각나는 게 전혀 없습니다. 설명드릴 수 있다면 저도 기쁠 겁니다……."

그의 목소리가 점점 작아지면서 사라졌고, 그는 또다시 바닥을 응시했다. 이런 상황의 개연성을 심사숙고하고 있는 듯했다.

반스가 이어 말했다.

"그런데 당신이 지난밤에 들었다고 말씀하신 그 삐걱거리던 소리 말입니다. 쇳조각을 다른 쇳조각에다 마찰시키는 소리 같았다고 묘사하셨던. 어쩌면 그 삐걱거리는 소리가 납골당의 철제 경첩에서 난 것이었을지도 모르겠습니다."

"그럴 수도 있지요."

리랜드는 걱정이 덤긴 시선을 카펫에서 떼지 않고 대꾸했다. 그리고는 바로 한마디 덧붙였다.

"소리가 정말 바로 그 지점에서 들려왔던 것 같습니다."

반스는 아까부터 말없이 상대방을 유심히 지켜보고 있었다. 그러다가 입을 열었다.

"정말 감사합니다……. 타툼 씨와 잠시 이야기를 나누었으면 합니다만. 그에게 이곳으로 좀 와달라고 전해 주시겠습니까……? 아, 그리고 아무쪼록 당분간은 지금 알게 된 사실에 대해서 그에게 아무 말씀도 하지 않으셨으면 합니다. 또한 다른 사람 누구에게도 말입니다."

리랜드는 거북스럽게 몸을 움직이다 정신을 가다듬고 반스를 유심히 쳐다보았다.

"그렇게 하겠습니다."

그는 대답을 마치고 잠시 머뭇거렸다.

"타툼의 방에서 납골당의 열쇠를 찾으셨잖습니까. 혹시 어젯밤에 납골당에 갔던 사람이 그였다고 생각하시는 겁니까?"

반스는 냉랭한 말투로 대답했다.

"사실 잘 모르겠습니다."

리랜드는 돌아서 응접실에서 나가려다가 커튼 앞에 멈춰 서서 주위를 살피며 물었다.

"납골당 문을 열어두셨는지 어떤지 여쭈어 봐도 되겠습니까?"

"예방차원에서 다시 잠가두었습니다."

반스가 퉁명스런 투로 그에게 알려주었다. 잠시 뜸을 들이다가 그가 한마디 덧붙였다.

"열쇠는 제 주머니에 있습니다. 이 사건의 수사가 만족스럽게 종결될 때까지 계속 가지고 있을 생각입니다."

리랜드는 잠깐 동안 묵묵히 그를 주시했다. 그러다가 그는 천천히 고개를 끄덕였다.

"그렇게 하셨다니 정말 다행입니다. 현명한 처사라고 생각합니다."

그는 돌아서서 복도를 가로질러 서재로 향했다.

타툼이 응접실에 나타났을 때, 그는 기분이 언짢은지 공격적인 태도가 두드러져 보였다. 그는 우리 중 누구에게도 인사를 건네지 않았다. 그냥 문 안쪽에 서서 분노가 담긴 냉소적인 눈길로 우리를 바라보았다.

반스는 그가 응접실에 들어서자 자리에서 일어섰다. 그리고 중앙 탁자로 가서 단호한 태도로 그에게 손짓을 했다. 그가 거드름을 피우며 탁자로 다가오자, 반스는 주머니에서 납골당의 열쇠를 꺼내 상대방이 보는 앞에 내려놓으며 물었다.

"이 열쇠를 보신 적이 있습니까?"

타툼은 헛웃음을 웃으며 그 열쇠를 바라보았고, 잠시 유심히 살펴보더니 어깨를 으쓱했다.

그는 딱 잘라 답했다.

"전혀요, 처음 보는 겁니다. 이 열쇠에 무슨 이상한 점이라도 있습니까?"

"이상한 점이 좀 있습니다."

반스는 열쇠를 집어 들어 의자로 돌아가 다시 앉으면서 말했다.

"저희가 오늘 아침에 당신 방에서 이 열쇠를 찾았으니까요."

타툼은 눈을 가늘게 뜨고 쌀쌀맞은 어조로 빈정댔다.

"십중팔구 그 열쇠가 사건을 해결하는 열쇠이겠군요."

반스는 희미하게 미소를 지었다.

"예, 예, 물론입니다……. 그렇고말고요. 그러나 제가 말씀드렸듯이 이 열쇠를 당신 방에서 찾았습니다."

타툼은 잠시 꼼짝 않고 시시 담배를 피웠다. 그리고 손을 올려 입에서 담배를 떼냈다. 나는 그의 손가락들이 강철처럼 흔들리지 않는다는 사실에 특히 주목했다.

그는 지나치게 무심한 태도로 물었다.

"그게 어쨌다는 겁니까? 당신들은 아마 이 썩어가는 낡은 저택의 방들에서 쓰레기 같은 물건들을 수두룩하게 찾아낼 수 있을 겁니다."

그는 반스 쪽으로 얼굴을 돌리고 냉혹하고도 음울한 미소를 지었다. 양쪽 입 끝만 간신히 비틀린 미소였다.

"아시다시피, 저는 여기 살지 않습니다. 저는 단지 초대 받은 사람일 뿐입니다. 그런데도 당신들이 2층 제 방에서 그깟 오래된 녹슨 열쇠 하나를 찾아냈다고 해서, 제가 겁을 집어먹거나, 아니면 안절부절 못하고 초조해 하거나, 그도 저도 아니면 히스테리라도 일으켜야 된다는 말씀입니까?"

반스는 손쉽게 그를 안심시켰다.

"오, 아닙니다. 전혀 그렇지 않습니다. 당신은 아주 대단히 적절한 방식으로 행동하고 있는 겁니다."

"그래, 우리가 지금 어떤 처지에 놓여 있는 겁니까?"

타툼의 어조에는 상대를 얕보는 듯한 말투가 담겨 있었다.

"비유적으로 말씀드리면, 우리는 납골당에 놓여 있는 겁니다."

반스가 그답지 않은 부드러운 말투로 말했다.

타툼은 어리둥절한 것 같았다.

"뭐라고요, 납골당이요?"

"스탬가의 조상을 모신 납골당 말입니다."

"그런데 그게 어디 있는 건가요?"

"풀 바로 맞은편의 가문비나무 숲에 가려져 있답니다. 시멘트로 포장된 좁다란 보도 뒤쪽에 말입니다."

다시 타툼의 눈이 가늘어졌고, 얼굴 윤곽도 단단한 방어용 가면을 뒤집어쓴 형상이 되었다.

그는 금속성의 음성으로 물었다.

"저를 조롱하려는 겁니까?"

반스는 그를 안심시켰다.

"아닙니다, 아니에요. 저는 단지 당신의 질문에 답변을 드렸을 뿐입니다……. 저런, 납골당에 대해 모르셨습니까?"

타툼은 시선을 옮기고 히죽 웃으며 말했다.

"납골당을 본 적도 없고, 그것에 대해 들어본 적도 없습니다."

느닷없이 그가 몸을 돌려 발로 담배를 비벼 끄고는 두 눈을 부릅뜨고 반스를 바라보았다.

"어쩔 작정입니까?"

그는 대들 듯이 물었다. 신경이 참을 수 없을 정도로 날카로워진 듯했다.

"제게 어떤 혐의를 씌우려는 겁니까?"

반스는 잠시 동안 그 남자를 냉담한 얼굴로 주시하다 고개를 설레설레 내저었다.

그는 상냥하게 대답했다.

"치자나무 꽃까지는 아닙니다."

타툼은 몸을 움찔거렸고, 눈도 아주 가늘어졌다.

"당신이 무슨 뜻으로 그렇게 말씀하시는 건지 압니다!"

안색이 창백해지면서 그의 길쭉하고 납작한 손가락들이 움찔거리기 시작했다.

"그리프가 지난밤에 치자나무 꽃을 꽂고 있었지요, 안 그렇습니까? 십중팔구 당신은 제 방에서 치자나무 꽃도 찾았다고 말하려는 걸 겁니다."

반스는 그 사내가 쏟아낸 말 때문에 잠시 당황한 것처럼 보였으나, 금세 얼굴이 밝아지며 말했다.

"그렇지 않습니다. 그 치자나무 꽃은 당신 방에서 나오지 않았습니다. 그런데 사실 그리프 씨의 꽃이 당신 방에서 발견됐을 가능성이, 그렇게 당황스러워 할 일은 아니지 않습니까. 물론 그리프 씨가 살해당하지 않았다면 말입니다."

타툼의 입 주위 근육이 움직이며 또다시 냉혹하면서도 빈정대는 듯한 미소가 떠올랐다.

"그는 틀림없이 살해당했습니다. 몬테규와 마찬가지로 말입니다. 그리프는 달아난 게 아니었습니다. 게다가 이곳에는 그가 죽는 꼴을 꼭 보고 싶어하는 사람들이 얼마든지 있습니다."

반스는 유쾌한 어조로 되받았다.

"그리고 당신도 그런 사람들 중 한 분 아니십니까, 그렇지요?"

"물론입니다."

타툼은 턱을 앞으로 내밀었고, 눈에는 불쾌한 빛이 떠올랐다.

"설사 그렇더라도 제가 그를 죽였다는 것을 의미하지는 않습니다."

"그럼요, 당신이 그를 죽였다는 뜻으로 드린 말씀은 아닙니다."

반스는 일어나서 나가도 좋다는 듯 손을 흔들어 신호했다.

"지금은 이것으로 됐습니다. 그런데 저라면 음악적 충동을 억제했을 겁니다. 리랜드 씨는 당신도 그 살인사건에 어느 정도 관련됐을 거라고 판단하는 것 같더군요."

타툼은 심술궂은 표정에 억지 미소를 지으며 내뱉었다.

"그 혼혈인이!"

그와 동시에 경멸감을 나타내는 꼴사나운 몸짓을 취하고 응접실을 나갔다.

"만만치 않은 인간이야."

마크햄은 그 사내가 들리지 않는 곳으로 멀어지자 자신의 생각을 말했다.

반스는 고개를 끄덕거렸다.

"예측한 대로네. 그런데 빈틈이 없군."

"내가 보기에도 그런 것 같네."

마크햄은 이렇게 말하고는 자리에서 일어서 신경질적으로 왔다갔다 했다.

"스탬 부인의 트렁크에서 납골당 열쇠를 용케 빼낸 사람이 누구였는지만 알게 된다면, 어젯밤에 이곳에서 일어났던 극악무도한 범행에 대해 더 많이 알게 될 텐데 말이야."

반스는 고개를 가로저었다.

"그 열쇠가 수년간 트렁크에 있었는지조차도 의심스럽다네. 어쩌면 애초부터 그 안에 열쇠가 없었을지도 모르네, 마크햄. 열쇠를 감췄다는 거나, 또 온갖 비밀을 알고 있다는 것도 스탬 부인의 또 다른 환각일 뿐일지도 모르지. 드래건과 밀접하게 관련된 환각 말일세……."

"그렇지만 도대체 그 열쇠가 왜 타툼의 방에 있었을까? 나는 타툼이 아까 그 열쇠를 한번도 본 적이 없다고 이야기했을 때, 그가 진실을 말하고 있다는 인상을 받았네."

반스는 묘한 표정으로 마크햄을 얼른 쳐다보았다.

"그 젊은이는 아주 확신하고 있더군……. 그는 분명히 열쇠를 본 적이 없었어……."

마크햄은 멈춰 서서 반스를 내려다보았다.

"나는 어떤 식으로도 이 상황에 대한 논쟁거리를 생각할 수 없네."

그는 의기소침해져서 말했다.

"우리가 접근을 시도하는 모든 요인들이 일종의 파타 모르가나 (Fata Morgana;이탈리아 반도와 시칠리아 섬 사이의 메시나 해협에서 발생하는 신기루 현상으로, 요정 모르가나의 이름을 따 부르게 되었다. 전설에 의하면 요정 모르가나는 아서왕의 누이로, 물체의 모습을 변화시키거나 공중에 성을 띄워 놓는 등의 재주를 지니고 있었다고 한다. – 역주)로 밝혀지니 말일세. 손에 움켜쥘 만한 실체가 전혀 없잖나. 이놈의 상황은 심지어 그럴 듯한 이론을 세우는 것까지도 불가능하게 만드네."

반스는 그를 위로하며 말했다.

"이보게, 낙심하지 말게나. 생각하는 것처럼 그렇게 희망이 없는 상태는 아니라네. 우리가 지나치게 이성적이고 통상적인 자세로 문제 해결에 뛰어들었던 게 장애가 된 거라네. 상투적인 관점을 음흉하고 기괴한 상황에 끼워 맞추려고 애쓴 꼴과 같다는 말일세. 이 사건에는 의외의 요소들이 있어……."

"빌어먹을, 반스!"

마크햄은 예사롭지 않은 얼굴로 벌컥 성을 내며 욕설을 내뱉었다.

"그 터무니없는 드래건 설로 돌아가지 않았으면 하네."

반스가 그 말에 대답하기 전에, 저택 앞 주차장으로 자동차가 들어오는 소리가 났다. 그리고 잠시 뒤에 스니트킨이 현관문을 밀어 여는 소리가 들리더니, 도레무스 박사가 그의 안내를 받으며 응접실로 들어왔다.

"시체가 또 나왔다고요, 그렇소?"

검시관은 가볍게 손을 흔들어 인사를 건네며 퉁명스레 말했다.

"시체를 한번에 전부 모아 놓을 수는 없나, 경사……. 자, 시체는 어디 있나? 그리고 어째서 그토록 흥분하는 건가?"

그는 즐거운 듯 빈정대며 히스를 보고 히죽 웃었다.

"드래건이 또 살인이라도 한 건가?"

반스가 자리에서 일어섰다.

"그렇게 보입니다."

그는 침착한 말투로 말했다.

"뭐라고요!"

도레무스는 당황한 것 같았다.

"그럼 새로운 희생자는 어디에 있습니까?"

"같은 구덩이에요."

반스는 모자를 들고 복도로 나갔다.

도레무스는 눈을 가늘게 뜨고 잠자코 따라갔다.

경사가 스니트킨에게도 우리를 따라오라고 지시했다. 우리는 또다시 차를 타고 저택을 빙 돌아 이스트로드로 들어서 그 길을 따라 내려갔다. 우리는 구덩이들이 있는 곳에 도착해서, 도레무스가 구덩이 가장자리로 가서 얕은 구멍 안쪽을 살펴보는 동안 잠시 떨어진 채 서 있었다. 그는 대충 살펴본 뒤에 땅바닥으로 미끄러지듯 내려왔다. 그의 얼굴에는 야릇하면서도 깜짝 놀란 표정이 드러나 있었다. 냉소적이고 유쾌한 분위기는 완전히 사라져버리고 없었다.

"오, 하느님! 오, 하느님!"

그는 되풀이해서 중얼거렸다.

"이게 무슨 사건입니까?"

그는 입을 꽉 다물고, 히스를 향해 휙 몸을 돌렸다.

"시체를 꺼내게."

그는 긴장된 목소리로 지시했다.

스니트킨과 경사는 그리프의 시체를 구덩이에서 들어올려 땅바닥에 내려놓았다.

도레무스는 잠시 시체를 검사한 뒤에 일어서 우리 쪽을 향해 돌아서며 말했다.

"어제 보았던 그 사내와 마찬가지군요. 상처도 정확히 꼭 같습니다. 뼈가 부러진 것도 마찬가지고요. 가슴에 할퀸 상처가 세 줄로 나 있는 것도 동일합니다. 또 목에 생긴 변색 자국도 다를 바 없습니다. 머리 왼편이 찢어져 크게 벌어지고, 머리를 세게 맞은 거나 교살의 흔적도 차이가 없습니다……."

그는 한마디 덧붙였다.

"다만 이 사람은 어제 그 사람보다 죽은 지 오래되지 않았다는 게 다를 뿐입니다."

그는 찡그린 얼굴로 히스를 보며 말을 건넸다.

"이게 자네가 알고 싶은 거지, 안 그런가?"

반스가 물었다.

"어젯밤 12시를 사망시간으로 추정해도 되겠습니까?"

"자정이요?"

도레무스는 그리프의 시체 위로 몸을 구부려 다시 사후강직의 정도를 검사했다.

"죽은 지 대략 12시간쯤 지났군요⋯⋯. 예, 타당합니다."

그는 일어서서 시체를 옮기는 데 필요한 허가서를 적어 내려갔다. 그가 허가서를 경사에게 건네면서 말했다.

"다른 남자의 시체를 부검하는 과정에서 내가 어제 말했던 것을 바꿀 만한 어떤 것도 발견되지 않았네. 그렇지만 이 시체를 즉시 시체 보관소로 보내게. 오늘 오후에 이 사내를 검시할 생각이네."

나는 여태까지 도레무스 박사가 그토록 심각해하는 모습을 본 적이 없었다.

"그리고 나는 어제처럼 페이슨 애버뉴를 거쳐서 돌아갈 생각이네. 자네의 그 드래건이 존재하는 게 사실이라는 생각이 점점 드는구먼⋯⋯. 더할 나위 없이 괴이한 사건이야."

그는 중얼거리면서 길로 걸어가 자신의 차에 탔다.

"저건 사람을 죽일 때 흔히 쓰는 수법이 절대 아니야. 게다가 두 사람씩이나⋯⋯! 아침 신문들에서 드래건피시[14])에 대한 말도 안 되는 기사를 보긴 했지만. 아, 어찌된 노릇인지!"

그는 브레이크를 풀고서 차를 출발시켜 스퓨텐듀빌 쪽으로 달려갔

---

14) 그날 신문들은 몬테규의 살인사건에 대한 극적인 기사를 보도했다. 기자들은 자신들의 상상력을 발휘해 실제로 수중 괴물이 그의 죽음을 초래했을 가능성이 있다며 떠들어댔다. 지역 대학들 중 한곳의 동물학자는 기자와의 인터뷰에서 우리가 수중 생물에 대한 지식이 부족하기 때문에 그런 설명들을 과학적으로 반박할 수 없다는 입장을 밝혔다.

다.

그리프의 시체를 지키도록 스니트킨을 그곳에 남겨놓고 우리는 저택으로 돌아갔다.

"그런데 이제 뭘 해야 되나?"

우리가 현관으로 들어섰을 때, 마크햄이 절망적인 어조로 물었다.

반스가 대답했다.

"오, 뭘 해야 될지는 아주 분명하다네. 나는 스탬의 물고기 수집품을 슬쩍 들여다볼 작정이네. 그래, 자네도 함께 가는 게 좋겠어. 열대어들은 매력적이거든, 마크햄."

그는 트레이너에게 몸을 돌렸다. 트레이너는 스니트킨을 대신해 현관 문간에 서 있었다.

"스탬 씨에게 우리가 뵐 수 있을지 여쭤보게."

트레이너는 두려움이 담긴 눈길로 반스를 노려보다가, 곧 몸을 꼿꼿이 하고는 경직된 태도로 복도를 따라갔다.

마크햄은 짜증 섞인 목소리로 항의하듯 말했다.

"이보게, 반스. 도대체 왜 그러나? 우리는 해결해야 할 중대한 일이 있네. 그런데 자네는 물고기 수집품이나 살펴볼 생각이라고 말하다니! 두 사람이나 살해되었는데……."

반스가 말허리를 자르며 말했다.

"나는 자네기 사건 해결에 물고기가 매우 도움이 된다는 사실을 알게 되리라고 확신하네……."

이때 스탬이 서재에서 나와 우리를 향해 성큼성큼 다가왔다.

"저희들에게 당신의 수족관을 좀 안내해 주시겠습니까?"

반스가 그에게 요청했다. 스탬은 그의 말에 상당한 놀라움을 표시했다.

"예, 그럽시다."

그는 부자연스런 말투로 정중하게 말했다.

"물론이오…… . 당연한 일이오. 아주 기쁜 일이올시다. 이쪽으로 오시오."

그리고는 몸을 돌려 서재를 향해 걸어갔다.

제 *18*장 물고기에 대한 지식

8월 13일 월요일 오후 12시 15분

서재는 상당히 큰 방이었다. 제임스 1세 시대 양식의 가구들이 있어야 할 것들로만 간소하게 갖추어져 있었으며, 책장에는 책들이 바닥에서 꼭대기까지 빈칸 없이 가득히 꽂혀 있었다. 동쪽과 서쪽에 창이 있었고, 우리 정면으로 보이는 북쪽 벽에는 수족관들과 더 안쪽의 동물 사육장으로 연결되는 아치형의 널따란 통로가 나 있었다.

리랜드가 커다란 소파에 앉아서 무릎 위에다 유모포포우로스(그리스의 저명한 중국 문화 전문가 - 역주)의 도자기 모음집 가운데 한 권을 올려놓고 보고 있었다. 한쪽 구석 조그만 카드놀이용 테이블에는 맥아담 부인과 타툼이 크리비지(2~4명이 하는 카드놀이의 일종 - 역주) 판을 사이에 두고 앉아 있었다. 서재에는 이들밖에 없었다. 세 사람은 우리가 들어가자 모두 호기심 어린 시선으로 쳐다보았으나, 한 마디도 하지 않았다.

스탬이 서재를 가로질러서 우리를 첫 번째 수족관으로 안내했다. 그 방은 서재보다도 더 넓었고, 동쪽과 서쪽 벽에는 창문들이 높다란 위치에 죽 늘어서 있었을 뿐만 아니라 천장에 커다란 채광창까지 있었다. 두 번째 아치형 통로를 따라 더 들어가니 또 다른 수족관이 나왔는데, 첫 번째 수족관과 비슷했다. 그리고 그 뒤편으로는, 삼면에 창이 나 있는 사육장이 있었다.

우리가 들어섰던 첫 번째 수족관에는 모두 같은 크기의 수조들이 나란히 늘어서 있었는데, 그 높이가 창문들의 아래쪽까지 닿았다. 그리고 방 중간에는, 또 다른 수조들이 방의 한쪽 끝에서 끝까지 연결된 기다란 네 줄의 금속 선반 위에 빼곡히 쭉 얹혀져 있었다. 방 안에는 그런 수조들이 190리터에서부터 3,785리터까지의 다양한 크기로 100개도 넘게 있었다.

스탬은 문가의 왼쪽에 있는 수조부터 시작해서 그 방을 빙 둘러가며 우리를 안내하면서 자신의 살아있는 보물에 대해 설명했다. 그는 먼저 플라티페킬루스 마쿨라투스류의 다양한 열대어들을 가리켰다. 풀커와 루버, 아우라투스, 산귀네우스, 니거 등이었다. 그리고 가지각색의 시포로루스 헬레리(멕시코 지방산의 담수 감상어(鑑賞魚)인 검상꼬리송사리 - 역주)와 레드 헬레리(검상꼬리송사리와 레드 플래티 사이의 잡종 - 역주)도 보여주었다. 또 측면이 진줏빛으로 점점이 찍혀 있는 몰리에니시아 라티피나도 있었다. 블랙 몰리스도 보였는데, 그들 고유의 검은색 반점에서 더 발전되어 완전히 줄무늬로 개량된 품종이었다. 게다가 그의 바버스 속(屬) 수집은 광범위해서, 유백광(乳白光)을 내는 붉은 지느러미의 담수어인, 아름다운 올리고레피스부터 시작해, 장밋빛 콘코니우스, 카멜레온처럼 황금색과 검은색, 양홍(洋紅)색으로 빛깔이 변하는 라테리스트리가, 까만 줄무늬가 있는 펜타조나, 은빛의 틱토 등 모두 열거할 수 없을 만큼 종류가 많았다. 이것들 다음으로는 라스보라 속의 종(種)들이 있는 곳에 다다랐다. 주로 헤테로모르파와 테니아타가 많았고, 아름다운 카라시니드, 특히 테트라고노프테리네 아과(亞科;생물 분류에서 과(科)와 속(屬)의 사이 - 역주)의 품종들까지 갖추어져서, 옐로우 테트라와 레드 테트라, 글래스 테트라, 브론즈 테트라, 플래그 테트라, 그리고 헤미그라무스 오켈리퍼, 즉 헤드 앤 테일 라이트 피시 등도 눈에 띄었다.

서쪽 벽을 따라 쭉 늘어서 있는 수조들의 중간쯤에 이르자, 스탬은 우쭐대며 자신이 수집해놓은 시클리드 과의 열대어들을 가리켰다. 시크라소마 파체툼과 세베럼, 니그로파시아텀, 플래그 시클리드라고도 하는 페스티범, 우로프탈무스, 아우레움 등등이었다. 그는 또 암수의 구별법이라든가 습성에 대해서 거의 알려진 바가 없이 수수께끼에 싸여있다는, 심피소돈 디스커스도 보여주었다.

　"나는 요즘 이 종들을 연구하고 있소."

　스탬이 청록색의 놋쇠빛깔 물고기들을 자랑스럽게 가리키며 말했다.

　"저것들은 프테로필룸과 가까운 동족이며, 자신들의 속(屬) 중에서 유일한 종들이오. 경험 많은 어류 사육가들 중에도 아직 이 종들에 대해 모르는 사람들이 있을 정도요."

　"프테로필룸 종 가운데 어떤 물고기라도 번식에 성공한 적이 있으십니까?"

　반스가 흥미를 보이며 물었다.

　스탬이 낄낄 웃었다.

　"바로 내가 우리나라에서 그 비밀을 밝혀낸 어류 사육가 중 한 명이었소……. 여길 보시오."

　그가 최소한 3,700리터는 될 듯한 거대한 수조를 가리켰다.

　"이게 그 성공비법이오. 헤엄칠 공간을 넓게 확보해 주고 나서, 알을 낳을 수 있게 잎이 빽빽한 사지타리아를 심고 온도를 적당히 따뜻하게 해주면 되오."

　그 수조에는 아름다운 물고기들이 많았는데, 등지느러미에서 뒷지느러미까지의 길이가 30센티미터 정도 되는 것들도 있었다.

　그는 서쪽 벽을 따라 걸음을 옮기면서 물고기들이 자랑스러운 듯 거침없이 이야기를 늘어놓았다. 그런 그에게서 광신자와도 같은 열정이 느껴졌다. 우리가 방 안의 수조를 거의 다 둘러보았을 때, 그가 에귀덴스 포르탈레그렌시스, 즉 블루 아카라라는 물고기들을 우리에게 소개해주었다. 여기에 속하는 물고기들은 조그맣고 투명한 글래스피시, 즉 암바씨스 랄라를 비롯해, 팬첵스의 수많은 종들, 그중에서도 특히 리니어터스와 희귀한 나이지리아 종인 그라아미, 창(槍) 같이 생긴 베로네속스 베리자누스 한 쌍, 흔히 볼 수 있는 다니오 말라바리쿠스 등이 있었다. 그리고 하플로크로미스 멀티컬러와 아스타토틸라피아 모파티, 틸라피아 헤우델로티, 에트로플루스 마쿨라투스같이 입 안에서 알이나 치어(稚魚)를 기르는 열대어들도 소개해주었다. 그 뿐 아니라 오스프로메누스와 마크로포두스, 아나바스, 크테노포마 같은 우렁잇속의 물고기들과 수백 마리의 레비스테스 레티쿨라투스도 보여주었다.

스탬은 이번에는 업신여기는 듯한 얼굴로 마지막에 있는 커다란 수조를 향해 손을 휘둘렀다.

"엔젤피시의 먹이요."

그가 퉁명스레 말했다.

반스가 말했다.

"그렇지만, 흔하기는 해도 저 거피들보다 더 아름다운 열대어도 드물 텐데요."

스탬은 콧방귀를 뀌며 그 안쪽 방으로 걸음을 옮기면서 말했다.

"이 방에는 정말로 아주 귀한 물고기들을 수집해 놓았소."

이 두 번째 수족관은 방금 우리가 나온 첫 번째 수족관과 구조도 비슷하고 수조의 수도 거의 똑같았으나, 그 정렬 방식은 달랐다.

"우선, 이쪽에는 진귀한 모노닥틸루스 아르젠테우스가 있소."

스탬이 오른편에 있는 한 수조 앞에 서서 말했다.

"당연히 염수(鹽水)겠군요."

반스가 말했다.

"오, 그렇소."

스탬은 호기심 어린 얼굴로 반스를 슬쩍 보았다.

"사실 이 방의 수조들 대부분은 물에 염분이 섞여 있소. 그리고 당연히 나는 내 톡소테스 자쿨라토, 즉 슈팅 피쉬와 무질 올리고레피스의 수조에도 염수를 사용하오."

반스는 스탬이 가리킨 수조 위로 몸을 숙이며 말했다.

"이 무질 올리고레피스는 바브와 비슷하게 생겼군요. 하지만 등지느러미가 하나가 아니라 둘이로군요."

스탬이 또다시 호기심 어린 얼굴로 그를 쳐다보았다.

"맞소. 당신도 물고기를 좀 길러본 것 같구려, 안 그렇소?"

반스가 앞으로 계속 걸어 나가며 대꾸했다.

"오, 취미 삼아 잠깐 길러 본 적이 있습니다."

"이쪽에 있는 것들 중에도 내가 가장 아끼는 것들이 몇 있소."

스탬이 방 한가운데 늘어서 있는 수조들 쪽으로 가며 말했다. 그런 다음 우리에게 콜로소마 니그리핀니스와 밀로소마 두리벤트리스, 메틴니스 로세벨티와 같은 물고기 몇몇을 알려주었다.

반스가 물었다.

"이 희귀한 카라신을 어떻게 하면 이처럼 훌륭한 상태로 기를 수 있는 겁니까?"

스탬이 심술궂은 미소를 지으며 대답했다.

"아, 그건 비밀이오. 온도를 높게 하고 커다란 수조에 넣어준다거나, 살아있는 먹이를 주는 것은 당연한 일이고……. 그리고 그밖에 또 뭐가 있소."

그는 아리송한 말 한 마디를 덧붙이고는 서쪽 벽을 따라 늘어선 또 다른 수조들로 몸을 돌렸다.

"하지만 이쪽에 그보다도 더 수수께끼에 싸여있는 물고기들이 몇 마리 있소."

그가 두 손을 호주머니 속에 넣고 흡족한 얼굴로 수조들을 바라보았다.

"이것들은 햇쉬트 피시요. 가스테로펠레쿠스 스테르니클라와 카르네지엘라 스트리가타, 토라코카락스 세쿠리스지. 소위 전문가라는 작자들도 이 종들의 번식 습성이 아직 밝혀지지 않았으며, 수족관에서는 기를 수 없다고 말할 거요. 그렇지만 허튼 소리요! 내가 그걸 성공적으로 해냈으니."

그는 아래쪽으로 더 걸어 내려갔다.

"이 안에는 아주 재미있는 물고기가 있소."

그가 유독 관심이 끌리는 수조의 앞 벽을 가볍게 톡톡 쳤다.

"복어, 즉 테트로돈 쿠쿠티아요. 이걸 보시오."

그가 조그만 뜰채로 그 수조 속에 있는 물고기 하나를 꺼내자, 그 물고기는 스스로 공 모양으로 몸을 부풀렸다.

스탬이 말했다.

"참 별난 생각이지. 몸을 부풀려서 적이 자신을 삼키지 못하게 하려 들다니 말이오."

반스가 퉁명스레 대꾸했다.

"오, 인간과 아주 비슷한 것 같군요. 우리 정치인들도 죄다 그와 똑같이 하니까요."

스탬은 이 말에 씩 웃었다.

"그런 생각은 미처 못 해 봤구려."

그가 낄낄 웃었다. 그러다가 계속 말을 이었다.

"그리고 그 바로 옆에 있는 이 수조에는 판토돈 부크올지가 있소. 저 커다랗고 투명한 가슴지느러미 좀 보시오. 이 버터플라이 피시들은 내가 서아프리카에서 직접 가져온 거요……. 그리고 여기에 보이는 이 아름다운 물고기들은 스카토파구스라고 하오."

그가 아주 커다란 육모꼴의 물고기들이 들어있는 두 개의 수조를 가리켰다. 한 수조에는 반점이 찍힌 아르구스가, 또 다른 한 수조에는 줄무늬가 있는 루브리프론스가 있었다. 스탬은 서쪽 벽에 늘어서 있는 수조들을 따라 걸으며 말을 이었다.

"그리고 여기 있는 이 한 쌍의 물고기는 루치오케팔루스 풀커요."

반스는 그 물고기들을 호기심 어린 눈길로 유심히 들여다보더니 말했다.

"이 물고기에 대해서는 들어본 적이 있습니다. 에너벤티드 과의 동족이라고 들었습니다. 하지만 이들의 습성이나 사육법에 대해 잘 아는 사람은 없더군요."

스탬이 으스대며 말했다.

"나 말고는 없지. 그리고 사람들이 흔히 생각하듯 난생으로 번식하지 않고, 태생어(胎生魚;수란관에서 어느 정도 자라서 나오는 물고기 – 역주)라는 점도 덧붙여 말해주겠소."

반스가 나직하게 말했다.

"놀랍군요."

스탬은 이제 우리의 주의를 조그만 수족관 여러 개가 일렬로 놓여 있는 위쪽의 선반으로 돌렸다.

그가 말했다.

"피라니아(Piranha;세라살무스 스필로플레우라 종에 속하는 물고기 – 역주)요. 희귀종이지. 그리고 아주 잔인하기도 하고……. 저 사나워 보이는 이빨 좀 보시오. 내가 알기로는 이 놈들이 처음으로 미국 땅에 살아서 들어온 놈들일 거요. 브라질에서 내가 직접 들여왔소. 물론 따로따로 담아서 말이오. 같은 통에 넣어왔더라면 자기들끼리 서로 죽였을 테니까. 망할 놈의 식인어, 세라살무스 같으니. 전에는 거의 50센티미터 길이가 되는 것들도 두 마리 있었소. 필시 스필로플레우라가 아니었을 거요. 피라니아는 길이가 30센티미터 이상으로 자라는 법이 거의 없으니……."

그는 다른 쪽으로 가면서 말을 이었다.

"그리고 이쪽엔 해마, 즉 히포캄푸스 푼크툴라투스들이 훌륭하게 수집되어 있소. 뉴욕 아쿠아리움(New York Aquarium;브루클린에 위치한 해양 생태 박물관 – 역주)에 있는 것들보다 더 낫지……."

스탬은 앞으로 몇 발짝 더 걸어갔다.

"이쪽 수조에는 흥미로워할 만한 물고기들이 있소. 싸우기 좋아하는 위험한 놈들이오. 짐노투스 카라포요. 서로 떨어뜨려 놓아야 하오. '전기뱀장어', 즉 엘렉트로포루스 엘렉트리쿠스로 알려져 있소. 하지만 둘 다 이름이 정말 잘못 지어졌소. 이 물고기들이 뱀장어같이 생기긴 했지만, 뱀장어와는 전혀 관계가 없고 카라시니드와 동족이기 때문이오. 여기 있는 놈들은 길이가 20센티미터 정도밖에 안 되지만, 이 물고기는 원래 90센티미터까지도 자랄 수 있소."

반스는 그 괴상한 물고기들을 주의 깊게 살펴보았다. 혐오감이 일 정도로 사악하게 생긴 물고기들이었다.

반스가 말을 꺼냈다.

"저는 이 물고기들이 잠시만 닿아도 정말로 사람을 감전시켜 죽일 수 있다는 얘길 들은 적이 있습니다."

스탬이 입술을 오므렸다.

"맞소, 정말 그렇소."

이때 타툼과 맥아담 부인이 방으로 들어왔다.

"싸움을 한 판 붙이는 게 어때요?"

타툼이 능글맞게 웃으며 스탬에게 말했다.

"티니와 저는 카드놀이도 질렸어요."

스탬은 망설였다.

"지금까지 자네 때문에 내 가장 큰 투어(鬪魚)를 여덟 마리나 잃었는데……. 오, 좋네."

그는 동쪽 벽의 널찍한 벽감으로 갔다. 그곳에는 1리터 정도의 수많은 수조들마다 샴 파이팅 피시가 한 마리씩 들어있었다. 천장에는 구체(球體)의 수조가 가느다란 사슬 세 개로 지탱된 채 150센티미터 정도의 높이로 매달려 있었다. 그는 뜰채를 집어 베일 같은 꼬리가 달린 물고기 두 마리를 매달려 있는 구체의 수조로 옮겼다. 하나는 아름다운 청록색이었고 또 하나는 자줏빛이었다.

두 물고기는 공격하기에 앞서서 서로를 조심스럽게 살폈다. 그런 다음, 몸의 색깔이 환하게 밝아지면서 지느러미와 꼬리를 씰룩이다가 사납게 쫙 뻗더니 빠르게 빙빙 돌았다. 그러다가 서로 가까워져 거의 평형을 이루자 천천히 수면으로 나란히 올라갔다. 다음 순간 그들은 몸의 긴장을 푸는 것 같더니, 수조의 바닥으로 가라앉았다. 이러한 예비 행동들이 몇 분간 계속되다가, 번개가 치듯 순식간에 싸움이 시작되었다. 그들은 서로에게 맹렬히 돌진해, 비늘을 떼어내고, 상대방의 꼬리와 지느러미를 절단하는가 하면 피를 튀기며 살점을 뜯어내기도 했다. 타툼은 계속 자줏빛 투어를 응원하고 있었지만, 모두들 그런 그에게 시큰둥한 반응만 보였다. 청록색 투어가 상대방의 아가미를 사정없이 꽉 물고는, 공기가 필요해 어쩔 수 없이 수면으로 올라가야 할 때까지 놓아주지 않았다. 이번에는 자줏빛 투어가 적수의 입을 사납게 물고 늘어지다가, 자기가 공기가 필요해지자 할 수 없이 놓아주었다. 그것은 끔찍한 광경이었지만, 기막힌 구경거리기도 했다.

반스가 타툼에게로 시선을 돌리며 물었다.

"이런 일이 즐겁습니까?"

그가 기분 나쁜 웃음을 지으며 투덜댔다.

"이건 너무 시시하죠. 저는 닭싸움을 더 좋아하니까요. 하지만 마땅히 다른 할 일도 없으니……."

들어오는 기척도 듣지 못했는데, 리랜드가 어느 사이에 방에 들어와 있었다. 그는 반스 바로 뒤에 서 있었다.

"이런 건 야만적인 스포츠라고 생각합니다."

그가 분노에 찬 눈빛으로 타툼을 쳐다보며 말했다.

"짐승 같은 짓입니다."

자줏빛 투어는 이제 구체의 바닥에 가라앉아 있었는데, 여기저기 찢겨나가고 비늘도 거의 다 뜯겨나간 상태였다. 게다가 적수가 coup de grâce(최후의 일격)을 가하려고 달려드는 상황이었다. 리랜드는 재빨리 조그만 뜰채를 들더니 구체 안으로 집어넣었다. 그리고는 상처입은 패자를 끄집어내, 물에 머큐로크롬을 타 놓은 조그만 수조에 넣어주었다. 그런 다음 그는 서재로 돌아갔다.

타툼은 어깨를 으쓱하고는 맥아담 부인의 팔을 잡았다.

"자, 티니, 우리 원반 튕기기(어린이 놀이의 일종으로, 작은 원반을 튕겨서 종지 속에 넣는 유희 – 역주)나 합시다. 리랜드도 분명 그거라면 뭐라고 하지 않을 겁니다."

그리고 두 사람은 방에서 나갔다.

"웃기는 녀석이야."

스탬이 비아냥거리며 말했다. 그는 수조들을 둘러보던 일을 다시 시작하며, 애정이 듬뿍 담긴 말투로 자신이 수집해놓은 희귀한 물고기들에 대해 유창하게 설명했다. 그는 분명 물고기들에 대해 폭넓고 다양한 지식을 갖고 있었다. 그리고 중대한 실험도 수차례 해봤던 게 틀림없었다.

그는 안쪽의 아치형 통로로 더 들어가더니, 우리에게 자신의 사육장을 보여주겠다고 제안했다.

하지만 반스가 고개를 저으며 말했다.

"오늘은 됐습니다. 정말 감사하고, 말씀만으로도 충분합니다."

"이쪽에 들어가 보면 흥미로워할 만한 두꺼비가 몇 마리 있소. 알리테스 오브스테트리칸스라고 하는데, 유럽에서 처음으로 들여 온 거요."

스탬이 부추겼다.

반스가 대답했다.

"그 미드와이프 토드들은 나중에 보도록 하겠습니다. 바로 지금 제 관심을 끄는 것은 병에 담겨 있는 아귀들입니다. 저쪽에 보이는 몇 마리들에 자꾸 마음이 끌려서요."

동쪽의 커다란 창문들 중 하나의 아랫부분에 선반 몇 개가 있었는데, 그 위에 이상하게 생긴 다양한 크기의 바다괴물들이 썩지 않게 보존된 채로 병에 담겨져 쭉 놓여 있었다. 스탬은 우리를 즉시 그쪽으로 데려갔다.

"저쪽에 굉장한 놈이 하나 있소."

그가 원뿔형의 기다란 병 하나에 담긴 물고기를 가리키며 말했다.

"오모수디스 로위요. 사브르(펜싱 경기에 쓰는 칼의 일종 – 역주) 같이 생긴 저 송곳니들을 좀 보시오!"

반스가 중얼거렸다.

"드래건의 입에 딱 어울리는군요. 하지만 보이는 것만큼 사악하지는 않을 겁니다. 자신의 3분의 1밖에 안 되는 물고기에게도 패해서 잡아먹히기도 하니까요. 가령 키아스모돈 니거 같은 것한테 말이죠."

"맞소."

스탬이 날카로운 눈빛으로 다시 한번 반스를 흘끗 보았다.

"무슨 딴 뜻이라도 있어서 한 말이오?"

"아닙니다."

반스가 부정하고는, 물고기 한 마리가 보존되어 담겨있는 커다란 유리그릇을 가리켰다. 나는 그 물고기처럼 끔찍하고 소름끼치게 생긴 것은 생전 처음 보았다.

"이것은 카우리오두스 슬로아네이의 일종입니까?"

스탬이 반스에게 시선을 고정한 채 대답했다.

"그렇소. 그리고 이 방에 또 한 마리를 가지고 있소."

"그리프 씨에게도 두 마리라고 들었던 것 같습니다."

스탬은 얼굴이 굳어졌다.

"그리프! 도대체 그가 그런 얘기는 뭣 때문에 했단 말이오?"

"저도 잘 모르겠습니다."

반스가 병들이 늘어서 있는 곳을 따라서 쭉 걸었다.

"그런데 이건 도대체 뭡니까?"

스탬은 마지못해 몸을 돌리더니 반스가 손가락을 갖다 댄 병을 흘끗 보고는 말했다.

"일명 드래건피시라고 불리는 또 다른 것이오. 람프로탁수스 플라젤리바르바요."

그것은 사악하게 생긴 괴물로, 녹색이 도는 검은색의 몸뚱이에는 강렬한 선녹색의 얼룩덜룩한 무늬까지 나 있었다.

스탬은 우리에게 다른 드래건피시들도 보여주었다. 이디아칸투스 파시올라라는 것은 뱀과 드래건을 합쳐놓은 모습이었다. 뱀장어같이 생긴 기다란 몸은 검은색에 가까웠고 금빛의 꼬리도 달려 있었다. 늑대같이 생긴 리노프리네 아르보리퍼는 아주 커다란 입에 튼튼한 이발을 지녔으며 꼭 턱수염 같아 보이는 수염이 나 있었다. 포토코리누스 스피니켑스는 아주 작긴 했으나 머리가 몸길이의 반을 차지하면서 턱이 매우 커다랬고 그 안에 이빨이 빼곡히 들어차 있었다. 흔히들 앵

글러 피시(Angler Fish;낚시꾼 물고기 - 역주)라고 하는 라시오그나투스 사케오스토마는 턱이 몸의 절반도 더 차지했고, 몸 자체에 먹이를 잡기 위한 낚싯줄과 낚싯바늘이 갖추어져 있었다. 그리고 그 외에, 혐오감을 주는 외양에다 발광(發光)까지 하는 드래건피시들도 여럿 보였다. 그는 우리에게 주홍색과 노란색으로 어우러진 해룡(sea-dragon) 한 마리도 보여주었다. 해룡은 갑옷을 입고 그 앞에 깃털 장식까지 달아 나부끼고 있는 듯한 모습이었는데, 신화 속에 상상으로 그려진 드래건의 이미지를 축소해서 재현해 놓은 듯했다.

"아주 흥미로운 물고기들을 수집해 놓으셨군요."

반스가 병들에서 몸을 돌리며 말했다.

"이곳에 드래건피시가 이렇게 여기저기 놓여 있으니, 풀에 대한 오래 전의 미신이 사라지지 않은 것도 이상한 일이 아니로군요."

스탬은 갑자기 멈춰 서더니 얼굴을 찌푸렸다. 반스의 마지막 말이 그를 당황스럽게 한 게 분명했다. 그는 응수를 하려고 입을 열었다가 반스의 말을 좋은 쪽으로 생각하기로 마음먹었는지 아무 말 없이 왔던 쪽으로 발걸음을 되돌렸다.

우리가 다시 서재로 돌아오자, 반스는 화분에 심어져 있는 그 방의 다양한 식물들을 신기한 듯이 둘러보았다.

"진기한 식물 표본들 몇 가지도 수집하셨군요."

반스가 말했다. 스탬은 무관심한 얼굴로 고개를 끄덕였다.

"그렇소. 하지만 나는 그것들에는 그다지 관심이 없소. 여행을 갔다가 이따금 그런 것들을 가져오긴 하지만 다 어머니를 위해서일 뿐이오."

"이것들은 특별한 관리를 해줘야 합니까?"

"물론이오. 그래서 죽어 버린 것도 많소. 내가 서재를 아주 따뜻하게 유지시키고 햇빛이 많이 들도록 해주긴 하지만, 아무리 그렇게 해주어도 열대식물에게는 이곳이 지나치게 춥게 느껴질 거요."

반스는 한 화분 옆에 멈춰 서서 잠시 자세히 살펴보았다. 그러더니 또 다른 식물이 있는 곳으로 걸어갔다. 생긴 건 난쟁이 상록수 같아 보였지만 딸기같이 생긴 엷은 누런색의 작은 열매가 잔뜩 달려 있는, 참으로 희한한 식물이었다.

반스가 물었다.

"도대체 이게 뭡니까?"

"나도 이름은 모르겠소. 괌에서 가져온 거요."

반스는 리랜드가 앉아 책을 읽고 있는 소파 옆에 놓인 커다란 화분 쪽으로 걸어갔다. 그 화분에는 덩치가 작긴 해도 꽤 키가 큰 나무가 심어져 있었다. 커다란 타원형의 번들번들한 잎사귀들이 매달려 있는 것이, 유럽에서 장식용으로 기르고 있는 인도 고무나무의 묘목 같아 보였지만, 잎사귀의 크기가 더 작고 폭이 더 넓었으며 그 수도 더욱 풍성한 것 같았다.

반스는 잠시 그 나무를 주의 깊게 살피다가 물었다.

"피커스 엘라스티카입니까?"

"그런 것 같소."

스탬이 대답했다. 그는 식물보다는 물고기에 훨씬 더 관심을 가지고 있는 게 분명해 보였다.

"그러나 희한한 종류요……. 일종의 잡종 같소. 그리고 성장이 저해된 게 분명하오. 여하튼 분홍색 싹 같은 게 돋은 적이 한 번도 없소. 내가 버마에서 3년 전에 가져왔는데도 말이오."

"그런데 이렇게 잘 자라다니 놀랍군요."

반스는 그 위로 몸을 바짝 숙여 손가락으로 화분에 담긴 진흙을 만졌다.

"특별한 흙이 필요한가요?"

스탬은 고개를 가로저었다.

"아니오. 흙에 뭐든 좋은 거름만 주면 충분한 것 같소."

이때 리랜드가 보던 책을 덮었다. 그러더니 날카로운 눈길로 반스를 한번 보고는 일어나서 수족관으로 들어갔다.

반스는 손수건을 꺼내 손가락에 묻은 축축한 흙을 닦아냈다.

"저희는 이제 가봐야겠습니다. 점심시간이 거의 다 되어서요. 조금 있다 오후에 다시 오거나, 아니면 연락을 드리든가 하겠습니다. 그리고 조금만 더 호의를 베풀어주시길 청해야겠군요. 아직은 이 집안에서 누구도 떠나지 못하도록 부탁드립니다."

"그거라면 아무 염려 마시오."

스탬은 상냥하게 대답하고 나서 우리를 따라 복도로 나가는 문까지 나왔다.

"윈치(밧줄이나 쇠사슬을 감았다 풀었다 해서 물건을 위아래로 옮기는 기계 – 역주)를 가져오라고 전화를 해서 오후에는 풀에서 바위를 들어낼 생각이오. 운동 좀 하게 생겼소……."

그리고 나서 기분 좋게 손을 흔들어 보이고는 몸을 돌려 자신이 사랑하는 물고기들에게로 돌아갔다.

우리가 응접실로 돌아오자 마크햄이 반스에게 버럭 화를 내며 다그쳤다.

"대체 뭣 때문에 물고기와 식물들에게 그렇게 시간을 허비한 건가? 중대한 일이 있는 이 상황에 말이네."

반스가 진지한 얼굴로 고개를 끄덕였다.

"나는 바로 그 중대한 일을 하고 있었네, 마크햄."

그가 낮은 목소리로 대답했다.

"게다가 마지막 30분 동안에는 중요한 사실을 많이 알아냈네."

마크햄은 한동안 반스를 유심히 보면서 아무 말도 하지 않았다.

반스가 모자를 집어 들었다.

"자, 이보게. 지금으로서는 여기에서 우리가 더 이상 할 일이 없네. 함께 내 아파트로 가서 점심이나 드세. 우리가 돌아올 때까지 경사가 잘 맡아서 하고 있을 걸세."

그는 탁자 옆에 서서 부루퉁한 얼굴로 말없이 담배를 피우고 있는 히스에게 말했다.

"그런데 경사, 오늘 오후에 자네가 해주었으면 하는 일이 좀 있네."

히스가 표정 변화 없이 쳐다보자, 반스가 계속 말했다.

"자네 부하들에게 구덩이들의 주변을 샅샅이 수색하라고 해주게. 특히 덤불과 나무숲 안쪽을 말이야. 그 친구들이 이륜 손수레나 외바퀴 손수레, 아니면 그 비슷한 것을 찾게 된다면 말할 수 없이 기쁠 것 같군."

히스의 불만스러운 눈이 천천히 반스에게로 모아지더니 이제 눈빛에 생기가 돌기 시작했다. 그는 여송연을 입에서 떼고 나서, 넓적한 얼굴 가득 무슨 말인지 알아들었다는 표정을 지어보였다.

"알겠습니다, 반스 씨."

히스가 말했다.

제*19*장 드래건의 발자국

8월 13일 월요일 오후 1시

반스의 아파트로 차를 타고 가는 길에 우리는 갑작스럽게 퍼붓는 우레를 동반한 소나기를 만났다. 스탬 저택을 나오기 얼마 전부터 서쪽 하늘에는 먹구름이 잔뜩 끼어 있었다. 그러나 비가 쏟아질 기미는 보이지 않아서 나는 그 검은 구름이 우리를 지나 남쪽으로 사라질 거라고 생각했다. 하지만 세차게 내리는 빗줄기는 마치 물을 퍼붓듯이 맹렬하게 쏟아졌다. 그 때문에 우리가 탄 자동차는 브로드웨이 북쪽에서 물구덩이에 빠져 거의 오도 가도 못할 상황에 처했다. 우리가 1시 30분이 조금 못 되어 반스의 아파트에 도착했을 때는, 폭우는 이미 이스트리버를 빠져나갔고, 태양이 다시 빛나고 있었다. 실제로 우리는 옥상정원에서 점심식사를 할 수 있었다.

식사를 하는 동안 반스는 의식적으로 그 사건에 대해 논의하는 것을 피했다. 그리고 마크햄도 대화를 끌어내려고 두세 번 헛된 노력을 시도한 뒤에, 뚱한 얼굴로 말문을 닫아버렸다.

2시 직후에 반스는 점심 식탁에서 일어서더니 자신이 몇 시간 동안 나갔다 올 거라고 말했다.

마크햄은 몹시 성이 나고 놀란 얼굴로 그를 쳐다보았다.

"하지만 반스, 우리는 이 사건을 그대로 내버려 둘 수 없네. 즉시 무엇이든 해야 한단 말일세……. 꼭 가야하나? 도대체 어디를 가려는 건가?"

그가 항의하듯 말했다.

반스는 마크햄이 던진 처음 질문은 아예 무시해버렸다.

"쇼핑을 가려고 하네."

그는 문 쪽으로 움직이면서 대답했다.

마크햄은 화가 나서 벌떡 일어섰다.

"쇼핑! 도대체 이런 때에 왜 쇼핑을 하러 간다는 건가?"

반스는 몸을 돌려 마크햄에게 알 수 없는 미소를 보냈다.

"옷 한 벌을 보러 가는 걸세, 친구."

반스가 대답했다.

반스의 그 말에 마크햄은 흥분하여 횡설수설했다. 이윽고 마크햄이 자신의 분노를 좀더 분명하게 표출하기 전에 반스가 재빨리 덧붙였다.

"내가 나중에 자네 사무실로 전화하겠네."

그는 잔뜩 궁금증만 키워 놓은 채 손을 흔들고 문으로 사라졌다.

마크햄은 부루퉁한 표정으로 잠자코 다시 자리에 앉았다. 그는 와인을 다 마시고 나서 새 여송연에 불을 붙였다. 그리고는 택시를 불러 사무실로 가버렸다.

나는 아파트에 남아서 그동안 등한시했던 내 본연의 업무를 처리하려고 했다. 그러나 숫자를 들여다보며 결산을 하는 일에는 도무지 정신을 집중할 수 없었다. 그래서 서재로 돌아가서 특별히 제작한 반스의 단파 라디오의 주파수를 맞추며 세계 일주를 시도했다. 드디어 나는 베를린에서 방송되고 있는 아름다운 브람스 교향곡 연주회를 포착할 수 있었다. 그리고 대학 축전 서곡과 교향곡 마단조를 연이어 들은 뒤에 라디오를 끄고, 최근에 반스가 냈던 체스 문제를 풀려고 애쓰며 시간을 보냈다.

반스는 그날 오후 4시가 조금 못 되어서 아파트로 돌아왔다. 그는 두꺼운 갈색 포장지로 깔끔하게 포장한 적당한 크기의 물건을 갖고 들어와 중앙 탁자에 올려놓았다. 그는 지나치게 심각한 얼굴이었고, 내게도 겨우 고개만 까딱해 보였다.

커리가 그가 돌아온 소리를 듣고는 서재로 와서 모자와 단장을 받아들었다. 그때 반스가 말했다.

"여기다 그냥 두게. 곧 다시 나갈 거라네. 그런데 이 포장된 물건을 작은 손가방에 넣어주어야겠네."

커리는 탁자 위에 놓여 있던 물건을 들고 침실로 들어갔다.

반스는 그가 특히 좋아하는 창문 앞에 있는 의자에 앉아 긴장을 풀었다. 그리고 멍한 얼굴로 레지 담배에 불을 붙였다.

"그런데 마크햄은 여태 오지 않았나……. 왜 안 온 거지?"

그는 자신에게 말하듯 중얼댔다.

"내가 화이트홀 가에서 전화를 걸어 여기서 4시에 보자고 말했는데."

그는 자신의 시계를 힐끗 보았다.

"전화 통화를 할 때 그는 내게 좀 성을 냈었네……. 나는 진심으로 그가 와주기를 바란다네. 이건 아주 중요한 일이거든."

그는 일어서서 천천히 왔다갔다하기 시작했다. 그래서 나는 뭔가 아주 중요한 생각이 그의 마음에 자리 잡았다는 것을 알 수 있었다.

커리가 손가방을 가지고 돌아와 문간에 서서 다음 지시를 기다렸다.

"아래층으로 가져가 자동차 뒷좌석에 놓아두게나."

반스는 그를 쳐다보지도 않고 지시했다.

커리가 아래층에서 돌아온 직후에 현관의 벨소리가 울리자 반스는 기대감에 잠시 멈춰 섰다.

반스가 말했다.

"틀림없이 마크햄일 걸세."

잠시 후에 마크햄이 서재로 들어왔다.

"자, 왔네."

그는 인사말 한마디 없이 불쾌한 빛을 보이며 말했다.

"자네의 그 퉁명스런 호출에 순순히 응한 걸세. 이유도 모르고 말이네."

"아니, 나는 퉁명스럽게 말할 생각은 아니었네……."

반스가 그를 달래는 듯한 어조로 대답했다.

"그래, 옷을 산다던 일은 잘 됐나?"

마크햄은 서재를 휘둘러보며 빈정대는 투로 물었다.

반스가 고개를 끄덕였다.

"오, 물론이네. 그런데 의복 일체를 새로 구입한 건 아니네. 신발과 장갑만 사왔지. 그것들은 지금 차 안에 있네."

마크햄은 묵묵히 다음 말을 기다렸다. 반스의 태도나 말투에서 그런 하찮은 의미의 이야기와는 상반되는 뭔가가 엿보였기 때문이다.

반스가 이어 말했다.

"마크햄, 사실은 내가 지난 이틀간 벌어졌던 그 끔찍한 사건들에 대한 그럴듯한 설명을 찾았다고 생각하네. 아니, 그랬으면 한다네."

"새 의복으로 말인가?"

마크햄이 빈정대는 투로 물었다.

반스는 진지한 표정으로 고개를 끄덕였다.

"그렇지, 그렇다네. 바로 그 새 의복으로 말일세……. 내가 맞다면, 이 사건은 교묘하기가 이루 말할 수 없다네. 하지만 이것 말고는 합리적인 설명을 찾을 수 없군. 학구적인 관점에서는 내 생각이 틀림없이 맞네. 내 추측이 우리가 이미 알고 있는 사실에 들어맞기만 한다면 그 문제가 입증될 걸세. 현실적인 관점에서 말이네."

마크햄은 서재의 탁자 옆에 서서, 두 손으로 탁자를 짚고 의문이 담긴 날카로운 눈길로 반스를 유심히 살폈다.

"그 추측이라는 게 뭔가, 그리고 자네가 확인해야 할 사실은 또 뭐고?"

반스는 천천히 고개를 저었다.

"내 추측이 무엇인가는 나중에 알아도 되네."

그는 마크햄을 쳐다보지도 않고 대답했다.

"물론 그 사실은 여기서도 확인할 수 있지만."

그는 몸을 꼿꼿이 하고 벽난로에 담배를 던져 넣었다. 그리고 모자와 단장을 집어 들었다.

"여보게, 가세나, 차가 대기하고 있네."

그는 애써 부드럽게 말했다.

"우리는 인우드로 갈 걸세. 그리고 가는 길에 자네가 내게 유도 질문 따위를 삼가해 준다면 대단히 고맙겠네."

나는 그날 오후에 스탬 저택으로 차를 타고 가던 길을 결코 잊지 못할 것이다. 가는 도중에 우리는 단 한 마디도 하지 않았다. 그래서 나는 이런 분위기가 이제부터 닥쳐올 무시무시하고 결정적인 결말을 예고하고 있다고 생각했다. 나는 두려우면서도 잔뜩 흥분되었다. 그리고 마크햄도 어느 정도 나와 같은 예감을 하고 있었던 듯하다. 그는 꼼짝 않고 차창 밖을 응시하며 앉아 있었는데, 그런 그의 모습을 통해 나는 알 수 있었다. 마크햄은 창 밖을 스치는 어떤 대상에도 시선을 집중하지 않고 있었다.

날씨는 거의 참기 어려울 정도였다. 반스의 아파트로 돌아오는 길에 우리는 엄청난 폭우를 만났다. 그런데도 공기는 맑아지지도 않았고 상쾌해지지도 않았다. 대기는 뜨거운 열기 속에 안개가 낀 것처럼 답답해 보였을 뿐 아니라, 습도도 높아 숨을 쉴 수 없을 정도였다. 게다가 기온까지 상승한 것 같았다.

스탬 저택에 도착하자, 버크 형사가 우리가 들어갈 수 있도록 문을 열어주었다. 우리가 현관으로 들어서자 히스가 급히 다가왔다. 그도 지금 막 옆문으로 들어온 모양이었다.

히스가 보고했다.

"그리프의 시체를 가져갔습니다. 그리고 저는 부하들에게 통상적인 방식으로 사건 수사를 계속 진행하도록 지시했습니다. 그런데도 보고드릴 만한 새로운 정보가 전혀 없습니다. 제 생각으로는 수사가 벽에 부딪친 것 같습니다."

반스는 의미심장한 눈길로 그를 바라보았다.

"달리 마음에 걸리는 것은 없나, 경사?"

히스의 만면에 천천히 미소가 번지더니 그가 고개를 끄덕였다.

"말씀드릴 게 있습니다. 그렇지 않아도 물어봐주시길 기다리고 있었습니다……. 저희가 외바퀴 손수레를 찾았습니다."

"정말 훌륭하네!"

"외바퀴 손수레는 이스트로드 옆쪽의 나무 숲 속에 있었습니다. 구덩이에서 15미터쯤 떨어진 곳에요. 헤네시가 알려주었습니다. 헤네시를 돌려보내고 나서, 저는 그 주변을 조사해 봐야겠다는 생각이 들었습니다. 클로브와 버드 레퓨지 사이에 모래로 덮인 공터 말입니다. 음, 저는 반스 씨가 무엇을 염두에 두고 계신지 알았기 때문에, 땅바닥을 아주 철저히 검사했습니다. 그렇게 해서 좁다랗게 난 바퀴 자국과 발자국으로 생겼을 법한 움푹 파인 자국을 여러 개 발견했지요. 그래서 저는 당신이 옳다는 걸 알았습니다, 반스 씨."

마크햄은 날카로운 눈길로 히스와 반스를 번갈아 힐끗거렸다.

"뭐가 옳다는 건가?"

그는 초조한 빛을 드러내며 물었다.

반스가 대답했다.

"이런 사소한 사항들 중 하나가 그리프의 죽음과 관련이 있다네. 하지만 외바퀴 수레가 등장하게 된 상황에 대해서는 내가 조사할 때까지 잠시 미뤄두세나……."

이때, 리랜드가 응접실의 커튼을 젖히고 현관으로 나왔다. 버니스 스탬과 함께였다. 그는 신경이 약간 곤두선 것처럼 보였다.

"스탬 양과 지는 사람들의 웅성거림을 참을 수가 없있습니다."

그가 변명하듯 말했다.

"그래서 저희는 다른 사람들을 서재에 남겨두고 응접실로 와 있었던 겁니다. 밖은 햇빛이 너무 뜨거워서……. 그래도 집 안은 견딜만 하잖습니까."

반스는 상대방의 이야기를 대수롭지 않게 생각하는 듯했다.

"지금 모두 서재에 있습니까?"

반스가 물었다.

"스탬을 제외하고는 모두 그렇습니다. 스탬은 오후 시간 내내 풀 맞은편에서 윈치를 설치하며 보냈습니다. 그는 풀에 떨어진 바윗돌을 오늘 들어낼 작정이랍니다. 제게 도와달라고 청했지만, 찌는 듯이 더운 날 아닙니까. 그리고 그런 일이나 하고 있을 기분이 아니라서요."

반스가 물었다.

"스탬 씨는 지금 어디 계십니까?"

"윈치를 조작하는 일을 도와줄 사람을 한두 명 데리러 이스트로드를 따라 내려갔을 겁니다."

버니스 스탬이 중앙 계단 쪽으로 걸음을 옮겼다.

"저는 제 방으로 가서 잠시 누워야겠어요."

그녀는 목이 메는 듯 묘한 음성으로 말했다.

리랜드는 걱정스런 눈길로 그녀가 천천히 계단을 올라가 시야에서 사라질 때까지 그 모습을 쫓았다. 그리고 나서 반스에게 시선을 돌리며 물었다.

"제가 뭐 좀 도와드릴까요? 전 아마도 스탬을 도와 바윗돌을 들어내는 일을 거들어야 했을지도 모릅니다. 하지만 그보다는 스탬 양과 이야기하고 싶은 문제가 몇 가지 있었습니다. 그녀는 이 모든 상황을 스스로 감당할 수 있는 것보다 훨씬 비극적으로 보고 있습니다. 그녀는 정말로 한계 상황에 이른 것 같습니다. 그래서 저는 가능하면 그녀 곁에 함께 있어야 한다고 생각했습니다."

반스는 날카로운 눈초리로 그를 유심히 보았다.

"정말 그럴 만도 하군요. 오늘 이곳에서 스탬 양을 혼란스럽게 할 만한 또 다른 일이 있었습니까?"

리랜드는 망설이는 듯했다. 그러다가 입을 뗐다.

"점심식사 직후에 그녀의 어머니가 저를 부르러 사람을 보냈습니다. 부인은 스탬이 풀로 내려가는 것을 보았던 모양입니다. 그런데 부인은 어느 정도 히스테리 상태에서 제게 스탬을 집으로 데려와 달라고 애원했습니다. 부인은 조금 횡설수설하며 왜 그를 집 안으로 데려오고 싶어하는지 이유를 설명했습니다. 제가 알아들을 수 있었던 건 풀 안에 스탬에게 해가 될 어떤 위험이 도사리고 있다는 말뿐이었습니다. 아마도 부인의 머릿속에 드래건과 관련된 미신이 다시 떠오른 듯했습니다. 그래서 저는 슈바르츠 부인과 상의한 뒤에, 홀리데이 선생에게 전화를 걸었지요. 선생은 지금 스탬 부인과 함께 위층에 계십니다."

반스는 리랜드에게서 눈을 떼지도 않았고, 또 곧바로 말을 꺼내지도 않았다. 이윽고 그가 다시 말문을 열었다.

"저희가 당신께 부탁을 드려야겠군요. 잠시 여기에 그대로 계셔달라고 말입니다."

리랜드가 반스를 쳐다보며 눈을 맞췄다.

"북쪽 테라스에 있겠습니다. 당신들이 그러길 원하신다면요."

그는 숨을 깊이 들이쉬고 얼른 몸을 돌려 복도를 따라 걸어갔다.

그가 옆문으로 나가고 문이 닫히자, 반스는 버크에게 몸을 돌렸다. 반스가 형사에게 지시했다.

"우리가 돌아올 때까지 여기 복도에 있게. 그리고 아무도 풀 쪽으로 내려가지 않도록 잘 지키고."

버크는 알겠다는 듯 고개를 숙여 보이고는 계단 쪽으로 물러났다.

"스니트킨은 어디 있나, 경사?"

반스가 물었다.

"차가 와서 그리프의 시체를 실어간 뒤에는 이스트로드 쪽 출입문에서 대기하고 있으라고 말했습니다."

히스가 반스에게 알려주었다.

반스는 현관문 쪽으로 돌아섰다.

"이제 우리가 풀로 내려가서 행동을 개시할 때네. 우선 우리는 자동차로 짧은 시멘트 포장길까지 가서, 그쪽에서 풀에 접근할 걸세."

마크햄은 어리둥절한 얼굴이었지만 아무 말도 하지 않았다. 그래서 우리는 반스를 따라 현관 바깥의 계단을 내려가서 그의 차에 탔다.

우리는 이스트로드를 따라 동쪽 출입문까지 내려가서 스니트킨을 태우고, 차를 후진시켜서 양쪽에 나무가 늘어선 시멘트 포장길까지 갔다. 반스는 그곳에서 차를 세웠다. 우리가 차에서 내리자 반스는 뒷좌석으로 손을 뻗어 손가방을 끄집어냈다. 그가 커리에게 갖다 놓으라고 했던 그 손가방이었다. 그런 뒤에 그는 시멘트 포장길을 앞장서서 걸었고, 풀 북쪽 코너의 낮은 통로가 있는 곳까지 갔다. 우리 왼쪽, 즉 여과판 가까이에 나무로 만든 둥근 모양의 커다란 윈치가 바닥에 단단히 고정되어 있었고, 그 옆에는 사이잘삼(멕시코와 중앙아메리카산 용설란의 일종으로, 그 잎에서 섬유를 뽑아 로프 등의 직물을 짠다. – 역주)으로 만든 묵직한 밧줄이 둘둘 감긴 채 놓여 있었다. 그런데 스탬은 아직도 돌아오지 않은 모양이었다.

반스가 윈치를 바라보며 불쑥 말했다.

"스탬은 솜씨가 좋은 사람이네. 아주 잘 해냈군. 하지만 풀에서 바위를 들어내자면 여간 힘이 드는 게 아닐 걸세. 그래도 몸에는 좋은 운동이 되겠지. 심리적인 안정을 위해서는 더할 나위 없이 좋을 테고."

마크햄이 조바심을 내며 물었다.

"자네는 운동의 이점이나 토론하자고 날 여기까지 데려온 건가?"

"이보게, 마크햄!"

반스는 부드러우면서도 꾸짖는 듯한 어조로 말했다. 그리고 침울한 목소리로 바로 덧붙였다.

"나는 자네를 아마 훨씬 더 쓸데없는 일 때문에 여기 데려왔을 걸세. 그런데도…… 궁금해지는군…….."

우리는 시멘트 보도의 끄트머리에 서 있었다. 반스는 손가방을 집어 들고 맞은편으로 4.5미터 정도를 갔다. 그래서 그는 우리와 풀 가장자리의 사이에 위치하게 되었다.

반스가 요청했다.

"지금 있는 곳에 잠시 그대로 서 있게나. 실험을 좀 해보려고 그러네."

그는 잔디밭을 가로질러 진창이 된 둑 쪽으로 갔다. 풀에서 몇 미터 정도 떨어진 곳까지 다가갔을 때, 그는 몸을 구부리며 자기 앞에다 손가방을 내려놓았다. 그의 몸이 시야를 일부 가리고 있어서 우리 중 누구도 그가 가방을 가지고 뭘 하고 있는 건지 알 수 없었다. 반

스가 서 있는 낮은 둑 부근은 풀과 직접 닿는 곳이라서 늘 젖어 있었
는데, 지금은 오후 일찍 쏟아진 폭우로 지반이 매우 부드럽고 무른
상태였다.

내가 서 있는 곳에서, 반스가 그의 앞에 놓인 가방을 여는 모습이
보였다. 그는 가방 안으로 손을 넣어 뭔가를 끄집어냈다. 그리고는
풀 가장자리에 몸을 굽히다시피 해서 한 손을 앞으로 짚었다가 잠시
뒤에 손을 뗐다. 나는 그가 다시 가방 속으로 손을 집어넣는 것을 보
았다. 다시 한번 그는 앞으로 몸을 구부리고 두 손을 쭉 뻗어서는 온
몸의 체중을 실어서 바닥을 짚었다.

마크햄은 반스의 행동을 더 잘 보려고 한쪽으로 조금 몸을 움직였
다. 그러나 무슨 일이 진행되고 있는 건지 볼 수 없었던 모양이었다.
초조한 듯 어깨를 움츠리고 한숨을 푹 내쉬며 화가 난 듯 두 손을 주
머니에 찔러 넣는 행동으로 보아 짐작할 수 있었다. 히스와 스니트킨
은 둘 다 아무런 감정도 드러내지 않은 채 조용히 주시하며 서 있었
다.

그때 가방을 닫는 소리가 들렸다. 반스는 풀의 가장자리를 빈틈없
이 살펴보는 것처럼 한동안 땅바닥에 무릎을 꿇고 있었다. 마침내 그
가 일어서서 가방을 한쪽으로 치웠다. 그는 주머니에 손을 넣어 담배
를 꺼내서는 느긋하게 불을 붙였다. 그리고는 천천히 돌아서 망설이
는 듯한 눈빛으로 우리를 바라보다가, 자신이 있는 쪽으로 오라고 손
짓했다.

우리가 그에게 다가가자, 그는 풀 근처의 진흙땅에 평평한 지면을
손가락으로 가리켰다. 그리고 긴장한 목소리로 물었다.

"무엇이 보이나?"

우리는 그가 가리켰던 조그만 구역의 땅바닥으로 몸을 구부렸다.
그곳 진창 속에는 낯익은 윤곽 두 개가 구분되어 그려져 있었다. 하

나는 마치 비늘이 있는 커다란 발자국 같았고, 다른 하나는 세 갈래의 발톱 자국과 닮은꼴이었다.

마크햄은 신기한 듯이 그 자국들 위로 몸을 구부렸다.

"이런, 반스! 대관절 이게 어떻게 된 건가? 이 자국들은 우리가 풀의 밑바닥에서 보았던 자국들과 꼭 같군!"

히스는 잠시 냉정을 잃었는지, 놀란 눈빛을 들어 반스의 얼굴로 옮겼다. 그러나 그것에 대해 아무런 평가도 하지 않았다.

스니트킨은 이미 진창에 무릎을 꿇고 앉아서 그 자국들을 유심히 살펴보고 있었다.

반스가 스니트킨에게 물었다.

"자네는 그 자국들에 대해서 어떻게 생각하나?"

스니트킨은 곧바로 대답하지 않았다. 그는 계속해서 두 개의 자국을 조사했다. 그리고는 천천히 일어서서 자신의 생각을 강조하려는 것처럼 몇 번씩이나 고개를 끄덕였다.

그가 자신의 의견을 밝혔다.

"저것들은 제가 스케치를 했던 자국들과 똑같습니다. 틀림없습니다, 반스 씨."

그는 호기심에 찬 얼굴로 바라보았다.

"그런데 제가 스케치를 할 때에는 둑 부근에서 이런 자국들을 보지 못했습니다."

반스가 설명해 주었다.

"그때에는 여기에 이 자국들이 없었네. 그런데 나는 자네에게 이 자국들을 보여주고 싶었어. 이것들이 다른 자국들과 똑같은지 확인하기 위해서 말일세……. 이 자국들은 내가 방금 전에 만든 거라네."

마크햄이 성난 어조로 다그쳤다.

"어떻게 이 자국들을 만들었나, 뭘 가지고 만들었어?"

반스가 마크햄에게 말했다.

"내가 오늘 구입한 의복의 일부로 만들었지. 새로 산 장갑과 신발로 말이네."

그는 웃고 있었지만, 눈에는 근심스러운 빛이 담겨 있었다.

그는 손가방을 집어 들고 시멘트로 포장된 보도 쪽으로 걸어가며 말했다.

"어서 오게, 마크햄. 내가 무슨 말을 하고 있는 건지 설명해 줄 테니. 그런데 자동차로 돌아가는 게 좋겠어. 풀 옆이라 그런지 여기는 너무 눅눅하군."

그는 널찍한 뒷좌석으로 올라탔고, 우리도 호기심이 가득 찬 얼굴로 뒤따라 탔다. 스니트킨은 한 발을 자동차 발판에 올려놓고서 열려진 문 옆 도로에 섰다.

반스는 가방을 열고 손을 집어넣어 아주 희한한 모양의 장갑 한 켤레를 꺼냈다. 내가 지금껏 본 장갑 중에서 가장 별스러운 모양이었다. 그것은 고무재질의 묵직한 장갑으로, 손목 위로 대략 15센티미터 정도 올라오는 손목 덮개가 달려 있었다. 그러나 그 장갑은 엄지손가락 부분만이 따로 나눠져 있었다. 다시 말해, 장갑의 손바닥 끝이 차차 좁아지는 모양으로 두 개의 손가락만이 있을 뿐이었다. 마치 어떤 괴물의 세 갈래로 갈라진 발톱처럼 보였다.

반스가 설명을 시작했다.

"마크햄, 이 장갑은 잠수용 두 손가락 장갑으로 전문가들에게 알려져 있다네. 미국의 해군이 사용하는 표준 디자인이지. 물 속에서 손가락을 사용해야 할 때 편리하도록 이런 모양으로 만들어진 거네. 가장 어려운 형태의 해저작업에 맞게 개조되어진 거지. 내가 조금 전에 저쪽 바닥에 만들었던 자국이, 바로 이 장갑 한 짝으로 만든 거라네."

마크햄은 잠시 말문이 막힌 듯했다. 그는 곧 장갑에서 얼빠진 듯한 시선을 돌려 반스를 쳐다보았다.

"그럼, 자네 말은 풀 밑바닥에 나 있던 자국들이 이것과 같은 장갑 한 켤레로 만들어졌다는 건가!"

반스는 고개를 끄덕이고 장갑을 가방에 던져 넣었다.

"그렇다네, 이 장갑으로 드래건의 발톱 자국을 설명할 수 있지 ……. 그리고 풀 밑바닥의 진창에 나 있던 드래건의 발자국은 이걸로 만든 거라네."

그는 가방에 다시 손을 넣어 괴상한 모양의 커다란 신발 한 켤레를 꺼냈다. 신발의 밑창은 묵직하고 단단한 놋쇠가 대어져 있었고, 위쪽은 두꺼운 가죽으로 되어 있었다. 그리고 발등과 발목 부분에 커다란 버클이 달린 널찍한 가죽끈도 보였다.

반스가 말했다.

"잠수용 신발이네, 마크햄. 이것 또한 표준 장비지……. 신발 밑 금속 창에 있는 물결 모양을 보게나. 미끄러지는 것을 방지하려고 만든 거라네."

그가 신발 한 짝을 뒤집었다. 놋쇠 밑창에는 비늘 모양이 새겨져 있었다. 자동차 타이어가 노면과 접하는 면에서 볼 수 있는 것처럼 홈 부분과 튀어나온 부분이 번갈아 있었다.

긴 침묵이 흘렀다. 반스가 전한 뜻밖의 사실로 인해 우리 모두의 머릿속에서는 새로운 추리가 전개되었다. 히스는 경직된 얼굴에 언짢은 표정을 짓고 있었다. 그리고 스니트킨은 호기심에 사로잡힌 표정으로 그 신발을 뚫어지게 바라보며 서 있었다. 제일 먼저 정신을 차린 사람은 마크햄이었다.

"아아, 하느님!"

그가 낮은 목소리로 외쳤다. 듣는 사람은 상관치 않고 자신의 생각을 소리내어 말하는 것 같았다.

"이제야 감이 잡히는군……."

그리고는 재빨리 반스에게로 눈길을 돌렸다.

"자네가 사러갔었던 그 옷은 어떻게 됐나?"

"신발이랑 장갑을 사면서 나는 그 의복을 살펴보았네."

반스는 생각에 잠겨 담배를 찬찬히 바라보면서 대답했다.

"사실 그 의복을 사야할 필요까지는 없었네. 이전에 본 적이 있었거든. 그래서 그 의복이 이 상황에 적합하다는 사실을 알 수 있었던 거라네. 그렇지만 알다시피, 나는 확인을 해야 했네. 불완전한 내 가설을 완전한 걸로 만들기 위해서는 그 의복이 아주 중요했으니까. 신발과 장갑은 이것들로 실험을 해봐야 돼서 구입한 거라네. 자네도 이해하겠지만, 나는 이 사건에 잠수복이 있다는 것을 입증하고 싶었네."

마크햄은 이해한다는 듯이 고개를 끄덕였다. 하지만 그의 눈빛에는 여전히 두려움과 불신이 뒤섞여 있었다.

마크햄은 작은 소리로 말했다.

"무슨 소린지 알겠네. 이 근처 어디엔가 잠수복과 이것들과 유사한 신발과 장갑이 있단 말이지……."

"그렇지, 그렇다네. 이 근처 어딘가에. 그리고 산소통 또한 있을 걸세……."

그의 말소리가 차츰 작아지면서 사라졌고, 눈에는 꿈꾸는 듯한 빛이 나타났다.

"그것들은 분명히 가까이에 있을 거야."

그가 바로 덧붙였다.

"정원 어딘가에 말이네."

"드래건의 의복!"

마크햄은 머릿속에서 어떤 생각이 이어지는지 혼잣말처럼 중얼거렸다.

"바로 그거네."

반스는 고개를 끄덕이고 나서 차창 밖으로 담배를 던졌다.

"그리고 그 의복은 풀 근처 어디엔가 있어야 하네. 그것을 가져갈 시간이 없었을 테니, 집으로 도로 가져갈 수는 없었을 걸세. 그건 너무 위험했을 테니까. 또한 우연히 발견될 가능성이 높은 장소에 놔두지도 않았을 걸세……. 이 살인사건들은 계획적으로 이루어졌어. 세 부사항까지 꼼꼼히 계획해서 말일세. 무계획적인 사건도 우발적인 사건도 전혀 아니네……."

그는 갑자기 말을 중단하고 황급히 몸을 일으켜 차에서 내렸다.

"따라오게, 마크햄! 가능성이 있는 곳이 있네!"

흥분을 억누르는 듯한 목소리였다.

"암, 그렇고말고! 가능성이 있는 유일한 장소야. 그 의복은 틀림없이 그곳에 있을 거네. 어디 딴 곳에 있을 리 없어. 끔찍한 생각이기는 하지만……. 말로 표현하기에도 으스스하군. 하지만 아마도…… 아마도 말일세."

제20장 결정적인 실마리

반스는 서둘러 풀 쪽을 향해 시멘트 보도를 되돌아 내려갔다. 우리
는 그의 뒤를 바짝 쫓아갔지만 그가 우리를 어디로 데려가는 건지 알
지 못했고, 그의 의도만을 어렴풋이 짐작할 뿐이었다. 하지만 우리
모두 그의 열성적인 행동은 물론이고 말하는 어조에서 뭔가 심상치
않은 낌새를 강하게 감지했다. 마크햄과 히스도 나와 마찬가지로 이
무시무시한 사건의 끝이 가까워지고 있으며, 반스가 이제 진실에 예
리하게 접근함으로써 사건을 종결시킬 길을 찾아냈다는 것을 짐작했
다.

반스가 보도를 반쯤 내려가다가 오른쪽으로 몸을 돌려 관목 숲 쪽
으로 들어가면서 우리에게 따라오라는 손짓을 했다.

"집 쪽에서 우리가 보이지 않도록 조심하면서 오게."

그는 납골당으로 가면서 고개를 돌려 주의를 주었다.

육중한 철문 앞에 이르자 그는 주변을 꼼꼼히 살피고 우뚝 솟은 절
벽을 쳐다보았다. 그는 주머니에서 재빨리 납골당 열쇠를 꺼냈다. 그
리고는 문을 열어 천천히 안쪽으로 밀었다. 내가 보기에, 불필요한
소음을 조금도 내지 않으려고 그러는 것 같았다. 우리는 그날 두 번
째로 눅눅하고 숨이 막힐 듯한 공기를 접하며 스탬가의 무덤 안으로
들어섰다. 우리 뒤에서 반스가 조심스럽게 문을 닫았다. 히스의 손전

등 불빛이 어둠을 가르자 반스가 경사의 손에서 전등을 빼앗듯이 가져갔다.

"잠시 내가 좀 써야겠네."

그가 변명하듯 말하고는 관들이 쌓여 있어 으스스한 느낌이 드는 오른쪽으로 걸어갔다.

반스는 손전등으로 관들이 쌓여 있는 그 섬뜩한 곳을 천천히 죽 훑었다. 관들의 청동 이음쇠는 부식되었고, 은제 명판에도 먼지가 잔뜩 끼어 있었다. 그는 명판에 새겨진 이름을 볼 수 있도록 전등을 들지 않은 손으로 더러워진 부분을 문질러 닦아내면서 관들을 차근차근 살펴보았다. 그러다가 제일 아래쪽에 있는 관들의 줄에 이르자, 그는 오크나무로 짜여진 유달리 오래된 관 앞에서 멈춰 서서 몸을 구부렸다.

"슬리바누스 안토니 스탬, 1790~1871년."

그가 큰 소리로 읽었다. 그는 손전등으로 그 관의 뚜껑을 비춰본 다음, 손가락으로 몇 차례 가볍게 두드렸다.

그가 중얼거렸다.

"이게 틀림없을 것 같군. 이 관에는 먼지가 거의 묻어 있질 않네. 그리고 여기서 가장 오래된 관이기도 하고. 시신의 분해가 상당히 진행되어서 뼈도 다 부스러져버렸을 테니 공간이 충분했을 거야……. 다른 것들을 넣을 공간 말일세."

그가 히스에게 돌아섰다.

"경사, 스니트킨과 함께 이 관을 바닥으로 빼주게. 안을 들여다봐야겠어."

마크햄은 어두운 곳 한쪽에 비켜서서 반스를 유심히 지켜보고 있다가, 그 말에 바로 앞으로 걸어 나오며 반발했다.

"그럴 수는 없네, 반스! 개인의 관을 이런 식으로 손대서는 안 되네. 법적인 책임을 지게 될 수도 있단 말일세……."

"지금은 절차를 따질 때가 아니네, 마크햄."

반스가 엄하고 강압적인 목소리로 대꾸했다.

"어서 하게, 경사. 내 말이 무슨 말인지 알아들은 건가?"

히스는 반스의 말이 떨어지기 무섭게 앞으로 나갔다.

"잘 알아들었습니다, 반스 씨."

그가 결연한 어조로 말했다.

"뭘 찾아야 할지 알 것 같습니다."

마크햄은 잠시 반스를 똑바로 쳐다보다가 옆으로 비켜서 등을 돌렸다. 이러한 무언의 묵인이 철두철미하게 규칙을 엄수하는 성미인 마크햄에게는 무엇을 뜻하는지 알기에, 나는 그에게 크게 감탄했다.

그 관이 선반에서 납골당의 바닥으로 내려지자 반스가 뚜껑 위로 몸을 구부렸다.

"아! 나사못들이 빠져 있어."

그가 관 뚜껑을 붙잡고 힘을 거의 쓰지 않았는데도 뚜껑이 옆으로 쓱 밀려났다.

그는 경사의 도움을 받아 그 무거운 관 뚜껑을 떼어서 옮겨놓았다. 그러자 아래쪽에 내관(內棺)이 나타났다. 내관의 뚜껑 역시 나사가 다 풀려 있어, 반스는 그것을 손쉽게 들어올려 바닥에 내려놓았다. 그런 다음 손전등으로 내관 안쪽을 비춰보았다.

그 안을 처음 보았을 때, 나는 이 세상에 존재하는 생물이라고는 믿기 어려운 무언가가 들어있다고 생각했다. 커다란 머리에 아래로 갈수록 가늘어지는 몸하며, 이전에 화성인으로 묘사되어 있던 그림들에서 보았던 모습과 비슷한 것 같았다. 그 순간 나는 나도 모르게 사람들이 다 들을 수 있을 만큼 큰 소리로 숨을 들이쉬었다. 그때 나는 충격에 휩싸이기도 했지만 무엇보다 겁이 덜컥 났다. 또 괴물이란 말인가! 당장 청명한 햇빛 속으로 달려나가 섬뜩하고 무서운 광경을 피하고 싶은 충동이 일었다.

"이건 내가 오늘 보고 온 의복과 완전히 똑같네, 마크햄."

반스의 침착하고 사무적인 목소리가 귓가에 들려왔다. 그는 손전등을 내려 그 위를 비췄다.

"아까 얕은 물에서 입는 잠수복을 보고 왔다네. 주로 진주조개 채취를 할 때 입는 것이었지. 여기 헬멧이 있군. 전등 세 개가 부착돼 있고 여닫이식의 안면보호용 유리판이 달려 있어. 헬멧받침을 장착하고 나서 나사로 조여 고정하는 식이지……. 또 이것은 미 해군의 원피스형 잠수복일세. 고무를 입힌 범포로 만든 거라네."

그는 몸을 구부려 잿빛 잠수복을 손으로 만져보았다.

"맞네, 맞아, 틀림없어……. 앞쪽이 트여 있는 모양일세. 헬멧의 나사를 돌려 벗고 나서, 다리 뒤쪽의 끈을 풀지 않고도 빨리 벗을 수 있게 하려고 저렇게 앞을 터놓은 거라네."

그는 내관 안으로 손을 뻗어 잠수복 옆에서 고무로 된 장갑 두 짝과 바닥이 놋쇠로 된 신발 한 켤레를 꺼냈다.

"그리고 이것들은 내가 사온 신발이나 장갑과 똑같은 것들이네."

그가 내관에서 꺼낸 장갑과 신발에는 모두 마른 진흙덩어리가 들러붙어 있었다.

"풀 바닥에 드래건의 자국들을 남겨 놓은 게 이것들이라네."

마크햄이 내관 안을 힐끗 들여다보았다. 별안간 두려움을 일으키는 뜻밖의 사실을 알게 된 사람처럼 그의 얼굴에는 얼떨떨한 표정이 떠올라 있었다.

"그런 다음에 이 관에다 숨겨놓았군!"

그가 혼잣말하듯 중얼거렸다.

"여기가 이 저택에서 유일하게 안전한 장소인 것은 틀림없지."

반스가 고개를 끄덕이며 말했다.

"그리고 특히 이 관이 선택된 이유는 오래된 것이기 때문이었네. 오랜 세월이 흐르는 동안 이제 뼈밖에 남아 있지 않았고, 그러니 살짝만 눌러도 흉곽이 움푹 들어가면서 이 의복을 안전하게 치워놓을 공간이 만들어졌을 테니 말일세."

반스는 잠시 말을 멈추었다가 다시 이어 말했다.

"이런 종류의 잠수복은 사실 수동 작업이 필요한 공기 펌프가 없어도 되고, 또한 호스를 연결해주지 않아도 되네. 산소통을 가슴받이에 단단히 고정시키고 헬멧의 흡입 밸브와 연결시켜 주면 그만이지……. 여기를 보게나."

그가 내관의 발치를 가리켰고, 나는 그제야 그 아래에 길이가 45센티미터 정도 되는 금속재질의 원통이 놓여 있는 것을 보았다.

"저게 그 산소통이네. 저 통을 가슴받이에 대고 세로로 매달면, 잠수부는 활동하는 데 아무런 방해도 받지 않지."

그가 산소통을 꺼내려고 막 들어올렸을 때, 쨍하는 소리가 들렸다. 산소통이 다른 금속 조각과 부딪치면서 나는 소리 같았다.

반스의 얼굴에 갑자기 생기가 돌기 시작했다.

"아아! 혹시……."

그는 산소통을 한쪽으로 치워놓고 손을 뻗어 그 오래된 관 안으로 깊숙이 집어넣었다. 그가 손을 꺼내자 무시무시하게 보이는 쇠갈고리 하나가 들려 있었다. 그것은 길이가 족히 60센티미터는 되었고, 한쪽 끝에 날카로운 강철 갈퀴 3개가 달려 있었다. 잠시 동안 나는 이 갈고리의 발견이 무엇을 의미하는지 깨닫지 못했다. 그러나 반스가 한 손가락으로 그 갈퀴들을 만질 때 그곳에 피가 엉겨 붙어 있는 것을 보고서야 끔찍한 사건의 진상을 알아차리게 되었다.

그는 마크햄을 향해 갈고리를 들고는 몹시 쉰 목소리로 말했다.

"드래건의 발톱이네⋯⋯. 몬테규, 그리고 그리프의 가슴을 찢어놓은 것과 똑같은 모양이네."

마크햄이 얼빠진 눈빛으로 그 흉기를 빤히 쳐다보았다.

"그래도 아직⋯⋯ 잘 이해가 안 가는 점이⋯⋯."

"이 끔찍한 사건에서 설명할 수 없었던 요소 가운데 하나가 이 갈고리였네."

반스가 말허리를 자르며 끼여들었다.

"하지만 이걸 발견하지 못했더라도 별 지장은 없었을 걸세. 이미 잠수복을 찾아낸데다 풀에 난 자국들에 대해서도 밝혀낸 마당이니 말일세. 하지만 이 갈고리를 찾아낸 덕분에 사건의 정황이 보다 분명히 밝혀지게 되었네."

그는 쇠갈고리를 내관 안에 도로 던져 넣고는 뚜껑을 덮었다. 그가 손짓을 하자 히스와 스니트킨이 묵직한 오크나무 뚜껑을 들어서 다시 관 위에 덮은 다음에, 소름끼치면서도 암시적인 물건들이 담긴 그 오래된 관을 아래 칸의 제자리에 갖다 놓았다.

"여기에서 할 일은 다 끝났네⋯⋯. 아무튼 지금은 말일세."

우리가 환한 햇살이 비추는 밖으로 다시 나왔을 때 반스가 말했다. 그는 납골당의 문을 잠그고 열쇠를 도로 주머니 안에 넣었다.

"다시 집 안에 들어가 보는 게 좋겠네. 이제 범죄를 해결할 수 있게 됐으니⋯⋯."

그는 걸음을 멈추고 담배에 불을 붙였다. 그런 다음 엄중한 얼굴로 지방검사를 바라보았다.

"있잖나, 마크햄."

반스가 입을 열었다.

"결국 이 사건에는 드래건이 관련되어 있었네. 잔인하고 계략에 능한 드래건이 말일세. 그 드래건의 마음속에는 복수심과 증오심, 잔인

함만이 자리잡고 있었네. 또 물 속에서도 살 수 있었고, 자신의 제물을 할퀴어 찢어놓을 수 있는 강철의 발톱도 지니고 있었어. 하지만 무엇보다도, 그 드래건에게는 인간처럼 기민하고 빈틈없는 머리가 있었네……. 인간처럼 영리한 그 머리가 비뚤어진 마음을 품고 잔인해진다면, 지구상의 어떤 생명체보다도 더 사악해지는 걸세."

마크햄은 생각에 잠긴 얼굴로 고개를 끄덕였다.

"이제 조금씩 이해가 가네. 하지만 아직 이해되지 않는 점들이 너무도 많다네."

반스가 대답했다.

"그런 일들이라면 모두 다 내가 설명해줄 수 있을 것 같네. 이제 사건의 기본 윤곽이 다 잡혔으니."

히스는 얼굴을 심하게 찌푸리고는 의혹과 감탄이 뒤섞인 눈빛으로 반스를 주시했다.

"저기, 괜찮으시다면, 반스 씨."

그가 미안해하는 얼굴을 하며 말문을 열었다.

"이 한 가지만은 지금 당장 설명해주셨으면 합니다만. 범인이 잠수복을 입은 채로 어떻게 발자국을 남기지 않고 풀에서 빠져나갔을까요? 또 날개 운운하지는 않으시겠죠, 예?"

"물론이네, 경사."

반스가 납골당 옆에 쌓여 있는 목재 더미를 향해 손을 흔들며 말했다.

"저게 그 답이라네. 오늘 오후까지만 해도 나 역시 그 점이 풀리지 않아 애를 먹었지. 하지만 범인이 걸어서 나가는 것 외에는 풀을 빠져나갈 수 있는 다른 방법이 없었을 거라는 사실에 생각이 미치자, 발자국이 남지 않은 데 대한 이치에 맞는 분명한 설명이 반드시 있어야 한다는 것을 깨달았네. 그런 장비 착용으로 몸이 무거웠을 텐데다,

묵직한 잠수 신발까지 신었었다는 점을 알기 때문에 더더욱 그랬어. 그런데 조금 전 납골당으로 가는 길에, 돌연 그 진상이 떠올랐다네."

그가 희미하게 미소를 띠며 말을 이었다.

"사실 진작 알아냈어야 했는데. 우리도 그와 똑같은 방법으로 풀의 바닥에서 걸어 나왔었으니 말이야. 살인자는 이 판자들 중 하나를 시멘트 보도가 끝나는 곳과 풀의 가장자리 사이에 깔았네. 그 평지의 폭이라면 저 정도 길이의 판자로도 충분하지. 풀에서 판자 위로 걸어 나온 다음에, 그 판자를 도로 가지고 가서 원래 쌓여 있던 더미 위로 던져놓았던 걸세."

"그렇군요!"

히스는 다소 부끄러워하면서도 흡족한 얼굴로 동의했다.

"그래서 잔디에 무거운 여행 가방을 올려놓았던 것처럼 보이는 자국이 있었던 거군요."

반스가 고개를 끄덕였다.

"맞네. 잠수복을 입은 범인이 밟고 지나갈 때 무게가 실린 판자의 한쪽 끝에 잔디가 눌리면서 그렇게 움푹 들어간 자국이 생겼던 거라네……."

이때 주의 깊게 듣고 있던 마크햄이 끼여들었다.

"이제 범죄의 수법에 대해서는 충분히 잘 알겠네. 하지만 이런 끔찍한 일을 벌인 장본인에 대해서는 어떤가? 이러고 있을 게 아니라 지금 당장 뭔가 확실한 조치를 취해야지."

반스가 애처로운 표정으로 마크햄을 쳐다보고는 고개를 가로저으며 말했다.

"아니, 아닐세……. 지금 당장은 곤란하네, 마크햄. 상황이 썩 분명치 않고 복잡해서 말이야. 아직 풀리지 않은 문제들이 너무 많이 있네. 신중하게 생각해볼 점들이 아주 많단 말일세. 우리에게는 누가 범인이라고 밝힐 만한 확실한 물증이 없네. 그러니 범인을 체포하는 일에 있어서 경솔하게 행동해서는 안 된다네. 자칫 잘못했다가는 우리가 밝혀낸 사건의 전모가 아무짝에도 쓸모없게 될지도 모른다네. 범인이 누구인지 범죄가 어떻게 저질러졌는지를 알아내는 것과 범인의 죄를 밝히는 것과는 완전히 별개의 일일세."

"그러면 어떻게 하자는 말인가?"

반스는 잠시 생각한 후에 대답했다.

"신중을 요하는 일이니, 어쩌면 이러는 게 현명할 것도 같네. 슬며시 암시를 던져 과감하게 사실을 내비치면 우리가 필요로 하는 자백을 얻어낼 수 있을지도 모르지. 하지만 무슨 일이 있어도 너무 성급하게 직접적인 행동을 해서는 안 되네. 해질녘까지는 아직 시간이 있잖나."

그가 자신의 손목시계를 흘끗 쳐다보며 말했다.

"집 안으로 돌아가는 게 좋겠네. 들어가서 이 일을 차분히 생각해 보고 난 다음에 우리가 취해야 할 최선의 방법을 정하도록 하세나."

마크햄은 고개를 끄덕여 그 말에 동의했다. 그래서 우리는 관목 숲을 헤치고 나와 차 있는 곳으로 갔다.

우리가 이스트로드에 이르렀을 때, 스퓨텐듀빌 쪽에서 차 한 대가 달려오더니 스탬이 일꾼 같아 보이는 두 남자와 함께 차에서 내려 우리 쪽으로 다가왔다.

"새로 알아낸 거라도 있소?"

스탬이 물었다. 그리고는 대답도 기다리지 않고 이어 말했다.

"나는 내려가서 풀에서 바위를 끄집어낼 생각이오."

반스가 말했다.

"몇 가지 전해드릴 새로운 사실이 있습니다······. 하지만 여기서는 말씀드리기가 좀 곤란합니다. 일을 다 마치시고 나서, 집으로 오십시오. 저희는 먼저 가 있겠습니다."

스탬은 눈썹을 약간 치켜올렸다.

"오, 알았소. 한 시간 정도면 다 끝날 거요."

그리고는 몸을 돌려 두 명의 일꾼을 데리고 시멘트 보도로 내려가 시야에서 사라졌다.

우리는 서둘러 집으로 차를 몰았다. 집에 도착해서 반스는 현관문으로 들어가지 않고 곧장 집의 북편으로 돌아서 풀이 내려다보이는 테라스로 갔다.

리랜드는 커다란 고리버들 의자에 앉아 차분하게 담배를 피며 맞은편의 절벽을 바라보고 있었다. 그는 우리가 가까이 다가오는 걸 보고도 인사를 하는 둥 마는 둥 했다. 반스는 새 담배에 불을 붙이느라 잠깐 멈춰 섰다가 그의 옆에 앉았다.

"이제 다 끝났습니다, 리랜드 씨."

그는 무심하게 말을 내뱉었지만, 그의 어조는 단호하면서도 확고하게 들렸다.

"저희가 진실을 알아냈습니다."

그 말에도 리랜드의 표정은 조금도 변하지 않았다.

"어떤 진실을 말씀하시는 겁니까?"

그가 물었다. 그 일에 대해 아무런 흥미도 없다는 듯 시큰둥한 말투였다.

"몬테규와 그리프의 살인사건에 대한 진실 말입니다."

"진실을 밝혀내셨을 거라고 어느 정도 짐작하고 있었습니다."

그가 태연하게 대꾸했다. 나는 그가 보이는 그런 자제력에 놀라움을 금치 못했다.

"좀 전에 당신들이 풀로 내려가는 것을 보았습니다. 당신들이 거기에서 무엇을 하셨을지 짐작이 갑니다……. 그리고 납골당에도 갔다

오셨겠죠?"

반스가 시인했다.

"그랬습니다. 저희는 그곳에서 슬리바누스 안토니 스탬의 관을 조사했습니다. 그런데 그 관 안에서 잠수복이 나왔습니다……. 또 갈큇발이 세 개 달린 쇠갈고리도 있더군요."

"산소통도 있었나요?"

리랜드가 건너편 절벽에서 눈을 떼지 않은 채 물었다.

반스는 고개를 끄덕였다.

"예, 산소통도 있었습니다……. 이제 모든 범죄수법이 완전히 밝혀졌습니다. 범죄에 관련된 사실은 하나도 빠짐없이 모조리 드러났다고 생각합니다."

리랜드는 고개를 숙이고는 손가락을 부들부들 떨면서 파이프를 다시 채우려고 했다.

"사실이 밝혀졌다니 마음이 놓이는군요."

그가 아주 낮은 목소리로 말했다.

"어쩌면 더 잘된 일인지도 모릅니다……. 모두를 위해서요."

반스는 연민 어린 시선으로 그를 응시했다.

"제가 완전히 이해하지 못한 점이 한 가지 있습니다, 리랜드 씨."

이윽고 그가 말을 꺼냈다.

"몬테규가 실종되었을 때 왜 살인수사과로 전화를 했던 겁니까? 이 에피소드는 사고로 여겨진 채로 그냥 지나갈 수도 있었는데 당신이 신고를 하는 바람에, 범죄가 벌어졌을지도 모른다는 의혹의 싹이 뿌려진 셈이 되지 않았습니까?"

리랜드는 눈살을 찌푸린 채 천천히 고개를 돌렸다. 반스가 던진 질문에 답하려고 곰곰이 생각하는 것 같아 보였다. 마침내 그가 힘없이 고개를 젓고는 대답했다.

"모르겠습니다……. 정말…… 제가 왜 그랬는지."

반스가 아주 잠깐 동안 꿰뚫는 듯한 눈길로 그의 눈을 똑바로 마주 보았다. 그런 다음에 물었다.

"이제 뭘 하실 생각입니까, 리랜드 씨?"

리랜드는 파이프를 내려다보고 잠깐 만지작거리다가 일어섰다.

"올라가서 스탬 양을 봐야 할 것 같습니다……. 당신들이 그래도 괜찮다고 한다면요. 아무래도 다른 사람보다는 제가 말해주는 편이 좋을 것 같습니다."

반스가 고개를 끄덕였다.

"저도 그렇게 생각합니다."

리랜드가 집 안으로 들어가 문을 닫자마자, 마크햄이 벌떡 일어나 그를 쫓아가려고 했다. 하지만 반스가 재빨리 다가가 한 손으로 지방 검사의 어깨를 힘껏 누르며 막았다.

"내버려 두게, 마크햄."

그가 강요하듯 엄하고 명령적인 말투로 말했다.

"하지만 이럴 수는 없네, 반스!"

반스의 손을 떼어내려고 애쓰면서 마크햄이 반박했다.

"자네에게는 이런 식으로 정의를 위반할 권리가 없네. 전에도 그러지 않았나……. 무모한 짓이었지!"[15]

반스가 위엄 있는 어조로 대꾸했다.

"제발 나를 믿어주게, 마크햄. 이게 최선의 방법일세."

그러더니 그의 눈이 커지면서 눈빛에 놀라는 기색이 떠올랐다.

"오, 이런!"

반스가 말했다.

---

15) 내 생각에 마크햄의 이 말은, '카나리아 살인사건'에서 반스가 살인자에게 주었던 모종의 기회를 얘기하는 것 같았다. 당시 살인자는 범죄를 시인한 후 자살했다.

"자네 아직 내 말을 이해 못 한 게로군……. 그렇다면 잠시 후에 설명해줄 테니 기다려보게."

그리고는 마크햄을 억지로 의자에 주저앉혔다.

잠시 후, 스탬이 간이 탈의실 중 하나에서 수영복 차림으로 나와 여과판의 가로대를 건너 윈치가 설치된 곳으로 가는 모습이 보였다. 그가 스퓨텐듀빌에서 데려온 두 남자는 이미 윈치의 드럼에 밧줄을 감아 고정시켜 놓고는 핸들 옆에 서서 스탬의 지시를 기다리고 있었다. 스탬은 둘둘 감겨 있는 밧줄의 끄트머리를 집어 들고 휙 어깨 뒤로 넘긴 다음, 벼랑 발치의 얕은 물 속으로 걸어 들어가 바위가 가라앉아 있는 곳까지 갔다. 우리는 한동안 그의 모습을 지켜보았다. 그는 바위에 밧줄을 빙 둘러 묶고 나서, 윈치를 조작하고 있는 일꾼들의 도움을 받아 바위를 빼내려고 애를 쓰고 있었다. 그러는 동안 밧줄이 두 차례 풀렸고, 한번은 윈치를 받쳐주고 있던 말뚝이 빠져버렸다.

두 일꾼이 빠진 말뚝을 다시 박고 있을 때, 리랜드가 살며시 테라스로 들어와 반스 옆에 다시 앉았다. 그는 안색이 창백하게 굳어 있었고, 두 눈에는 깊은 슬픔이 담겨 있었다. 마크햄은 리랜드가 나타나자 처음에는 흠칫 놀라더니, 이제는 가만히 앉아서 호기심 어린 눈길로 그를 쳐다보았다. 리랜드는 스탬이 무거운 밧줄을 짊어진 채 씨름하고 있는 풀 쪽으로 무심히 눈길을 돌렸다.

"버니스도 처음부터 그럴 거라고 짐작하고 있었더군요."

리랜드가 기껏해야 속삭임보다 좀더 큰 소리로 반스에게 말했다.

"하지만 그녀는 당신들이 사건의 전말을 알아내고 나니, 오히려 한결 마음이 놓이는 것처럼 보였습니다……. 아주 강인한 여자지요……."

그가 덧붙였다.

불길해 보이기만 하는 드래건 풀의 물 건너편에서, 멀리서 날카로운 천둥소리가 울리는 것처럼 우르르 쾅쾅거리는 괴상한 소리가 들려왔다. 나는 본능적으로 절벽 쪽을 힐끗 쳐다보았다. 우리가 그 전날 살펴보았던 불안정하게 튀어나와 있던 바위의 뾰족한 부분 전체가 앞으로 쏠리면서, 가슴까지 차는 물 속에 서 있던 스탬을 향해 아래로 미끄러져 내리는 게 보였다.

그 무서운 일은 너무나도 순식간에 일어나서, 지금도 세세한 일에 대해서는 기억이 또렷하지 않다. 하지만 커다란 바위덩어리가 절벽 아래로 미끄러져 내리고 그와 동시에 조그만 돌멩이들이 빗발치듯 쏟아지는 그 순간, 나는 아주 잠깐 동안 스탬의 모습을 똑똑히 보았다. 그 바위는 그날 오후 일찍 내린 폭우로 느슨해져 있었던 게 틀림없었다. 괴상한 소리가 들리자 스탬은 위를 올려다보고는 와르르 무너져 내리는 바위를 피하려고 미친 듯이 버둥거렸다. 하지만 그는 풀 속의 바위에 밧줄을 두르고 그걸 묶으려고 애쓰고 있던 중이라, 두 팔이 그 밧줄에 뒤엉켜 있어서 몸을 빼낼 수가 없었다. 그 커다란 바위덩어리가 그를 덮쳐 물 밑으로 내리꽂히기 직전의 그 짧은 순간에, 나는 그의 공포에 질린 얼굴을 얼핏 보았다.

물이 튀는 엄청난 소리가 난 것과 동시에 우리 머리 위의 발코니에서 히스테리 상태의 겁에 질린 비명 소리가 울려 퍼졌다. 그 소리를 듣고, 나는 연로한 스탬 부인이 그 비극을 목격했다는 것을 알 수 있었다.

우리 모두는 충격으로 할 말을 잃은 채 잠시 가만히 앉아 있었다. 그때 리랜드의 나직한 목소리가 들려왔다.

"자비로운 죽음을 맞았군요."

반스는 담배를 길고도 깊게 한 모금 빨았다.

"자비로운 죽음이라……. 정말 그렇군요."

반스가 말했다.

원치 옆에 서 있던 두 남자는 벌써 물 속으로 들어가서 스탬이 파묻힌 곳을 향해 물살을 헤치며 서둘러 다가가고 있었다. 하지만 그렇게 애써봐야 헛일임이 너무도 분명해 보였다. 그 커다란 바위덩어리가 스탬을 정면으로 내리쳤기 때문에, 구해낼 가망이 전혀 없어 보였던 것이다.

재난이 벌어지는 것을 보면서 우리는 처음에는 갑작스런 충격에 휩싸였다. 그러나 그 충격이 가시자 우리는 거의 동시에 자리에서 일어섰다. 그때 집안의 복도로 이어지는 문이 열리면서 홀리데이 선생이 창백해진 얼굴에 당혹스런 빛을 띤 채 테라스로 무겁게 걸어 나왔다.

"오, 여기 계셨군요, 리랜드 씨."

그는 주저하며 어떻게 말을 이어야 할지 모르는 사람처럼 선뜻 말을 잇지 못했다. 잠시 후 그가 불쑥 말을 꺼냈다.

"스탬 부인이 돌아가셨습니다. 갑작스런 충격으로요……. 부인이 다 보고 계셨거든요. 따님에게는 당신이 전해주는 편이 좋을 것 같습니다."

제21장 사건의 결말

그날 밤 늦게 마크햄과 히스 그리고 나는 반스와 함께 샴페인을 마시고 담배를 피면서 그의 옥상정원에 앉아 있었다.

우리는 스탬이 죽고 나서 아주 잠깐 동안만 스탬 저택에 머물러 있었다. 그러나 히스는 그 상황을 마무리할 세부적인 작업을 지휘하기 위해 남아야 했다. 또다시 풀에서 물을 빼냈고, 그리고는 커다란 둥근 바윗돌 밑에 깔린 스탬의 시체를 끌어냈다. 스탬의 시체는 알아볼 수 없을 정도로 훼손된 상태였다. 리랜드는 스탬 양의 도움을 받아 모든 집안일을 도맡아 처리했다.

반스와 마크햄 그리고 나는 거의 10시가 다 되어서야 저녁식사를 끝냈고, 그 직후에 히스 경사가 와서 우리와 함께 자리를 했다. 날씨는 여전히 찌는 듯이 더웠다. 반스는 1904년산 뽈로제 샴페인 한 병을 내놨다.

그는 피곤한 듯 의자에 몸을 기대며 말했다.

"굉장한 범죄였네. 놀라운 범죄였어. 그럼에도 불구하고 단순하고 이성적인 사건이기도 했지."

마크햄이 대꾸했다.

"그게 사실인지는 모르겠지만 내게는 여전히 분명치 않은 점들이 수두룩하다네."

반스가 말했다.

"일단 사건의 기본적인 개요는 명백하네. 각각의 모양과 색깔을 가진 모자이크 조각들이 거의 자동적으로 제자리를 잡은 꼴이니 말일세."

그는 샴페인 잔을 비우고 이야기를 계속했다.

"스탬이 첫 번째 살인을 계획해서 실행하는 건 아주 간단한 일이었네. 그는 몬테규와 적대적인 사람들을 하우스 파티에 불러모았지. 몬테규의 실종과 관련하여 그것이 범죄 행위로 판명될 경우에 혐의가 갈 수 있는 사람들로 말일세. 그는 손님들이 풀에 수영을 하러 갈 거라는 것과 허영심 강한 몬테규가 제일 먼저 풀에 뛰어들 거라는 사실을 의심치 않았네. 그래서 그는 의도적으로 사람들이 과음을 하도록 만들었고, 자기 자신도 지나치게 퍼마신 척 행동했던 거네. 하지만 사실 그는, 아마 리랜드와 스탬 양을 제외하고는, 파티 참석자들 가운데 전혀 술을 마시지 않은 유일한 사람이었을 걸세."

"하지만 반스……."

"오, 알고 있네. 그는 하루 종일 몹시 술에 취한 모습을 보였지. 하지만 그것도 다 계획의 일부였다네. 아마도 그는 평생 그때만큼 정신이 말짱했던 적도 없었을 걸세. 다른 파티 참석자들이 집에서 나가 풀로 내려갔을 당시에 말이네. 저녁시간 내내 그는 서재에 있는 커다란 소파에 앉아서 자신의 술을 고무나무가 심어져 있던 그 화분에 몰래 쏟아버렸지."

마크햄이 재빨리 쳐다보았다.

"자네가 그 화분의 흙에 그렇게 관심을 보였던 이유가 그것 때문이었나?"

"그렇다네. 아마도 스탬은 2리터도 넘는 위스키를 그 화분에다 쏟아버렸을 걸세. 내가 손가락에 흙을 꽤 많이 묻혀보았더니 알코올로

흠뻑 젖어 있더군."

"하지만 홀리데이 선생이 말하길……."

"오, 스탬은 홀리데이 선생이 진찰을 할 당시에는 정말로 심각한 알코올 중독의 상태에 빠져 있었다네. 자네 기억하나. 스탬이 다른 파티 참석자들이 풀로 내려가기 전에 트레이너에게 스카치위스키 한 병을 더 가져오라고 지시했던 것 말이네. 그는 살인을 저지른 후에 서재로 다시 돌아와서 틀림없이 위스키 한 병을 전부 마셔버렸을 걸세. 그러니 리랜드가 그를 발견했을 당시에 술에 몹시 취해 맥없이 쓰러져 있던 모습을 본 것은 전혀 거짓이 아니었던 거지. 이런 식으로 그는 모든 일이 사실처럼 보이도록 꾸몄던 거라네."

반스는 포도주 냉각기에서 샴페인 병을 집어 들어 자신의 잔에 한 잔 더 따랐다. 그는 샴페인을 조금 홀짝이고는 다시 의자에 몸을 기댔다.

그는 계속 말을 이었다.

"스탬이 어떻게 했나하면 말일세. 그날 일찌감치 차고에 있던 자신의 차에다 잠수복과 쇠갈고리를 감춰놓았네. 그런 뒤에 술에 취해 완전히 인사불성이 된 것처럼 행동하면서 모두 풀로 내려갈 때만을 기다렸어. 사람들이 풀로 내려가기 무섭게 그는 차고로 달려가서 차를 몰아, 아니 어쩌면 타력주행(惰力走行)을 했을지도 모르지. 아무튼 이 스트로드를 따라 내려가 짧은 시멘트 포장 보도로 갔네. 그는 야회복 위에 잠수복을 입고 산소통을 맸지. 대충 2, 3분 정도 걸렸을 게야. 그리고는 널빤지를 갖다 적당한 위치에 깔고서 그걸 밟고 풀로 들어갔네. 그는 몬테규가 먼저 다이빙을 하리라는 것을 완전히 확신했어. 그래서 풀 안에서, 몬테규가 입수해 나아갈 거의 정확한 지점에 자리를 잡을 수 있었지. 그는 쇠갈고리를 갖고 있어서 어느 방향에서든 팔을 뻗어 자신의 희생물을 잡을 수 있었네. 풀 속의 물은 상당히 투명해서 투광조명을 통해 몬테규의 모습을 잘 볼 수 있었을 거야. 스탬처럼 노련한 잠수부에게 풀 속에서 범죄를 꾸미는 일은 너무도 간단한 일이었지."

반스는 아무 일도 아니었을 거라는 식으로 가볍게 손짓을 했다.

"정확히 어떤 일이 벌어졌는지는 의심의 여지가 없네. 몬테규가 다이빙을 했고, 스탬은 풀 맞은편의 경사진 물 속에 있다가 쇠갈고리로 그를 잡아당겼지. 그래서 몬테규의 가슴에 그런 상처자국이 났던 걸세. 물 속으로 뛰어드는 힘에 의해 몬테규의 머리가, 스탬의 헬멧과 연결된 가슴받이에 고정시킨 금속 산소통에 세차게 부딪쳤고, 그래서 두개골이 갈라졌을 거라고 생각하네. 몬테규는 기절을 했을 테고, 어쩌면 의식불명의 상태였을 걸세. 그런 상태에서 스탬은 자신의 제물이 완전히 축 늘어질 때까지 물 속에서 목을 졸랐네. 그런 그를 자동차로 끌고 가서 그 안에 던져 넣는 건 크게 힘이 드는 일도 아니었을 걸세. 그 다음에 스탬은 판자를 도로 갖다 놓고, 잠수복을 벗어서 납골당의 오래된 관 안에 감추고는 몬테규의 시체를 버리러 구덩이로 차를 몰았네. 몬테규에게 골절이 있었던 건 스탬이 그를 암석 구덩이에 내던지는 과정에서 함부로 다뤘기 때문이었어. 그리고 양쪽 발뒤꿈치에 나 있던 찰상은 스탬이 주차된 차로 가려고 그를 시멘트 포장 보도로 끌고 가는 통에 생겼을 게 분명하네. 스탬은 차를 몰아 다시 차고에 갖다 놓은 뒤에 조심스럽게 서재로 돌아갔지. 그리고 위스키 한 병을 다 마셨던 거라네."

반스는 담배를 깊숙이 빨고 나서 천천히 연기를 내뿜었다.

"거의 완벽한 알리바이였지."

마크햄이 말을 꺼냈다.

"하지만 시간이……."

"스탬에게 시간은 넉넉했네. 다른 사람들이 수영복으로 갈아입기까지 최소한 15분은 있었을 테니 말이야. 이 정도 시간이면 그가 타력 주행으로 차를 몰아 언덕을 따라 내려가서 잠수복을 얼른 걸치고 판자를 적당한 위치에 갖다 놓은 뒤에 풀 속에서 위치를 잡는 데까지 걸리는 시간의 두 배는 됐을 거네. 그리고 널빤지를 원위치에 돌려놓고 나서 잠수복을 감춘 후에 희생자를 구덩이에 내버리고 집으로 돌아오는 데 최대한도로 잡아도 기껏해야 15분을 넘지 않았을 거야."

마크햄이 의견을 제시했다.

"하지만 그는 극도의 위험을 무릅써야 했네."

"오히려 그 반대였다네. 그는 전혀 위험하지 않았지. 그가 신중하게 세운 계획이 성공적으로 잘만 되었다면, 그의 계략이 실패했을 리 없었으니 말일세. 스탬은 시간도 충분한데다 장비도 갖추고 있었잖나. 게다가 그는 정말로 어느 목격자의 눈에도 띄지 않고 목적한 바를 이뤘네. 만약에 몬테규가 여느 때처럼 풀로 다이빙하지 않았다고 해도, 그건 단지 그를 살해하는 일이 뒤로 미뤄졌다는 사실을 의미했을 뿐이네. 그런 경우에 스탬은 그저 풀 밖으로 걸어 나와 집으로 돌아가서 때를 기다리면 됐을 걸세."

반스는 생각에 잠겨 눈살을 찌푸리다가 마크햄에게로 천천히 고개를 돌렸다.

"그렇지만 그의 계획에는 중대한 실수가 있었네."

반스가 말했다.

"지나치게 조심하느라 스탬의 계획에는 배짱이 부족했거든. 이를테면, 그는 자신의 무모한 모험에 대비해 보험을 들어 놓았다고나 할까. 말했던 것처럼, 그는 하우스 파티를 계획하고서 몬테규가 사라지기를 바라는 동기를 가진 사람들을 불러모았네. 자신의 계획이 뜻대로 잘 되지 않았을 때를 대비해, 그 사건에서 경찰이 혐의를 가질 만한 사람들을 준비해두자는 요량이었지. 하지만 그렇게 일을 꾸미면서 그가 간과한 사실이 있었네. 바로 이 사람들 중 몇몇은 잠수 장비에 대해 잘 알고 있고, 또한 열대지방에서의 해저 탐사 작업을 그와 함께 동행했었다는 사실 말이네. 이런 지식을 갖고 있는 사람들이라면 시체가 발견될 경우에 살인이 어떻게 저질러졌을지 이해했을 테니까……."

마크햄이 물었다.

"자네 말은, 그럼 리랜드가 처음부터 그 계략을 꿰뚫어보았단 말인가?"

반스가 대꾸했다.

"물론이네. 몬테규가 다이빙 후에 수면으로 올라오지 못하자, 리랜드는 스탬이 범죄를 저지른 건 아닌가 의심을 하게 됐네. 당연히 그는, 한편으로는 정의감과 공명정대한 마음, 그리고 다른 한편으로는 버니스 스탬을 향한 자신의 사랑 사이에서 괴로워했을 걸세. 얼마나 딱한 사정이었나! 그는 살인수사과에 전화를 걸어서 수사에 착수해야 한다고 주장하는 선에서 스스로 타협을 봤네. 자신이 사랑하는 여인의 오빠를 고발하거나 그의 죄를 폭로하지 않는 선에서 말일세. 허나 그는 정직한 사람이었지. 그러니 계획적인 살인이라고 믿고 있는 범죄 행위를 용서할 마음이 들지 않았을 걸세. 자네도 봤지만 마크햄, 내가 오늘 오후에 그에게 진실을 알았다고 말해줬을 때에 그는 몹시 안도하지 않던가. 그동안 몹시 괴로웠을 테니 그럴 만도 했지."

마크햄이 질문을 던졌다.

"다른 사람들도 스탬을 의심했다고 생각하나?"

"오, 그렇다네. 버니스 스탬은 사건의 진상에 의심을 품고 있었지. 리랜드가 오늘 오후에 우리에게 그렇게 말했잖나. 그래서 경사가 그녀를 처음 보았을 때, 그녀가 몬테규의 실종을 걱정하지 않는다는 인상을 받았던 거라네. 그리고 나는 타툼 또한 사건의 진상을 짐작하고 있었다고 확신하네. 그가 스탬과 함께 코코스 제도에 갔었다는 걸 잊지는 않았겠지. 그러니 그도 그 사건에 잠수복이 안성맞춤이라는 점을 잘 알고 있었지. 그러나 당면한 상황이 그에게는 틀림없이 다소 기이하게 여겨졌을 테고, 자신의 느낌을 분명히 입증할 방도가 없다 보니 말을 꺼낼 수 없었을 뿐이었지. 게다가 그리프도 스탬이 탐사를 떠날 채비를 갖추는 것을 도와준 적이 있었다고 했으니, 몬테규에게 무슨 일이 일어났는지 꽤 정확한 생각을 갖고 있었다는 건 의심할 여지가 없네."

마크햄이 물었다.

"그렇다면 다른 사람들도 역시 스탬을 의심했다고 생각하나?"

"그렇지는 않네. 맥아담 부인이나 루비 스틸이 사건의 진상에 대해 확실히 의심을 품었을지 어떤지는 의문스럽다네. 하지만 두 사람도 뭔가 사악한 일이 벌어졌다는 것을 감지한 것 같더군. 루비 스틸은 몬테규에게 관심이 있었네. 하지만 마음대로 되지 않았지. 두 사람 사이가 반목관계에 있었던 건 그런 연유에서였네. 그래서 그녀는 티니 맥아담은 물론이고 버니스 스탬도 질투를 했던 걸세. 몬테규가 사라졌을 때, 그녀의 마음속에 범죄가 저질러졌다는 생각이 떠올랐으리라는 걸 나는 의심치 않는다네. 그 때문에 그녀가 리랜드를 고발했던 거고. 그녀는 리랜드가 너무나 뛰어났기 때문에 그를 몹시 싫어했던 걸세."

반스는 잠시 말을 중단했다가 다시 이었다.

"맥아담 부인이 그 사건에서 받은 인상은 다소 미묘했네. 그녀가 자신의 감정을 제대로 이해했을지 의심스러워. 그렇지만 그녀 또한 분명히, 범죄가 저질러진 건 아닐까 하는 의문을 갖고 있었을 걸세. 몬테규가 풀에서 자취를 감춰버린 사실이, 그녀가 개인적으로 사건의 결말을 추측하는 데 뒷받침이 됐을 거야. 그녀는 그 젊은 친구에게 감정이 남아 있었던 것 같아. 그래서 우리에게 그리프나 리랜드가 범행을 저질렀을 가능성이 있다고 전했던 거지. 자신이 싫어하는 두 사람을 지목해서 말이야. 그리고 그녀가 비명을 질렀던 건 순전히 감정적인 이유에서였다는 생각이 드네. 그러다가 돌연 냉담한 태도를 보였던 건 그녀의 빈틈없는 이성이 감정에 영향을 미쳤기 때문이겠지. 내가 풀에서 첨벙하는 큰 소리가 났다는 말을 전했을 때, 그녀가 그처럼 흥분된 태도를 보였던 건 몬테규가 살해됐을지도 모른다는 가능성 때문이었을 걸세. 그녀는 그에게 끔찍한 일이 일어났다고 상상했던 거야. 그래서 그 교활한 여인의 마음이 다시 한번 반응했던 거고."

한동안 침묵이 이어졌다. 그러다가 마크햄이 거의 들리지 않는 목소리로 말문을 열었다. 머리에 떠오르는 일련의 생각에서 어떤 부분을 혼잣말하듯 중얼대는 것 같았다.

"그렇다면 리랜드와 그리프, 그리고 스탬 양이 들었다던 그 자동차 소리는 당연히 스탬의 차였겠군."

반스가 대답했다.

"물론이네. 시간도 정확하게 들어맞잖나."

마크햄은 고개를 끄덕이면서도 마음이 편치 않은 듯 찡그린 얼굴에 근심스런 표정이 나타났다.

마크햄이 말했다.

"하지만 브루엣이라는 여인에게서 온 편지가 아직 남아 있잖나."

"이보게, 마크햄! 그런 여자는 존재하지도 않는다네. 스탬이 몬테규의 실종을 설명하기 위해 엘렌 브루엣이라는 가공의 인물을 만들어낸 걸세. 스탬은 몬테규의 실종이 애인과 함께 달아난 평범한 사건으로서 간단히 지나가버리길 바랐네. 그래서 그는 밀회를 약속하는 편지를 직접 써서 그날 밤 풀에서 돌아온 후에 몬테규의 주머니에 넣어두었던 걸세. 우리가 편지를 찾을 수 있도록 그 장소를 그가 알려줬다는 사실을 기억하나. 그가 옷장의 문을 열어젖혔잖은가. 교묘한 책략이었네, 마크햄. 거기다 이스트로드 쪽에서 났다는 자동차 소리가 몬테규가 달아났다는 설을 입증하게 됐지. 하지만 당시에 스탬은 아마 자동차 소리가 조금이라도 들리지 않도록 무진 애를 썼을 걸세."

경사가 불만스레 말했다.

"제 부하들이 그 여자의 흔적을 찾지 못한 것도 당연한 노릇이군요."

마크햄은 생각에 잠긴 채 멍하니 자신의 여송연을 응시했다.

"이제 브루엣의 등장은 이해하겠네."

이윽고 그가 입을 열었다.

"그렇지만 스탬 부인의 섬뜩하리만큼 정확했던 예언들은 어떻게 설명할 텐가?"

반스는 부드러운 미소를 지었다.

"그건 예언이 아니었네, 마크햄."

그는 목소리에 비통함이 깔린 어조로 대답했다.

"부인의 말들은 모두 무슨 일이 벌어졌는지에 대한 실제 정보를 바탕으로 했고, 그리고 자신의 아들을 보호하려는 노모의 애처로운 노력에서 비롯됐다네. 스탬 부인은 실제로 자신의 방 창문에서 아무것도 보지 못했어. 그래도 그녀는 아마 의심을 했던 모양이네. 그녀가 우리에게 말한 대부분의 이야기는 우리의 주의를 사건의 진상에서 다른 곳으로 돌리려고 신중하게 계획된 거였어. 그래서 그녀는 처음부터 사람을 보내 우리를 만나려고 했던 거라네."

반스는 다시 한번 담배를 깊이 들이마시고, 생각에 잠긴 얼굴로 나무 꼭대기를 바라보았다.

"드래건에 대한 그녀의 이야기 대부분이 거짓이었네. 풀에 살고 있다는 드래건에 대한 환각이 그녀의 약해진 마음에 강하게 영향을 미치기 때문이라는 건 의심할 여지가 없지만 말일세. 그리고 수중 괴물이 존재한다는 이런 불완전한 믿음은 스탬을 지키기 위한 근거로 형성되었다네. 그녀가 창가에서 얼마나 많은 것을 보았는지는 알 수 없어. 내 개인적인 생각으로는, 그녀는 스탬이 몬테규의 살해 음모를 꾸몄다고 본능적으로 깨달았던 것 같네. 그리고 이스트로드를 따라 떠나는 자동차 소리를 들었고, 그 용무가 무엇일지 의심을 품게 되었을 걸세. 사건이 일이났던 첫째 날 밤에, 그녀는 계단 꼭대기에서 스탬이 반박하여 말하는 소리를 들었네. 그리고 자신이 두려워하고 있던 일이 사실이라는 걸 알게 되었지. 그 충격으로 비명을 질렀던 것이고, 그 후에 우리를 데리러 사람을 보냈던 거라네. 집안에 어느 누구도 죄를 짓지 않았다는 사실을 우리에게 분명히 해두려고 말일세."

반스는 한숨을 쉬었다.

"애처로운 노력이었네, 마크햄. 우리가 갈피를 못 잡도록 꾸민 다른 모든 시도와 마찬가지로 가슴 아픈 노력이었어. 그녀는 드래건 가설을 꾸며내려고 했네. 그녀 자신이 그 주제에 대해 그다지 이성적이지 못했으니 말일세. 더욱이 그녀는 스탬이 시체를 가져가 감추리라는 걸 알았다네. 그리고 그것이 풀에서 시체가 발견되지 않을 거라는 그녀의 그럴 듯한 예언의 근거가 되었지. 또한 그녀는 스탬이 어디에다 시체를 감출지도 알았어. 실제로 그녀는 자동차 소리로 스탬이 차고로 돌아오기 전에 이스트로드를 따라 얼마나 멀리까지 다녀왔는지를 대충 짐작했을 수도 있네. 풀에서 물을 빼냈을 때, 그녀가 비명을 질렀었지. 오로지 드래건이 몬테규의 시체를 가지고 날아가 버렸다는 자신의 이야기를 강조하기 위해 그런 극적인 행동을 취했던 거라네."

반스는 다리를 쭉 뻗고는 의자에 더 깊숙이 들어앉았다.

"두 번째 비극에 대한 스탬 부인의 예언도 기껏해야 드래건 설을 우리의 머릿속에 억지로 집어넣으려는 또 다른 시도에 지나지 않았네. 그녀는 몬테규를 살해하는 데 성공한 자신의 아들이 기회만 생기면 그리프도 죽일 거라고 의심했던 게 분명하네. 그리프가 스탬가의 재산에 야심을 품고서 음모를 꾸미고 있다는 사실도 전부 알고 있었고, 또한 자신의 아들이 그를 몹시 싫어한다는 사실도 눈치 채고 있었으니까. 어쩌면 그녀는 자신의 아들과 그리프가 어젯밤에 풀 쪽으로 내려가는 모습을 보았거나 소리를 들었고, 그래서 끔찍한 일이 일어나리라는 것을 예측했을지도 모르지. 그리프가 사라졌다는 소식을 듣고 나서, 그녀가 자신의 드래건 설을 계속 들먹거리며 그것을 강화하려고 얼마나 미친 듯이 행동했는지 떠올려 보게. 그때 나는 그녀가, 털어놓는 내용보다 더 많은 사실을 알고 있을 거라고 의심하게 되었다네. 그래서 그리프의 시체가 구덩이에 있을 거라 예상하고 곧장 그곳으로 갔던 거지⋯⋯. 오, 물론 우리에게 억지를 쏟아내던 노인네는, 자신의 아들이 죄를 저질렀다는 사실을 알고 있었네. 오늘 오후에 그녀가 리랜드에게 아들을 집 안으로 데려와 달라고 청했다고 했지. 풀 안에 위험이 도사리고 있다고 주장하면서 말이야. 그건 예감이 아니었을 걸세. 아들이 범죄를 행한 장소에서 그에게 어떤 응보가 닥칠지도 모른다는 본능적인 공포감 때문이었을 거네."

마크햄은 중얼거리듯 말했다.

"그런데 천벌이 내려졌군. 우연이라고 하기에는 기이해."

실제적인 성격의 경사가 끼여들었다.

"천벌을 받아 마땅하고말고요. 그런데 제 생각에, 그는 발자국을 남기지 않으려고 무진 애를 쓴 것 같습니다."

반스가 그 이유를 설명했다.

"스탬은 자신을 보호해야 했네, 경사. 자신의 잠수 신발의 발자국이 눈에 띈다면 모든 음모가 밝혀졌을 테니. 그래서 좁고 평평한 땅에다 사전에 널빤지를 깔아서 조심을 했던 거라네."

마크햄이 자신의 생각을 말했다.

"그렇지만 풀의 밑바닥에 난 자국까지는 마음을 쓰지 못했던 거군."

반스가 말했다.

"정확하네. 그는 자신이 물 속에 낸 자국이 남아 있을 거라는 생각을 하지도 못했을 거야. 그는 잠수 신발 자국이 드러났을 때, 분명히 깜짝 놀랐었네. 그게 무슨 자국인지 알려질까 봐 전전긍긍했겠지. 하지만 그 당시에는 나 역시 진상을 몰랐다는 사실을 솔직히 인정하겠네. 그러다 나중에 그 자국의 진실이 점점 분명해졌어. 그리고 그 때문에 잠수복과 장갑과 신발을 찾아서 내 가설을 입증하고 싶었던 거고. 이 지역에는 표준 잠수 장비를 생산하는 업체들이 많지 않지. 그래서 나는 스탬이 잠수복을 사들인 상점을 별 어려움 없이 찾을 수 있었네."

마크햄이 물었다.

"그런데 리랜드는 어땠을까? 틀림없이 그는 그 자국들을 알아봤겠지?"

"오, 물론이네. 사실 내가 그 괴이한 자국에 대해 이야기를 꺼낸 바로 그 순간에, 그는 그 자국들이 어떻게 해서 생긴 건지 짐작했을 걸세. 그리고 스니트킨이 스케치한 그림을 본 뒤에 진실을 알게 됐겠지. 나는 그가 우리도 또한 그 진실을 깨닫기를 어느 정도 바랐을 거라고 생각하네. 비록 버니스 스탬을 향한 마음 때문에 우리에게 직접적으로 그 사실을 알려줄 수는 없었지만 말일세. 스탬 양도 그 진상을 의심했지. 자네 생각나나. 내가 그 기묘한 발자국에 대한 화제를 꺼내자 그녀가 얼마나 당황했었는지. 그리고 스탬 부인 또한 그 자국에 대한 이야기를 들었을 때, 그것에 담긴 의미를 알았다네. 하지만 그녀는 그 자국들을 자신의 의도에 맞게 아주 교묘하게 바꿔서 오히려 드래건 전설을 뒷받침하는 데 이용했지. 그렇게 해서 우리에게 드래건 전설을 주입시키려고 했어."

마크햄은 자신의 잔을 채웠다.

"그 부분에 대해서는 이제 의혹이 모두 없어졌네."

그는 잠시 침묵을 지키다 입을 열었다.

"하지만 나는 그리프의 살인사건과 관련해서 아직 이해가 가지 않는 부분이 좀 있어."

반스는 즉시 말을 꺼내지 않았다. 생각에 잠겨 먼저 새 담배에 천천히 불을 붙였다. 그런 뒤에 말을 시작했다.

"나도 결론을 내리지 못한 부분이 있다네, 마크햄. 특히 그리프의 살인사건이 이 주말에 계획됐던 건지, 아니면 갑작스럽게 결정된 건지 말일세. 그렇지만 스탬이 파티를 계획했을 때, 그의 심중에 그런 생각이 있었을 거라는 건 의심의 여지가 없어. 그가 그리프를 지독히도 미워했고 또한 두려워했다는 건 분명하니까. 비뚤어진 마음 탓에, 그는 자신이 그리프에게서 벗어날 방법이 살인 말고는 없다고 생각했겠지. 스탬이 지난밤에 그리프를 제거해야겠다고 마음을 먹게 된 건, 분명히 풀 밑바닥에 있던 그 자국들과 몬테규의 가슴에 발톱으로 할퀸 듯한 상처자국을 발견한 뒤에 드래건 이야기가 계속해서 이어졌기 때문일 걸세. 그는 이런 비현실적인 드래건 가설을 계속 내세워선 안될 이유가 없다고 생각했을 거야. 몬테규가 죽음에 이른 상황이 완전히 불합리하면서도 기이하다고 여겨지는 한, 자신이 체포될 위험은 없을 거라고 생각했을 걸세. 이런 어리석은 확신을 갖고서, 그는 그리프를 살해하는데도 몬테규를 죽인 방식을 되풀이하려고 했네. 그는 몬테규의 살인사건에 드래건이 관련되면서, 그 결과 자신이 의심을 받을 염려가 없어졌다고 생각했어. 따라서 그리프가 똑같은 방식으로 살해된다면 마찬가지로 자신이 의혹을 살 걱정은 없을 거라고 여겼지. 그래서 그는 애써 그렇게 꼭 같은 방식으로 살인을 저질렀던 거네. 우선 몬테규의 머리에 난 것과 동일한 상처를 만들려고 그리프의 머리를 가격했지. 그리고 목에 멍든 자국을 나타나게 하려고 그리프의 목도 졸랐고. 또한 갈고리를 사용해서 그리프의 가슴에 가상의 드래건 발톱 자국도 재현했네. 그런 뒤에, 그 사내를 구덩이로 가져다 내버리는 것으로 그를 살해하는 일을 더할 수 없이 논리적으로, 더 정확히 말하자면 reductio ad absurdum(무리한 원칙을 적용)해서 실행에 옮겼던 걸세."

마크햄이 인정했다.

"그가 마음속으로 어떤 생각을 했는지 알겠군. 하지만 그리프의 살인사건의 경우에는, 스탬은 범죄를 실행할 기회를 만들어야 했네."

"암, 그랬지. 그렇지만 그건 어려운 일도 아니었네. 토요일 밤에 스탬이 고약하게 감정을 폭발시킨 후에, 그리프는 어젯밤에 스탬이 서재에서 자신에게 화해할 의향을 내비치자 더할 나위 없이 기뻤을 걸세. 두 사람이 방으로 물러나기 전에 여러 시간 동안 사이좋게 이야기를 나눴다고 리랜드가 했던 말 생각나지. 그들은 새로운 탐사 계획에 대해 의논을 했고, 그리프는 자신이 도움을 제안할 수 있게 되어 몹시 기뻤을 테지. 그런 뒤에 그들이 위층으로 올라갔을 때, 틀림없이 스탬이 그리프에게 자신의 방에서 마지막으로 한잔하자고 권했을 걸세. 그러다가 스탬이 산책이나 하면서 계속 논의를 하자고 제안했겠지. 그래서 두 사람이 함께 집 밖으로 나갔던 거고. 리랜드와 트레이너 두 사람이 옆문의 빗장이 벗겨지는 소리를 들었다던 그 시각에 말이네."

반스는 샴페인을 또 홀짝였다.

"스탬이 그리프를 어떤 식으로 꾀어서 납골당으로 끌어들였는지는 결코 알 수 없을 거네. 그렇지만 그건 전혀 중요한 문제가 아니야. 그리프는 스탬이 어떤 제안을 하더라도 분명히 잠자코 따랐을 테니까. 스탬이 그리프에게 자신과 함께 납골당에 들어가면 몬테규의 죽음에 대해 설명해 주겠다고 했을지도 모르지. 아니면, 오히려 평범한 제안을 했을지도 모르는 일이고. 이를테면, 폭우가 내린 뒤라 석조물의 상태를 좀 살펴보고 싶다는 등의 이야기를 꺼내면서 말일세. 하지만 스탬이 무어라 말했건 간에, 우리는 그리프가 마지막 날 밤에 그와 함께 납골당에 들어갔다는 사실을 알고 있네……."

마크햄이 나직하게 말했다.

"물론이지, 치자나무 꽃과 핏자국이 있으니."

"오, 맞네. 아주 명백한 물증이지……. 납골당으로 들어가서 스탬은 그리프를 살해했고, 몬테규의 시체를 훼손했던 방법과 한 치의 오차도 없이 처리했네. 그리고는 외바퀴 손수레에 실어 그 모래땅으로 가서 절벽 발치를 따라 아래쪽의 구덩이로 운반했어. 이스트로드에 형사가 배치되었긴 했지만 스탬은 그의 주의를 끌지 않고 그곳까지 갈 수 있었지."

히스는 만족스런 얼굴로 툴툴거리듯 말했다.

"그래서 스탬이 나무들 사이에 외바퀴 손수레를 그대로 방치한 채 저택으로 살그머니 돌아갔던 거군요."

"바로 그렇다네, 경사. 그리고 리랜드가 금속을 문지르는 듯한 소리를 들었다고 했잖나. 그건 납골당 문짝의 녹슨 경첩이 삐걱거리는 소리가 분명했네. 그리고 리랜드가 묘사했던 또 다른 소리는, 다름 아니라 외바퀴 손수레가 굴러가는 소리였어. 일을 모두 처리한 뒤에 스탬은 조심스럽게 집으로 다시 들어왔지만, 리랜드와 트레이너가 빗장 거는 소리를 들었던 거고."

반스가 한숨을 쉬었다.

"완벽한 살인사건은 아니었지만, 마크햄, 사건을 완벽하게 만들 만한 요소들은 있었다네. 게다가 대담한 살인사건이기도 했지. 어느 살인사건이든 해결됐다면 두 사건 모두 결말이 드러났을 테니, 그는 두 배의 도박을 한 셈이었어. 이를테면, 선택한 하나의 숫자에 칩을 한 개가 아니라 두 개를 건 셈이었다고나 할까."

마크햄이 침울한 표정으로 다시 고개를 끄덕이며 말했다.

"그 부분에 대해서는 이제 충분히 납득이 가네. 그런데 왜 납골당의 열쇠가 티툼의 방에서 나왔을까?"

"스탬이 저지른 중요한 실수 중 하나가 그거라네. 지나치게 조심을 했다고나 할까. 그는 사건 해결에 다리역할을 할 물증도 없이 계획을 실행할 용기가 없었네. 그는 수년간 그 열쇠를 가지고 있었을지 모르지. 어쩌면 최근에 스탬 부인의 트렁크에서 손에 넣었을지도 모르는 일이고. 하지만 정말이지, 그건 아무래도 좋네. 그는 자신의 목적을 위해 일단 열쇠를 사용했지만 그것을 없애버리지 못했네. 기회만 생기면 우선 잠수복을 납골당에서 치울 작정이었을 테니까 말이야. 그래서 그 사이에 열쇠를 감춰놓아야 했지. 그런데 누군가 납골당의 벽을 무너뜨리거나 혹은 문을 부수거나 하여 안으로 들어가서 잠수복을 찾아낸다면, 그것이 자신의 것이니 당장 의심을 받게 되리라는 데 생각이 미쳤던 거네. 그래서 이런 희박한 가능성에서 자신을 방어하려는 노력으로, 처음에는 그리프에게 혐의를 돌리려고 그의 방에다 열쇠를 놓아두었지. 그 뒤에 그리프를 살해할 기회가 생겼고, 그래서 타툼에게 혐의를 씌울 요량으로 그의 방에 몰래 열쇠를 놓아두었던 거네. 스탬은 리랜드를 좋아했고, 그래서 그가 버니스와 결혼해주었으면 하고 바랐다네. 덧붙여 말하자면, 그것이 몬테규를 살해하게 된 주요한 동기였네. 그래서 그는 리랜드에게 혐의가 가지 않도록 애를 썼지. 자네, 내가 그리프의 방을 먼저 수색했던 것 기억하지. 나는 열쇠가 그곳에 있을 거라고 생각했었네. 스탬이 그곳에 놓아두었을 거라고 생각했거든. 우리가 그리프는 단지 달아났을 뿐이라고 생각할 가능성이 있기 때문에 스탬이 그랬을 거라고 추측했었지. 하지만 열쇠가 그곳에서 발견되지 않았고, 그래서 나는 타툼의 방을 수색했던 거라네. 다행히 우리가 열쇠를 찾아서 납골당을 부수고 들어가지 않아도 되었지. 하지만 납골당에 들어갈 다른 방도가 없었다면, 나는 필시 부수고라도 들어가자고 주장했을 걸세."

"그런데 나는 아직도 이해가 되지 않는 부분이 있네, 반스."

마크햄이 끈질기게 질문을 했다.

"자네는 대체 무슨 연유로 처음부터 납골당의 열쇠에 그렇게 관심을 가졌던 건가?"

반스가 대꾸했다.

"나도 왠지 모르겠네. 게다가 내 독특한 두뇌활동을 심리학적으로 분석하고 있기에는 너무 무더운 밤 아닌가. 간단히 말해서, 그 열쇠에 대한 내 생각은 추측에 지나지 않았네. 알다시피, 납골당이 중요한 지점에 위치하고 있기 때문에 내 주의를 끌었던 거라네. 그래서 나는 납골당을 어떤 방식으로든 이용하지 않고서, 어떻게 첫 번째 살인을 그렇게 깔끔하게 완수할 수 있었을지 도무지 상상할 수 없었네. 정말이지, 아주 편리한 위치에 있지 않나. 그렇다고 해도, 그때까지는 사건의 전모가 조금도 명료하지 않았네. 실은, 너무도 막연했지. 그래서 나는 납골당을 조사해볼 가치가 있다고 생각했고, 스탬 부인에게 가서 열쇠를 감춘 장소를 알려 달라고 요구했던 거라네. 나는 그녀에게 겁을 주어 내게 이야기하도록 만들었지. 그녀가 납골당과 스탬의 음모를 관련시키지 못하도록 하기 위해서였다네. 열쇠가 숨겨둔 장소에서 사라졌다는 것을 알았을 때, 나는 그 열쇠가 우리의 문제를 해결할 요소라는 것을 그 어느 때보다 확신하게 되었어."

마크햄이 물었다.

"하지만 도대체 스탬이 범인이라는 생각이 처음에 어떻게 떠올랐나? 그는 그 집안에서 완벽한 알리바이를 갖고 있던 유일한 사람처럼 보이는데 말이야."

반스는 천천히 고개를 저었다.

"그렇지 않다네, 마크햄. 그는 파티 참석자들 가운데 알리바이가 없었던 유일한 사람이라네. 그 때문에 나는 처음부터 그에게서 눈을 떼지 않고 지켜보았던 걸세. 물론 다른 가능성들도 있었다는 점은 인정하네. 어쨌든 스탬은 알리바이를 완벽하게 꾸몄다고 생각했지. 그래서 살인사건이 단순한 죽음으로 인정되기를 바랐다네. 하지만 몬테규의 살인이 입증되었을 때, 다른 누구보다도 스탬이 곤란한 입장에 놓이게 되었네. 그는 몬테규가 다이빙을 할 당시에 풀 가까이에 없었던 유일한 사람이었잖나. 그 상황에서 다른 사람 중 누구도 살인을 저지르기는 힘들었을 테니 말이야. 실제로 스탬이 심각한 알코올 중독의 상태에 빠져있었다면, 몬테규를 살해한다는 건 불가능한 일이었을 테지만. 이런 상황들을 결부시켜보고 나서, 나는 처음으로 그 진상을 어렴풋이 알게 됐다네. 당연히 스탬은 다른 사람들과 풀에 내려갈 수 없었어. 아직 자신의 목적을 완수하지 못했으니까. 그리고 이런 전제로 추론을 하다가 나는 어떤 결론에 도달했네. 그가 몰래 자신의 술을 버리고 술에 취한 체 가장했고, 집으로 다시 돌아온 뒤에 정말로 술에 취했을 거라고 말이네. 나는 그가 저녁 내내 서재의 커다란 소파에서 보냈다는 말을 들었을 때, 자연스럽게 소파 앞에 있는 고무나무가 심어진 화분에 관심을 갖게 되었네."

마크햄이 항의하듯 물었다.

"하지만 반스, 처음부터 이 사건이 이성적이고 평범한 범죄라고 그렇게 확신했다면, 어째서 드래건에 대한 그런 바보 같은 이야기들을 떠들어댄 건가?"

"바보 같은 이야기가 아니었네. 이상한 물고기나 혹은 바다 괴물도 몬테규의 죽음에 책임이 있었다네. 어쨌든 미미한 가능성이었지만 말이야. 위대한 동물학자라고 해도 수중 생물에 대해선 거의 알지 못하지. 수중 생물에 대한 우리의 지식이 어찌나 보잘것없는지 정말 놀라울 정도라네. 예를 들면, 베타를 수십 년간 번식시키면서, 이 복잡한 과의 열대어로 온갖 실험을 해봤어도, 베타 푸그낙스가 알이나 새끼를 기르려고 둥우리를 만드는지, 아니면 입 안에서 기르는지 아무도 모른다네. 저번에 스탬 부인이 해저 생물에 관한 과학지식을 비웃지 않았나. 부인이 말한 그대로라네. 게다가 마크햄, 스탬이 열렬한 물고기 수집가였다는 점을 잊어서는 안 되네. 그는 실제로 이 나라에 전혀 알려지지 않은 온갖 종류의 희귀한 물고기들을 들여왔지. 그러니 과학적으로 생각해서도, 풀에 얽힌 미신을 모른 체할 수는 없었다네. 하지만 그 문제를 그리 진지하게 받아들였던 건 아니라는 점을 인정하네. 나는 유치한 생각에서 그런 식으로 사건을 다루는 일에 집착했거든. 우리는 이 사건이 기괴하고도 불가사의하다고 아주 열렬히 믿고 있었잖은가. 그런 상황에서 평범하고도 이성적인 방식으로 사건을 입증해버린다면 너무 실망스러웠을 테니까 말이야. 아무튼 나는 스탬의 물고기 수집품을 살펴볼 가치가 있다고 생각했네. 더군다나 나는 그의 모든 진열품들에 대해 어느 정도 지식을 갖고 있었어. 그래서 단순하고 이해하기 쉬운 화제로 전환할 수 있었고, 또 화분 속의 흙도 조사할 수 있었던 거라네."

"그 다음은 내가 말해보지. 자네는 스탬이 자네가 정말로 관심 있어 하는 것이 고무나무 화분이라는 생각이 들지 않도록 물고기와 딴 식물들 주위에서 꾸물거렸던 거군."

마크햄이 만면에 천천히 미소를 지으면서 의견을 밝혔다.

반스도 미소를 지었다.

"아마 그랬을걸……. 뽈로제 샴페인 한 병 더 어떤가?"

그리고는 벨을 눌러 커리를 불렀다.

. . . .

드래건 풀에서 벌어진 사악한 두 건의 살인사건과 잇따라 일어난 비극 뒤에, 채 1년이 못 되어서 리랜드와 버니스 스탬은 결혼식을 올렸다. 두 사람은 모두 강인한 성격의 소유자였고, 또한 여러 면에서 비범한 사람들이었으나, 그 비극적인 사건의 기억들이 너무나도 깊은 영향을 미쳐, 인우드에서는 살아갈 수 없었다. 그들은 웨스트체스터의 구릉지대에 집을 짓고 그곳에서 살았다. 반스와 나는 두 사람이 결혼한 직후에 그들을 찾아갔었다.

그 이후로 유서 깊은 스탬 저택에는 더 이상 사람이 살지 않았고, 시에서 스탬가의 사유지를 매입해 현재는 인우드 힐파크의 일부가 되었다. 저택은 헐려나갔고 부서진 주춧돌만이 남아 있다. 그러나 들어가는 문에 있던 돌로 된 사각형의 문기둥 두 개는 지금도 그대로 서 있다. 그것들은 볼튼 로에서 사유지로 진입하는 차도를 표시하는 돌기둥이었다. 오래된 드래건 풀은 더 이상 존재하지 않는다. 드래건 풀로 흘러들어 가던 샛강은 스퓨텐듀빌 개울 쪽으로 물줄기가 돌려졌다. 반인공적으로 만들어진 스퓨텐듀빌 개울의 하천 바닥에는 강물이 가득 찼고, 한때 드래건 풀이었던 곳에는 이제 제멋대로 자란 초목만이 무성하다. 그래서 오늘날에는 예전의 샛강의 물길을 더듬어보거나 사악하고 비극적인 사건의 장소였던 풀의 이전 경계를 가리는 것조차 어려워졌다.

마지막 비극이 벌어지고, 100여년 이상의 전통을 지닌 스탬가의 시대가 막을 내린 뒤에, 유서 깊은 저택의 문이 영원히 폐쇄되고 나서,

그곳의 집사였던 트레이너가 어떻게 되었을지 나는 가끔 궁금증이 일었다. 어째서 그 사내가 내 기억 속에 남아 있는지는 잘 모르겠다. 그는 어딘지 유령 같기도 하고, 동시에 산송장 같아 보이기도 했으며, 다소 측은한 마음이 들기도 하고 비위에 거슬리기도 했었으니 말이다. 그러나 오히려 그런 점이 내게 강한 인상을 남긴 듯했다. 그런 까닭에 최근에 우연히 그를 만나게 되었을 때, 나는 반가운 마음이 들었다.

반스와 내가 이스트 34번가에 있는 열대어 가게에 들렀을 때였다. 수조들로 반쯤 가려진 계산대 뒤편에 트레이너가 서 있었다.

그는 단번에 반스를 알아보았고, 우리가 가까이 다가가자 애처로운 표정을 지으며 고개를 저었다.

"이곳에서는 점나비돔을 그다지 잘 키우지 못한답니다."

그가 푸념하듯 말했다.

"아시겠지만, 적절한 환경이 아니라서요, 나리."

전설 속 고전 추리소설의 거장 S. S. 반 다인

추리소설의 창시자를 지목하라면 누구나 「모르그가의 살인사건」을 통해 천재 탐정 '뒤팽'을 탄생시킨 에드거 앨런 포(Edgar Allan Poe, 1809~1849)를 1순위로 뽑는 데 주저함이 없을 것이다. 그 후 에드거 앨런 포의 뒤를 이어 등장한 아서 코난 도일(Arthur Conan Doyle, 1859~1930)은 탐정의 대명사 셜록 홈스를 등장시키면서 추리소설의 대중화에 앞장섰다. 이때부터 추리소설 역사가들이 흔히 말하는 '추리소설의 황금기'가 도래한다. '추리소설 황금기'는 이른바 '수수께끼 풀이형' 작품들이 득세했던 19세기 말부터 1930년대까지를 일컫는 말이다. 이 시대를 풍미한 수많은 작가들 중에서 빼놓을 수 없는 사람이 바로 현학적 추리소설의 거장, S. S. 반 다인(S. S. Van Dine, 1888~1939)이다.

S. S. 반 다인-지적인 추리 연구가

S. S. 반 다인은 1888년 버지니아 주 샬로츠빌에서 태어났다. 그의 본명은 윌러드 헌팅턴 라이트(Willard Huntington Wright)이다. 캘리포니아의 빈센트 칼리지와 퍼모나 칼리지를 거쳐 1906년 하버드 대학에서 공부했다. 학창시절 그는 인류학과 민족학 과목에 특히 뛰

1907년경 결혼을 앞둔 S. S. 반 다인의 모습

어난 재능을 보였다. 그는 화가가 될 생각으로 뮌헨과 파리에서 그림 공부를 하기도 했으며, 오케스트라의 지휘자가 되고 싶어서 몇 년 동안 악보 연구에 몰두하기도 했다. 1907년에 결혼했고, 20대부터 30대 초반까지 본명으로 비평가와 편집자로 활약했다. 이 시기에 그는 여러 신문과 잡지, 즉 〈로스앤젤레스타임스〉와 〈타운토픽스〉, 〈스마트세트매거진〉, 〈포럼〉 등의 미술 평론란과 문예 비평란, 음악 평론란 등에 글을 실어 명성을 날렸다.

그는 1923년 이전에 9권의 학술적 서적을 내놓았는데, 「현대 회화, 1915」와 「현대 미국 화가들의 포럼 및 전시회, 1916」, 「회화의 미래, 1923」를 포함해 주로 미술비평에 관한 작품들이었다. 또한 1916년에는 순수문학 장편 소설로 리얼리즘의 선구적인 작품이라 일컬어지는 「장래가 유망한 사람(The Man of Promise)」을 발표했으나 큰 호응을 얻지는 못했다.

반 다인은 35세가 되던 해인 1923년, 큰 병을 앓게 된다. 그는 하루하루 병마와 씨름하며 요양하던 2년여 동안, 무려 2천 권이 넘는 추리소설을 독파한다. 그 과정에서 반 다인은 '나보다 경험이나 연구가 부족한 작가가 이만큼 성공을 거뒀다면 나도 할 수 있을 것이다'라는 생각을 갖게 되었고, 드디어 스스로 추리소설을 쓰기에 이른다. 그가 추리소설을 쓰게 된 데는 경제적인 상황도 하나의 요인이 되었다. 당시 현대 문학과 언어학에 관한 저술이 신통치 않은 데다, 신문과 잡지에 글을 기고하는 것만으로는 생활이 곤란했기 때문이었다.

그는 추리소설이 성공하려면 범죄 자체보다 탐정의 캐릭터가 중요하다고 결론 내리고, 1926년에 처녀작 「벤슨 살인사건」에서 셜록 홈스 이후로 가장 뛰어난 아마추어 탐정인 '파일로 반스'를 탄생시켰다. 이때 그는 우리에게 잘 알려진 S. S. 반 다인이라는 필명을 처음으로 사용하였다.

파일로 반스가 탐정으로 등장하는 첫 번째 작품인 「벤슨 살인사건」은 비평가들의 찬사와 독자들의 호평 속에, 책을 발간한 지 일주일만에 초판이 모두 팔려나가는 대성공을 거뒀다. 이후 출간한 다음 작품들도 큰 반향을 일으키며 한 달만에 최고의 베스트셀러가 되었고, 또한 추리소설로서는 최초로 베스트셀러 1위에 오르는 영광을 안았다. 바야흐로 탐정 '파일로 반스'가 셜록 홈스의 뒤를 잇는 최고의 탐정으로 등극한 것이다.

반 다인은 추리소설의 이론을 체계화하는 데도 일조했다. 그가 1928년 9월에 〈아메리칸 매거진〉에 발표한 '추리소설 작법 20법칙 (Twenty rules for writing detective stories)'은 당시 추리소설 작가들이 추리소설을 쓰는 데 반드시 참고해야 할 교과서 같은 역할을 했다. '수수께끼를 해결할 때는 독자에게 탐정과 동등한 기회를 주어야 한다. 즉 단서를 명확하게 제시하고 설명해야 한다', '작중 범인이 탐정에게 취하는 행동이 속임수나 술책이 아닌 한, 독자를 속이는 기술을 사용해서는 안 된다', '범인은 논리적인 추리를 통해서만 판정되어야 한다' 등의 구체적인 지침으로 독자와의 페어플레이를 중시했다.

1927년 반 다인은 본명으로 「세계 추리소설 걸작선(The World's Great Detective Stories)」을 출판했다. 그는 이 책의 서문에서 에드거 앨런 포와 에밀 가보리오(Emile Gaboriau, 1835~1873) 이래 미국, 영국, 프랑스, 오스트리아, 러시아 등지에서 쏟아져 나온 추리소설들의 유형에 관해 35페이지에 달하는 글을 썼다.

반 다인이 추리소설계에 남긴 발자취는 뚜렷하다. 그는 1920년대 후반부터 서서히 일기 시작한 미국 추리소설 붐을 선도한 작가로, 미국 미스터리 문학계를 화려하게 주름잡았다. 따라서 1920년대 고전 추리소설의 영향을 받아 그 명맥을 이어온 현대 추리소설의 흐름을 이해하기 위해서라도 S. S. 반 다인은 반드시 짚고 넘어가야 할 중요한 작가다. 그가 남긴 '심리분석추리'라는 전혀 새로운 스타일의 추리 방법이 현대 추리소설에 큰 영향을 끼쳤다는 데는 아무도 이의를 달 수 없기 때문이다.

반 다인은 1939년 4월 11일 관상동맥혈전으로 51세의 나이로 세상을 떠났다. 그는 현학적이고 유희적 논리성이 돋보이는 첫 작품 「벤슨 살인사건」을 필두로, 12편의 '파일로 반스 미스터리'를 발표했다. 그가 1926년부터 1939년까지 남긴 열두 편의 장편들은 현재까지도 고전 추리소설의 최고 걸작으로 손꼽히고 있다.

탐정 '파일로 반스'-심리 추리의 대가

추리소설에 등장하는 탐정들은 그를 창조해낸 작가의 분신이라 할 수 있다. 파일로 반스 또한 범죄학이나 논리학보다 미술이나 심리학에 더 흥미를 갖고 있는 괴팍한 현학의 소유자로서 반 다인 본인의 모습과 닮아 있다. 파일로 반스는 하버드 출신으로 해박하지만 냉소적이고 현학적인 인물이다. 분석적이고 연역적인 방법을 이용해 범죄를 해결하며, '심리분석추리'라고 하는 독창적인 방법을 통해 범인을 색출한다.

반스는 숙모로부터 엄청난 유산을 물려받은 30대의 독신남으로, 동서양의 고전 미술품을 수집하며 여유로운 생활을 즐기는 탐정이다. 그는 뉴욕 이스트 38번가에서 재산관리인이자 기록자 겸 친구이기도 한 반 다인과 함께 거주한다. 반스는 체스, 포커 등에 능하고, 골프와 펜싱에도 일가견이 있을 만큼 뛰어난 운동 신경을 지녔다. 무엇보다도 파일로 반스는 도자기와 판화, 그리고 고대문명을 포함한 고전미술에 박식하다. 그러나 한편으로는 이른 아침에 일어나는 사람을 이해하지 못하겠다며 투덜대는 귀여운 면모도 지니고 있다.

파일로 반스는 뉴욕 시 지방검사로 재직하는 마크햄을 통해 우연히 범죄수사에 뛰어들게 된다. 그는 첫 사건인 「벤슨 살인사건」에서부터 전혀 새로운 심리추리 방식으로 사건을 해결해 나간다. 또한 그는 거의 모든 작품에서 자신의 뛰어난 지식을 자랑하며 엄청난 장광설을 늘어놓는다. 혹자는 다소 지루하다는 생각이 들 수도 있으나, 그러한 장광설이 사건의 해결과 교묘하게 연결된다는 점을 주목해 보면 다분히 계산된 연출이라는 것을 알 수 있다.

파일로 반스는 물적 증거를 중시하기보다는 연역적 추리 방식을 주로 이용한다. 그런 방식을 통해 사건의 모든 정황과 범인의 성향이나 심리를 파악한 뒤, 범인을 지목하는 것이다. 「드래건 살인사건」에서는 납골당의 위치에 주의를 기울이며, 「카지노 살인사건」에서는 한 장의 편지로 범인의 성격을 떠올린다. 파일로 반스는 종종 물적 증거 없이 심리추리에만 의존하다보니 범인을 체포할 수 없는 난관에 봉착하기도 하는데, 그럴 때마다 냉정하리만큼 주도면밀한 계획으로 범인 스스로 자멸하게끔 만든다.

그러나 파일로 반스가 오로지 심리분석만을 이용하는 것은 아니다. 그는 범인의 술수를 간파하는 데에도 뛰어난 능력을 갖추고 있었고, 「케넬 살인사건」과 「드래건 살인사건」 등에서도 나타나듯이 필요한 경우, 직접 실험을 통해 자신이 세운 가설을 입증해 나간다.

추리소설을 좋아하지 않는 사람이라도 셜록 홈스나 뤼팽, 또는 애거서 크리스티 정도는 알고 있을 것이며, 또 한두 권은 읽어보기도 했을 것이다. 하지만 반 다인의 경우는 추리소설을 좋아한다는 사람들에게도 조금 낯선 느낌이 드는 게 사실이다. 내 경우에도 반 다인의 책을 접하게 된 계기는 최근 고전 추리소설들이 새롭게 소개되면서였다. 반 다인이 우리나라에서 널리 알려지지 않은 까닭은 그의 초기 작품 몇 권만이 출간되었을 뿐, 좀처럼 구하기 어려워 사람들에게 비교적 덜 알려진 탓인 듯하다.

내게 있어 심리분석추리라는 자신만의 독보적인 영역을 구축해 후세의 많은 추리 작가들에게 귀감이 된 반 다인의 후기 작품들을 번역하는 작업은 긴장과 기쁨이 교차하는 시간이었다. 반 다인의 명성에 비해 이제야 완역 출간본이 나온다는 사실이 조금 뒤늦은 감이 있으나 이번 출간을 계기로, 그의 또 다른 책이 나오기만을 애타게 기다렸을 추리소설 마니아는 물론이고, 아직 반 다인을 접해보지 못한 독자들에게도 그의 진가가 확실히 자리매김되길 바란다.

추리소설을 읽을 때 빼놓을 수 없는 재미 중 하나가 탐정의 매력을 살피는 것이다. 오늘 잘난 척은 좀 하지만 해박한 지식의 소유자인 파일로 반스의 매력에 푹 빠져 보는 건 어떨까?

2004년 5월
이정임

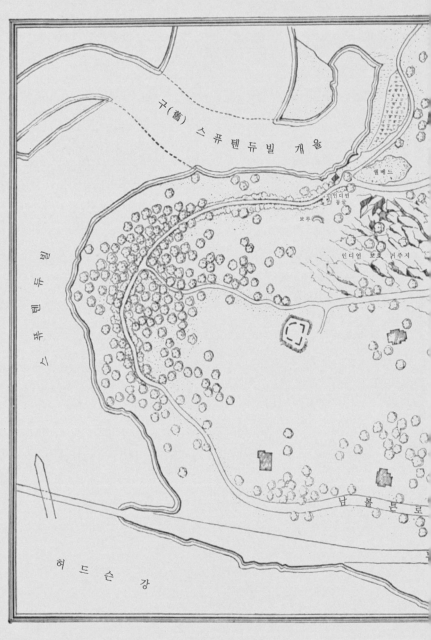

구(舊) 스퓨텐듀빌 개울

스퓨텐듀빌 벌

웰베드

인디언
동굴

보루

인디언 보호 거주지

남 볼튼 로

허 드 슨 강

인 우 드 와 스